나가시노長篠 전투(1575) 병풍도 앞부분.
오다·도쿠가와 연합군이 타케다 군을 공격하는 모습.

德川家康

도쿠가와 이에야스

1부 대망 大望
4 첫 출전

TOKUGAWA IEYASU 1~26 by Sohachi Yamaoka
Copyright ⓒ 1987/88 by Wakako Yamaoka
Originally published in Japan by KODANSHA LTD., Tokyo.
Korean translation Copyright ⓒ 2000 by SOL Publishing Co.
Korean translation rights arranged with KODANSHA LTD., Japan
through THE SAKAI AGENCY/ORION and Imprima Korea Agency
All rights reserved.

이 책의 한국어판 저작권은
THE SAKAI AGENCY/ORION과 한국 임프리마 코리아 에이전시를 통한
KODANSHA LTD., Japan과의 독점 계약으로 솔출판사에 있습니다.
저작권법에 의해 한국 내에서 보호를 받는 저작물이므로
무단 전재와 무단 복제를 금합니다.

德川家康

1부 대망 大望
4 첫 출전

도쿠가와 이에야스

야마오카 소하치 대하소설 이길진 옮김

솔

『도쿠가와 이에야스』를 바로 읽기 위해

1. 본문 중 °표시가 된 용어는 책 뒤에 풀이를 실었다.
2. 인명과 지명은 원음 표기를 원칙으로 하며, 된소리를 피하고 거센소리로 표기하였다. 단 도쿠가와와 도요토미만은 원음과 차이가 있지만 일반인에게 익숙한 이름이기에 외래어 표기법에 따랐다. 장음은 생략하였다.
3. 인명, 지명 및 고유명사는 처음 나올 때 원어를 병기하였으며, 강과 산, 고개, 골짜기 등과 같은 지명 역시 현지 음대로 카와(가와), 야마(잔, 산), 사카(자카), 타니(다니) 등으로 표기하였다.
4. 성과 이름 중간에 나오는 것은 대부분 관직명과 서열을 나타내는 것인데, 그 당시의 관습에 따라 이름과 혼용하여 쓰이는 경우도 있다. 각 관청 및 관직에 대해서는 부록에서 설명하였다.
    ex) 히라테 나카츠카사노타유 마사히데 → 히라테 마사히데(이름)＋나카츠카사노타유(나카츠카사의 장관), 아마노 아키노카미 카게츠라 → 아마노 카게츠라(이름)＋아키노카미(아키 지방의 장관)
5. 시간과 도량형은 센고쿠 시대에 쓰던 것을 그대로 따랐으며, 역시 부록에서 설명하였다.

차례

노부나가의 구도構圖 9
돌아온 기러기의 집 26
꾀꼬리의 성 44
난세의 형상 62
물과 물고기의 만남 81
감도는 풍운 99
떨어지는 별 118
장마의 계절 134
초승달 소리 153

구름을 부르는 자 ·· 177
오케하자마의 조짐 ······································· 197
용과 호랑이 ·· 215
질풍 소리 ·· 234
재회再會 ·· 259
여자의 입장 ·· 283
새 벽 ·· 300
예리한 칼, 무딘 칼 ······································ 319

부록 ·· 339

《 오케하자마 전투의 대진도 》

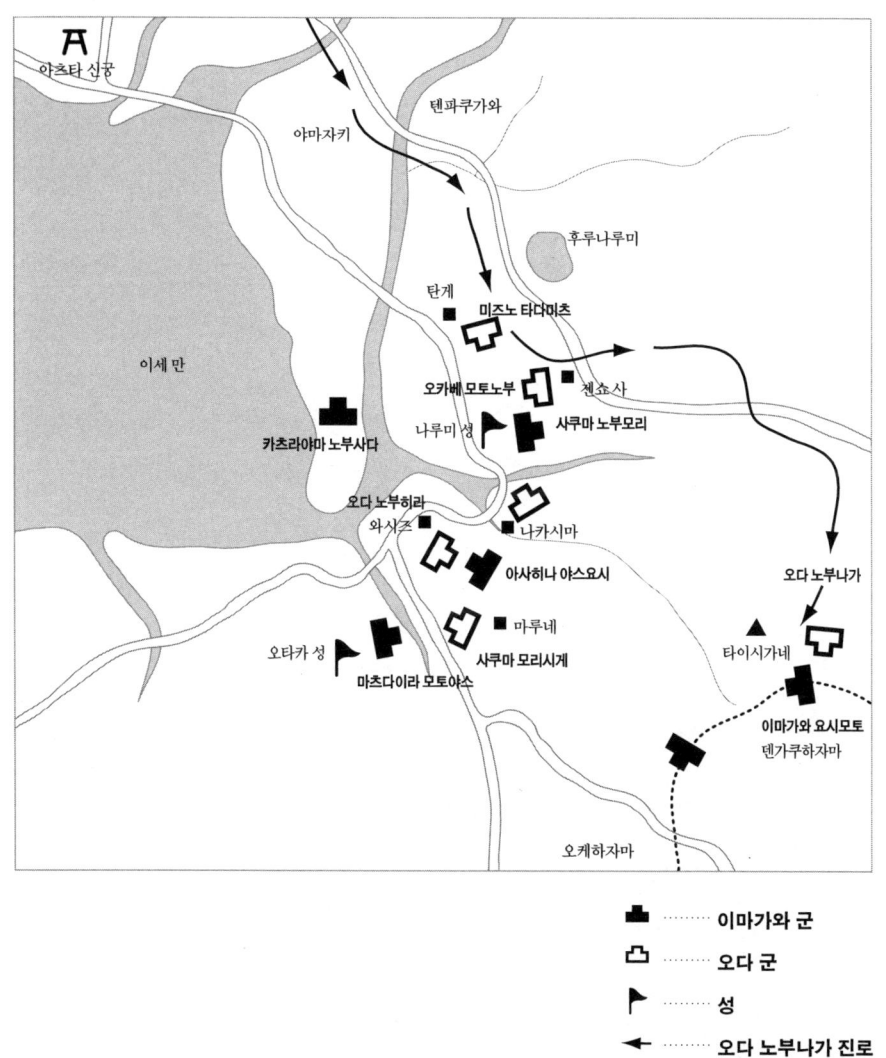

노부나가의 구도構圖

1

　노부나가信長는 여느 때와는 달리 걷고 있었다. 수행원으로는 모리 신스케毛利新助를 남의 눈에 띄지 않게 멀리서 따르게 하고, 질풍 같던 평소의 움직임도 오늘은 전혀 달랐다.
　키요스 성清洲城은 고죠가와五條川 서쪽에 있고 가게와 장터는 동쪽에 펼쳐져 있었다. 이제는 큰거리만도 30군데가 넘었으며, 더구나 계속 확장되어가고 있었다.
　키요스의 오다 히코고로 노부토모織田彦五郎信友가 종가인 시바 요시무네斯波義統를 공격했을 때 노부나가는 이미 키요스로 옮겨 오와리尾張 전체를 호령할 결심을 굳히고 있었다. 그리고 모리 산자에몬森三左衛門을 파견하여 히코고로를 죽인 뒤에는 요시무네의 아들 간류마루岩龍丸를 데리고 후루와타리 성古渡城으로 옮겨왔다. 그런 의미에서 노부나가의 목적은 어느 정도 달성되었다. 그런데도 오늘 이렇게 발걸음이 무거운 것은 그런 노부나가의 구상이 사이토 도산齋藤道三의 죽음으로 어떤 차질을 가져올지도 모른다는 걱정이 있었기 때문이다.

노부나가는 비가 오락가락하는 가운데 다시 장터 쪽으로 들어섰다. 야채와 생선은 이미 자취를 감추고, 무기류와 도자기류를 진열해놓은 상인도 하늘을 쳐다보며 가게를 닫으려 하고 있었다. 노부나가는 그 사이를 뚫고 며칠 전에 본 바늘장수를 삿갓 밑에서 찾고 있었다.

'녀석은 틀림없이 있을 텐데.'

미노美濃의 변고를 노부나가의 첩보망보다 먼저 알아낸 원숭이를 닮은 젊은이. 그 후 조사로 장인 도산의 방심과 요시타츠義龍의 기습에 대해 상세히 알게 되었으나, 어쨌든 그 젊은이는 예사로운 녀석이 아니었다.

노부나가에게 호의를 가지고 통보한 것일까? 아니면 요시타츠가 보낸 첩자일까?

어느 쪽인지는 모르나 아무튼 다시 한 번 노부나가가 그 앞에 나타날 것임을 상대도 알고 있으리라는 생각이 머리를 떠나지 않았다.

'음, 역시 있었구나.'

오늘도 전과 같은 위치에 바늘을 늘어놓고 익살맞은 표정으로 손님을 부르고 있었다.

노부나가는 그 모습을 발견하고는 산책을 나온 것처럼 일부러 느린 걸음으로 그에게 다가갔다.

"어떠냐, 원숭이. 바늘은 좀 팔리느냐?"

지나가는 말을 하듯 묻자 젊은이는 흘끗 삿갓 안을 들여다보고, 자못 친근한 듯 싱글벙글 웃으며 말했다.

"아, 말상을 한 사람이군. 어때, 내 예언이 맞았지?"

"넌 대관절 여기서 누구를 기다리고 있는 거지?"

"물론 당신이지."

"무엇 때문에?"

"약간의 도움이나 줄까 하고."

"무슨 인연으로?"

"그건 알 수 없지. 천문, 지리, 모르는 것이 없는 내 지식이 왠지 당신 쪽으로 마음을 가게 하거든."

"원숭이는 어디서 잡혔어? 스루가駿河…… 아니면 카이甲斐 부근인가?"

"아니."

상대는 얼른 고개를 저었다.

"좀더 가까운 곳. 당신의 발 밑에서."

"내 발 밑……?"

노부나가는 그 이상 물으려 하지 않았다. 그리고는 엉뚱한 방향으로 화제를 돌렸다.

"어떤가, 나도 자식을 낳을 것 같나?"

단아한 얼굴을 원숭이 앞으로 내밀었다. 너무도 엉뚱한 곳으로 화제가 돌아가서 원숭이도 어리둥절했는지, 주름투성이에 움푹 들어간 눈을 껌벅거리며, 놀란 소리로 반문했다.

"자식?"

2

"어때, 생길 수 있을 것 같나? 자네는 관상과 골상을 모두 볼 수 있다고 했는데."

"물론이지, 가질 수 있어! 얼마든지."

젊은이는 고개를 끄덕이며 대답했다. 대답은 했으나 무엇 때문에 그런 질문을 했는지는 풀지 못해 당황해하는 얼굴이었다.

노부나가는 밝게 웃었다.

"어떤가, 원숭이. 나도 자네의 관상을 보아줄까? 자네는 지금 큰 전쟁이 벌어지기를 바라고 있군."

"천만의 말씀, 그렇지 않아."

"아니야. 어딘가에서 난리가 일어나면 장수의 목이라도 줍고 싶다고, 그 주름진 얼굴에 씌어 있는걸."

그러면서 노부나가는 말을 돌렸다.

"음, 자식을 가질 수 있다는 말이지. 그렇다면 지금부터 여자를 찾아 나서야겠군."

"어……?"

"자식을 낳지 못하는 여자는 밑 빠진 독에 물을 붓는 것과도 같아. 그런데도 여자가 잘난 체하면 울화가 더 치밀어."

순간 원숭이의 눈이 번쩍 하고 무지개를 토하듯 빛났다가 이내 그 빛이 스러졌다.

"그럼, 야마시로 뉴도山城入道의 딸이……"

원숭이를 닮은 젊은이가 입을 여는 것과 노부나가가 걷기 시작한 것은 동시의 일이었다.

'역시 나를 알고 있구나!'

"기회를 잡을 생각이 있거든 따라와."

"오오!"

원숭이는 또 묘한 소리를 질렀다. 벌여놓은 바늘은 그대로 둔 채, 신이 나 떠들어댔다.

"여자 찾는 일의 수행원…… 이거 신나는 일이로군."

다가서는 원숭이의 모습에 모리 신스케가 성큼성큼 빠른 걸음으로 다가왔다. 노부나가는 가볍게 손을 흔들어 가까이 오지 말도록 했다.

"인간은 말이지."

"예."

"어느 정도 나이가 들면 자식을 갖고 싶어지지."

"그것은 천지 자연의 이치, 너무나 당연한 일입니다."

어느 틈에 원숭이는 말투부터 달라졌다. 노부나가는 재미있기도 하고 방심할 수 없다는 생각이 들기도 했다.

"자네는 아내를 가진 적이 있나?"

"있습니다. 그런데 용모만 내세운 차디찬 여자라서."

"어디서 아내를 구했나?"

"엔슈遠州에서였죠. 이마가와의 가신 마즈시타 카헤이지松下嘉平次 님의 중매로."

"그런데 어째서 여기까지 왔지?"

"헤헤헤헤……"

젊은이는 웃었다.

"표면적으로는 주인의 부탁으로 갑옷을 사러 왔습니다."

"뭐, 갑옷을?"

"예. 오와리에 가서 갑옷 한 벌 사오너라…… 하지만 그 돈은 이미 다 써버리고 없습니다."

노부나가는 새삼스럽게 젊은이를 바라보았다. 아무래도 자신의 밑으로 들어오고 싶기는 한 모양인데, 그가 하는 말에는 너무나 가식이 없었다.

"주인의 돈을 가지고 도망쳤다는 말이냐?"

"헤헤……"

젊은이는 다시 웃었다.

"그것도 따지고 보면 여편네가 싫어서 도망친 거나 다름없어요. 정말이지, 예쁘기만 한 여자는 차라리 따뜻한 돌을 품는 것보다도 맛이 없어요. 그런데다 입을 열 때마다 남편인 나를 원숭이와 닮았다고 하는 겁니다."

노부나가는 그만 저도 모르게 웃음을 터뜨릴 뻔하다가 겨우 참아내며 씁쓸한 표정을 지었다.

"그랬었군, 아내까지도 그런 말을 했다는 말이지. 그건 용서할 수 없는 일이야. 잘 도망쳐나왔어."

젊은이는 또 고개를 갸웃하고 노부나가를 쳐다보았다.

3

웃기려 하면 씁쓸한 표정을 짓고 허풍을 떨면 그냥 웃어넘겼다. 무서운 것 같으면서도 부드럽고 격한 것 같으면서도 태평스러운 것 같아 도무지 노부나가라는 사람을 이해하기가 어려웠다.

솔직히 말해서 이 젊은이가 오와리를 떠나지 못하는 것은 노부나가의 그 매력 때문이었다. 그러한 노부나가가 '여자 찾기ㅡ'라는 묘한 문제를 자신에게 던졌다. 이 수수께끼를 멋지게 풀어주고 싶었으나 노부나가는 아직 그것을 풀 열쇠조차 주지 않았다.

이윽고 두 사람은 장터를 벗어나 성의 남쪽 가까이까지 왔다.

"여기야. 같이 들어가자."

"이곳은 분명 이코마 님의 저택인데 제가 그냥…… 들어가도 되겠습니까?"

"그럼, 내 조리토리草履取り°로 따라오면 돼."

"조리토리라니 너무 지나칩니다. 사실은 저도……"

"그럼 달리 부를 만한 일이라도 했다는 거야?"

"그렇기는 하지만……"

이번에는 대들 듯이 말했다.

"그렇다면 원숭이라 불러주세요."

노부나가는 대답도 하지 않고 이코마 데와生駒出羽의 집으로 들어가고 있었다.

"데와는 있느냐? 나 노부나가다. 차를 내와라!"

과연 소문 그대로 방약무인한 태도였다. 집이 떠나갈 듯이 소리를 지르고 바로 정원 쪽으로 돌아갔다. 젊은이는 그 뒤를 어슬렁어슬렁 따라갔다.

노부나가의 목소리를 듣고 집안은 갑자기 술렁거리기 시작했다. 황망하게 마루에 나와 두 손을 짚은 데와는 노부나가보다 네댓 살 가량 연상인 것 같았다.

"아이구, 성주님. 어서 오십시오……"

"아부는 그만둬. 어서 차나 내와!"

"원, 성질도 급하셔라. 곧 준비하겠습니다."

"데와!"

"예."

"그대에겐 여동생이 있었지?"

"그렇습니다."

"이름이 뭐였더라?"

"오루이お類라고 합니다."

"몇 살이지?"

"열일곱입니다."

"좋아. 그 아이에게 차를 가져오라고 해."

"예……?"

데와가 고개를 갸웃했다.

"그대에겐 소실이 있나?"

"아니, 그 무슨 말씀을……"

"나는 말이지, 아내가 싫어졌어. 아이도 못 낳으면서, 잔머리만 굴리고 있지. 그래서 헤어지기로 했네."

"말씀하시는 뜻을…… 그토록 화목하셨는데……"

"싫어졌어!"

노부나가가 소리지르는 것과, 얌전한 태도로 맷돌 밑에 한쪽 무릎을 꿇고 있던 젊은이가 무릎을 탁 치는 것은 동시의 일이었다. 순간 노부나가는 젊은이가 무언가 지껄이지 않을까 하는 생각이 들었으나, 그는 눈치 빠르게 사정을 알아차리고는 무릎에서 톡톡 먼지를 털며 그 자리를 얼버무렸다.

"두려워할 것은 없네. 오루이가 싫다면 굳이 달라고는 하지 않겠어. 차를 가져오도록 하고, 그 뒤에 자네가 넌지시 물어보도록 해. 서두르는 것이 좋아."

이코마 데와는 이 엉뚱한 말이 오루이를 둘째부인으로 삼겠다는 구혼인 줄 알고 허둥지둥 안으로 들어갔다. 예전에 아버지의 애첩 이와무로岩室를 내놓으라고 한 저돌성과 그 이면에 숨은 위로와 배려를 알고 있는 만큼 데와는 귀가 솔깃했다. 데와가 사라지자 원숭이를 닮은 젊은이는 버릇없이 웃기 시작했다.

"후후후후."

4

"원숭이! 뭐가 우스워?"

노부나가는 진지한 표정으로 젊은이를 돌아보았다.

"헤헤헤……"

젊은이는 다시 웃었다.

"우스워서 웃은 것만은 아닙니다. 저는 감동하면 웃는 버릇이 있습니다."

 어느 틈에 자신을 '저'라 부르면서 젊은이는 천연덕스럽게 턱을 쓰다듬었다.

 "묘한 버릇이군. 내 앞에서 그러면 용서치 않겠다."

 "알겠습니다. 과연 이 원숭이의 주인님이 말씀하시는 것은 천지 이치에 맞습니다. 상대가 싫다면 굳이 달라고는 하지 않겠다……"

 "또 그놈의 천지냐……"

 노부나가가 쓴웃음을 지었을 때 이코마 데와가 긴장한 얼굴로 다시 나타났다. 뒤에 열일곱 살의 오루이를 데리고 나온 그는 흘끗 노부나가의 기색을 살피고 눈에 겁먹은 표정을 떠올렸다.

 노부나가는 그토록 모두에게 두려움의 대상이었다. 젊다고 무시당하지 않으려는 탓도 있었지만, 전광석화와 같은 행동이 그 성격에 뿌리내리고 있다고 알려져 있기 때문이기도 했다.

 그런데도 원숭이를 닮은 바늘장수 젊은이는 노부나가를 전혀 두려워하지 않았다. 아니, 이 젊은이만이 아니라 지금 데와를 따라나온 오루이의 얼굴에도 그러한 기색이 없었다.

 "어서 오십시오."

 공손히 두 손을 짚고 절한 뒤 가지고 온 차를 노부나가 앞에 내놓고 천천히 뒤로 물러나 노부나가를 정면으로 바라보았다.

 "음."

 노부나가보다 먼저 젊은이가 신음했다.

 "허어, 이것 참……"

 아름답다고 말하려 했었는지 아니면 위축되지 않는 그 천진난만한 태도에 감동했는지.

 노부나가는 별로 오루이를 바라보지도 않고 소리를 내며 차를 마시고는 불쑥 말했다.

"오루이 —"

"예."

"그대는 아이를 낳을 수 있나?"

"혼자서는 낳지 못합니다."

"싱거운 소리를 하는군. 누가 혼자 낳으라고 했느냐. 이 노부나가의 아이를 낳을 수 있느냐고 묻는 거다."

데와는 깜짝 놀라 여동생을 돌아보았다. 이런 기괴한 문답은 세상의 보통 남녀 사이에서는 오갈 만한 문답이 아니었다.

그는 겨드랑이에 땀이 흐르는 것을 느끼면서 목덜미까지 빨개졌다.

"성주님의 아기라면 낳아도 좋다고 생각합니다."

"그래?"

노부나가는 고개를 끄덕였다.

"그대는 키요스에서 제일가는 미인이라더군. 나는 아름답지 않은 것보다는 아름다운 것이 더 좋아."

그리고는 하카마袴°의 주름을 툭툭 쳤다.

"원숭이, 따라와!"

그렇게 말하고는 노부나가는 데와 쪽을 돌아보았다.

"잘 들었겠지? 알았거든 내일이라도 성으로 데려오도록."

"내일이라도……?"

"그래, 빠를수록 좋아. 원숭이! 어서 가자."

젊은이는 다시 한 번 감탄한 듯 고개를 갸웃하고, 급하게 데와 남매에게 꾸벅 절을 하더니 노부나가의 뒤를 따랐다. 문을 나와 노부나가에게 삿갓을 건네면서도 젊은이는 다시 신음했다. 아마도 노부나가는 그가 상상했던 것보다 더 엉뚱하고 개방적이었음이 틀림없었다.

밖으로 나온 노부나가는 이번에는 빠른 걸음으로 오른쪽을 향해 걸었다. 아직 성에 돌아가려는 것은 아닌 모양이었다.

5

"이젠 어디로 갑니까?"

원숭이가 물었다.

"잠자코 따라오기나 해. 너는 지나치게 말이 많아."

노부나가는 약간 삿갓을 쳐들고 스가須賀 방향으로 걷기 시작했다. 원숭이를 닮은 젊은이는 고개를 갸웃하며 그 뒤를 따랐다.

이번에 노부나가가 걸음을 멈춘 곳은 역시 그의 중신 요시다 나이키 吉田內記의 집 앞이었다. 노부나가는 문지기에게 기합을 넣듯 큰소리를 지르고 여기서도 바로 정원을 돌아 서원의 마루로 올라갔다.

문지기가 재빨리 성주의 방문을 알렸던 듯 요시다 나이키는 뚱뚱한 몸을 이끌고 나와 양미간을 모으면서 마루에 두 손을 짚었다.

"무슨 변고라도?"

"변고가 아니라고는 할 수 없지."

노부나가가 미노에서 일어난 사건에 대해 말하려는 줄 알았으나, 그것은 착각이었다.

"기분도 울적하고 하니 오늘은 사냥이나 할까 하고."

"몰이꾼도 없이……"

"그런 건 필요치 않아. 오늘은 내가 직접 잡겠어. 그런데 나이키, 그대의 딸은 몇 살인가?"

"딸……이라면 나나奈奈 말씀이군요. 열여섯 살입니다."

"허어, 딱 맞는 나이로군. 잠시 이리 오라고 하게. 차는 이미 마셨으니 냉수나 가지고."

요시다 나이키는 의아해하는 눈빛으로 고개를 갸웃하면서 가신을 불렀다.

"나나에게 성주님께 드릴 냉수를 가지고 이리 오라고 일러라. 급히 말이다."

노부나가는 털썩 마루에 걸터앉았다.

"곧 장마철에 접어드는데 올해에는 둑이 무너지지 말아야 할 텐데."

"키소가와木曾川…… 말씀입니까?"

"음, 미노 근처에서 둑이 무너지면 농부들이 큰 고생을 할 거야."

"미노 근처에서……?"

나이키가 잠시 생각하는 표정을 지었을 때 조용히 옷 끌리는 소리가 나면서, 아직 앳된 나나의 목소리가 두 사람의 대화를 중단시켰다.

"냉수 가져왔습니다."

"성주님, 나나입니다. 알고 계시지요?"

"오오, 많이 자랐군. 토실토실하고 아버지를 닮아 몸집도 커."

나나는 빨갛게 얼굴을 붉히고 고개를 수그렸다.

원숭이를 닮은 젊은이는 눈이 휘둥그레져 처녀와 노부나가를 번갈아 바라보고 있었다. 조금 전의 오루이가 잘 닦은 거울이라면 이 나나는 김이 모락모락 나는 떡과 같은 느낌이 들었다. 나이는 이쪽이 아래인데도 수줍음을 통해 스며나오는 색향色香이 짜릿하게 온몸에 스며들었다.

"나나……"

노부나가는 이내 고개를 흔들며 고쳐 불렀다.

"나이키, 내 아내가 아이를 낳지 못하네. 그래서 소실을 두어야겠네."

"예…… 소실을?"

노부나가는 크게 고개를 끄덕였다.

"수완에 따라 성은 얼마든지 빼앗을 수 있지만, 자식이란 건 몸이 녹초가 될 정도로 노력을 해서 만들어야 하지."

"지당하신 말씀입니다."

"그래서 말인데, 한 사람은 아내의 시녀 중에서 뽑겠어. 미유키深雪라는 이름이지. 또 한 사람은 데와의 여동생 오루이. 이것으로는 좀 부족한 것 같아. 나나를 나에게 주게."

"예……?"

요시다 나이키가 아연해하는 것도 무리가 아니었다. 여자에 대해서만은 결벽 그 자체인 줄 알고 있던 노부나가가 느닷없이 부인을 네 사람이나 두겠다는 것이었다……

6

"성주님, 설마 농담은 아니시겠지요?"

믿을 수 없다는 표정으로 나이키는 흘끗 딸을 돌아보았다. 딸의 얼굴과 목덜미가 연지를 발라놓은 듯 빨갛게 불타고 있었다. 당시의 관습으로는 일부다처가 전혀 이상할 것 없었으나, 상대가 노부나가이니만큼 선뜻 마음이 내키지 않았다.

"농담……?"

노부나가는 반문하면서 일어났다.

"농담이 아니야. 나나가 좋다고 한다면 데려오도록. 빠를수록 좋아."

나이키는 두 손을 짚은 채 대답할 말을 잊고 노부나가를 배웅했다. 오는 것도 갑작스러웠고 가는 것도 갑작스러웠다. 용무는 더더욱 기상천외했다. 딸은…… 하고 돌아보니 이미 노부나가의 뜻을 읽고 가만히 서 있었다. 그러고 보니 기묘한 옷차림을 그만두고 나서부터 노부나가는 놀랄 정도로 미남이 되어 있었다.

"성주님의 뜻이라면 거절할 수 없습니다……"

불쑥 중얼거리는데 노부나가의 목소리가 들렸다.

"원숭이!"

깨닫고 보니 함께 온 젊은이가 정원에 아직 웅크리고 있었다. 젊은이는 벌떡 일어나 나이키에게 꾸벅 절을 하고 노부나가의 뒤를 따랐다.

"주인님."

"나는 아직 주인이 아니야."

"미유키에 오루이, 이번에는 나나입니까?"

"함부로 지껄이면 안 돼."

"이제 분명히 알았습니다. 오와리노카미 노부나가尾張守信長 님의 난잡한 행위에는 정말 질렸습니다."

노부나가는 아무 말도 않고 이번에는 성을 향해 걷기 시작했다.

"이 원숭이는 마츠시타 카헤이지 님 밑에 있을 때는 키노시타 토키치로木下藤吉郎라 불렸습니다. 이 토키치로는 정말 어이가 없어 말도 나오지 않습니다."

토키치로는 종종걸음으로 따라가면서 익살스러운 눈으로 노부나가의 등을 쏘아보고 있었다.

"그럼, 이 바늘장수는 미노의 사기야마鷺山로 돌아가, 노부나가 님은 잔뜩 겁을 먹고 요시타츠 님이 두려워 마님을 멀리하셨다고……"

"누가 말이냐……?"

"헤헤헤헤, 주인님이."

"아직 주인이라 부르지 말라고 했잖느냐?"

"그렇게 해서 소문과 유언비어는 멋대로 퍼지는 것 아닙니까. 그러면서도 적적함을 이기지 못해 미유키와 오루이와 또 나나에게…… 정말 소문에 어긋나지 않는 겁쟁이라고."

노부나가는 웃지도 않고 계속 걸었다.

토키치로는 다시 빠른 걸음으로 따라갔다.

"주인님, 저는 미노 다음엔 어디로 가는 것이 좋을까요?"

"내가 그따위 걸 알 게 뭐냐?"

"스루가가 먼저냐 이세伊勢가 먼저냐…… 아니, 어느 쪽이 더 바늘이 잘 팔릴 것 같습니까?"

"……"

"대답이 없으신 것은 마음대로 하라는 말씀인가요…… 그러나 이 토키치로가 성주님이라면 또 하나 중요한 돌을 던지겠습니다마는."

"……"

"다름이 아닙니다. 이 돌은 멀리 에치고越後에, 에치고의 나가오 카게토라長尾景虎에게. 하기야 거기서는 난잡한 행위가 있다는 소문은 없지만……"

이 말에 노부나가의 걸음이 딱 멎었다. 이미 고죠가와 기슭에 도착해 있었다. 강 건너로 호젓한 키요스 성과 푸른 나무가 보였다.

7

노부나가가 휙 돌아보는데 토키치로는 다시 뻔뻔스럽게 웃었다.

"토키치로라고 했지?"

"예, 주인님."

토키치로는 어떻게 해서라도 이 자리에서 노부나가를 주인으로 삼을 생각인 모양이었다. 노부나가는 다시 엄한 표정으로 입을 다물었다.

'예사로운 놈이 아니다……'

그렇다고 놀라움에 자기를 속박할 노부나가도 아니었다.

'그렇다! 이마가와 요시모토今川義元의 배후를 위협하는 수단은 에치고에 있다……'

노부나가는 새삼스럽게 토키치로의 얼굴을 보면서 꾸짖었다.

"어리석은 놈. 내가 그처럼 중요한 돌을 잊어버리고 있는 줄 알았느냐?"

"헤헤……"

토키치로는 다시 웃었다.

"참고로 말씀 드린 것입니다, 주인님."

"아직 주인은 아니래도!"

"저는 미노에서 이세, 다시 스루가를 돌아서 와도 되겠습니까?"

"이세는 좋아. 아니, 스루가도 좋다."

"그럼…… 미노는."

"난 모른다!"

노부나가가 다시 뱉어내듯 말하고 고개를 흔들었다.

"예, 알았습니다."

토키치로는 천연덕스럽게 자기 가슴을 가볍게 두드려 보였다. 그리고 사람을 업신여기는 듯한 태도로 고개를 끄덕이고, 이번에는 자기가 먼저 아까 지나온 장터 방향으로 걷기 시작했다. 노부나가는 잠시 그 뒷모습을 지켜보았으나 토키치로는 돌아다보지도 않았다.

"우스운 녀석이야!"

노부나가의 입가에 비로소 희미한 미소가 떠올랐다. 이로써 아마 요시타츠가 당장 오와리에 쳐들어오는 일은 없을 것이다. 아버지를 죽였으므로 아직 영내에는 적이 있을 것이고, 그들에 대한 회유와 진압 때문에 잠시 동안은 오와리의 동향만을 주시할 수밖에 없을 것이다.

"신스케, 돌아가겠다."

모리 신스케가 제방 건너편의 버드나무 밑에서 천천히 걸어왔다.

"그 원숭이를 닮은 사나이는 어떤 녀석입니까?"

"그 녀석 말이냐……"

노부나가는 즐거운 듯이 대답했다.

"언젠가는 내 오른팔이 될…… 녀석인지도 몰라."

"전부터 첩자로 있었습니까?"

"아니, 어제 처음 만났어, 장터에서."

"어제 처음으로…… 믿어도 괜찮겠습니까?"

"신스케!"

"예."

"사람과 사람은 말이다, 처음에는 누구든지 첫 대면이야. 형제도 부자도."

이렇게 말하면서 성으로 들어가는 다리 부근에 이르렀을 때였다.

"첫 대면 때 자기 장점을 상대에게 깨닫게 할 줄 모르는 자는 도움이 되지 않아. 그 녀석은……"

웃다가 다시 생각난 듯이 말을 이었다.

"그건 그렇고, 그보다 나는 소실이 될 여자를 보고 왔다."

"예?"

"성밖에서 두 사람, 안에서 한 사람…… 그런데 노히메濃姬가 무어라고 할지 모르겠어."

잔뜩 흐린 하늘에서 다시 뚝뚝 빗방울이 떨어지기 시작했다.

돌아온 기러기의 집

1

 드디어 오카자키岡崎의 가신들이 기다리고 기다리던 날이 왔다. 슨푸駿府에 있는 지로사부로 모토노부次郞三郞元信에게 딸이 태어났다. 그리고 마침내 성묘가 허락되었다.
 태어난 딸의 이름은 카메히메龜姬라고 지었다. 왜 그런 이름을 지었나 오카자키에서는 아무도 몰랐다. 모른다는 점에서는 슨푸에서 지금 떠돌고 있는 소문도 마찬가지였다. 소문은 이곳까지는 전해지지 않았다. 딸은 달이 채 차지 않고 태어났는데, 그것이 남의 자식이라는 따위의 소문은 아니었다. 이와는 반대로, 부모가 혼례 전에 이미 관계를 맺지 않았을까…… 하는 소문이었다.
 딸의 이름은 스루가 마님의 의견에 따라 지어진 모양이었다. 요시모토는 스루가 마님의 어릴 적 이름인 세나히메瀨名姬를 그대로 부르지 않고, 키라吉良의 딸과 함께 츠루鶴와 카메龜라는 대칭으로 불렀었다. 스루가 마님은 그 '카메'에게 왠지 모르게 마음이 끌렸던 모양이었다. 지로사부로의 가슴에 있는 '카메히메'에 대한 배려에서가 아니라, 도리어 자신의 양보를 의미하고 있는 것인지도 몰랐다.
 어쨌든 이 딸의 탄생으로 요시모토는 안도한 듯, 이렇게 말했다.
 "정월이 되기 전에 돌아오도록 하라."
 12월 초에 허락이 내렸다는 소식이 오카자키에 전해진 것은 이미 지로사부로가 슨푸를 떠난 뒤의 일이었다.
 오카자키의 가신들은 즉시 성으로 모였다.
 어떤 약속을 하고 허락을 받은 것일까? 어찌 되었건 철없는 타케치요竹千代는 옛날의 일, 두 사람이 타는 가마로 떠난 지 10년 만에 돌아온다. 우선 숙소는 어디로 정할 것인가……? 이 문제부터 의견은 둘로 갈라져 있었다. 슨푸에서 파견된 성주 대리가 지로사부로를 위해 본성을 비워줄 리 없었다. 만일 둘째 성을 사용하게 한다면 가신들의 감정이 용납하지 않았다. 사정을 설명하고 잠시 본성을 비워달라고 하자는 일파와, 그것은 도리어 졸렬한 태도라는 일파의 대립이 있었다.
 "만일 성주님이 두 번 다시 슨푸에 돌아가시지 않을 결심이라면 적이 지키는 성안에는 들어가시지 않는 게 좋소."
 "아니, 그런 일은 없을 것이오. 마님과 따님을 두고 오시지 않았소?"
 "하지만 성인이 되신 성주님의 흉중을 그대가 알 리 없지 않은가?"
 두 파가 다시 심하게 대립해 셋째 성에서 슨푸의 명으로 행정을 맡아보고 있는 토리이 타다요시鳥居忠吉가 중재에 나섰다.
 "일단 다이쥬 사大樹寺에 모시고 나서 성주님의 의향을 여쭙는 것이 좋을 것 같소. 성묘를 위해 오시니 그것이 가장 온당하다고 믿소."
 지로사부로가 된 타케치요가 오카자키에 도착한 것은 12월 8일.
 하늘은 파란 물이 떨어질 정도로 맑고 구름 한 점 없는 오후였다. 가신들은 오히라大平의 가로수가 있는 데까지 마중할 사람을 내보내고는 겨울의 추위도 잊고 마른 풀 위에 앉아 기다렸다.
 오늘도 그들의 옷차림은 초라했다. 남자들은 겨우 무사답게 차리고 있었으나, 여자들은 상인인지 농부인지 분간조차 할 수 없었다. 군중 속에 섞인 혼다 헤이하치本多平八만이 깨끗한 코소데小袖°를 입고 있었다. 어머니와 같이 슨푸에 심부름을 갔을 때 타케치요가 준 것을 소중히 간직하고 있었던 듯.

"아직 도착하시지 않았습니까?"

훤칠하게 자란 헤이하치가 어머니의 손을 잡고 흔들었을 때 누군가가 소리를 질렀다.

"아, 저기 보인다."

2

"아, 오시는구나."

"아아…… 정말…… 늠름해지셨어."

"어쩌면…… 저렇게 멋진 말을 타시고."

마중 나온 사람들의 속삭임은, 그러나 곧 흐느낌으로 변해갔다.

뒤에 사카이 우타노스케酒井雅樂助와 우에무라 신로쿠로植村新六郎를 거느리고, 앞에는 히라이와 치카요시平岩親吉에게 창을 들게 하고 천천히 말을 타고 오는 지로사부로에게는 그 어느 곳에도 10년 전의 모습은 보이지 않았다. 그때는 단지 토실토실하게 살이 오른 천진난만한 아이였으나, 지금은 근육이 불거지고 뼈대가 굵직굵직한 청년으로 성장해 있었다. 노인이나 노파들 중에는 그 젊은 모습에서 조부 키요야스清康를 떠올리는 면이 많았는지도 몰랐다.

"오오, 선대의 성주님 그대로야……"

이렇게 중얼거리는 소리가 곳곳에서 들렸다.

토리이 타다요시와 오쿠보 타다토시大久保忠俊가 앞장서서 말에 다가셨다. 그들보다 먼저 지로사부로가 말을 멈추고 그들에게 말했다.
"오, 영감들이시군. 그동안 안녕하셨소?"
"예, 성주님께서도 무사히……"
 타다토시는 이렇게 말하고 갑자기 와하하하 하고 웃기 시작했다. 목이 메어 그 다음 말이 나오지 않았던 것이다. 토리이 타다요시는 잠자코 지로사부로의 말 앞으로 다가가 고삐를 받아들고 여러 사람 앞으로 방향을 돌렸다. 그 역시 말이 나오지 않는 모양이었다.
 주위는 쥐죽은 듯 조용하고, 단지 여기저기에서 흐느끼는 소리밖에 들리지 않았다.
 혼다의 미망인이 헤이하치의 손을 잡고 활기찬 걸음으로 앞으로 나왔다.
"그 고삐를 헤이하치가 잡도록 해주십시오."
 이어 헤이하치가 큰 소리로 말하면서 타다요시의 손에 달려들었다.
"성주님! 어서 오십시오."
 지로사부로는 아직 걸음을 떼지 않았다. 등에 내리쬐는 따스한 햇볕을 이처럼 안타깝도록 고맙게 느낀 적이 없었다.
 '나 같은 놈을……'
 이렇게도 생각했고, 어떤 고난을 무릅쓰고라도 이 사람들에게 정신적인 기둥이 되겠다고도 생각했다.
"그럼, 다이쥬 사로 갑시다."
 타다요시가 말했다. 마른 풀 위에 앉아 숨을 죽이고 있던 사람들이 깜짝 놀란 듯 고개를 들었을 때, 행렬이 조용히 그들 앞으로 지나갔다.
"정말 다행이야. 이제 오카자키에는 성주님이 생겼어. 믿음직한 성주님이 생겼어."
 사정을 모르는 하급무사의 가족 중에는 지로사부로가 이대로 오카자키에 계속 머무를 줄 알았는지, 행렬 뒤를 따라가면서 속삭이는 소리가 되살아났다.

"이제는 슨푸의 성주님과 친척이 되셨대."

"그래. 슨푸의 무리들이 물러가면 오카자키는 우리들의 것. 열심히 일하세."

"암, 당연하지. 이대로 있다가는 굶어죽기 십상이야."

"얼마나 경사스러운지 몰라. 봄은 우리가 제일 먼저 맞이했어."

오히라 가로수까지의 행렬은 겨우 4, 5명밖에 되지 않았다. 약간의 짐을 짊어진 일행이었으나 오카자키에 들어서면서 그것은 이가伊賀의 하치만구八幡宮 신사에서 열리는 축제 때와도 같은 행렬이 되었다. 그리고 어느 얼굴에나 고생을 잊은 듯한 웃음이 떠올라 있었다.

지로사부로는 천천히 말을 몰면서, 자꾸 울음이 터져나올 것 같아 몇 번이나 하늘을 쳐다보았다.

3

군중의 환희가 크면 클수록 지로사부로의 가슴은 더 아팠다. 그는 아직 이같은 모두의 기대에 부응할 아무런 힘도 가지고 있지 못했다. 단지 요시모토가 명하는 대로 인질이 되기도 하고, 관례를 올리기도 결혼하기도 했다. 성묘를 하게 된 것도 그의 허락이 있었기 때문이다. 그리고 앞으로 어떤 명령을 받게 될지도 너무 잘 알고 있었다.

요시모토의 쿄토京都 진입을 위한 선봉대라는 것은 갈수록 내부를 공고히 다지고 있는 노부나가와 싫건 좋건 결전을 벌이도록 강요당하는 것이었다. 피로에 지친 가신들이, 착실히 부력富力을 축적하고 있는 오와리의 정예부대와 전멸을 각오하고 싸울 장면을 상상한다는 것은 정말 고통이었다. 오늘만 해도 그렇다! 내 조상의 분묘가 있는 고향에 돌아왔는데도 머물 곳조차 없는 상태가 아닌가.

다이쥬 사만 해도 이마가와의 승낙이 있기 때문에 그를 맞아주는 것이리라.

'집도 없는 다이묘大名°란 말인가…… 나는……'

아니, 다이묘가 갖는 힘의 모든 것을 교묘하게 박탈당한 한낱 인질에 지나지 않았다. 그것도 자기 한 사람만이 아니라 아내와 새로 태어난 딸까지도.

"그래요, 먼저 이가의 하치만구에 참배하겠소."

자기 성을 왼쪽으로 바라보면서 행렬이 아스케足助 가도에 접어들었을 때 지로사부로는 태도만은 흐트러뜨리지 않고 앞에서 걷고 있는 타다요시에게 말했다.

"그러는 것이 좋겠지요."

타다요시는 이렇게 대답하고 말 옆으로 와서 속삭였다.

"겟코 암月光庵은 나중이 좋겠습니다."

지로사부로는 끄덕이는 대신 다시 맑은 하늘로 눈길을 보냈다. 아버지 히로타다廣忠의 유해는 일단 다이쥬 사로 보내졌다가 다시 겟코 암에 암장된 채로 있다고 말해준 것도 타다요시였다. 타다요시는 가신들이 그토록 의지하고 있는 지로사부로가 만일 비탄에 빠지기라도 하면 어떻게 할까 걱정했던 모양이었다.

'불쌍한 것은 나만이 아니다……'

바로 오른쪽 노미가하라能見ヶ原 건너편 땅 속에도 구원받지 못한 아버지가 잠들어 있었다. 나중에 다시 기회를 보아 성묘하기로 하고 오늘은 아버지도 잊어버리자.

이가 다리를 건너자 마츠다이라松平 가문이 대대로 섬겨온 이가 하치만이 왼쪽에 있었다. 지로사부로는 말에서 내려 오랫동안 신사에 기도를 드렸다. 열다섯 살의 젊은 나이이지만 마음속의 안타까움을 숨기는 능력만은 이미 충분히 갖추고 있었다. 신주神主인 시바타 야스타다柴田康忠가 흔드는 헤이幣° 밑에서 정성을 기울이는 지로사부로의 모습에서는 비탄이나 감상 같은 것은 흔적도 찾아볼 수 없었다.

"이것으로 무운武運이 영원히 이어질 것입니다."

눈에 가득 눈물을 담은 채 기원하듯 말하는 우에무라 신로쿠로에게 가볍게 고개를 끄덕이고 신전에서 물러나온 지로사부로는 다시 유유히 말에 올랐다.

"영감…… 이 근처를 조부님도 걸으셨겠지요?"

타다요시보다 먼저 오쿠보가 고개를 끄덕였다.

"예, 그렇습니다. 저는 지금도 기억하고 있습니다마는…… 치야리쿠로血鑓九郎(창의 명수, 여기서는 이에야스의 조부를 가리킴)가 새빨간 창을 메고 저한테는 말고삐를 잡게 하시고는 몇 번이나 이곳을 지나가셨는지 모릅니다. 아니, 그때의 용감하시던 모습이 성주님께도 그대로 전해졌습니다. 핏줄입니다, 핏줄."

이렇게 말하고 노인은 우는 대신 다시 낙엽이 날아가는 듯한 소리로 웃었다.

4

일행이 카모다鴨田에 있는 다이쥬 사에 도착한 것은 해가 거의 머리 위에 올라왔을 무렵이었다.

마츠다이라의 4대조 사쿄노신 치카타다左京之進親忠가 건립한 정토종淨土宗에 속하는 이 절은 부근에서는 성 다음으로 큰 건물이었다. 지로사부로의 할아버지 키요야스가 텐분天文 4년(1535)에 칠당가람을 보수한 지 벌써 22년의 세월이 흘렀으나, 아직 그 어디에도 황폐한 곳이 없고, 절의 문을 닫으면 진지 이상으로 견고한 요새였다.

"잘 오셨습니다. 당연히 성묘를 하셔야지요."

주지 텐쿠天空 화상이 직접 마중 나와 정중하게 맞았다. 그 뒤에 도열한 건장한 체구의 승려는 대략 40명. 그들은 이 난세에 폭력으로부터 성역을 지키기 위한 이를테면 경호원인 셈인데 따로 승병僧兵이라고는 부르지 않았다.

문 앞에 이르러 말에서 내린 지로사부로는 성큼성큼 텐쿠 화상에게 다가갔다.

"일이 생각대로 되지 않아 소홀함이 많소. 용서하시오."

"어찌 그런 말씀을 하십니까. 이 절은 마츠다이라 가문과는 삼중 사중으로 인연이 깊은 고찰. 너무 심려하지 마십시오. 자, 어서 객실로 드시지요."

앞장서서 걸으면서 다시 한 번 자세히 지로사부로를 돌아다보았다. 열다섯 살치고는 지나치게 세상일에 익숙했다. 하지만 그것은 아버지 히로타다처럼 소심한 데서 오는 것이 아니라 남에게 지지 않으려는 강한 정신의 발로라고 화상은 생각했다.

객실은 셋으로 칸막이가 되어 있었다. 그 가장 안쪽이 건립자 치카타다와 조부인 키요야스의 휴식공간으로 쓰였던 곳으로, 정면에는 약간 높은 칸이 마련되고, 두번째 칸 그리고 마루가 딸려 있었다. 모두 다다미 24장의 크기. 이것이 오카자키에 머물 때 지로사부로가 사용할 거실과 침소였다. 이곳은 또한 가신들과의 접견장소도 되었는데, 슨푸의 임시처소에 비하면 궁전 같았다. 노신들은 장지문을 사이에 둔 다른 칸에 머무르게 되어 있었다.

화상은 우선 차를 가져오게 하고 지로사부로의 얼굴을 다시 자세히 바라보았다.

평범한 사람의 얼굴이 아니었다. 천 사람 가운데 섞여도 금세 눈에 떨 볼과 귀였다. 그리고 그 눈에서 눈썹에 이르는 부분은 격렬한 선과 빛이 아로새겨져 있었다.

'할아버지를 너무 많이 닮았어……'

성급하거나 과격한 탓으로 몸을 망칠 염려가 다분했다. 깊은 통찰력을 가지고 있으면서도 울컥 하는 혈기 때문에 몸을 그르칠 위험성이.

"차를 드시고 나서 곧 성묘하시겠습니까, 아니면 좀더 휴식을 취하시고……"

지금 당장 하겠다고 답하리라 확신하면서도 화상은 부드럽게 물어보았다.

"모두가 원하는 대로."

지로사부로의 대답에 화상은 뜻밖이라는 듯이 바라보았다. 그것은 생각하는 바가 있어서 대답한 말은 아니었다. 지로사부로는 무언가 보이지 않는 것에 압도되어, 자기가 소멸되어버릴 것 같은 감동에 사로잡혀 있었다. 조금 전에 본 성은 그렇다고 하더라도, 자기 조상들이 무엇을 바라고 무엇에 의지하려고 이와 같은 가람을 세웠을까…… 그 정신의 밑바닥에 깔린 것을 그는 아직 깨닫지 못했다.

'대관절 그 의도는 무엇이었을까……?'

이때 노신들이 잇따라 들어와서 보고를 했다.

"성묘 준비가 끝났습니다."

5

인질에서 인질로 전전하는 생활에 익숙해 있었기 때문에 지로사부로에게는 어딘지 모르게 방랑자와도 같은 정신적 부박함이 있었다. 침착한 자세를 견지하고 집요하게 살아온 인간의 역사를 대할 기회가 적었다. 나고야那古野의 성을 보아도, 텐노 사天王寺나 만쇼 사万松寺를 대해도, 또 슨푸의 웅장한 성곽을 접해도 단지 큰 건물로밖에 받아들이지 않았다. 어린 마음을 감동시키는 것은 있었으나, 그 이면에 있는 깊은 것까지는 느끼지 못했다.

지금 자기 조상이 건립하고 할아버지가 다시 보수했다는 가람을 보고 있으려니, 오늘 자기가 가지고 있는 생명의 불가사의가 생생하게 마음을 압박해왔다.

'한 사람의 지로사부로는 결코 우연히 있는 게 아니다……'

자기 자신이 깨닫지 못했던 시대에서 시대를 수직으로 꿰뚫고 그 끝에 자기가 있다는 것을 깊이 깨달았다. 아니, 자기에게도 이미 딸이 있다. 그렇다면 자기를 하나의 점으로 하여 미래에도 영원히 계속될 것이었다……

텐쿠 화상의 안내를 받아 중신들을 거느리고 먼저 조상의 무덤에 성묘했다. 머리 위에 큰 소나무 다섯 그루가 자라고, 그 나뭇가지에 몇 개인가 부엉이 집이 있었다.

"밤이 되면 이 부엉이들이 산소를 지킵니다."

화상은 이마에 손을 얹고 나뭇가지를 쳐다보고 나서 산소 앞에 향을 피웠다.

지로사부로는 석양을 향해 합장했으나, 이럴 때 무어라 기도해야 할지 알 수 없었다. 내 생명의 근원이 있는 곳. 울컥 그리움이 치밀었다. 자기를 합쳐 9대…… 그리고 앞으로 몇 대까지 계속될 것인가.

성묘가 끝나자 텐쿠 화상은 다시 산문으로 안내하고, 누각에 걸린 고나라後奈良 천황°이 직접 쓴 현판을 가리켰다.

다이쥬 사라 썩어 있었다.

"키요야스 공이 생존하셨을 때인 텐분 이년 십일월에 하사하신 것입니다."

화상은 그때부터 지로사부로의 가슴에 오가는 것이 무엇인지를 깨달은 모양이었다.

다보탑으로 안내하여 거기 씌어 있는 할아버지의 친필을 보여주기도 하고, 치카타다가 기증한 부처의 화상畵像 앞으로 안내하기도 했다. 그동안 지로사부로는 그저 묵묵히 고개를 끄덕이기만 했을 뿐이었다. 오늘날까지는 자기를 중심으로 한 가신들의 횡적 연결밖에는 생각하지 않았으나, 지금은 여러 조상들과 함께 걷고 있었다.

일행은 다시 객실로 돌아왔다.

"보여드릴 것이 또 있습니다. 중신들께서도 이리 오시지요."

화상은 지로사부로 앞으로 중신들을 불러 조상들이 기증한 소중한 물품들을 나란히 펼쳐놓았다. 겨우 스물네 살에 세상을 떠난 아버지의 기증품이 의외로 많아, 이것이 지로사부로의 마음을 크게 움직였다.

자개를 박아넣은 파란 문갑이 있었다. 쇼토쿠聖德 태자°의 화상도 있었다. 목계牧溪°가 그린 두루마리 그림도 있고, 손으로 직접 쓴 와카和歌°도 있었다.

지로사부로가 이들 유품을 뚫어져라 바라보고 있을 때 옆에 앉아 있던 토리이 타다요시가 조용히 혼자말을 하듯 속삭였다.

"모처럼의 귀향이시니 와타리渡里의 제 집에 들러주십시오. 이 늙은이 또한 보여드릴 것이 있습니다."

토리이 노인의 말을 들으면서도 지로사부로는 아버지가 기증한 물품들에서 눈길을 뗄 수 없었다.

6

지로사부로가 와타리에 있는 토리이 타다요시의 집을 찾아간 것은 그 이틀 후였다. 어제는 성에 들어가 이마가와 쪽 성주 대리와 가벼운 인사를 나누었다. 상대는 아직 지로사부로를 소년으로 취급하고 또 요시모토의 지시를 받기도 했으므로 다섯 가지 채소와 두 가지 국으로 식사를 함께 하면서 정치에 대해서는 거의 입을 열지 않았다.

"언젠가 고쇼御所° 님이 상경하실 때는 필히 수행하게 되실 테니 열심히 무예를 연마하십시오."

이런저런 교훈적인 말을 했다.

"모처럼의 귀향이시니 가신들의 충성을 공고히 다져두는 것이 마땅할 줄 압니다."

지로사부로는 간단한 말로 대답하고 마음에 점화된 한 점의 불꽃을 바라보고 있었다.

기개 없는 자신. 가신들의 애처로움. 그리고 또 여기 와서 보고들은 모든 것은 슨푸에서 들은 것보다도 더 할머니의 유언과 셋사이雪齋 선사의 말에 깊이 이어져 있었다.

다음에 올 때는 틀림없이 전쟁이 벌어져 있을 터. 더욱 어려워진 자기 입장을 생각하는 것만으로도 피가 거꾸로 흘렀다.

"내 성이기 때문에 그대로는 돌아갈 수 없다!"

스루가에 있는 아내와 딸도 버린 채 단단히 결심하고 이대로 성에 도전하고 싶었다. 토리이 타다요시가 셋째 성에 있는 관아로 안내하지 않고 자기 집으로 지로사부로를 데려간 것도 그러한 혈기를 발견했기 때문인지도 몰랐다.

와타리에 도착했을 때, 사철나무가 울창하게 자라 있는 타다요시의 집은 작은 진지陣地보다 더 큰 저택이었다.

"이 늙은이의 집입니다."

지로사부로는 비로소 미소를 떠올릴 수 있는 집다운 집을 보았다. 토담으로 둘러싸여 있고 문도 훌륭했으며 벽도 상한 데가 없었다. 이 정도로 모든 것이 갖추어진 집에 살고 있는 것은 가신 중에서는 타다요시 한 사람뿐. 부유하기 때문에 슨푸까지 많은 물품을 보내준 것이겠으나 이 정도까지인 줄은 몰랐다.

고케닌ご家人°의 영접을 받아 안으로 들어갔다. 방은 서원식 구조로 되어 있었다. 직접 농사도 짓고 있는 듯 고케닌도 하인도 꽤 많았다. 우선 다과가 나오고 고케닌들이 잇따라 절을 올렸다. 집의 규모에 비해서는 모두 소박한 차림이었으나 그래도 넉넉한 살림살이의 분위기가 풍기고 있었다.

장지문에 겨울 햇살이 따스하게 비치고 있었다.

"휴식을 마치고 나서 성주님 한 분께만 이 늙은이가 보여드릴 것이 있습니다."

지로사부로를 재촉하여 정원으로 나왔다. 뒷문으로 돌아서니 말먹이 냄새가 코를 찌르고 그 너머에 네 채의 곳간이 이어져 있었다.

그 앞에 선 타다요시는 하인을 불러 곳간의 열쇠를 가져오게 하였다.

"너는 물러가 있거라."

하인을 물리고 나서 세번째 곳간 문을 열었다. 튼튼한 문이 삐걱 소리를 내며 열렸다.

"자, 들어가시지요."

지로사부로는 도대체 무엇을 보여주려는가 싶어 허리를 구부리고 안으로 들어서는 순간, 저도 모르게 눈이 휘둥그레졌다.

"아니?"

실에 꿴 동전이 바닥 가득히 쌓여 있었다.

"성주님."

타다요시가 조용히 말했다.

"동전은 이렇게 세로로 쌓아놓으면 절대로 썩지 않습니다. 기억해두십시오."

7

"이 많은 돈이 대관절 누구 것이오?"

동전을 쌓는 방법보다도 지로사부로는 그 소유자가 누구인지에 더 관심이 있었다. 노인 개인의 축재로는 그 양이 너무 많았다. 몇 천 관이나 될지 젊은 그로서는 눈대중도 할 수 없었다.

"누구 것이라니요, 모두 성주님의 것입니다."

"뭐, 내 것이라고……?"

타다요시는 그 말에는 대답하지 않고 지로사부로의 놀람이 진정되기를 기다렸다.

"성주님께서 다시 이 성에 돌아오시게 되는 것은 전쟁이 일어났을 때라고 이 늙은이는 생각합니다. 전쟁에서 가장 중요한 것은 군비軍費, 그때가 되어 급하게 백성들을 괴롭혀가며 마련해서는 백성들의 원성만 사게 됩니다."

타다요시는 조용히 밖으로 나와 눈시울을 붉히면서 문을 닫았다.

"성주님은 성주님 뒤에 가신들의 피와 땀이 숨겨져 있다는 것을 잊으시면 안 됩니다."

다음 곳간에 들어가니 그곳에는 마구馬具와 갑옷, 칼과 창이 가득히 들어차 있었다.

"우선 돈을 모으고 무기를 갖추고 나서 다음에는 식량을 마련하지요. 이 모두 성주님이 처음 출전하실 때를 위한 준비입니다."

"음, 식량도 준비했소?"

"우선 당장의 전쟁에 대해서는 부족함이 없습니다. 군사도 말먹이도…… 마른풀만 해도 이천 관쯤은 비축되어 있습니다."

지로사부로는 이미 대답할 말을 잃었다. 이런 노인에게 그같은 준비가 있었다니…… 더구나 그것을 궁핍한 가신들을 위해서는 사용하지 않고 이렇게 비상시를 대비하여 준비해놓다니……

"영감."

"예."

"나는 울고만 싶소. 평생 잊지 않을 것이오! 그런데 영감께 한 가지 더 묻고 싶은 것이 있소."

"말씀하십시오. 무엇입니까?"

"혹, 이마가와로부터 위임받은 공납을 취급하면서 뒤로 빼돌린 것은 아니오?"

타다요시는 깜짝 놀란 듯 어둑어둑한 곳간 안에서 지로사부로를 똑바로 쳐다보았다. 그리고 상대가 책망하는 얼굴이 아니라는 것을 알고는 안도하면서 단호하게 대답했다.

"이것은 원래가 마츠다이라 영지의 조세입니다. 결코 빼돌린 것이 아닙니다."

"내가 잘못 말했소. 영감이 이것을 집에 비축했다가 발각되어 문제라도 생기면, 그 비난을 혼자 다 뒤집어쓸 생각이오?"

타다요시의 늙은 어깨가 무섭게 들먹였다.

"오오, 그런 일까지 배려하시는 성주님이 되셨군요."

"영감!"

"예."

"영감…… 이 지로사부로는 훌륭한 가신들을 가져서 정말 행복하오. 조상님의 덕택…… 이렇게…… 영감……"

지로사부로는 무릎을 꿇고 주름투성이인 타다요시의 손을 받쳐들었다. 타다요시는 그가 하는 대로 맡겨둔 채 울음을 터뜨렸다.

이때 지로사부로를 따라와 있던 타다요시의 아들 모토타다元忠가 큰소리를 지르며 곳간 밖에까지 왔기 때문에 두 사람은 비로소 눈물을 닦고 밖으로 나왔다.

"아버님! 성주님! 어디 계십니까? 오카자키에서 급한 일이 생겼다고 사카이 우타노스케 님이 달려오셨습니다."

곳간에서 나왔을 때 바깥 햇빛은 눈을 멀게 할 만큼 밝았다.

8

두 사람이 모토타다와 같이 돌아왔을 때 말을 타고 달려온 우타노스케는 마루에 서서 몸의 땀을 닦고 있었다.

"무슨 일이 생겼소?"

타다요시의 목소리를 듣고 우타노스케는 돌아서서 옆에 있는 사람에게 피해달라는 눈짓을 했다. 모두 서원에서 나간 뒤 그는 지로사부로와 타다요시의 얼굴을 번갈아 바라보았다.

"오다 노부나가가 오타카 성大高城에……"

"전쟁을 선포했다는 말이오?"

우타노스케는 고개를 끄덕였다.

"미노의 장인 도산 뉴도가 살해되어 먼저 행동을 일으키지는 않을 것이라 생각했는데, 혹시 장인의 원수 요시타츠와 손을 잡았는지도 모릅니다."

타다요시는 조심스럽게 고개를 갸웃거렸다.

"요시타츠와는 손을 잡지 않을 거라 생각했는데…… 그러나저러나 노부나가가 먼저 행동을 일으키다니 정말 무모하기 짝이 없군……"

"경우에 따라서는 큰 전쟁으로 번질지도 몰라 우선 상의 드리려고 찾아왔습니다."

지로사부로는 입을 다물고 두 사람의 대화를 듣고 있었다. 노부나가의 성격에 대해 그 일면을 직접 보아온 그로서는 예사롭지 않은 일로 여겨졌다. 우선 생각할 수 있는 것은, 노부나가의 세력이 더 이상 장인의 생사에 전혀 영향을 받지 않는다……는 힘의 과시. 다음에 생각할 수 있는 것은 그 반대였다. 뜻을 모아 이마가와의 상경을 저지하자는 요시타츠와의 묵계가 이루어졌다는 증거. 아니, 노부나가의 행동은 언제나 이면의 이면에 또 하나의 이면을 준비하고 있는 것이 보통이었다.

'지로사부로가 귀성歸省한 것을 알고 슨푸에 등을 돌리려면 지금이 가장 적절한 때! 노부나가는 언제라도 타케치요를 도와주겠다.'

이러한 사자使者가 올 전제라고 생각되지 않는 것도 아니었다.

바로 얼마 전에는 가신의 동생과 딸들을 소실로 삼겠다고 직접 찾아나서서 한꺼번에 아내가 넷으로 불어났다. 역시 멍청이라는 얘기가 어디선지 모르게 흘러왔다.

"결국은 그것이 무모한 짓이라고……"

우타노스케가 다시 타다요시에게 말했다.

"슨푸에서 가만히 있을 리가 없지요. 이 기회를 이용하여 성주님께 그대로 성에 머무르면서 지휘를 하시도록 말씀 드려보는 것은 어떨까요?"

타다요시는 눈을 감았다. 우타노스케의 말에도 분명 일리는 있었다. 그러나 과연 그것이 상책인지 아닌지는 당장 판단하기 어려웠다.

지금 이대로 성안으로 맞아들이면 요시모토가 없는 싸움이므로 성주 대리의 선봉으로 나서야 한다. 그보다는 일찌감치 슨푸로 돌아가게 하여 요시모토가 직접 출진할 때 다시 새로이 맞아들이는 것이 좋지 않을까……?

지로사부로는 두 사람과 전혀 다른 것을 생각하고 있었다. 그가 지닌 젊음은 지금까지 망설임으로 일관되어 왔다…… 그러면서 언젠가는 처자를 버려야 한다는 결단을 마음 깊은 곳으로부터 요구당해왔다.

'언젠가 버려야만 한다면 과감하게 지금……'

이런 생각을 하자 가슴이 후끈 달아올랐다.

타다요시가 눈을 떴다. 그리고 우타노스케보다는 지로사부로를 설득하는 듯한 어조로 조용히 자기 무릎을 만지면서 말했다.

"이삼 일 오와리의 동정을 더 살펴보고, 사정에 따라서는 곧 슨푸로 돌아가셔야 할 줄 압니다."

노부나가가 던진 돌 하나!

지로사부로는 노려보듯 타다요시에게 눈길을 던진 채 있었다.

 꾀꼬리의 성

1

 이미 벚꽃이 피기 시작했는데도 여기저기서 꾀꼬리 울음소리가 들려왔다. 이른봄의 앳된 울음소리가 아니라 아름다움을 다투는 듯한 그 소리가 모여 있는 무장들의 귀에 기분 좋게 흘러들었다.
 슨푸의 본성 정원이었다.
 이마가와 요시모토의 적자 우지자네氏眞가 쿄토에서 슨푸로 내려와 있는 나카미카토 노부츠나中御門宣綱와 공차기를 하면서 그 광경을 여러 장수들에게 보여주고 있었다. 요시모토 자신도 오늘은 웬일인지 마루에 휘장을 치고 깔개를 깔게 한 뒤 이 유서 깊은 성안 풍류를 바라보고 있었다. 날이 화창하여 햇볕은 따사롭고 흰 눈을 머리에 인 후지산 정상이 뚜렷이 보였다. 이제 곧 주연이 마련될 예정이었는데, 꾀꼬리 울음소리와 공 튀는 소리가 자못 한가로운 느낌을 주었다.
 요시모토는 사방침에 살찐 몸을 기대고 쿄토식으로 화장한 얼굴에 눈썹을 그리고, 공차기보다는 여러 장수들의 표정을 번갈아 바라보고 있었다. 그의 마음은 이 유서 깊은 공차기가 슨푸가 아닌 쿄토로 옮겨질 시기가 올 때를 상상하고 있었다. 선조 때부터 와신상담하며 꿈꾸어 온 야망이었다.

오다와라小田原의 호죠, 카이의 타케다와 이중으로 맺은 혈연동맹이 지금의 그로서는 자못 의심스러운 바가 없지 않았다.

요시모토가 쿄토로 출발하면 그들 가운데 하나가 반드시 배후를 칠 우려가 있었다. 더구나 그럴 위험성은 호죠 우지야스北條氏康보다 타케다 하루노부武田晴信(신겐信玄) 쪽에 더 많았다.

하루노부의 누나를 아내로 맞고 아버지를 슨푸 성에 억류한 요시모토였으나, 하루노부의 뜻이 자기와 마찬가지로 쿄토 진입에 있다는 것을 알고는, 언젠가는 한번 싸워야 하는 숙명임을 느끼고 있었다. 그런데 이 하루노부는 당분간 야심을 억누르고 움직일 수 없게 되었다. 에치고의 우에스기 카게토라上杉景虎(켄신謙信)와의 전쟁이 교착상태에 빠져 장기전으로 돌입했기 때문이다.

'지금이다!'

요시모토의 뇌리에서는 이미 출발시기와 준비가 끊임없이 검토되고 있었다. 세키구치關口, 오카베岡部, 오하라小原 등 공차기에 정신이 팔려 있는 중신들을 바라보다가 문득 그 눈길이 마츠다이라 지로사부로 모토야스元康의 옆모습에 멎었을 때.

"그렇다!"

요시모토는 잊어버리고 있던 한 가지 생각이 떠올라 자리에서 일어섰다.

주위 사람들의 흥을 깨지 않기 위해, 일어날 때 팔을 부축해준 시동 하나만을 데리고 슬그머니 휘장 뒤로 사라졌다. 마츠다이라 지로사부로는 관례 때 명명된 모토노부란 이름을 열다섯이 되던 해의 정월에 조상의 성묘를 끝내고 오카자키에서 돌아온 후 '모토야스'로 고쳤다. 모토노부의 노부란 글자가 오다 노부나가의 노부와 통하는 것을 요시모

제4권 첫 출전 **45**

토가 꺼리는 것처럼 보였기 때문이다.

　요시모토는 성 중심의 높은 망루 옆 복도를 지나 안채로 돌아왔다. 그곳에서도 꾀꼬리 울음소리는 요란했고, 처마 밑으로 복숭아꽃이 가득 피어 있었다.

　그 마루 끝에 한 여자가 어린 여자아이의 손을 잡고 앉아 있었다.

　"오오, 오츠루お鶴. 오래 기다렸지?"

　요시모토는 일부러 허리를 구부려 여자가 데리고 있는 세 살쯤 된 아이의 머리를 쓰다듬었다. 여자는 마츠다이라 모토야스에게 출가한 그의 조카딸이자 세키구치 교부쇼유關口刑部少輔의 딸인 세나히메였다.

2

　오츠루라는 애칭으로 불린 세나히메는 공손히 머리를 숙였다. 모토야스의 맏딸 카메히메를 낳았을 뿐 아니라, 다음 아이를 임신하여 산달이 가까웠다. 이미 전과 같은 처녀티는 없어지고 완연한 부인의 모습이었다. 나이도 모토야스보다 여섯 살 위인 스물네 살.

　요시모토는 살찐 몸이 거추장스러운 듯 사방침에 기대고, 임부의 투명한 피부를 바라보았다.

　"내가 널 부른 것은 모토야스에 대해 물어보고 싶은 게 있어서……"

　"예, 말씀하십시오."

　"지난 이월 초 오와리의 노부나가도 상경하기 시작했다. 미요시三好의 무리들에게 혼이 난 쇼군將軍 요시테루義輝를 농락하기 위해서일 테지. 설마 오다의 멍청이가 무슨 일을 저지를 리는 없겠지만, 나도 이제 서서히 움직일 때가 된 것 같아."

　세나히메는 굳은 표정으로 고개를 끄덕였다.

"그래서 여러 가지로 생각중이다마는…… 어떠냐, 모토야스와 너희 모녀 사이는?"

"어떠냐고 말씀하시면?"

"화목한지 아닌지를 묻는 게야."

세나히메는 자신의 불룩한 배를 가리듯 살며시 옷소매를 편 채로 올려놓았다.

"이번에는 아들이었으면 하고 모토야스도 말하고 저도 역시 원하고 있습니다."

"하하…… 그러니까 걱정할 것 없다는 말이로구나."

"안심하십시오……"

"그래, 그래."

요시모토는 가볍게 끄덕이고 나서 다시 진지한 얼굴로 돌아왔다.

"상경할 때 모토야스에게 선봉을 명할 것인지 아닌지 지금 많이 망설이고 있다."

"모토야스의 마음을 의심하시는 겁니까?"

"어디까지나 방심은 금물이야."

요시모토는 다시 한 번 세나히메의 얼굴과 몸을 자세히 바라보았다.

"네가 모토야스보다 나이가 위라고 해서 이런 말을 하는 것은 아니다. 모토야스의 부하 중에는 오다 쪽과 내통하는 자가 있다는 소문이 있어. 선봉을 명령받은 모토야스가 그들 부하에게 조종되어 너희 모녀를 버릴 생각으로 오다 세력과 손을 잡기라도 하면 상경하려는 계획에 큰 차질을 가져와."

세나히메는 미소를 띤 채 고개를 저었다.

"그럴 염려는 절대 없습니다."

"네가 확실하게 모토야스의 마음을 붙들고 있다는 말이냐?"

"나이가 위면 질투가 많다고 소실도 두지 못하게 했습니다. 모토야스도 그것으로……"

"만족하고 있다는 말이로구나. 네게 그런 자신감이 있다면 틀림없겠지."

세나히메는 가까스로 일어나 걸으려고 뒤뚱거리는 카메히메를 뒤에서 받쳐주었다.

"만일 의심이 가신다면 상경에 앞서 모토야스의 마음을 시험해보십시오."

"음, 그런 방법도 있겠지."

요시모토는 성격이 거센 조카딸의 말에서 문득 한 가지 암시를 받은 기분이었다. 오다 노부나가는 종종 카사데라笠寺, 나카네中根, 오타카의 경계선에서 거추장스러운 싸움을 걸어왔다. 우선 그 부근에 군대를 보내 모토야스의 기량과 부하를 다루는 솜씨를 시험해보는 것도 한 가지 방법이었다.

요시모토는 정원의 햇빛에 눈길을 던진 채 생각에 잠겨 있었다. 그 모습에 세나히메는 다시 야무진 말을 했다.

"저는 모토야스의 아내이지만 고쇼 님의 조카딸이기도 합니다."

3

세나히메에게는 남편이 요시모토의 의심을 받는 것이 여간 안타깝지 않았다. 모토야스에게 자기와 아이를 버리고 오다 쪽에 가담할 마음이 있을 리 없었다. 다시 아이가 하나 늘어날 것이고, 고쇼의 조카딸이란 긍지와 체면을 연하의 남편에게 충분히 납득시켜놓았다.

"그래, 그럼 네 의견에 따르기로 하겠다. 모토야스에게는 오늘 내가 한 말을 이야기하지 말아라."

"예."

"안에 들어가 아이에게 쿄토에서 보내온 과일이라도 주어라. 나는 다시 나가봐야겠다."

이렇게 말하고 일어서려다 발이 저려 비틀거렸다.

"조심하십시오."

세나히메는 얼른 달려가 요시모토의 몸을 부축했다. 그는 잠시 세나히메의 손에 의지하고 낯을 찌푸렸다.

"알겠지, 모토야스의 마음을 놓쳐서는 안 돼. 연상이니 몸가짐에도 더욱 조심하고."

"잘 알고 있습니다."

"명령하는 말투를 쓰면 안 된다. 여자는 언제나 귀엽게 응석부리는 것이 좋아."

세나히메는 웃으면서 고개를 끄덕였다. 그 점에서는 빈틈없이 해나가고 있다…… 이런 의미를 담은 콧대 높은 미소였다.

요시모토가 밖으로 나간 뒤 세나히메는 딸의 손을 잡고 안이 아니라 곧바로 현관으로 갔다. 모토야스의 첫 출전이 결정되었다고 생각하니 마치 자기 일인 것처럼 마음이 들떴다. 열여덟 살이 되도록 자기 가신의 지휘를 맡지 못했다는 것은 모토야스는 물론 자기한테도 한없이 서글픈 일이었다. 능력을 인정받지 못해서가 아니라 거취를 의심받고 있었기 때문이다. 그렇지만 쿄토 진입이 결정되면 오카자키 군말고는 오와리 침공의 선봉을 담당할 자가 없었다.

세나히메는 모토야스에게는 비밀에 부치라는 말까지 그대로 남편에게 고할 생각이었다.

물론 첫 출전은 미카와와 오와리의 경계일 것이다. 거기서 오와리의 오다 군을 궤멸시켜, 과연 마츠다이라 키요야스의 손자, 세키구치 치카나가의 사위라는 찬사를 들어야 했다. 요시모토의 조카딸인 동시에 모토야스의 아내였다. 남편을 위해 도움을 주는 것이 아내의 길. 세심하게 마음을 써서 모토야스의 각오를 굳건하게 만들어야 한다. 모토야스도 연상인 아내의 말을 잘 따랐다. 따르지 않을 수 없는 억센 세나히메의 성격도 있었지만.

"성주님을 위하는 일이라 생각하고."

세나히메가 마지막으로 한마디 하면, 열여덟 살의 모토야스는 노숙한 사람처럼 머리를 끄덕이는 것이 보통이었다.

"카메야, 꾀꼬리와 꽃을 잘 보아두어라. 올해는 아버지께 마침내 봄이 찾아올 거야."

기다리게 했던 유모에게 카메히메를 안게 하고 현관에 나온 세나히메는 기분이 좋아 자기 아이를 꽃 밑으로 데려갔다.

밖에서는 공차기가 끝났는지, 이번에는 퉁소와 작은북소리가 들려왔다.

'성주는 언제 돌아올 것인가.'

여자로서 한시도 모토야스를 곁에서 떠나게 하고 싶지 않은 모순도 지닌 세나히메였다.

4

인연이란 이상한 것이지만, 따지고 보면 여자라는 생명체도 이상했다. 처음에는 타케치요였을 때의 모토야스를 곯려주고 싶은 생각밖에는 없었다. 그뒤 어쩌다가 인연이 맺어지고, 한때는 그 일을 후회했다.

'이런 어린애와 어떻게 그런 일이 벌어졌을까?'

그러다가 점점 더 오기가 나서 놓아줄 수 없게 되고, 혼례 전에는 자기가 먼저 모토야스를 위해 우지자네를 찾아갔다가 심한 봉변을 당하기까지 했다.

카메히메를 임신한 사실을 알았을 때 세나히메는 인생이 캄캄해진 것처럼 당황했다. 도무지 모토야스의 자식이란 생각은 들지 않고 우지 자네의 씨앗인 것만 같아 견딜 수 없었다. 지금은 그런 불안도 사라지고, 자기는 처음부터 모토야스를 위해 있었던 것 같은 안정 속에 살고 있었다. 연상의 아내라는 열등감도 없었다. 혼인하기 전부터 맺어졌다는 수치감도 없었다. 남편이란 생각만 해도 온몸이 욱신거릴 정도로 사랑스럽기만 했다. 어쩌면 주위 사정이 모토야스의 젊은 몸에 한가로움을 강요했기 때문에 부부의 일상이 보통의 경우보다 훨씬 더 짙었는지도 모른다. 모토야스는 끊임없이 세나히메를 요구했으며, 그녀 또한 모토야스가 곁에 없으면 잠을 이루지 못할 정도였다.

그런 사이 곧 둘째 아기가 태어난다. 이번에는 의심할 여지 없는 모토야스의 씨앗이었다.

세나히메는 들뜬 마음으로 마구간을 돌아 서쪽 문을 나섰다. 해가 잘 드는 제방의 벚꽃은 이미 7할 가량이 활짝 피어 있었고, 푸른 잎이 해자에 하늘하늘 비치고 있었다.

"유모, 이번에는 아들이었으면 좋겠는데."

"정말로 아드님이 태어나신다면 모두들 얼마나 좋아하실까요."

"마츠다이라 가문의 장남인만큼 성주님 어릴 적의 타케치요란 이름을 잇게 될 거야. 유모도 기도를 많이 해줘요."

"여부가 있겠어요."

세나히메는 해자 옆 벚나무에 손을 뻗어 작은 가지 하나를 꺾어서 카메히메의 손에 쥐여주었다.

"지금 전국을 통틀어서 이렇게 여자들만 걸을 수 있는 곳은 슨푸말고는 없다고 해. 도처에서 도둑과 부랑배들이 들끓고 있다는 거야. 이런 곳에 사는 우리는 여간 행복하지 않아."

유모는 그 말에는 대답하지 않았다. 유모는 오카자키의 가신 카타다 소우로쿠堅田左右六의 아내로 언제쯤 오카자키로 돌아갈 수 있을지 그것만 손꼽아 기다리고 있었다.

미야마치宮町에 있는 모토야스의 임시거처에 도착한 것은 여덟 점 반(오후 3시) 무렵이었다. 해는 아직 높았으나 정원에는 봄을 장식하는 정원수가 없었다. 갓 싹이 나오기 시작한 차나무와 배나무 사이에서 사카이 우타노스케가 열심히 밭벼의 씨를 뿌리고 있었다.

세나히메는 자기 방에 돌아와 곧 우타노스케를 불렀다.

"성주님은 아직도 성에 계시나요?"

우타노스케는 흙 묻은 손을 무릎에 얹고 애매하게 웃었다. 그의 눈에 비친 세나히메, 스루가 마님은 정이 너무나 깊다. 첫째도 성주, 둘째도 성주, 화창한 봄날 같은 화목함은 바람직한 일이지만 이 마님에게는 오카자키에 대한 그리움은 없었다. 이러한 점이 모토야스가 오카자키에 돌아가는 날을 늦춘다는 생각을 지울 수 없었다.

"고쇼 님을 뵈러 가셨다고 들었습니다마는, 기분은 어떠하시던가요?"

우타노스케는 교묘히 화제를 돌려 탐색하는 듯한 눈으로 세나히메를 바라보았다.

5

"그 일로 성주님께 드릴 말씀이 있어요. 참, 그대에게도 솔직하게 말해볼까요?"

세나히메는 넘칠 것 같은 교태를 부리면서 어린 계집아이처럼 생긋 웃었다.

우타노스케의 씁쓸해하는 표정 따위에는 아랑곳하지 않았다.

"고쇼 님은 성주님께도 말하지 말라고 했어요. 그렇다고 잠자코 있을 수는 없잖아요? 성주님은 제 생명과도 같으니까요."

"그 말씀이란?"

"성주님께 좋은 일이에요. 드디어 출전이 허락되었어요."

"출전……?"

"우타노스케, 출전할 때 나도 따라가면 안 될까요?"

우타노스케는 눈썹을 찌푸리고 고개를 갸웃한 채 대답하지 않았다.

"첫 출전이라 오래 걸리지는 않을 거예요. 그런데 오와리와의 경계선까지는…… 날짜가 얼마나 걸리지요? 너무 오래 떠나 있을 수는 없어요."

세나히메는 우타노스케의 고지식함을 놀리듯 고개를 갸웃했다.

"글쎄요."

우타노스케 역시 세나히메를 무시하는 태도로 말했다.

"오와리와의 경계라면 일 년이나 이 년, 아니 평생 돌아오시지 못할지도 모릅니다."

"우타노스케!"

"예!"

"왜 그런 불길한 말을 하는 거예요?"

"마님이 농담을 하시기에 저도 농담으로 말씀 드렸습니다."

"농담을 해도 정도가 있는 거예요. 첫 출전이 임박했다는 말을 듣고 그대에게까지 숨김 없이 털어놓는 내 마음도 좀 알아줘야 할 것 아닌가요?"

"마님, 이것은 쉽게 기뻐해서는 안 될 일입니다."

"왜죠?"

"상대인 오다 노부나가는 마침내 문중의 혼란을 바로잡고 오와리를 통일하여 현재 욱일승천의 기세에 있습니다."

"그래서 쉽게 이기지 못한다는 말인가요?"

"성주님은 열여덟 살이 되시기까지 아직 군사지휘도 허락받지 못한 데 비해 상대는 열세 살 때 첫 출전한 이래 이미 그 어떤 노련한 자보다도 많은 경험을 쌓았습니다. 무사히 개선하실 수 있을 거라고 장담할 수는 없습니다."

꾸밈없는 우타노스케의 말을 듣고 세나히메는 노골적으로 불쾌한 얼굴빛이었다.

"성주님을 도와 공을 세우시도록 하는 것이 그대들의 임무 아닙니까? 처음부터 이렇게 주눅이 들면 어떻게 합니까? 알았어요, 어서 가서 밭이나 손보세요."

우타노스케는 하라는 대로 자리에서 일어났다.

무언가 마음이 개운치 않은 것은, 세나히메가 성주의 생모 오다이於大와는 너무나 다르다는 생각 때문이었다. 슨푸의 여성과 미카와三河 여성의 차이. 미카와 여자는 한없이 공손하고 견실한 데 비해, 슨푸의 여자는 화려한 옷차림에 바깥일에까지 참견을 한다. 노골적으로 성주의 애정을 입밖에 내어 말하고 언제까지나 이곳의 생활이 계속될 줄로 알고 있다. 이것은 우타노스케만이 아니라 다른 가신들에게도 불안의 씨가 되고 있었다.

모토야스도 결코 말리려 하지 않았다. 그녀가 하는 대로 맡겨두고, 때로는 그 무릎을 베고 한가롭게 귀를 후비게 하거나 하루 종일 멍하니 팔짱을 끼고 생각에 잠겨 있거나 했다.

"드디어 시험당할 날이 왔구나."

우타노스케가 다시 밭으로 가서 씨를 뿌리고 있을 때 당사자인 모토야스가 수행원 히라이와 시치노스케平岩七之助를 데리고 한가로운 표정으로 문에 들어서고 있었다.

6

 모토야스는 우타노스케 옆으로 와서 걸음을 멈추었다. 우타노스케는 일부러 아는 체하지 않았다. 스루가 마님은 성안에서 요시모토가 한 말을 당장 이야기할 것이 분명했다. 이 젊은 남편은 어떤 반응을 보일 것인지, 잠자코 지켜보고 싶은 우타노스케였다.
 "우타노스케."
 모토야스가 먼저 말을 걸었으니 도리가 없었다.
 "오오, 돌아오셨군요."
 우타노스케는 씨앗주머니를 든 채 고개를 들었다. 오후의 햇살이 막 파헤친 검은 흙 위에 소나무 그림자를 떨구고 있었다. 모토야스의 흰 얼굴이 그 흙의 그림자와 대조를 이루며 자못 유약하게 보였다.
 "공차기란 제법 재미있는 것이더군. 그대는 본 일이 있소?"
 "없습니다. 또 보고 싶지도 않습니다."
 "어째서? 아주 풍류가 있던데."
 "저희들과는 아무 인연도 없는 것이므로 전혀 흥미가 없습니다."
 "영감······."
 모토야스는 옆에 있는 히라이와 시치노스케를 흘끗 바라보았다.
 "그대는 몹시 초조해 보이는군. 지금 시치노스케와 그 이야기를 하며 오던 중인데, 아마 영감한테 방금 했던 말을 하면 틀림없이 이런 대답이 나올 것이라 생각했었는데 과연 그대로군."
 우타노스케는 눈을 치뜨고 모토야스를 바라보았을 뿐 대답하지 않았다.
 "무리가 아니지. 나도 이제 열여덟 살이 됐소. 오카자키에서 인질로 왔을 때가 여섯 살, 십이 년이란 세월은 결코 짧은 것이 아니오. 그리고 또 언제 오카자키로 돌아가게 될지 모르는 몸······."

모토야스는 여기서 일단 말을 끊었다가 다시 이었다.

"나는 지금 어떻게 하면 초조해하지 않고 봄 다음에 올 여름을 기다릴 수 있을지 그것을 궁리하고 있소. 자연은 절대로 서두르지 않소. 오늘도 성안 숲에서는 꾀꼬리가 아름다운 목소리로 울고 있더군요. 그렇다고 자연은 언제까지나 꾀꼬리가 울도록 내버려두지는 않아요. 그렇지 않소, 영감?"

"예."

"그대는 공차기를 우리와는 인연이 없는 것이라고 했소."

"예, 그렇게 말했습니다. 아무 인연이 없는 놀이입니다."

"나는 그렇게는 생각하지 않아요. 양지바른 정원에서 꾸벅꾸벅 졸며, 그대들에게 이것을 보여줄 날을 생각하고 있었소."

이렇게 말하고 시치노스케를 재촉하여 현관으로 향했다.

우타노스케는 쏘는 듯한 눈으로 그 뒷모습을 지켜보았다. 모든 것을 자연에 맡기고 때를 기다린다. 이렇게 말하는 뜻은 알 수 있었으나, 그것마저도 화가 치밀어올랐다. 천하제일의 명궁이라 일컬어지던 할아버지. 그 할아버지인 키요야스는 스물다섯 살로 전사할 때까지 얼마나 크게 나래를 펼쳤던가. 그런데도 열여덟 살이 된 그의 손자 모토야스는 지금……

인간도 칼과 마찬가지여서 오랫동안 쓰지 않고 내버려두면 녹이 슬게 마련이다. 성에 불려가 쿄토의 풍류나 구경하고 성을 나와서는 스루가 부인의 무릎을 베고 있는 동안, 오카자키의 백성들이 하늘처럼 우러러보는 모토야스가 그대로 녹이 슨 둔한 칼로 변하지 않을까 하여 여간 초조하지 않았다.

시치노스케가 현관에서 큰 소리로 성주가 돌아왔다는 것을 알렸다. 그렇다고 많은 장수들이 마중 나올 만한 신분은 아니었다.

우타노스케는 들고 있던 씨앗주머니에 눈길을 떨어뜨렸다. 순간 자기 눈이 젖어 있다는 것을 깨닫고는 얼른 눈물을 닦고 다시 씨앗을 뿌리기 시작했다.

7

모토야스는 토리이 모토타다鳥居元忠와 이시카와 요시치로石川與七郎의 마중을 받으며 현관으로 올라섰다. 모토야스가 여섯 살에 오카자키를 떠날 때는 아직 철없는 아이였던 그들이 지금은 씩씩한 청년 무사로 변해 있었다. 그들의 마음은 우타노스케를 비롯하여 오쿠보 일족, 토리이, 이시카와, 아마노天野, 히라이와 등 노신들보다도 얼마나 더 격렬한 혈기와 불만을 간직하고 있는지 알 수 없었다.

그것을 생각하면 모토야스는 어디까지나 태평스러운 멍청이를 가장하지 않으면 안 되었다. 아니, 단지 가장하는 것만으로는 고통스러워 견딜 수 없었다. 그때그때 상황에 따라 교묘하게 자신을 융화시켜 봄에는 꾀꼬리를, 여름에는 두견새나 매미의 울음소리를 황홀한 듯 들을 수 있는 여유를 가지고 싶었다.

"수고가 많소."

모토야스는 현관에 올라서서, 고개를 끄덕이고 곧장 안으로 들어갔다. 눈을 반짝이며 자기를 기다리고 있을 세나히메의 얼굴이 보이는 듯 했기 때문이다. 언제 아이를 낳을지 알 수 없는 몸이므로 보통 때 같으면 당연히 산실을 마련해주고 거기에 떨어져 살게 해야 할 것이지만 아직 산실조차 마련되어 있지 않았다.

"가련한 것."

지금 모토야스에게는 세나히메가 마냥 가엾기만 했다. 버릇없이 행동하는 것 같지만 실은 그녀도 한낱 꾀꼬리에 지나지 않았다. 린자이

사臨濟寺의 셋사이 선사라는 거목이 쓰러진 뒤부터 슨푸의 봄은 지나치게 무르익어 있었다. 넓은 의미에서 세나히메 역시 아무 자유도 없는 희생자라 할 수 있었다. 오카자키 일족을 이용하기 위한 인질인 모토야스에게 주어진 살아 있는 장난감. 그리고 이 장난감의 소유자는 때가 되면 일족을 위해 떠나야 한다. 떠날 때는 아마도 이 가엾은 장난감은 돌아볼 여유가 없을 것이었다.

"처자를 버릴 각오를 하지 않으면."

셋사이 선사가 남기고 간 말은 결국 모토야스에게, 유사시에는 처자를 택하겠느냐 10여 년 동안 갖은 고생을 다한 오카자키 일족을 택하겠느냐 하는 양자택일의 선택을 강요하는 것이었다.

오카자키 일족 중에는 2대나 3대에 걸쳐 할아버지와 아버지를, 남편을, 형제를 바쳐가며 말로 다할 수 없는 고통을 겪어온 사람들이 적지 않았다. 그러한 사람들을 버리고 처자와 자신의 안전만 도모한다는 것은 있을 수 없는 일이었다. 따라서 지금 모토야스의 뇌리에서는 선사가 남기고 간 숙제가 완전히 풀렸고, 풀렸기 때문에 더욱 세나히메가 불쌍해서 견딜 수 없었다.

"이제 돌아오시는군요."

아니나다를까 세나히메는 안채 복도로 마중 나왔다. 두 손으로 칼을 받아들려고 내미는데 오른손 손가락에 엷게 연지가 찍혀 있었다. 산달이 가까웠기 때문에 눈이 창백할 정도로 파래져서, 촉촉이 교태를 머금고 있었다.

'아름다워!'

모토야스는 생각했다. 여자의 아름다움은 처녀 시절보다 유부녀, 유부녀는 아기를 낳게 되면 더욱 아름다움이 더해졌다. 그리고 생활의 모든 것이 남편에게 사랑받으려고 기대는 형태가 되면, 그 의지가 이윽고 남편의 모든 것을 소유하고 지시하고 싶다는 본능으로 발전해가는 것 같았다.

"성주님! 이리 오십시오. 중요한 이야기를 듣고 왔어요."

세나히메는 고개를 갸웃하고 가쁘게 숨을 쉬면서 말했다.

8

모토야스가 아내의 방으로 들어가자 시녀들이 슬그머니 자리를 피했다. 남편과 단둘이 있는 자리에 다른 사람이 접근하는 것을 싫어하는 세나히메의 성질을 잘 알고 있었기 때문이다.

세나히메는 남편의 칼을 칼걸이에 걸고 그 옆에 바싹 다가앉았다. 방에는 어디서 가져왔는지 자줏빛 철쭉꽃이 주위를 환하게 하고 향로에서는 캬라伽羅˚ 향기가 피어오르고 있었다.

"성주님!"

세나히메는 두 손을 모토야스의 무릎에 얹었다.

"성주님이 나가신 뒤 고쇼 님이 사람을 보내오셨어요."

"누구한테?"

"저한테요. 표면적으로는 카메히메가 보고 싶으니 데려오라고."

"허어, 고쇼 님이 카메히메를 보고 싶으시다고……"

세나히메는 살짝 웃고 고개를 저었다.

"그것은 구실, 저보고 지로사부로 님을 사랑하느냐고 물으셨어요."

모토야스는 의아하다는 듯 세나히메를 내려다보았다. 이렇게 같이 있으면 스물네 살의 세나히메는 열여덟 살인 모토야스와 전혀 나이 차이가 없는 것 같고 도리어 모토야스가 더 어른스러워 보였다.

"성주님! 저를 꼭 안아주세요. 이 세나히메는 사랑받고 있어요, 행복한 여자……라고 고쇼 님께 대답했어요. 그 말이 맞지요, 성주님?"

모토야스는 진지한 표정으로 고개를 끄덕이고 세나히메의 어깨를 꼭 껴안았다.

 "고쇼 님은 어째서 그대를 부르셨지?"

 "쿄토로 진입할 때가 가까워졌다, 그때는 성주에게 오카자키 사람들을 지휘케 하여 쿄토까지 데려가야겠다고…… 저는 그때 가슴이 섬뜩했어요…… 성주님과 헤어져 얼마나 오래 기다려야 하나 하고, 성주님."

 "……"

 "고쇼 님은 그랬을 경우, 혹시 선봉에 선 성주님이 오다 쪽으로 돌아서서 저와 카메히메, 또 뱃속에 있는 아기를 버리는 일이 생겨서는 안 된다고, 그 점을 걱정하시는 말씀이 있었어요."

 모토야스의 눈썹이 꿈틀 움직였다. 눈길이 세나히메에게 박히고 잠시 호흡이 멈춘 것 같았다.

 "그래서 무어라고 대답했소?"

 "그런 일은 없다고요."

 "분명하게 대답했겠지?"

 "예, 만일 의심되시거든 그 전에 일단 첫 출전을 명해보시면 어떠냐고 말씀 드렸어요."

 모토야스는 그제야 안도하고 고개를 끄덕였다.

 '방심해서는 안 된다. 그렇구나…… 고쇼에게 그런 의심을 갖게 했구나.'

 "성주님! 기뻐하십시오."

 세나히메는 다시 모토야스의 무릎을 거칠게 흔들었다.

 "성주님이 얼마나 그날을 기다리고 계셨는지 저는 잘 알아요. 성주님이 안 계시는 동안 무척 고독하기는 하겠지만 참아야 한다고 생각하여 고쇼 님에게 그런 청을 드렸더니 고쇼 님도 그럴 뜻이 계신 것 같았어요."

"그래? 그것 참 잘했소."

"성주님! 칭찬해주세요, 이 세나히메의 공을."

"칭찬해주지. 암, 칭찬해주고 말고."

응석부리는 세나히메를 껴안은 모토야스는 자기도 모르게 가슴속이 뜨거워졌다.

'드디어 살아 있는 장난감이 울 날이 오는구나……'

그것도 모르고 응석부리는 세나히메의 눈동자가 슬폈다.

 난세의 형상

1

　모토야스가 어깨를 껴안은 팔에 힘을 주자 세나히메는 살며시 눈을 감았다. 기미가 엷게 낀 눈언저리에서 짙은 속눈썹이 바르르 떨리고 있었다. 그 떨림은 행복에 젖어 넋을 잃은 여자의 마음을 말해주는 것 같기도 하고, 행복이란 무엇일까 하고 끊임없이 고개를 갸웃거리는 영혼의 떨림으로도 보였다.
　모토야스는 처음에 이와 같은 감상이 자기 마음의 나약함에서 오는 것이 아닌가 의심했다. 세나히메도 불쌍하고 자기도 불쌍하며 앞으로 계속해서 태어날 아이도 불쌍하다는 생각이 들어 소리내어 울고 싶을 때가 있었다. 아내에게 진심을 말한다는 것은 생각도 못 할 일이고, 자식에 대한 감정을 살릴 방법도 없었다.
　'나는 어떤 죄업罪業을 가지고 태어난 것일까?'
　지금은 그 미망에서는 벗어났다. 부모가 있어도 부모를 믿지 못하고, 자식이 있어도 자식을 믿지 못한다. 형제끼리 칼을 휘두르고 장인과 사위가 서로 죽인다. 이것은 결코 모토야스에게만 부과된 것이 아니었다. 카이의 타케다에게도, 에치고의 우에스기에게도, 오와리의 오다에게도, 아니 현재 이 슨푸에도 있었고, 앞으로도 있을 것이 분명한 난세의 모습이었다. 어디를 보아도 아내는 적의 첩자이고 형제는 가장 가까이 있는 적과도 같았다.

타케다 하루노부의 아버지 노부토라信虎는 그 아들과 사위인 요시모토 때문에 지금도 슨푸 성안에 갇혀 있고, 오다 노부나가도 친동생 칸쥬로 노부유키勘十郎信行를 결국에는 죽여 없앴다. 칸쥬로 노부유키가 형의 자리를 넘보았기 때문이다. 노부나가의 장인 사이토 도산도 그 아들 요시타츠의 기습을 받고 죽었다.

이와 같은 혈육간에 얽힌 불신은, 그 원인이 제거될 때까지는 끊임없이 반복될 지옥과도 같은 것. 사상의 혼란이라고도 할 도의의 상실. 무엇이 선이고 무엇이 악인지도 모른 채 그저 살아남으려고만 하는 인간들의 본능이 확실하게 그려내는 무간지옥無間地獄의 모습이었다.

중국의 손자孫子는 말했다.

"싸움을 즐기는 자는 망한다."

모토야스는 최근에 들어 이 한마디의 의미를 깊이 생각하고 있었다. 무력의 힘만으로는 골육상잔의 이 지옥은 결코 끝낼 수 없다. 섣불리 첫 출전의 공을 세우려고 서두르기보다는 지금의 불행을 신이 내린 와신상담의 기회로 삼아, '나는 무엇을 할 것인가'를 차분히 생각하려고 노력해왔다.

"아, 성주님……"

황홀하게 눈을 감고 있던 세나히메가 이맛살을 찌푸렸다.

"뱃속의 아기가 움직여요. 아파요…… 성주님!"

"그럼, 쓸어줄까?"

"예……"

모토야스는 세나히메를 껴안은 채 한 손을 옷 안으로 들이밀었다. 등

글게 솟아난 복부의 부드러운 감촉이 따스하게 손바닥에 전해왔다. 손바닥을 천천히 움직이자 세나히메는 눈을 가늘게 뜨고 생긋 웃었다. 이 웃는 얼굴이 모토야스에게는 이상하게 보였다.

'남편 곁에 있을 때만 이 여자는 자신의 행복을 믿을 수 있다.'

해가 지는지 치겐인智源院에서 저녁 예불 드리는 소리가 들려왔다.

2

내일을 믿을 수 없는 시대에 살다보면, 인간들에게 삶을 확인시켜주는 것은 순간순간의 만족인 것 같다고 모토야스는 생각했다. 그 순간적인 만족 중에서 남녀의 성행위가 가장 정확하게 '삶'을 확인시켜준다. 따라서 난세일수록 남녀의 성행위는 성해지고, 그럴수록 가련한 씨앗은 늘어만 간다. 그렇다고 언젠가는 헤어져야 한다는 것을 모르는 아내를 그 이유만으로 탓하는 것은 너무 가혹하다는 생각이었다.

"이제 괜찮아졌나?"

"아뇨."

세나히메는 고개를 흔들었다.

세나히메는 언제까지라도 남편이 배를 쓸어주기를 바라는 것 같았다. 아니, 언제 아기를 낳을지 모르는 몸으로 단지 가까이 기대는 것만이 아니라, 집요할 정도로 행위를 요구해왔다.

이러한 것이 과연 태아를 위해 허용될 수 있는 일일까? 적어도 자기가 태어날 때만은 그렇지 않았다는 말을 들었다. 어머니인 미즈노水野 부인 오다이는 검소하기는 했으나 산실로 옮겨져 외부와의 내왕을 끊고 오직 부처에게 기도만 올리면서 청결한 마음을 유지하다 자기를 낳았다고 했다……

그 생각이 모토야스의 가슴을 예리하게 찔렀으나, 그 말을 할 용기는 나지 않았다. 첫째는 산실을 마련해주지 못하는 사정이 있었고, 둘째는 세나히메가 가엾어서 차마 그 말을 할 수 없었다. 아니 그보다도, 난세에 사는 한 인간인 자기에게 얼마나 색정色情의 세계를 헤엄쳐갈 힘이 있는지 시험해보고 싶은 마음이 있었는지도 몰랐다.

"성주님……"

세나히메는 다시 어리광을 부리듯 입술을 일그러뜨렸다.

"태어나는 아이가 아들이면 타케치요라고 이름 지어주세요."

모토야스는 고개를 끄덕였다. 타케치요는 할아버지 키요야스의 아명이고 자신의 아명이기도 했다. 그보다도 마츠다이라 가문의 상속자로 삼고 싶다는 것이 세나히메의 속마음이었다.

"첫 출전은 이 아이가 태어난 후로 결정해달라고 고쇼 님에게 부탁하겠어요. 얼굴을 보고 출전하실 수 있도록."

"알았소. 이제 배는 괜찮소?"

"아뇨."

모토야스는 다시 천천히 둥근 구릉을 쓰다듬었다.

불행한 아버지, 음탕한 아버지, 뻔뻔스런 아버지, 슬픈 아버지. 그런 아버지가 아내의 배를 쓸어주고 있는 것이 아니라, 뱃속에 있는 태아에게 사죄하는 마음으로 쓸어주고 있었다.

'부디 착한 아이로 태어나라. 이 아비는 네 어머니에게 진심을 말하지 못하지만 너는 아직 신의 세계에 있으니 알 수 있을 것이다.'

장차 이 아이에게 어떤 모진 바람이 불어닥칠 것인가. 그 바람은 이 아이 하나에게만 불어오는 것은 아니다. 그것은 난세의 바람이다……

'이 아비는 그 바람을 막을 수 있는 길을 찾고 싶다! 제발 알려주기 바란다.'

이때 복도에서 발소리가 들렸다.

"성주님, 마님도 함께 계시는 줄 압니다마는 들어가도 되겠습니까?"

법씨를 다 뿌린 듯, 우타노스케의 목소리였다. 모토야스는 아내의 배에 손을 올려놓은 채 대답했다.

"좋소, 들어오시오."

3

방으로 들어온 우타노스케는 언어도단이라는 표정으로 이맛살을 찌푸린 채 두 사람에게서 고개를 돌리고 문 옆에 앉았다.

"씨는 다 뿌렸소?"

"예, 오카자키 사람들을 잊지 않기 위해서 하는 밭일, 씨를 뿌리면서 때때로 주책없이 눈물을 흘렸습니다."

"알고 있소. 그 눈물이 비료가 되어 머지않아 일찍이 보지 못한 큰 수확을 거두게 될지도 모르오."

"농담이 아닙니다, 성주님!"

"누가 농담이라 하던가요. 하지만 영감, 이 세상에는 흐르지 않는 눈물, 마른 눈물도 있는 거요."

우타노스케는 고개를 돌린 채 무릎에 얹은 주먹을 꼭 쥐고 있었다. 우타노스케라고 해서 마음속으로 우는 사나이의 눈물을 모르는 바 아니었다. 아니, 이따금 깜짝 놀라 반성하고는 했다. 언제부터인지 우타노스케와 모토야스의 위치가 반대로 되어 있었기 때문이다. 이전에는 성급한 타케치요를 나무라는 것은 언제나 우타노스케 쪽이었다. 그런데 요즘에는 도리어 모토야스가 타이르고는 했다.

'그만큼 나는 성주에게 응석을 부리고 있는 것이다.'

자신과 같은 사람을 저도 모르게 응석부리게 만든 성주의 기량을 새삼스럽게 재평가해보고 싶은 마음이 들었다. 그러나 마님의 문제에 한해서는 여간 못마땅하지 않았다.

마츠다이라 집안은 대대로 색을 좋아하는 경향이 강하여 때로는 이것이 재앙을 불러오기도 했다. 할아버지인 키요야스가 미즈노 타다마사水野忠政의 아내인 오다이의 생모 케요인華陽院을 소실로 삼은 것도 떳떳하지 못한 일이었고, 아버지 히로타다가 죽은 것도 애꾸눈 하치야八彌의 여자에 대한 원한이 계기가 되었다. 그 아들 모토야스 또한 아무리 외로웠다고는 해도 여섯 살이나 나이가 더 많은 세나히메에게 손을 대는 바람에 이마가와 일족의 인척이 된 것도 우타노스케에게는 돌이킬 수 없는 큰 실책으로 보였다. 게다가 이 무슨 추태란 말인가, 자기 앞에서 태연히 여자의 불룩한 배를 쓸어주고 있다.

"성주님! 마님으로부터 말씀을 들으셨겠지요, 첫 출전에 관한."

"음, 자세히 들었소."

"첫 출전이시라면 전쟁터는 오와리와의 접경이 되리라고 봅니다만."

"알고 있소. 카사데라나 나카네, 오타카 부근이겠지."

"성주님께서는 승산이 있다고 보십니까? 그 첫 출전으로 성주님의 실력을 시험한 뒤 쿄토 진입 여부를 결정하려는 것일 텐데, 적은 파죽지세인 오와리의 군사입니다."

"그럴 테지, 그럴 거요."

"그걸 아시면서도 불안하지 않으십니까?"

"영감."

모토야스는 세나히메의 어깨 너머로 한쪽 눈을 찡긋해 보이며 고개를 저었다.

"전쟁에서는 말이오, 싸워보기도 전에 기가 죽어서는 절대로 안 되는 법이오."

"만일에 패배하면, 그때는 후회해도 소용없는 것이 전쟁입니다."

아무래도 우타노스케는 모토야스보다 세나히메에게 더 화를 내고 있는 모양이었다. 모토야스가 눈으로 신호를 보냈으나 우타노스케는 못 본 체하고 말을 계속했다.

"첫 출전 때부터 전사하시는 불길한 일이 생기면 어떻게 하시겠습니까?"

"하하하……"

모토야스는 웃어넘겼으나, 그때 이미 세나히메는 똑바로 머리를 들고 있었다.

"우타노스케! 그대들은 첫 출전에서 성주님을 전사시킬 정도로 무능하단 말인가요?"

"제 말을 들어보십시오. 마님은 파죽지세인 오와리 군의 기세를 꺾을 만큼 오카자키가 무력을 갖추도록 고쇼 님이 허락하셨다고 생각하십니까?"

"무슨 소리를 하는 거예요……?"

세나히메는 눈을 치뜨고 모토야스의 팔을 뿌리치면서 거칠게 옷자락을 바로잡았다.

4

"그냥 들어넘길 수 없는 말이군요. 고쇼 님이 일부러 오카자키 사람들에게 고통을 준 것처럼 들리네요. 고쇼 님의 도움이 없었다면 오카자키는 그대들이 그토록 두려워하는 오다에게 벌써 짓밟혔을 거라고 생각지 않나요?"

세나히메가 무섭게 반발하는 것을 보고 우타노스케도 무릎의 옷자락을 움켜쥐고 몸을 앞으로 내밀었다.

"마님, 이 우타노스케가 감히 항변하는 것은 성주님을 소중하게 생각하기 때문입니다. 지나친 말은 용서해주실 것이라 믿고 말씀 드리는 것입니다."

"좋아요, 어디 들어봅시다."

"고쇼 님에게 호의가 없다는 말은 하지 않겠습니다. 그 호의는 결코 오카자키 사람들에게 만족을 주는 것은 아니었습니다. 성주님이 연소하셨을 때는 그렇다 하더라도, 관례를 행하신 지가 이미 사 년, 아직 오카자키에는 미우라 코즈케노스케三浦上野介 님과 이오 부젠노카미飯尾豊前守 님이 성주 대리로 계십니다. 이 사실을 마님은 어떻게 생각하십니까? 성주님께서 미우라, 이오 두 분보다 실력이 뒤쳐진다고 여겨 고쇼 님이 경시하시는 거라고는 생각지 않습니까?"

"나는 그렇게 생각하지 않아요!"

세나히메는 눈을 무섭게 빛내며 고개를 거칠게 흔들었다.

"성주님은 일족의 소중한 사위이기 때문에 고쇼 님이 특히 가까이 두고 애지중지하시는 거예요…… 그걸 다르게 해석한다면 오카자키 사람들의 생각이 몹시 삐뚤어졌다고 크게 경멸당할 거예요."

"마님!"

우타노스케는 모토야스를 흘끗 쳐다보다가 다시 말을 계속했다. 모토야스는 세나히메가 뿌리친 손을 어색하게 무릎에 얹고 가만히 눈을 감고 있었다.

"제가 말씀 드리는 것은 고쇼 님의 인정에 대해서가 아닙니다. 미우라와 이오 두 분보다 실력이 뒤진다고 보신 성주님을 어떻게 선봉에 서시게 할 수 있습니까. 왜 성주님을 오카자키 성에 들여놓으시고, 미우라와 이오 두 분에게 선봉을 명하지 않으십니까. 그러면 성주님은 안전하실 것이고, 우리 또한 오랫동안 살아온 성이므로 만일에 선봉의 두 분이 패주하더라도 반드시 오카자키를 사수할 수 있습니다. 그렇게 하시지 않고, 만반의 준비를 다하고 있을 오다 군에게 성주님을 먼저 보내시려 하다니요. 경우에 따라서는 첫 출전부터 목숨을 잃게 될지 모른다고 아까 말씀 드렸습니다마는, 이것이 과연 저희들에게 용기가 없기 때문이겠습니까?"

"그래요, 용기가 부족해요."

세나히메가 부들부들 떨면서 대꾸했다.

"미우라, 이오 두 분에게 명하지 않는 것은 성주님의 능력을 인정하신다는 증거예요. 그런데도 말이 많은 것은 겁을 먹었기 때문이 아니고 무엇이란 말인가요!"

우타노스케는 씁쓸한 표정으로 혀를 찼다.

"정말 딱하십니다. 그런데, 마님!"

"뭔가요, 우타노스케?"

"지나치게 말씀 드린 건 사과 드립니다. 하지만 마님께서 진정으로 성주님과 카메히메 님, 그리고 앞으로 태어날 아기님을 사랑하신다면 부탁을 하나 들어주십시오. 성주님을 오카자키 성에 들어가게 하시고, 현재 오카자키 서쪽에 있는 여러 장수들을 선봉에 배치하시도록 마님이 고쇼 님께 말씀 드려주십시오……"

여기까지 말했을 때였다.

"말을 삼가시오, 우타노스케!"

모토야스가 엄한 목소리로 꾸짖었다.

"세나히메는 이 모토야스의 아내, 지시할 것이 있으면 내가 하겠소. 함부로 나서지 마시오."

"예……"

우타노스케는 무너지듯 엎드려 바닥에 두 손을 짚었다.

"황……황송……합니다."

반백이 된 머리를 떨면서 잠시 얼굴을 들지 않았다.

5

세나히메는 순진하게도 요시모토를 믿고 있었다. 그러나 우타노스케는 요시모토의 마음을 믿을 수 없었다. 아직까지도 성을 반환하지 않고 쿄토 입성에는 선봉에 내세우려 하다니 이 얼마나 흉측한 처사란 말인가. 요시모토가 의도하는 목적은 모토야스가 지휘할, 겨우 살아남은 오카자키의 잔당과 잔뜩 기세가 오른 오다 군을 맞붙게 하여 쌍방을 모두 약화시키고 나서 본대를 오와리에 수월하게 진입시키려는 데에 있는 것이 분명했다. 따라서 오카자키와 오다 양군은 아즈키자카小豆坂 전투나 안죠 성安祥城 공격 이상의 치열한 사투를 벌여야 할 것이다. 오다 쪽에서도 물론 큰 타격을 입겠지만, 오카자키 쪽은 13년이나 고난의 세월을 보낸 한을 안고 전멸하게 될 것이다.

이것을 잘 알고 있기 때문에 우타노스케는 마님에게까지 그런 지나친 말을 했지만, 모토야스의 꾸중을 듣고는 그만 입을 다물 수밖에 없었다.

손을 짚은 채 하염없이 울고 있는 우타노스케를 보고, 모토야스는 가라앉은 목소리로 말했다.

"영감, 난세에는 말이오, 어떻게 생각하든 다 그대로는 되지 않소. 사거리에 서서 지팡이가 쓰러진 쪽으로 가게 마련이오…… 고쇼는 지금 그 지팡이를 쓰러뜨렸소. 이것으로 충분하지 않소? 나도 생각해볼 테니 그대도 물러가서 잘 생각해보시오."

어느 틈에 주위는 어둑어둑해지고 좁은 주방에서 밥 짓는 냄새가 이곳까지 풍겨왔다.

"예…… 알겠습니다…… 그럼, 물러가겠습니다."

우타노스케는 힘없이 일어섰다. 아직 눈썹을 거꾸로 세우고 있는 세나히메에게 꾸벅 고개를 숙이고 밖으로 나갔다. 세나히메는 우타노스케가 나갈 때까지 남편의 얼굴을 빤히 쳐다보고 있었다. 우타노스케의 말을 듣고 갑자기 크게 불안을 느꼈다. 그것은 전투에 따르게 마련인 인간의 죽음이란 현실이었다.

'모토야스가 만일 첫 출전에서 전사한다면……'

생각은 했으면서도 잊고 있던 불길하고 가증스러운 공포였다. 다시 몸을 모토야스에게 돌렸다.

"성주님…… 성주님께 승산이 있는 거지요?"

"물론, 걱정할 것 없소."

"오와리 군이 아무리 격렬하게 저항해도…… 만에 하나 성주님이 전사하시면 우리 아이들은 어떻게 될까요?"

모토야스는 가만히 세나히메의 어깨에 손을 얹었다.

"걱정하지 말아요, 몸에 해롭소."

"몸에…… 앗, 또 뱃속의 아기가……"

진통의 시작이었다. 세나히메는 모토야스의 무릎에 손톱을 세우고 몸을 비틀면서, 신음하며 입술을 깨물었다.

"으으, 성주님! 너무 아파요. 아기가…… 아기가……"

모토야스는 겨우 사태를 깨달은 듯, 밖에 대고 소리를 질렀다.

"게 누구 없느냐?"

그 소리를 듣고 여자 셋이 허둥지둥 방으로 들어왔다.

"불을…… 이불을."

"더운물을……"

모토야스는 여자들에게 세나히메를 맡기고 나서야 겨우 일어서서 하카마의 주름을 폈다.

'또 태어나는구나.'

기뻐해야 할지 울어야 할지 모를 기분으로 모토야스는 산실로 변하는 방에서 복도로 나갔다.

6

"아이 하나가 또 태어난다……"

모토야스는 일단 자기 방으로 왔으나 거기에도 앉아 있을 수 없었다. 어떤 운명을 가지고 어떤 아이가 태어날 것인가. 살기 위해서는 먼저 상대를 쓰러뜨려야 하는 난세에 어째서 인간은 잇따라 태어나는 것일까? 태어난 것을 단순히 축하할 수 있는 시대는 좋았으나 지금은 그런 세상이 아니었다. 그렇다고 전혀 기쁘지 않느냐 하면 그렇지도 않았다.

모토야스는 조마조마하여 방안에서 서성거리다가 이윽고 정원으로 나갔다.

"시치노스케, 목검을 가져오너라."

하늘을 쳐다보니 이미 여기저기서 별이 반짝이고 있었다. 바람다운 바람은 불지 않았으나 치겐인의 소나무는 여전히 흔들리고 있었고, 서쪽에 있는 산은 아직도 약간의 능선을 남기고 하늘에 솟아 있었다.

'남자에게도 진통이 있는 모양이다.'

시치노스케가 가져온 목검을 건네주었다.

"낳거든 알려라. 나는 여기 있겠다."

모토야스는 웃옷을 벗어던진 뒤 목검을 휘둘렀다.

쳐야 할 것은 무엇인가.

눈 높이에 칼끝이 오도록 목검을 겨누고 숨을 가다듬으며 무아無我의 경지로 들어가려 하는데 도리어 주방에서 나는 시끄러운 소리가 더 크게 느껴졌다. 세나히메의 목소리가 아닌가 싶은 신음소리도 때때로 가슴에 울렸다.

"얏."

목검을 후려치고 딱 멈출 때 손에 느껴지는 맛. 오른쪽 하늘에서 별 하나가 떨어졌다.

'행복한 아이가 되기를.'

할아버지는 스물다섯, 아버지는 스물네 살 때 각각 남의 손에 의해 목숨을 잃었기 때문에 모토야스 자신도 시시각각 그 시기가 다가오는 것 같아 여간 불안하지 않았다. 첫 출전은 그렇다 쳐도 요시모토가 상경할 때 선봉이 된다면 살아남을 수 있으리라고는 생각되지 않았다. 그때 지금 태어나려 하고 있는 아이는 길 수 있을지 또는 일어설 수 있을지, 좌우간 걸을 수 있지는 못할 것이었다.

"얏! 얏! 얏!"

모토야스는 나직한 기합 속에 모든 망상을 가두려고 계속 목검을 휘두르고 발을 내딛으면서 공간을 베었다. 이렇게 하고 있을 때만은 아이에 대한 것이 머릿속에서 사라졌다. 아기가 태어나는 것 자체가 인간의 의지가 아니라 우주의 의지였다.

"얏! 얏! 얏!"

등줄기에 땀이 흐르기 시작했다. 요시모토도, 노부나가도, 자기도, 세나히메도, 가신도, 허공도 모두 베고 베고 또 베고 싶은 충동 속에서 영혼만이 희미하게 눈을 뜬 채 떨고 있었다. 현세의 모든 것을 꿈이라고 보아야 하는가. 아니면 끝까지 집요하게 현세에 집착해야 하는가. 별을 노려보면 전자가, 부엌에서 나는 시끄러운 소리를 들으면 후자가 마음을 점했다. 결국 인간은 살아 있는 한 영혼의 눈을 두려워하면서 언제나 무언가를 베고자 서두르고 소리지르고 있을 뿐인지도 몰랐다.

"성주님, 무엇을 하고 계십니까?"

다시 똑바로 목검을 겨누고 잠시 숨을 가다듬고 있을 때 우타노스케가 나타났다. 아마 우타노스케도 조금 전의 이야기와 출산 소동 등으로 침착할 수 없었던 모양이다.

산의 능선이 점점 뚜렷이 보이기 시작했다. 곧 달이 뜨려는 것 같았다. 모토야스는 우타노스케의 말에는 대꾸하지 않고 다시 목검 끝에 무섭게 눈길을 집중시키고 있었다……

7

"성주님, 아까는 이성을 잃고 공연한 말씀을 드렸습니다."
우타노스케는 모토야스 곁으로 가서 혼자말을 하듯 조용히 말했다.
"달이 뜨기 시작합니다. 곧 출산하시게 될 것입니다."
"……"
"이번에는 다음 아기가 성인이 되실 때까지 무운武運의 혜택을 받아도 좋을 때라고 생각합니다마는."
"영감."
"예."
"그대는 내가 전사하게 되리라고 생각하시오?"
"적은 예전의 오와리 군사가 아닙니다."
"알고 있소. 그러나 나도 이젠 주저하지 않겠소."
"주저하지 않으시겠다니, 그럼 자진해서 사지死地에 들어가시겠다는……"
"영감."
모토야스는 비로소 우타노스케를 돌아보고 목검을 내렸다.
"나는 이미 마음을 정했소. 그러니 더 이상 아무 말도 마시오."
"마음을…… 정하셨다면?"
"나는 말이오, 처자에게는 묶이지 않을 것이오. 거기서는 이미 벗어났소."
우타노스케는 바싹 앞으로 다가와 모토야스의 눈에서 반사되는 별을 바라보았다.

"나를 묶어놓는 것은 단 하나, 오카자키에 남아 있는 가신들이 오늘날까지 참아온 인내요. 알겠소, 내 말을?"

"예, 잘 알고 있습니다."

"나는 말이오, 슨푸의 성을 떠나는 순간부터 그대들의 것이 되겠소. 아내도 생각지 않고 자식도 버리고……"

"성주님!"

"그때까지만 참아주시오. 그런 뒤에는 싸울 것이오."

"예…… 예."

"싸우고 싸우고 또 싸울 것이오. 승패와 생사를 인간의 힘으로 어떻게 할 수 있겠소. 그것만은 내 힘도, 고쇼나 노부나가의 힘도 미치지 못하오. 영감! 하늘을 좀 보시오."

"예."

"무수한 별이 빛나고 있지 않소?"

"수없이 많은 별이 빛나고 있습니다."

"아, 또 하나가 떨어지는군. 저것들 중에서 어느 것이 이 모토야스의 별인지 그대는 알겠소?"

우타노스케는 고개를 저었다.

"모를 것이오. 나도 몰라요. 언제 떨어질지도 모른 채 그저 빛나고만 있소."

"진인사대천명盡人事待天命이라는 말씀입니까?"

"아니, 인사는 다하지 말라고 해도 다하게 되는 것임을 깨달으라는 말이오."

"예."

"살아남기 위해 마지막 순간까지 각자의 지혜와 힘이 미치는 한 필사적으로 노력하는 것이 인간의 본성이오. 나도 그런 사람이라고 믿어주시오. 그리고 나에게 지혜도 힘도 없거든 그때는 같이 죽을 결심을 하자는 것이오."

우타노스케는 말이 나오지 않았다.

처자를 버리고 오카자키를 위해 죽을 결심이니 그렇게 이해하고 있으라는 말이었다. 사실 그 이상 무슨 방법이 있다는 말인가. 만일의 경우에는 버릴 처자이므로, 그녀를 통해 요시모토에게 부탁하려는 일만은 그만두라는 의미로 해석되었다.

"알겠소? 다른 말은 하지 마시오."

"예…… 예."

8

우타노스케가 고개를 끄덕이는 것을 보고 모토야스는 다시 목검을 휘둘렀다.

"나는 말이오, 영감. 운이 좋은지도 모르겠소."

"그런 말씀은 더 이상 듣고 싶지 않습니다."

"운이 나빴다면 여섯 살 때 오이즈老津 해변에서 살해되었을지도 모르오. 아츠타熱田에 인질로 가 있을 때도 종종 생명의 위협을 받았소. 그런데도 오늘날까지 무사히 살아온 것은 하늘이 나에게 무언가를 기대하고 있기 때문인지도 몰라요……"

다시 목검을 힘차게 휘둘렀을 때 히라이와 시치노스케가 마루에서 황급히 말했다.

"성주님! 성주님! 탄생하셨습니다. 옥동자십니다. 성주님!"

"뭣이, 사내아이가 태어나셨다고?"

모토야스보다도 먼저 우타노스케가 물었다.

"바로 상면하시겠습니까, 성주님?"

모토야스는 목검을 우타노스케에게 건네고 성큼성큼 마루를 향해 걷다가 문득 걸음을 멈추고 말았다.

사내아이. 타케치요.

새로운 생명이 마츠다이라 가문의 후계자라는 사실에 왠지 무서운 숙명 같은 것을 느꼈다. 자기가 마츠다이라 가문에는 적인 미즈노 가문의 어머니한테서 태어났는데, 이번에는 그 자식 또한 가신 일동이 은밀히 불만을 갖고 있는 이마가와 일족의 어머니한테서 태어났다.

"성주님! 지금 목욕을 시키고 있습니다. 곧 상면하실 수 있습니다."

모토야스는 움직이지 않았으나 우타노스케는 빠른 걸음으로 안으로 들어갔다. 사내아이가 출생했다면 젊은 성주를 성가시게 하지 않고, 형식적으로나마 칼과 화살을 들려주는 의식을 올려야 했다.

"성주님!"

"그래, 만나겠다."

다시 한 번 시치노스케가 재촉하는 바람에, 모토야스는 그제서야 고개를 끄덕이고 마루에 올라섰다.

"옷을 갈아입겠다. 시치노스케, 좀 도와다오."

"알겠습니다."

시치노스케는 오늘 성에 들어갈 때 입었던 카미시모上下°를 가지고 와서 모토야스의 뒤로 돌아갔다.

모토야스가 엄숙한 표정으로 옷을 입고 있을 때, 안에서는 우타노스케가 활시위를 퉁기는 소리가 들려왔다. 악마가 접근하지 못하게 한다는, 예로부터 내려온 관습이었다. 그것마저도 모토야스에게는 무언가 납득할 수 없는 인간의 무력감으로 받아들여졌다. 이와 같은 관습이 얼마나 익살스럽게 받아들여지는 시대인가. 모두가 다 알고 있으면서도 역시 그것을 따르고 있었다.

옷을 갈아입은 뒤 시치노스케가 먼저 안으로 들어갔다.

"지금 성주님께서 듭십니다."

그 목소리까지 환히 들리는 작은 임시거처에, 지난 가을부터 와 있는 앞머리를 내린 혼다 헤이하치로가 의젓하게 칼을 받쳐들고 뒤따랐다. 왠지 장난스럽다는 느낌이 들었다. 엄숙함과는 거리가 멀었다. 그러나 태어난 아기에게 해야 할 일은 했다고 말해주기 위해 이 역시 아버지로서의 불가피한 의무라고 생각했다.

등불은 평소보다 훨씬 더 밝고, 모토야스가 들어가자 카메히메의 유모가 공손히 갓난아기를 안고 내보였다. 모토야스는 보았다. 작고 빨간 살덩어리가 새하얀 강보에 싸여 눈을 감고 있었다. 희미하게 코를 벌름거리는 모습이 그만 가슴을 메이게 했다.

"아들이란 말이지……"

모토야스는 중얼거리고 나서 입술이 하얗게 되어 눈을 가늘게 뜨고 있는 세나히메에게 눈길을 옮겼다.

"세나, 수고가 많았소."

세나히메는 가냘프게 입술을 움직여 미소지었다.

물과 물고기의 만남

1

　불어난 강물 위에 아침 안개가 끼어 있었다. 그 왼쪽으로 벼가 자란 논 이곳저곳에 흰 두루미가 날아와 앉았다. 그 안개 속을 두 필의 말이 쏜살같이 달렸다. 선두는 노부나가였다. 이보다 약간 떨어져 달리는 것은 마에다 이누치요前田犬千代. 이누치요는 이미 예전의 하급무사 모습이 아니었다. 2만 2,000석의 영지를 가진 아라코荒子 성주 마에다 토시하루前田利春의 후계자였다. 관례를 올려 마에다 마타자에몬 토시이에前田又左衛門利家라 부르고 있었다.
　두 사람은 강가를 따라 30리 길을 숨도 돌리지 않고 달렸다. 매일 아침 30리 이상 말을 타고 달리는 것. 노부나가가 아침마다 하는 첫번째의 일과였다.
　여전히 노부나가가 하는 일은 남의 의표를 찌르는 것이었다. 진심으로 사랑하는 노히메라는 아내가 있으면서도 한꺼번에 오루이, 나나, 미유키 등 세 명의 소실을 두고 세 여자에게 각각 아이를 낳게 했다. 처음에는 모두 딸이었으나 그 뒤 잇따라 아들을 낳았다.

맨 먼저 태어난 아들을 보았을 때 노부나가는 그 빨간 볼을 살짝 만져보고는 말했다.
"기묘하게 생겼군. 키묘마루奇妙丸라고 이름지어라."
두번째 사내아이는 배냇머리가 길었다.
"허어, 이거 재미있군. 이대로 챠센茶筅˚을 해도 되겠어. 이 녀석의 이름은 챠센마루茶筅丸다."
세번째는 며칠 전인 3월 7일에 태어났다.
"에이 귀찮다. 우선 산시치마루三七丸라고 해두어라."
태어난 날짜 그대로 이름을 지었다.
이렇듯 습관이나 관습을 무시했다. 동생 노부유키와 시바타 곤로쿠柴田權六 등의 모반을 평정한 뒤에는 종종 춤을 추러 마을에 내려가곤 했다. 백성들 틈에 섞여 성주 스스로 묘하게 가장하고 함께 어울렸다. 처음에는 백성들도 깜짝 놀랐다.
"과연 우리 성주님이셔!"
백성들은 어느 사이에 파격의 성주에게 이상한 친근감을 갖게 되었다. 그래서 여러 지방 상인들에게 자유로운 성안 출입을 허용한 뒤로도 성주 자신이 영내에서 신변에 위험을 느낄 우려는 없었다.
"마타자에몬."
대번에 30리 길을 달리고 나서 노부나가는 말을 세웠다. 아직 강가의 안개는 걷히지 않아 눈앞의 상수리나무 숲이 연기처럼 뿌옇게 보였다.
"이 부근에서 잠시 쉬도록 하자. 올해는 농사가 잘 될 것 같구나."
"그렇습니다. 풍년이 들 것 같습니다."
혈기왕성한 젊은 마타자에몬 토시이에도 이마에 땀을 흘리며 말에서 내렸다.
"풀밭에 앉아서 쉬어라."
"앉아서 쉬지 말라, 어떤 경우에도…… 성주님의 가르침이 아니었던

가요?"

"때로는 바뀔 때도 있다. 쉬어라."

이렇게 말하고 자신도 아직 이슬이 마르지 않은 풀밭에 벌렁 드러누웠다.

"아아, 상쾌하구나."

목덜미에 와닿는 싸늘한 감촉을 느끼며 기지개를 편 순간이었다.

"실례하오!"

낯선 말소리와 함께 숲속에서 기묘한 모습의 사나이가 나타났다.

마타자에몬이 벌떡 일어났다.

"누구냐?"

노부나가는 풀 위에 드러누운 채 싱긋 웃었다.

모습을 드러낸 것은 구겨진 청색 무명 진바오리陣羽織를 걸치고, 등이 휜 칼 두 자루를 허리에 차고는 상투를 위로 향해 묶은 원숭이 같은 얼굴의 사나이였다.

"웬 놈이냐!"

토시이에가 다시 소리질렀다.

"너의 대장 노부나가 공을 만나고 싶다."

원숭이와 같은 사나이는 터무니없이 큰 소리로 대답하고는 에헴 하고 헛기침을 했다.

2

"뭣이, 너의 대장을 만나고 싶다─고?"

마타자에몬은 이 기묘한 모습의 사나이와는 첫 대면이었다. 혹시 노부나가가 알고 있지 않을까…… 하는 생각에 돌아보니 노부나가는 시치미를 떼고 아침 하늘을 가늘게 뜬 눈으로 쳐다보고만 있었다.

"그냥 만나고 싶다는 말만으론 안 된다. 이름을 밝혀라."

"후후후."

원숭이를 닮은 사나이는 남을 업신여기는 듯한 웃음소리를 냈다.

"너는 마에다 마타자에몬 토시이에겠지. 나는 키노시타 토키치로라고 하는데 위로는 천문, 아래로는 지리에 이르기까지 세상일은 모르는 것이 없는 지혜 주머니다."

"뭐라고, 건방진 녀석. 위로는 천문, 아래로는……"

말하다 말고 혀를 차고 나서 다시 말을 이었다.

"웃기는군, 미친놈이로구나. 가까이 오면 베겠다."

"생각이 모자라는군. 너의 대장이 매일 아침 말을 달려 성에서 나오는 것은 무엇 때문인지 알고나 있느냐?"

"뭐라구, 아직도 나를 깔보느냐?"

"그렇다, 천하를 위해 말해줘야겠군. 마에다 마타자에몬, 넌 지금의 천하를 어떻게 보고 있지? 대장의 마음을 잘 헤아려야 해. 슨엔駿遠의 총대장인 이마가와 지부노타유 요시모토今川治部大輔義元가 드디어 대군을 거느리고 쿄토를 목표로 진군하고 있어. 너의 대장은 그 앞에 굴복할 것인가 싸울 것인가 고민하고 있지. 그 모습이 네 눈에는 보이지 않느냐? 굴복하면 영원히 그의 부하가 되고, 싸워서 무찌르면 토카이도東海道°의 패자覇者가 되는 거야. 무찌르려면 한 가지 방법밖에는 없어. 이마가와의 장수들은 모두 오래 전부터 성을 가지고 정규전에 대한 전술을 배웠지만 노부시野武士°나 무뢰한들의 전법은 알지 못해. 그래서 너의 대장은 그런 전법에 밝은 인재를 구하려고 매일 아침 말을 타고 성밖으로 나오는 거야. 나를 만나게 된 것은 하늘이 내린 은혜야. 나 하나를 얻는 것은 천하를 손에 넣을 상서로운 징조지."

마타자에몬은 어이가 없어 다시 슬쩍 노부나가를 돌아보았다. 굳이 알릴 필요도 없이 이 대단한 허풍은 그대로 노부나가에게도 들렸을 터였다.

"마타자에몬."

노부나가는 눈을 가늘게 뜬 채로 말했다.

"그 원숭이를 아시가루足輕°의 책임자에게 데려가거라."

"괜찮겠습니까?"

"별일 없을 거야. 내 말 돌보는 일을 시키라고 일러라."

이 말에 무명 진바오리를 입은 사나이는 히죽 웃었다.

노부나가는 일어나서 기지개를 켰다. 그리고 풀을 뜯고 있는 애마 질풍의 목을 가볍게 두드리고 마타자에몬을 돌아보았다.

"마타자에몬, 나는 먼저 돌아가겠다."

훌쩍 말에 올랐다. 뒤에 남은 마타자에몬 토시이에는 기묘한 사나이와 마주보는 자세가 되었다.

"토키치로라고 했지?"

토키치로는 고개를 끄덕였다.

"위로는 천문, 아래로는 지리라고 했겠다."

토키치로는 성큼성큼 다가와 토시이에의 어깨를 툭 쳤다.

"그것은 허튼 소리였어요, 이누치요 님."

갑자기 존댓말을 쓰기 시작했다.

"친한 사이나 되는 것처럼 이누치요라고 부르지 마."

"그럼, 마타자에몬 토시이에 님. 나는 원래 오와리 태생, 나카무라中村의 야스케彌助라는 사람의 아들입니다. 아버지는 돌아가신 성주 노부히데 님의 아시가루였는데 어느 전투에서 다리가 잘려 농부로 돌아왔지요. 잘 봐주십시오. 맹세코 열심히 일하겠습니다."

마타자에몬 토시이에는 어안이 벙벙하여 다시 이 기묘한 사나이를 자세히 바라보았다. 왠지 화가 풀리고 웃음이 터져나올 것만 같았다.

제4권 첫 출전 **85**

3

"전에 성주님을 만난 일이 있느냐?"

"아뇨, 만나지 않은 것으로 알아주세요. 오늘이 첫 대면, 토시이에 님의 추천으로 고맙게도 아시가루가 될 수 있었어요. 키노시타 토키치로가 이렇게 감사 드립니다."

얼른 마타자에몬의 손에서 고삐를 받아들었다.

"제가 모시겠습니다. 말에 오르시지요."

"와하하하."

마침내 마타자에몬은 하늘을 쳐다보고 웃음을 터뜨렸다.

남의 이름을 함부로 부르면서 위로는 하늘, 아래로는 지리 운운하는가 하면, 이번에는 님 자를 붙여 존댓말을 한다. 그런데도 이상하게 혐오감이 들지 않았다. 사람인가 싶으면 원숭이와 너무 닮았고, 미쳤는가 했더니 말에 오르시라고 공손한 태도를 취하는 게 아닌가.

"아니, 잠시 걷도록 하세. 토키치로라고 했지?"

"예."

"조금 전 노부시와 불한당의 전법에 밝다는 말을 했겠다."

"예. 하치스카蜂須賀 마을의 코로쿠小六, 서미카와西三河의 쿠마熊 도령, 그리고 혼간 사本願寺 무리들의 전법에 통달해 있습니다."

"통달했다니, 큰소리를 치는군."

"아니, 사실입니다. 이런 난세에는 성을 가진 자의 전법 따위로는 백성을 편안하게 할 수 없습니다. 성 없이 산이나 마을에 부하들을 매복시켰다가 유사시에는 한데 모아 군단軍團을 이루고 흩어져서는 그대로 양민 속에 섞여듭니다. 이 방법은 얼마나 유용한지 모릅니다. 그 점에 착안하여 백성들과 함께 허물없이 춤을 추고…… 대장님은 과연 훌륭하십니다. 언젠가는 이 토키치로도 발탁하실 줄 알고 있었어요."

"음, 성을 가진 자들의 전법만으로는 지금의 세상을 다스리기 어렵다는 말이로군."

"예, 만일 의심이 되시거든 마에다 님 영지에 이 토키치로를 잠입시켜주십시오. 반 달도 채 안 되어 쑥밭을 만들어드리겠습니다."

"아니, 그래서는 안 되지. 그런데 이 경우에는 먼저 어디서부터 손을 대겠나?"

"첫째, 불을 지릅니다."

"위험한 녀석이로군."

"불은 인간의 공포심을 가장 크게 불러일으킵니다. 둘째는 집단적인 강탈."

"허어."

"셋째는 선동입니다. 성주는 백성들을 전혀 보호하지 않는다, 보호할 능력도 없는 자에게 공납을 바칠 수 없다—고."

"으음."

"그러니 나와 같이 성주를 타도하자, 나를 따르라—겉으로 보기에는 반란이지만, 나는 실속을 차려 마에다 님을 대신하여 내가 성주가 되는 것입니다. 반 달이면 충분합니다."

마타자에몬은 대꾸하지 않았다.

'소름끼치는 소리를 지껄이는 놈……'

확실히 그런 수법을 쓰면 무너지는 곳이 숱할 것 같았다.

"토키치로."

"예."

"그대는 그토록 멋진 전법을 왜 실행에 옮기지 않나?"

토키치로는 히죽 웃고 머리를 설레설레 흔들었다.

"작아요, 너무 작아요. 그렇게 하면 고작 강도 출신의 작은 다이묘밖에 되지 못해요. 오히려 그런 사태를 사전에 막아 천하를 제압하지 않으면 이 난세를 구할 수 없어요. 그러기 위해 이 아시가루는 전력을 다해 섬기려는 것입니다. 마에다 님, 두고 보십시오, 이 토키치로를."

 마타자에몬은 크게 소리내어 웃었다. 어느 틈에 안개가 걷히고 푸른 하늘 아래 싱그러운 논과 은빛 강이 땅과 하늘을 차지하고 환하게 빛나고 있었다.

4

 두 사람이 키요스 성에 도착한 것은 한낮이 다 되어서였다. 마타자에몬 토시이에에게 토키치로는 신선한 충격 그것이었다. 나카무라의 이름없는 백성의 아들로 태어났다는 토키치로, 스루가와 토토우미遠江를 비롯해 미카와, 오와리, 미노, 이세에 이르기까지 화제가 종횡무진했다. 인물평도 세상사람들과는 아주 달라 그 하나하나 많은 생각을 하게 했다. 토토우미에서 이마가와 세력인 마츠시타 카헤이지의 밑에 잠시 있었지만, 이마가와 일족의 앞길에서는 광명을 찾을 수 없었다고 했다.

 "성을 가진 보통 다이묘들은 알지 못하지만, 난세가 너무 오래 계속되면 자기만의 안전이란 없습니다. 이마가와 일족은 지금 제 세상을 만난 양 쿄토의 풍류만 즐기고 있을 뿐, 백성들이 어떻게 살고 있는지 전혀 실정을 몰라요. 백성들도 인간입니다. 다이묘들에게 죽거나 착취만 당하고 있지는 않습니다. 언젠가는 노부시들과 손잡고 반기를 들거나 정토진종의 렌뇨蓮如 선사가 생각해낸 반란에 가담합니다. 더구나 난세의 다이묘 중에 다른 다이묘를 적으로 두지 않은 자는 한 사람도 없습니다. 외부의 적에 대비하기 위해 백성들을 괴롭혀 무력을 갖췄다는 것, 그만큼 내부의 적도 만들게 됩니다. 그렇게 되면 서로 경쟁하여 군마를 갖추어도 피장파장이란 점을 깨닫지 못하고 있어요. 그런데 마에다 님의 대장은 그렇지 않습니다. 큰 도량으로 여러 지방 상인들을 자유롭게 출입시켜 계속 백성들을 살찌게 하고 있어요. 자신의 대에 백성들의 공납도 깎아주었을 뿐 아니라, 백성들 속에 섞여 즐겁게 춤을 추고 있습니다. 이러니 언제든지 안심하고 영지를 떠나 출전할 수 있습니다. 이마가와는……"

마에다 마타자에몬 토시이에는 때때로 그 어조가 너무 과장되어 거슬리기도 했지만, 이 사나이라면 이틀이나 사흘 함께 이야기를 나누어도 지루하지 않을 것 같았다.

키요스의 둘째 성 옆에 있는 공동주택, 아시가루의 우두머리 후지이 마타에몬藤井又右衛門의 집 앞에 왔을 때였다.

'아아, 그렇구나.'

그제서야 토키치로가 오늘 기묘한 모습으로 나타난 이유를 알았다.

토키치로는 완전히 노부나가에게 반해 있었다. 노부나가도 이미 토키치로를 밑에 두려는 생각을 가지고 있었다. 어쩌면 두 사람 사이에는 오늘 이렇게 만나 정식으로 후지이 마타에몬 휘하에서 일하도록 합의되어 있었는지도 모른다.

"누구 없느냐?"

"예."

토시이에의 부름에 맑은 목소리로 대답하면서 마타에몬의 딸 야에八重가 나타났다.

"마타에몬은 안 계시냐?"

"예, 하지만 곧 점심시간입니다……"

"그래. 그럼 잠시 기다리기로 하지."

야에는 토시이에의 어깨 너머로 살짝 토키치로를 바라보았다. 토실토실한 볼과 시원스럽고 순진해 보이는 눈, 그리고 귓불이 앵두처럼 물들어 있었다. 젊은 무사들 사이에서 사위 되기를 자청하는 사람이 많은 마타에몬의 외동딸이었다.

"사실은, 이 사람이 오늘부터 아버지의 부하가 될 텐데……"

토시이에가 이렇게 말하자 토키치로는 무슨 생각이 들었는지 하늘을 찌를 듯한 소리로 웃었다.

"원 이런, 눈이 번쩍 뜨이는 미인이로군. 하하하……"

5

야에는 깜짝 놀라 토키치로를 다시 한 번 보았다. 토시이에도 어이가 없는 듯 얼굴이 뻘겋게 되었다. 토키치로는 가슴을 떡 펴고 말을 계속했다.

"마에다 님도 보기 드문 미남이지만, 이쪽 아가씨도 그림 같군요. 나는 키노시타 토키치로라고 합니다. 기억해두세요."

"야에라고 해요. 자, 그럼 이리로."

야에는 더욱 당황해하며, 현관 옆 사립문을 열고 툇마루로 두 사람을 안내했다.

"이런 미모이니 귀찮을 정도로 혼담이 많이 들어오겠군요. 그렇죠, 야에 님?"

"예…… 아니, 아니에요."

"젊은 무사들이 가만히 있을 리 없지요. 아름답다는 것은 정말 큰 복입니다. 마에다 님도 기분이 좋아 얼굴이 뻘겋게 되어 있지만, 나도 막 피어나는 꽃 앞에 있는 것처럼 상쾌합니다. 아버님이 무척 만족해하실 거예요."

"이봐, 말이 지나쳐."

야에가 도망치듯 사라지자 토시이에는 얼굴을 찌푸리고 책망했다.

"야에는 너의 아첨 따위엔 기뻐할 여자가 아니야."

"그럴까요."

 토키치로는 마루에 걸터앉아 방약무인한 태도로 웃으며 손을 내저었다.

"당장 보리차를 가지고 나올 테니 두고 보세요."

"대관절 너는 몇 살이냐, 수치심도 없어?"

"하하하, 있지만 나타내지 않을 뿐이죠. 나도 남자인데."

 토시이에는 다시 웃음을 터뜨릴 뻔했다. 나이는 자기와 비슷한데 이마에 노인처럼 주름이 많았다. 가만히 생각해보니 조금 전의 야에에 대한 그 속 들여다보이는 칭찬도 이 사나이의 한 가지 수법인 것 같았다. 익살스럽게 보여 남이 웃건 말건 상관하지 않고, 여기 이런 사람이 있다는 것을 확실하게 상대에게 인식시키는 방법.

"마에다 님."

"왜."

"오늘부터 말을 담당하게 되어 자주 뵐 것 같습니다마는, 마에다 님에게 공 세울 수 있는 길을 말씀 드릴까요?"

"공을 세울 수 있는 길?"

"예, 마에다 님은 슨푸에 있는 미카와의 마츠다이라 키요야스의 손자를 아십니까?"

"타케치요……라면 어렸을 때 우리 성주님과 자주 만나곤 했지."

"그 타케치요…… 지금은 관례를 올리고 모토야스라 불리고 있는데, 얼마 안 있어 출전하게 된다는 것은 모르셨지요?"

"타케치요가 출전을? 어디로?"

"뻔한 일이죠. 우리 대장 휘하에 있는 마루네丸根, 와시즈鷲津, 나카시마中島, 젠쇼 사善照寺, 탄게丹下 중 어느 한 곳일 겁니다."

 토시이에는 눈을 부릅떴다.

"네가 그것을 어떻게 알고 있느냐?"

"하하…… 위로는 천문, 아래로는 지리……"

토키치로가 재미있다는 듯이 고개를 갸웃하며 말하고 있을 때였다.

"보리차라도 드시지요."

안쪽에서 장지문이 열리고 야에가 쟁반을 들고 들어와 공손히 손을 짚었다.

"정말 고맙소. 그렇지 않아도 아까부터 목이 말랐었는데. 마음이란 이렇게 서로 통하는 것이죠. 자 마에다 님, 드십시오."

야에의 손에서 쟁반을 받아들고 능청스런 얼굴로 히죽 웃었다.

6

두 사람은 야에가 나갈 때까지 묵묵히 보리차를 마셨다.

집에서 좀 떨어진 둘째 성 성벽 밑 팽나무에서 물까치가 큰 소리로 울었다. 그 소리가 토키치로의 목소리와 비슷하여 토시이에는 웃음이 나왔다.

"토키치로."

야에가 안으로 사라진 뒤 토시이에는 얼른 잔을 놓고 말을 이었다.

"과연 너는 지혜 주머니인 것 같다. 분명히 야에가 보리차를 가져왔어. 하지만 타케치요가 오와리로 출전한다는 것은 보리차를 예언하는 것과는 문제가 달라. 어떤 천문을 통했는지 말해보아라."

토키치로는 잔을 든 채 눈을 가늘게 떴다.

"사물의 이치를 말했을 뿐입니다."

"그러니까 짐작했을 뿐이라는 말이냐?"

"아닙니다. 이 세상은 하늘의 이치에 따라 움직이는 법, 밤이 되면 해가 지고 아침이 되면 날이 밝는 것만큼이나 확실한 이야기입니다. 우선 그 이치의 해법을 말해드리죠. 이마가와 지부노타유가 쿄토에 진입하여 아시카가足利 쇼군을 대신해서 천하를 호령하겠다는 뜻을 가졌다는 것은 아시겠죠?"

"물론, 알고 있지."

"그렇다면 제일 먼저 통과해야 할 곳은 오와리입니다."

"당연하지."

"우리 대장이 순순히 항복할 것인가, 싸울 것인가. 만일 일전불사의 각오로 진용을 가다듬는다면 그쪽에는 과연 누구를 선봉에 내세울 것 같습니까?"

"마츠다이라 타케치요에게 선봉을 명할 것이라는 말이로구나."

"달리 사람이 없으니까요."

"으음."

토시이에는 고개를 갸웃했다.

"없지는 않지. 아사히나 야스요시朝比奈泰能, 우도노 나가테루鵜殿長照, 미우라 빈고三浦備後 등은 모두 상당한 맹장들이야."

"그렇게 생각하는 게 바로 이치를 모른다는 증거입니다. 그들은 대대로 내려오는 요시모토의 소중한 장수들입니다. 뿐 아니라 오와리를 통과했다고 해서 당장 그 앞에 쿄토가 있는 것은 아닙니다. 미노도 있고 오미近江도 있어요. 따라서 오와리에서 전멸당해도 요시모토에게 좋으면 좋았지 별로 아깝지 않은 자를 뽑는 것은 인정이고 또 자연의 이치입니다. 그 이치에 맞는 것은 마츠다이라 모토야스 한 사람뿐. 모토야스의 오카자키 군과 우리 대장이 피투성이가 되어 싸우면 지부노타유는 무릎을 치며 기뻐할 겁니다. 오카자키 무리는 물러갈 성도 없는 굶주린 호랑이들뿐, 살길이 달리 없으니 용맹을 떨칠 거예요."

"토키치로!"

토시이에의 목소리가 다급해졌다.

"과연 이치에 맞는 말이다. 너는 마츠다이라 모토야스에게 미리 연락해놓으라는 거겠지?"

"거기까지는 모릅니다. 제게는 말을 돌보는 일이 가장 중요하죠. 다만 모토야스와 우리 대장이 피투성이가 되어 싸우면 지부노타유가 무릎을 치며 기뻐하리라는 것만은 확실하지요. 그걸 대장에게 말씀 드린다면, 마에다 님의 출세는 보장됩니다."

출세를 보장한다는 말에 토시이에는 다시 씁쓸한 표정이 되었다. 그러나 일단 회전하기 시작한 토키치로의 혀는 멎을 줄 몰랐다.

"자, 선봉은 마츠다이라 모토야스로 정해졌습니다. 그럼 지부노타유가 무엇을 생각하게 될까요. 선봉이 오와리를 치는 대신 우리 대장과 손을 잡는다면 큰일이지 않습니까. 우선 시험해보려 하겠지요…… 장마철에 들어서면 지리의 이점이 있습니다. 그래서 이 보름 남짓한 동안에 소규모의 전투를 걸어올 것입니다."

"누가?"

"뻔한 일이죠, 마츠다이라 모토야스가."

슬쩍 내뱉는 말에 토시이에는 저도 모르게 눈을 깜빡거렸다.

7

집주인 후지이 마타에몬이 돌아오지 않았다면 아마 토키치로의 장광설은 한없이 계속되었을 것이다. 흐르는 물과 같이……라고나 할까. 말하는 동안 어느 틈에 신분의 경계를 뛰어넘어 2만 2,000석 영주의 후계자를 타이르고 꾸짖는가 하면 조롱하기도 했다.

"남의 속을 들여다보고 앞질러 말하는 놈은 쓸모가 없다."

평소 노부나가의 입버릇이었으나 토키치로는 당장 쓸모가 있을 것 같고, 더구나 노부나가가 좋아할 만한 난세에 어울리는 전형적인 괴물로 보였다.

"오, 마에다 님이시군요."

후지이 마타에몬이 점심을 먹으러 돌아왔을 때 원숭이를 닮은 토키치로는 이야기를 뚝 그치고 무명 진바오리의 앞깃을 여미며 정중하게 맞았다.

"키노시타 토키치로라는 자요. 그대 휘하에 두시오. 성주님이 말을 돌보게 하라고 하셨소."

토시이에의 소개에 토키치로는 다시 공손하게 절을 했다. 또 그 궤변이 쏟아져나오지 않을까 했으나 그것은 공연한 염려였다.

"나카무라에 사는 선군의 아시가루 야스케의 아들입니다. 이번에 아비를 대신하여 대장님을 곁에서 모시게 되었습니다. 아무것도 모릅니다만, 부디 잘 가르쳐주고 이끌어주십시오."

"오오, 야스케 님의 아들이란 말이지. 아닌 게 아니라 많이 닮았군. 그래, 어머니는 안녕하신가?"

"예. 제가 출세하기만을 손꼽아 기다리고 있겠지요."

"아, 그래. 열심히 일하도록 해라. 성주님께 말씀 드려 성안에 들어와 살 수 있도록 해주겠다. 마에다 님, 분명히 인계받았습니다."

후지이 마타에몬의 말을 들으면서 토시이에는 마루에서 일어났으나 왠지 토키치로와 이대로 헤어지고 싶지 않았다.

"나는 마구간에 갈 것이다. 성주님이 타시는 말을 가르쳐주마. 토키치로, 날 따라와."

"그럼, 나중에 다시."

토키치로는 마타에몬에게 공손히 고개를 숙이고 토시이에의 뒤를 따랐다. 그리고 집을 벗어나자 곧 토시이에의 말고삐를 잡았다.

'빈틈이라고는 전혀 없는 녀석이야.'

"토키치로."

"예."

"나하고 단둘이 있을 때는 친구처럼 대해도 좋다."

"황송합니다. 이만 이천 석 영주님의 도련님과 어찌……"

"입으로는 그러면서도 마음은 다를 거야. 아까 나에게 출세 길을 열어주겠다고 했는데, 그대 쪽에서 나를 이끌어주려 하고 있지 않느냐?"

"하하하…… 정확히 보셨군요. 그럼 그런 줄 알고 있겠습니다. 그 대신 마에다 님, 토키치로는 언제든지 힘이 되어드리겠습니다."

"그건 그렇고, 너는 말을 다루어본 적이 있느냐? 성주님 말은 모두 천하의 일품, 여간 사납고 기운이 세지 않아."

"말은 다루어본 적이 없지만, 사나운 인간은 많이 다루어본 경험이 있죠. 말 속에 뛰어들어가 말과 한 몸이 되면 녀석들도 내 체면을 세워주겠지요."

토키치로는 태연하게 얼굴에 주름을 잡으면서 웃었다.

8

마구간에는 노부나가의 애마가 두 채에 나뉘어 12마리, 모두 늠름한 모습으로 울타리에서 목을 내밀고 있었다. 명마라는 소리를 들으면 어디라도 사람을 보내 모아들인 준마駿馬들로서, 칼과 함께 젊은 노부나가가 큰 자랑으로 여기고 있었다.

제일 앞에 매여 있는 것이 거대한 몸집의 잿빛 돈점박이. 오늘 아침에 토키치로가 본 말이었다. '질풍'이란 이름표가 있었다. 다음으로 흰 말이 '월광月光', 세번째의 짙은 밤색 말이 '번개', 네번째의 연한 갈색 말이 '떼구름'. 이렇게 하나하나 말들을 둘러보고 있을 때 번개가 토키치로의 어깨 언저리에서 히힝 하고 큰 소리로 울었다.

토키치로가 깜짝 놀라 옆으로 펄쩍 뛰었다. 그 모습이 개구리 같아서 토시이에는 배를 끌어안고 웃었다.

"하하하…… 그래 가지고 어디 말을 다룰 수 있겠어?"

토키치로는 손등으로 이마의 땀을 닦더니 슬금슬금 번개에게 다가갔다.

"너 못된 버릇을 가졌구나, 인간을 놀리려 들다니. 나였으니 다행이지 간이 작은 녀석이었다면 아마 크게 다쳤을 거야."

그런 뒤 조심스럽게 손을 내밀어 번개의 콧등을 쓰다듬어주었다. 번개가 그대로 얌전히 있는 것을 확인하고는 눈과 눈 사이를 탁 때렸다.

"앞으로 나를 놀라게 하면 이렇게 해주겠어."

그리고 나서 토시이에를 돌아보았다. 토시이에는 그만 웃음을 터뜨리고 말았다. 그 행동에는 지기 싫어하는 고집과 뱃심과 조심성이 익살스럽게 뒤섞여 있었다.

"토키치로."

"왜요?"

"그대는 먼저 쓰다듬어주고 나서 때리는 버릇이 있나?"

"당치도 않습니다. 남을 놀라게 하면 자기도 놀라게 되는 것이지요. 하늘의 이치를 가르쳐준 것뿐입니다."

"듣기 싫어. 친구의 의리로 가르쳐주겠다. 성주님은 언제나 말이라고만 말씀하신다."

"음, 말! 과연 이것들은 말임이 틀림없군요."

"말이라고 하셨을 때 어떤 말을 끌고 갈 것인지, 어느 말을 가리키고 계신지를 판단하지 못하면 성주님의 말고삐는 잡지 못해."

"그렇군요, 그 말이 맞을 것 같습니다."

"성주님의 안색, 행선지에 따라 오늘은 어느 말이라는 것을 알 수 있겠나?"

토키치로는 무릎을 탁 치고 고개를 끄덕였다.

"말을 돌보는 사람은 바로 접니다. 성주님보다는 제가 그날에는 어떤 말이 상태가 좋은지 더 잘 알고 있을 것 아닙니까. 그것으로 해결되는 것이죠."

그때 12마리의 말이 일제히 울었다.

"아."

토키치로는 얼굴빛이 변하여 주위를 둘러보았다. 말들의 눈길이 머문 곳으로 따라가 보니 노부나가의 모습이 있었다. 노부나가가 가까이 오는 것을 보고 일제히 울어대는 말.

"하하하하."

토시이에가 다시 웃었다.

"말들은 돌보는 그대보다 성주님이 더 좋다고 하는구나. 하하하……"

노부나가가 가까이 오자 먼저 질풍이 코를 대고 힝힝거리며 반가워했다.

"원숭이!"

노부나가는 질풍의 목을 두드리면서 토키치로를 불렀다.

감도는 풍운

1

노부나가가 부르자 토키치로는 꾸벅 절을 하고 가까이 갔다.
"너에게 단단히 일러둘 말이 있다."
"예, 어떤 말씀인지요."
"쓸데없는 소리를 하는 것은 좋다. 하지만 말을 때려서는 안 된다."
"아아…… 보고 계셨습니까?"
"노부나가의 눈은 언제나 사방에서 빛나고 있어."
"명심하겠습니다. 앞으로 조심하겠습니다."
"그리고 또 하나, 너는 말보다 빨리 달릴 수 있는 다리를 가져야만 한다."
"알겠습니다. 그렇지 않으면 전쟁터에서 대장님의 말고삐를 잡을 수 없으니까요."
"누가 너더러 말고삐를 잡으라고 하더냐?"
흘끗 노려보는 노부나가에게 토키치로는 다시 꾸벅 절을 했다.
"그만 말이 헛나갔습니다. 말 앞에서 죽을 각오를 해서."

"너는 말이다……"

노부나가는 토키치로의 몸짓과 말 따위에는 상관하지 않고 말을 이었다.

"사랑도 받지만 미움도 받는다. 오늘부터는 사랑받을 생각은 하지 마라."

"예……?"

이번에는 토키치로가 고개를 갸웃했다. 아마도 그 반대의 말을 들을 줄 알고 있었던 모양이다.

"남의 사랑을 받으려다 자기를 잃어버리는 녀석은 이 세상에 흘러넘칠 정도로 많아. 나는 그런 녀석들을 보면 구역질이 난다."

"과연 그렇겠습니다……"

"알겠느냐? 남에게는 미움을 받지만 말한테는 사랑을 받아야 한다. 그런 마음으로 일해야 해. 말은 정직하지만 요즘 세상사람들은 다 비뚤어져 있어."

토키치로는 탁 하고 큰 소리가 나도록 자기 이마를 때렸다.

"분명히 이 머리에 새겨두겠습니다."

"새겨넣었거든 이제 마타에몬한테 가서 거처할 곳을 배정받고 오너라……"

말하다 말고 다시 생각난 듯이 덧붙였다.

"참, 그 얼굴을 보니 여자에 대한 버릇도 좋지 않을 것 같다. 무엇보다도 마타에몬의 딸 야에에게 손을 대면 안 된다."

"고마우신 말씀, 그것도 명심하겠습니다."

다시 이마를 탁 때리고 그대로 얼른 사라져갔다.

"마타자에몬."

노부나가는 차례차례 말의 목을 두드려주며 걸어가다가, 마타자에몬을 돌아보았다.

"원숭이가 무슨 말을 했을 테지?"

"했습니다. 앞으로 보름 사이에, 그러니까 장마철로 접어들기 전에……"

"마츠다이라 모토야스가 접경에서 전쟁을 도발할 것이라고 하던가?"

토시이에는 성주가 앞질러 말하는 바람에 깜짝 놀라 쳐다보았으나, 그때 이미 노부나가는 토시이에에게 등을 돌리고 마구간 구석에 있는 무기고 쪽으로 걸어가고 있었다. 무기고 너머에 있는 활터에서, 이 역시 일과로 되어 있는 50발의 활을 쏠 모양이었다. 챠센 머리에 햇빛을 받아 장신의 뒷모습이 더욱 늠름해 보였다.

이윽고 노부나가는 작은 소리로 노래를 부르기 시작했다.

죽음은 누구에게나 오는 것
그리움을 생각하면 무슨 소용인가
이미 정해둔 사연이나마
남겨두리라

2

노부나가는 활터에 이르러 웃통을 벗고 등나무로 만든 활을 들었다. 그러나 활쏘기에는 열중하지 않았다. 화살을 뽑아들고 잠시 고개를 갸웃하다가 한 발을 쏘고는 다시 무언가를 생각하고는 했다. 자기 생애를 통해 동쪽에서 두 번에 걸쳐 큰 위기가 온다는 것은 이미 계산해놓고 있었다.

그 하나는 이마가와 요시모토의 쿄토 진입. 다른 하나는 그것을 무찌른 뒤에 있을 타케다 하루노부의 공격. 그러나 두번째 위기는 첫번째 위기를 넘겼을 때를 가정한 위기였다. 따라서 다른 사람의 눈에는 여전히 비호처럼 활달하게 비치는 노부나가의 행동 속에는 한없는 고뇌가 뿌리깊이 감추어져 있었다.

50발을 쏘고 난 노부나가는 시동에게 활을 내던지듯 건네고, 다시 노래를 부르면서 본성으로 돌아왔다.

햇빛은 푸른 잎에 따갑게 쏟아지고 망루의 지붕에는 비둘기가 떼지어 모여 있었다. 하늘은 맑게 개고 나뭇잎을 흔드는 바람조차 없었다. 그러나 요즘 노부나가의 눈에는 모든 것이 전운이 감도는 소용돌이로밖에 보이지 않았다.

"모든 것이 무無란 말인가······."

만일 요시모토의 상경을 저지할 수만 있다면 그의 생애에는 찬란한 빛이 비칠 것이었다. 그렇지 못하면 무한한 암흑이 닥칠 터. 그는 운명의 기로에 서서, 혈기와 망설임과 초조 속에 파묻혀 있었다.

"노히메."

노부나가는 거친 걸음으로 방에 들어서기가 바쁘게 외치며 띠를 끌렀다.

"땀!"

웃옷을 벗어 등뒤로 내던지고 늠름한 나신을 드러낸 채, 달려온 노히메가 땀을 깨끗이 닦아줄 때까지 떡 버티고 서서 바깥을 노려보고 있었다. 노히메는 자못 기쁜 듯이 남편의 몸을 깨끗하게 닦고는 그 위에 새로운 홑옷을 걸쳐주고 띠를 매주었다. 노부나가는 노히메가 하는 대로 몸을 맡겼다.

"노히메."

"예."

"드디어 결심했어······."

"무엇을…… 결심하셨습니까?"

반문을 당하고야 비로소 자기가 한 말을 깨달은 듯 빙긋이 웃고 그 자리에 앉았다.

"무엇을 결심했을 것 같소?"

"소실도 자식도 생겼어요. 오와리도 평정되었고요. 이번에는 미노의……"

노부나가는 고개를 흔들어 그 말을 중단시켰다.

"그대 아버지의 복수 말이오? 그것은 나중 일이오."

노히메는 남편이 벗어던진 옷을 개면서 고개를 끄덕였다.

'잊지만 않고 있다면 그것으로 족하다.'

제멋대로였으나 노히메에게는 신뢰할 수 있는 남편 노부나가였다. 오빠 요시타츠를 쳐서 아버지의 원수를 갚아줄 것이었다.

"노히메, 아이는 그대가 낳았으면 좋았을 텐데."

"예……? 무어라 하셨나요?"

"아이 말이오. 그대가 낳았더라면 안심할 수 있는데."

노히메는 일부러 못 들은 체하고 있었다.

아이를 낳지 못하는 여자로서는 자식 이야기처럼 괴로운 것도 없었다. 세 사람의 소실이 지금 네 아이를 낳아 기르고 있다. 더구나 그 아이들에 대한 집착이 자유분방한 노부나가의 마음을 이렇듯 묶어놓고 있다……고 생각하니 노히메는 여간 안타깝지 않았다.

3

노히메가 아이를 낳았으면 좋았겠다고 한 것은 소실보다 정실 노히메의 기질이 더 뛰어났기 때문에, 그대의 자식이라면 안심하고 생사를 초월하여 싸울 수 있다는 뜻인 것 같았다. 노부나가는 자기 마음을 있는 그대로 말하면, 아내에게 위로가 된다고 생각하는 듯했으나, 노히메로서는 그런 말을 듣는 것이 더욱 괴로웠다.

"노히메, 내가 말이오."

"예."

"아이들에게 묘한 이름을 지어주었는데, 그대는 내 기분을 알 수 있겠소?"

노히메는 웃으면서 고개를 끄덕였다.

이코마 집안에서 시집온 오루이가 맨 처음에 낳은 토쿠히메德姬는 그렇다 치고, 다음에 같은 배에서 태어난 아들은 키묘마루, 그 다음은 챠센마루, 그리고 미유키의 배에서 나온 것이 산시치마루. 더구나 챠센마루와 산시치마루는 같은 날 같은 시각에 각각 다른 배에서 태어났다. 이렇게 되면 생모의 가문에 따라 순서를 정하는데, 결국 챠센마루를 형으로 간주하게 되었다. 그때도 노부나가는 정실인 노히메 앞에서 큰 소리로 웃었다.

"나는 두 여자를 같은 날에 품었던 모양이군. 와하하하."

이러한 노부나가의 마음에서는, 나는 세상사람들처럼 부자의 정에는 빠지지 않는다, 무시한다, 상식을 거부한다는 격렬한 혁명아의 기질이 엿보였다.

그러나…… 이러한 노부나가도 역시 육친이라는 자연 앞에 결국 무릎을 꿇으려는 것일까.

"성주님, 오랜만에 키묘마루를 이리 부를까요?"

오루이의 배에서 태어난 아이에게 노히메는 어머니로서의 정을 쏟고 있었다. 키묘마루도 노히메를 몹시 따랐다.

"음, 자식이란 기묘한 것이라고 처음부터 생각은 하고 있었지만…… 불러오지 그래. 기묘한 얼굴을 보고 있으려면 어떤 묘책이 떠오를지도 모르니까."

노히메는 알았다고 하면서 오루이한테로 갔다. 노부나가는 손뼉을 쳐서 코쇼小姓˚ 아이치 쥬아미愛智＋阿彌를 불렀다. 쥬아미는 마에다 이누치요와 함께 노부나가의 총애를 다투는 재기 넘치는 젊은이, 여자들에게서도 찾아보기 어려운 미남이었다.

"쥬아미, 쿠마 도령은 아직 기다리고 있겠지?"

"예, 성주님이 좀처럼 나타나지 않으시는데 뭘 하고 계실까 궁금해 하면서 기다리고 있습니다."

"그래, 좀더 기다리라고 해라. 정중한 말로."

"예."

화사한 젊은이의 모습인 쥬아미가 사라진 뒤 곧바로 노히메가 세 살 난 키묘마루의 손을 잡고 들어왔다.

"키묘마루, 아버님이 기다리신다."

키묘마루는 누가 일러주었는지 단정히 앉아 문안인사를 했다.

"안녕하셨습니까?"

노부나가는 그 모습을 고개를 갸웃한 채 바라보고 있었다. 말을 건네는 것도 아니고 반겨주는 것도 아니었다. 아주 희한한 것을 보는 듯한 눈으로 찬찬히 훑어보았다. 키묘마루는 그 눈길에 겁을 먹었는지 흘끗 노히메를 쳐다보았다. 노히메의 활짝 웃는 얼굴을 보고는 안도하며 후 하고 가만히 한숨을 쉬었다.

"후후후."

노부나가는 웃었다.

"알겠어! 바로 이거야."

벌떡 일어나 노히메를 돌아보고, 한마디 툭 내던지고는 바람처럼 방을 나갔다.

"키묘마루에게 과자를 줘라."

4

노부나가는 자기 아들 키묘마루의 작은 탄식에서 무엇을 느꼈는지, 방에서 나와 곧바로 내객을 접견하는 서원으로 갔다. 서원에서는 아이치 쥬아미가, 역시 화사한 차림으로 그의 형같이 보이기도 하는 쿠마 마을의 토호 타케노우치 나미타로竹之內波太郞와 마주앉아 있었다.

타케노우치 나미타로는 노부나가가 킷포시吉法師로 불리던 유년 시절에 신도神道 이야기를 자주 들으러 갔던 쿠마 마을의 젊은 도령으로, 매사에 남의 의표를 찌르고 구습타파에 앞장서는 노부나가의 불 같은 성격에 큰 영향을 준 인물이었다.

당시 오와리에서 미카와에 걸쳐 여러 장수들이 두려워하는 괴인怪人으로는 노부시의 두목인 하치스카의 코로쿠 마사카츠小六正勝와 쿠마 마을의 젊은 도령 타케노우치 나미타로 두 사람을 꼽을 수 있었다. 마사카츠는 언제나 모피로 만든 옷을 입고 자못 산적과 같은 모습이었는데 반해 타케노우치 나미타로는 여전히 코소데 차림이었다. 나이는 노부나가보다 열 살이나 위일 텐데도 아직 앳되고 순박한 청년으로 보였다. 머리는 소하츠總髮°이고, 손에 든 합죽선에서는 백단白檀 향기가 은은히 풍기고 있었다.

"쥬아미, 너는 물러가라."

노부나가는 서원에 들어서면서 아이치 쥬아미를 내보냈다.

"언제쯤 장마가 시작될까?"

버릇없는 자세로 나미타로 앞에 털썩 앉았다.

"글쎄, 아마 오륙 일 후면 시작될 테지."

"조금 전에 키묘마루를 불러 아무 말도 않고 노려보기만 했더니 겁을 먹고 한숨을 쉬더군."

"그래서······"

나미타로는 흰 얼굴에 미소를 떠올렸다.

"대관절 나에게 무슨 명령을 내리려고 하나?"

노부나가는 스승이나 다름없는 나미타로에게 전혀 존경하는 태도를 보이지 않았다.

"오카자키의 애송이를 치려고 하는데 도와줄 수 있을까?"

"오카자키의 애송이라니 마츠다이라 타케치요를 말하는 건가? 그대는 여전히 말을 비약시키는 버릇이 있군. 나는 도무지 알아들을 수가 없는걸. 그래, 타케치요가 무슨 일을 벌이려고 한다는 말인가?"

노부나가는 시치미를 떼지 말라는 표정으로 웃었다.

"이미 알고 있을 텐데 그러는군. 테라베寺部의 스즈키 시게타츠鈴木重辰가 내게 알려줬어. 타케치요에게 공격을 지휘하게 한다는 것은 구실이고, 사실은 이마가와 요시모토가 타케치요의 능력과 마음을 시험하기 위해 출전시키려는 것이 분명해."

"으음, 있을 수 있는 일이지."

"문제는 그 후의 쿄토 진입인데, 첫 출전 하는 타케치요를 때려부술 것인지 아니면……"

"후후후."

노부나가의 말에 나미타로는 웃었다.

"때려부수려다 도리어 실패하면 어떻게 하겠나?"

"이 노부나가에게 오카자키 따위를 격파할 실력이 없다는 말인가?"

"또 비약하는군. 질이 안 좋은 망아지라니까. 내 말은 어디까지나 때려부수려 했지만 때려부술 수 없었다…… 뭐 이 정도로 해두면 좋지 않겠는가 하는 것일세."

"뭐?"

"그대는 조금 전에 자기 아들을 노려보았더니 탄식하더라고 했어. 나중에 다시 한 번 웃어보지 그래. 아마 그애는 또 한 번의 큰 탄식으로 그 웃음에 응할 거네."

노부나가는 눈을 부릅뜨고 나미타로를 노려보았다. 자기 생각과는 정반대였던 것이 분명했다. 노부나가는 마츠다이라 모토야스에게 한 번 크게 겁을 주려고 했는데, 나미타로는 때려부수려 했으나 그렇게 하지 못했다는 것으로 일을 끝내라고 한다……

5

"쿠마 도령."
노부나가는 오른쪽 어깨를 앞으로 쑥 내밀었다.
"타케치요에게 공을 세우고 물러가도록 하란 말인가?"
"공을 세울 만한 능력이 있다고도 한 거지."
나미타로는 부채 그늘에서 여자와 같은 눈을 빛내며, 작은 소리로 말을 이었다.
"나는…… 적의가 없는 자를 일부러 적으로 돌리는 것은 어리석은 짓이라고 생각해!"
"으음."
"일부러 적으로 돌려 굴복시키려는 것은…… 무모한 짓이야! 죽을 힘을 다해 싸울 오카자키 군을 굴복시키려면 이쪽도 소중한 병력을 소모시킬 것이 분명하니까."
노부나가는 고개를 끄덕이는 대신 천장을 무섭게 노려보았다. 나미타로의 말은 확실히 옳았다. 오카자키에서는 반드시 영토를 되찾기 위해 모토야스가 처음 출전하는 이번 전투에 필사적으로 싸울 터. 그들의 기세를 무찌르려면 노부나가도 큰 손실을 각오하지 않으면 안 될 것이었다.

"문제는 타케치요가 아니라 지부노타유. 마지막 목표인 쿄토 진입 때 일부러 타케치요가 아닌 새로운 대군을 맞이하는 것도 어리석은 생각, 자신의 병력이 손실을 입는 것도 어리석은 일이지."

나미타로는 이렇게 말하고, 열려 있는 문 너머로 널찍한 정원을 바라보았다.

"오오, 시원한 바람이 불어오는군. 밀려오면 물러나고, 물러서면 밀려들어가고…… 아니, 이건 저 어린 잎에 바람이 와닿는 부드러움을 말하는 것일세. 방법은 있네. 아구이 성阿古居城에는 타케치요의 생모도 있고, 카리야刈谷의 미즈노 노부모토水野信元는 외삼촌이고."

노부나가는 갑자기 목젖이 보일 정도로 입을 크게 벌리고 웃었다.

"알겠어, 이해하겠어. 그것으로 충분해."

나미타로는 쓴웃음을 지어 보였다.

"나에 대한 용무는 그것뿐인가?"

노부나가는 다시 진지한 표정으로 돌아와 고개를 흔들었다.

"이야기가 곁가지로 흘렀는데, 정말 할 이야기는 따로 있지."

"어디 그 이야기를 들어보기로 할까."

"쿄토 진공의 시기!"

노부나가는 말에 힘을 주었다.

"쿠마 도령의 천문에는 어떻게 나와 있나?"

"타케치요의 능력을 시험한 뒤에 총대장이 출진할 테니 노부시나 부랑자들처럼 가볍게는 움직이지 않겠지. 일러야 춘삼월, 늦으면 오월……"

"그럼 역시 그때도 여름일까?"

"아마 그렇겠지."

"병력은?"

"많을수록 좋지. 우선 삼만 정도."

"으음."

노부나가는 신음했다.

북쪽에 미노를 두고 있는 노부나가로서는 출동시킬 수 있는 병력은 고작 3,000명의 군사였다. 그것을 알고 있으면서도 나미타로는 적의 수가 많을수록 좋다고 한다.

"어떤가, 십 분의 일인 병력으로는 킷포시조차 이길 수 없다는 건가?"

"그대도 돕도록 해! 이것이 내 용건이야."

"호호!"

나미타로는 여자처럼 웃었다.

"이거 참, 강제로 떠맡기려 하는군. 그런데 나가 싸우겠나 아니면 농성을 하겠나?"

"모르겠어!"

노부나가는 대답했다.

"밀려오면 물러나고, 물러서면 밀려들어가겠다는 말은 누가 했지? 나는 그 반대로 말하겠어. 밀려오면 같이 밀어붙이고 물러나면 이쪽에서도 낮잠을 자고."

노부나가는 이렇게 말하고, 나미타로를 향해 다시 한 번 눈을 부릅뜨고 다짐받았다.

"알겠지, 나를 도와야 하는 거야!"

6

노부나가의 부릅뜬 눈을 마주하며 문득 나미타로의 눈이 빛났다. 노부나가의 비약하는 두뇌는 불꽃 튀는 듯한 강한 힘을 가지고 하나의 확신에 도달한 것 같았다.

"허어, 그렇다면 그대는 당당하게 스루가, 토토우미, 미카와 등 모두를 상대로 낮잠을 자 보이겠다는 말인가?"

노부나가는 못 들은 체하고 천장을 쳐다보면서 코털을 뽑았다. 그가 코털을 뽑는 것은 언제나 의기양양했을 때였다.

"그래서 도와달라고 하는 거야. 지는 싸움인 줄 알면 도와줄 쿠마의 젊은 도령이 아니지."

"도울 정도의 것은 못되지만 타케노우치식 전술이라면 이용해도 좋아. 그럼 이 정도로 하고 물러가겠네. 하늘이 흐려지고 있어. 흐리면 장마가 시작될 테지. 장마가 시작되기 전에 카리야로 돌아가 옷이라도 좀 말려야겠어."

타케노우치 나미타로는 수수께끼 같은 말을 남기고 자리를 떴다. 노부나가 따위는 무시해도 좋다는 듯 거칠 것 없는 태도였다. 이런 인물이 나타나는 것도 센고쿠戰國 시대이기 때문에 가능했다. 공방攻防하는 힘이 일정치 않아 여기서 빼앗기고 저기서 점령당하는 가운데, 깊이 뿌리내린 토착적인 힘을 숨기고 있다가 새로운 성주가 오면 도리어 위협하여 어느 틈에 성주와 대등한 위치를 점유했다. 성주의 땅을 지상의 정부라 한다면, 그는 지하의 지배자였다. 성밖에 나가 싸우는 경우가 많기 때문에, 성주들은 후방을 교란당하지 않으려고 이러한 호족들을 우대하여 이용했다.

나미타로가 나간 뒤 노부나가는 얼른 일어나서 서원의 창을 열어젖혔다. 아무도 없는 정원을 향해 빙긋이 미소를 던지고 다시 앉아 큰 소리로 말했다.

"거기 누구 없느냐? 마에다 마타자에몬을 불러라. 그리고 아이치 쥬아미도."

곧 두 사람이 나타났다.

노부나가는 마에다와 쥬아미 두 사람을 나란히 앉게 하고 찬찬히 바라보았다.

한 사람은 여자로 착각할 정도로 아름다운 미소년.

또 한 사람은 이미 관례를 올린 늠름한 무사.

"마타자에몬."

노부나가는 먼저 토시이에게 말을 던졌다.

"그대는 쥬아미가 개라고 불러서 화를 내고 있다면서?"

토시이에는 머리를 똑바로 들고 노부나가를 정면으로 바라보았다. 사실 그랬다. 재기발랄한 아이치 쥬아미는 토시이에의 머리가 둔하다고 하면서 관례를 올린 뒤 오늘날까지도 그의 아명인 이누치요犬千代를 끝까지 다 부르지 않고, '이누犬' 즉 개라고 불렀다. 그럴 때마다 토시이에는 비위에 거슬려, 이렇게 되받아넘기곤 했다.

"애송이 아이치, 볼일이 뭐냐?"

노부나가가 어째서 두 사람을 나란히 앞에 놓고 그 말을 꺼내는지는 알 수 없었다.

"어떠냐, 무사의 신분으로 아직 관례도 올리지 않은 쥬아미에게 개라 불리다니 참을 수 없을 것이다. 화가 나겠지?"

"예. 그렇습니다."

"그럴 것이다. 그러면 오늘 밤 해시亥時(오후 10시) 본성 망루 밖에서 쥬아미를 죽이고 피신하라. 무사 체면으로 보아도 용서할 수 없을 것이다."

"예?"

토시이에는 깜짝 놀라 흘끗 쥬아미를 돌아보니 그는 교태를 부리듯 목을 움츠리고 킥킥 웃었다.

토시이에는 화가 머리끝까지 치밀어올랐다.

'이놈, 또 나를 업신여기는구나!'

7

"어떠냐, 자신 있느냐?"

노부나가가 물었다.

"나는 사사로운 감정으로 싸우는 것은 금하고 있다. 그러니 죽인 뒤에는 도망칠 수밖에 없을 것이다."

토시이에는 겨우 그 의미를 알 수 있었다. 죽인 체하고…… 도망간 것처럼 꾸며서 어디론가 심부름을 보내려 한다는 것을……

"그럼, 행선지는?"

토시이에가 진지한 표정으로 묻자 쥬아미가 다시 킬킬 웃었다.

"뭐가 그렇게 우스워?"

토시이에는 엉겁결에 쥬아미 쪽으로 자세를 취했다.

"무례하지 않은가?"

쥬아미는 꾸벅 머리를 숙이고 말했다.

"미안해, 용서해줘. 하지만 저절로 웃음이 터지고 말았어. 주군의 노여움을 사서 도망가야 하는 몸이 그 행선지를 주군에게 묻다니 이상하지 않아?"

노부나가는 번득이는 눈길을 쥬아미에게로 옮겼다.

"너는 알고 있느냐?"

"예."

"나도 행선지는 말하지 않겠다. 쥬아미, 멋진 모습으로 죽어야 한다."

"잘 알고 있습니다."

"후후후."

노부나가는 웃었다. 웃으면서 정원을 바라보고 이어서 옆방을 살피고는 자리에서 일어났다.

"장마가 오기 전에…… 나도 옷이라도 말려야지."

그대로 훌쩍 서원을 나가버렸다.

"쥬아미!"

"왜 그래, 개야?"

"너는 혼자 약은 체하고 있는데, 그래도 되는 거냐?"

"그럼, 개는 아직 자기가 어디로 갈지도 모르고 있구나?"

"무슨 소릴 하는 거야. 신중을 기하고 있는 것뿐인데."

"그렇다면 얼마든지 신중을 기하도록 해. 나는 이 세상에서 사라지겠어."

"어디로 가려는 거야?"

"저세상으로."

"쥬아미, 너는 네가 갈 곳도 나한테 숨길 작정이냐?"

"주군께서 칼에 맞아 죽으라고 말씀하셨어. 죽어서 갈 곳은 저세상밖에 또 있겠나. 그런데 개는 나를 죽이고 나서 스루가 근처에라도 여행을 갈 작정인가?"

토시이에는 혀를 차고 무릎에 얹은 주먹을 부르르 떨었다.

키노시타 토키치로라는 원숭이 같은 사나이의 수다에는 어딘지 모르게 애교가 있었다. 그러나 아이치 쥬아미의 말은 뼈를 찌르는 것 같은 독설이었다.

토시이에는 분함을 참고 웃어 보였다.

"칼에 맞아 죽어도 원한은 남을 것이다. 어딘가에 귀신이라도 되어 나타나겠느냐고 묻는 거다."

"하하하하……"

쥬아미는 코웃음을 쳤다.

"그게 고작 개가 생각해낸 익살이란 말이냐? 놀랐어! 하지만 개야, 실수로라도 내 유령이 있는 곳으로 도망쳐오면 못써. 그러면 나중에 웃음거리가 될 테니까."

토시이에는 다시 불끈 화가 치밀었으나 애써 참았다.

"그럼 해시에 망루 밖에서 만나자."

칼을 들고 벌떡 일어섰을 때 쥬아미도 뒤따라 바로 일어섰다.

"개야, 너 정말 알고 있는 거야? 모르겠거든 사나이답게 가르쳐달라고 하는 것이 좋을 텐데. 성주님 말씀에도 그런 뜻이 담겨 있었어."

토시이에는 대답 대신 거칠게 발소리를 내며 사라져갔다.

8

아이치 쥬아미는 아름다운 얼굴을 일그러뜨리고 싱긋 웃었다. 왜 자꾸 토시이에를 놀려주고 싶은지 알 수 없었다. 그 성실한 인품은 자기도 잘 알고 있고, 능력도 담력도 순수성도 높이 평가하고 있었다. 그런데도 자못 점잖은 체하는 표정과 침착한 얼굴을 보고 있으려면 그만 저도 모르게 놀려주고 싶어졌다. 역시 호적수라는 경쟁심과 노부나가의 총애를 다투는 소년다운 감정이 그렇게 만드는 것인지도 몰랐다.

'너무 놀려서 미안하다.'

이렇게 생각하면서도 문득 깨닫고 보면 어느 틈에 채찍과도 같은 독설을 퍼붓고 있고는 했다. 그런 그의 마음에는 토시이에를 존경하기 때문에 허물없이 대하는 면도 있는 듯했다.

'하찮은 일에 화를 내는 그런 졸장부가 아니지.'

화내지 않는다는 것을 알고 독설을 퍼붓는다면 비겁할지 모르지만, 응석을 부려 말하는 것은 친근감의 표현이기도 했다.

쥬아미의 독설과 그에 대응하는 토시이에의 말싸움을 듣고 있는 사람들은 언제나 마음이 조마조마했다. 노부나가는 그것을 잘 알고 있었기 때문에, 마타자에몬 토시이에에게 화를 낸 것처럼 가장하여 쥬아미를 죽이라고 했다.

쥬아미는 그 말을 들었을 때 왠지 모르게 기뻤다. 토시이에는 죽이고 도망치는 것이고, 자기는 칼에 맞아죽는다. 도망친 쪽은 언제든지 쉽게 돌아올 수 있지만, 죽은 쪽은 당분간 모습을 나타낼 수 없다.

쥬아미는 예리한 두뇌를 움직여 자신의 행선지를 오카자키로 정해놓았다. 오카자키에 가서 마츠다이라 모토야스의 중신들을 만나, 노부나가에게는 모토야스를 적으로 돌릴 마음이 없다는 뜻을 전한다. 더구나 자기는 그 말을 고하고 얼른 돌아와서는 안 된다. 적어도 쿄토 진공을 위한 요시모토의 대군을 맞이하는 사생결단의 전쟁이 끝날 때까지는 오카자키의 동향을 감시하여 노부나가에게 보고하지 않으면 안 된다. 그러기 위해서는 자기 몸을 인질로 삼아 그들을 안심시켜야 한다. 자신이 죽어야 하는 것은 그런 필요성 때문이라고 이해했다.

그렇다면 나를 죽이고 도망칠 토시이에는? 그는 아구이의 히사마츠 사도노카미久松佐渡守에게 몸을 맡긴다. 거기 가서 같은 말을 모토야스의 생모 오다이에게 하고, 오다이를 통해 카리야의 미즈노 노부모토와 오카자키의 중신들에게 그 뜻을 전하도록 한다.

쥬아미가 미리 알아차리고 스루가에 가지 말라고 한 것은, 고지식한 토시이에가 무언가 착각하고 모토야스에게까지 그 말을 하러 갈지 모른다는 우려 때문이었다. 만일 그렇게 하여 발각되기라도 한다면 요시모토는 모토야스까지 죽일지도 모를 일이었다.

'이누 이 자식, 정말 성주님의 마음을 읽었을까?'

쥬아미는 밤이 되기를 기다렸다가 모리 신스케에게 두 사람의 결투에 입회해줄 것을 부탁했다. 다행히 도둑에 대한 사형집행이 있었다.

"아이치 쥬아미와 마에다 마타자에몬, 평소 말다툼이 불씨가 되어 결투를 했다가 쥬아미는 죽고 마타자에몬은 도주했습니다."

사형당한 시체에 거적을 씌우고, 이렇게 보고하도록 미리 짜고 밤이 되기를 기다렸다. 만일 남의 눈에 띄었을 경우를 대비해 일부러 코쇼 차림을 하고 봄날 밤의 달빛에 마음이 들떠 성안을 거니는 것처럼 보이게 했다.

약속한 시간이 되었다.

쥬아미는 허리에 퉁소를 꽂고 훌쩍 본성 밖으로 나갔다.

 떨어지는 별

1

　약속한 망루 밖에는 오래 된 단풍나무가 울창하게 가지를 뻗고 있었다. 갓 수리를 끝낸 토담에 달빛이 희미하게 비추고, 어디서 우는지 모를 개구리 울음소리가 달빛을 타고 흘러왔다.
　쥬아미는 허리춤에서 퉁소를 꺼내 불기 시작했다. 이대로 당분간 성을 떠나 있어야 한다고 생각하니 감개가 무량했다. 아직 약속한 시각보다 약간 일렀다. 그동안에 정말 퉁소를 즐기고 있을 생각이었다.
　이때 단풍나무 너머 모밀잣밤나무 밑에서 가만히 사람이 움직이는 기척이 있었다. 모리 신스케가 벌써 왔을 리는 없었다. 누구일까 하고 성큼성큼 그쪽으로 걸어갔다. 제삼자가 있을수록 좋았다.
　"누구냐?"
　"쥬아미냐?"
　메아리치듯 응하는 토시이에의 목소리였다.
　토시이에 혼자가 아니라 그 옆에 또 하나의 그림자가 따라붙듯이 움직이고 있었다.

"개야, 너 혼자가 아니로구나."

"그래."

"누굴 데려왔어?"

"오마츠阿松, 내 약혼자야."

"뭐, 여자를 데려왔다구?"

여간 아닌 쥬아미로서도 이유를 알 수 없어 나무 밑 어둠 속을 응시했다. 과연 열한 살인 토시이에의 약혼자가 자못 불안한 표정으로 이쪽을 보고 있었다.

"대관절 너는 무슨 생각을 하고 있는 거야?"

토시이에는 잠자코 있었다.

"열한 살 된 신부를 데리고 갈 작정이냐?"

"묻지 않아도 알잖아? 뭐든 꿰뚫어보는 너니까."

"음, 이게 바로 네 복수구나? 이 형편없이 미련한 놈아, 그 다리도 약한 것을 데리고 어딜 가겠다는 말이냐?"

쥬아미의 혀는 자기도 모르는 사이에 서서히 돌아가기 시작했다.

"설마 이 여자를 데리고 스루가에 갈 생각은 아닐 테지? 수치를 당하고 싶거든 오와리에서 당하도록 해. 미카와, 토토우미, 스루가에까지 자신이 못났다고 광고할 것은 없어."

"그렇게 생각하는 것이 너의 얕은꾀란 말이다. 도망치는 길이라면 아내도 데려가야지. 너도 미노의 아케치 쥬베에明智十兵衛라는 사람은 알고 있을 테지?"

"사이토 도산 뉴도 부인의 조카 말이로군. 네 머리로 그것과 이것을 어떻게 억지로 결부시켜 설명하려는 거야?"

"그 사람도 아내를 데리고 여러 지방을 여행했어. 어디서나 주군을 섬길 수 있도록 말이야. 그것은 표면적인 이유이고 실은 사이토 도산의 첩자였어. 나도 아내를 데리고 가겠어."

"으음."

쥬아미는 어이없다는 듯 한숨을 쉬었다.

"다시 봐야겠는걸. 정말 감탄했어! 암캐를 데려가는 것이 좀 성급한 짓이라는 걸 모르고 있군. 역시 개야, 너는……"

오마츠가 참다못해 옆에서 입을 열었다.

"아이치 님, 말씀이 너무 지나치십니다."

"아, 부인이셨군요. 입버릇이 나쁜 것은 원래부터 타고난 것이니 용서해주십시오."

"암캐라고 한 것은 나를 가리켜 한 말이겠죠?"

"설사 그렇다고 해도 부디 용서를 바랍니다. 그것은 개에게 한 말이니까요."

2

신들은 때때로 인간의 지혜로는 헤아리기 어려운 것을 창조한다. 아이치 쥬아미도 그러한 창조물 중의 하나였다. 겉보기에는 마치 보살 같았으나 그 독설은 악마가 들이대는 칼과 비슷했다. 빼어난 용모라는 점에서는 노부나가의 소실들도 여자이지만 그에게는 훨씬 미치지 못했다. 굳이 비교한다면 노히메와 노부나가의 막내 여동생 오이치於市가 겨우 필적한다고나 할까. 그런 만큼 그의 독설은 훨씬 더 상대에게 매섭게 느껴졌다.

"아무리 아이치 님이라 해도 용서할 수 없어요. 개한테 말한 것이라 해도 어찌 암캐라는 말을 할 수 있겠어요? 어째서 내가 암캐인지 설명이 듣고 싶군요."

열한 살의 오마츠(후의 호슌인芳春院)는 비록 체구는 작았으나 야무지기로는 키요스에서도 소문난 여자였다. 게다가 노히메의 처소에 드나들면서부터 그녀의 감화도 있고 하여 어린아이라고는 할 수 없는 날카로움을 지니고 있었다.

"이 아가씨는 틀림없이 이누치요에게 없어서는 안 될 현명한 부인으로 자랄 것이다."

노히메는 가끔 이런 말을 하곤 했다. 그러한 오마츠에게 힐문당하자 쥬아미의 혀는 점점 더 유들유들해졌다.

"부인은 참으로 놀라운 질문을 하시는군요. 원래 개라는 것은 주인에게 충실하지요. 약간 머리가 모자란다는 뜻은 있지만 결코 모욕적인 말이라고는 할 수 없습니다. 그러한 개의 부인이기에 암캐라고, 이것은 수놈, 암놈을 한 쌍으로 일컬을 때 사용하는 말입니다. 알겠습니까?"

오마츠는 나무 그늘에서 나와 달빛 아래 섰다. 아직 소녀 티를 벗지 못했으나 그 눈은 분을 이기지 못해 무섭게 빛나고 있었다.

"그렇다면 쥬아미 님도 개, 즉 자신은 수캐란 말씀이군요?"

"이 쥬아미 말입니까…… 유감스럽게도 나는 개가 아닙니다. 착각을 하셨군요."

"아, 쥬아미 님은 인간이면서도 짐승에게 반했군요. 호호호, 암캐에게 연문을 보냈다가 보기 좋게 거절당한 일을 잊으셨나요?"

"뭐…… 뭐라구요……"

쥬아미는 당황했다. 그러나 기억이 없는 것은 아니었다. 노히메가 너무도 오마츠를 칭찬하는 바람에 장난삼아 연문을 써서 보냈던 일이 있었다. 그랬더니 소녀는 마치 어른처럼 의젓한 회답을 보내왔다.

'나는 이미 정해진 남자가 있는 몸, 쥬아미 님의 뜻을 받아들인다면 이는 부도婦道에 어긋나고 인륜人倫을 어기는 일이 됩니다. 단념해주십시오.'

그 말에 쥬아미는 토시이에 앞이라 그만 독설의 창끝이 무디어졌다.

"설마 인간이 암캐를 사랑할 리는 없겠지요. 그렇다면 쥬아미 님은 암캐한테까지 거절당하는 들개인가요?"

"잠깐!"

토시이에가 소리질렀다.

"내 앞에서 계속 악담을 퍼붓고, 그것도 부족해서 아내까지 유혹하려 했다니, 무사의 체면상 도저히 용서할 수 없다. 자, 칼을 뽑아라, 쥬아미."

토시이에는 연극의 시작이라 생각한 모양이었다. 누가 보아도 이 정도면 정말 결투로 여길 것이었다.

쥬아미는 아직 토시이에의 행선지도 묻지 않았다. 그런데 칼을 빼어드는 것은 토시이에가 정말 화가 났다고밖에 생각할 수 없었다. 그렇다고 해서 '용서하라'고 할 수 있는 성격도 아니었다.

"좋다, 덤벼라."

두 사람은 재빠르게 거리를 두고 달빛 아래 칼을 겨누었다.

3

모리 신스케가 죄인의 시체를 운반해올 무렵이 되었다.

빠져나갈 곳은 후죠몬不淨門°, 야음을 틈타 모습을 감출 생각인데, 그 단계에서는 토시이에보다 쥬아미가 더 주의를 기울여야 한다. 한쪽은 도망가는 것이므로 남의 눈에 띄어도 괜찮다. 그러나 죽은 쥬아미를 보았다는 사람이 생기면 사정이 달라진다.

쥬아미는 초조했다. 어떻게든 빨리 두 사람의 행선지에 대해 합의를 보아야 했다. 쥬아미를 죽이고 도망가는 토시이에와 죽임을 당한 쥬아미가 오카자키 성 어딘가에서 만나기라도 하는 날에는 만천하에 웃음거리가 될 것이었다.

"흥, 개한테도 질투는 있는 모양이군."

칼을 겨눈 채 쥬아미가 말했다.

"그렇게 중요한 부인이라면 섣불리 밖에 내놓아선 안 되는 거 아냐. 차라리 배꼽 언저리에 감아두지 그래?"

"쓸데없는 소린 집어쳐. 이미 용서하지 않기로 결심했다. 결심한 이상 반드시 죽이고야 말 것이다. 이 마타자에몬은 너같이 주둥아리만 살아 있는 놈이 아니다."

"죽일 수 있거든 어디 죽여봐라. 그리고 그렇게 소중한 여편네를 데리고 도대체 어디로 도망치겠다는 거냐? 아구이의 히사마츠 사도노카미한테냐, 응?"

그곳으로 가라는 의미도 포함시켜 이렇게 말했다. 토시이에는 칼을 바싹 쥬아미의 코끝에 대고 고개를 흔들었다.

"도망가는 놈이 어찌 우리편에 기대겠어? 오와리의 적한테로 가겠다."

"뭐, 적한테……? 더더구나 용서치 못할 배신자 같으니라구."

쥬아미는 당황했다. 물론 토시이에의 생각에도 일리는 있었다. 성주의 총신을 죽이고 도망가는 자가 자기편으로 피신했다기보다는 적에게 투항했다는 편이 자연스럽다.

'이누도 오카자키로 갈 생각을 하고 있구나……'

일단 결정하면 여간해서는 그 생각을 바꾸지 않는다. 성실한 반면에 완고하기 짝이 없는 토시이에의 성격이 쥬아미에게는 큰 짐이 되었다.

"나는 말이지."

토시이에가 나직하게 말했다.

"마츠다이라 모토야스와는 구면이야. 모토야스 밑에 있는 코쇼들도 알고 있어. 연고를 봐서 찾아가면 몸을 숨기는 것쯤은 문제가 아니지."

더더욱 난처했다. 확실히 그의 말이 옳기는 하다. 하지만 그 이면에 있는 것을 알리고 싶어 쥬아미는 큰 소리로 혀를 찼다.

"개야, 너는 왜 그렇게 돌대가리냐. 너 정도나 되는 놈이 모토야스의 가신에게 몸을 맡긴다면 일부러 일을 그르치는 것과도 같아, 이 바보야!"

"잔소리 말고 덤벼라."

"그래, 좋다."

겨눈 칼에 잔뜩 힘이 들어갔다. 힘껏 내지르는 쥬아미의 칼끝을 왼쪽으로 비키고, 마에다 마타자에몬은 노부나가를 상대로 연마한 칼을 오른쪽으로 후려쳤다.

"으윽."

뜻하지 않은 반응에 토시이에는 한 걸음 물러나서 몸을 숙였다.

쥬아미 역시 자기와 똑같이 히라타 산미平田三位 아래서 배운 병법의 달인. 당연히 피할 줄 알았는데 칼을 내지르는 순간 나무 그루터기인지 돌인지에 발이 걸렸던 모양이었다. 토시이에가 후려치는 칼 바로 밑에 몸을 그대로 두고 있었다.

"이누…… 너, 정말 나, 나를 베었구나."

나직한 소리로 중얼거리고 쥬아미는 그 자리에 푹 고꾸라졌다.

4

"쥬아미……"

그대로 쥬아미한테 달려가, 그제야 비로소 신음하듯 중얼거렸다.

"아차!"

오마츠는 다시 나무 그늘로 들어가 두 사람의 모습을 가만히 지켜보고 있었다. 토시이에는 그녀에게 아무 말도 하지 않았으나, 두뇌 회전이 빠른 오마츠는 오늘의 결투에는 그 이면에 어떤 의미가 담겨 있다는 것을 깨닫고 있었다.

토시이에는 허리를 숙이고 상처를 살펴보았다. 자신이 생각하기에도 어이가 없을 만큼 정확히 치명상을 입혀놓았다. 왼쪽 목에서부터 가슴에 걸쳐 깊이 갈라지고 부근의 풀이 완전히 피로 물들어 있었다.

"쥬아미, 너는 왜 이다지도 불운하단 말이냐."

그의 아버지는 아즈키자카 전투에서 용감하게 싸우다 전사하여 그는 어릴 적부터 고아였다. 겨우 관례를 올릴 나이가 되고, 이번 일에 성공하면 몇 만 석의 상이 주어져 가문을 다시 일으킬 수 있을 텐데. 토시이에의 음성이 귀에 들렸는지 쥬아미는 마지막 힘을 다해 풀을 움켜쥐고 짓밟힌 메뚜기처럼 몸을 뒤틀면서 경련했다.

"개야…… 가거라……"

필사적으로 무언가를 말하려 했다. 하지만 그 다음 말은 들리지 않고, 마침내 희미한 달빛 아래 창백한 옆얼굴을 드러냈다.

"어서 도망가요. 누가 이리 오고 있어요."

오마츠와는 모든 것을 상의해두었던 것 같았다. 빠른 걸음으로 다가와 풀 위에 한쪽 무릎을 꿇고 있는 토시이에를 재촉했다.

토시이에는 흠칫 놀라며 일어섰다. 모리 신스케가 일꾼 두 사람에게 시체를 들려 가지고 온 모양이었다. 토시이에는 한 손을 가슴에 얹어 쥬아미의 명복을 빌고 얼른 종이를 꺼내 칼의 피를 닦았다.

인생에는 예기치 못한 일이 얼마나 많은 것일까. 지나치게 심한 쥬아미의 독설에 화가 치밀어 한칼에 베어버릴까 하고 생각한 일은 종종 있었다. 그 생각을 토시이에의 애도愛刀 아카사카 센쥬인 야스츠구赤坂千手院康次가 알고 스스로 움직인 듯했다.

토시이에는 야스츠구를 칼집에 꽂고 아무 말도 없이 어린 신부에게 등을 들이댔다. 신부는 순순히 두 소매를 벌리고 업혔다. 그는 한 번 추슬러올리고 망루 밑을 왼쪽으로 돌아 상수리나무 밑에서 모리 신스케를 지나가게 두었다. 지나가게 하고도 걱정이 되어 저도 모르게 몇 걸음 되돌아가 귀를 기울였다.

"성급한 녀석이로군. 벌써 죽다니."

모리 신스케는 쥬아미가 쓰러진 곳에 와서 중얼거렸다.

"그 시체는 버리고, 대신 이걸 준비해온 거적에 싸서 운반하여라."

죄인의 시체를 운반해온 것은 일꾼이 아니었다. 혹시 누설되지나 않을까 하여 아시가루 중에서 뽑아왔는지, 그중 한 사람은 분명 키노시타 토키치로였다. 토키치로는 두 사람이 같이 운반해온 것을 풀숲에 굴려 버리고 그 위에 거적을 덮고는 쥬아미의 시체로 다가갔다.

"아니, 이렇게 피를 많이 흘리다니."

"피까지 흘렸군. 빈틈이 없어."

신스케는 선 채로 쓴웃음을 지었다. 모두 쥬아미의 연극인 줄로만 알았다.

"대관절 이건 누가 누구를 죽인 것입니까?"

"마에다가 주군의 총신 쥬아미를 죽인 거야……"

"앗! 마에다 님이…… 이거 큰일났군! 그럼, 마에다 님은 성에 있을 수 없지, 어딘가로 피신해야겠죠?"

모리 신스케는 나직하게 웃고 발부리의 돌을 걷어찼다.

5

"마에다 님이 어째서 쥬아미 님과 결투까지 했을까? 그렇게 도량이 좁은 분은 아닌데……"

토키치로는 이렇게 말하더니 깜짝 놀랐다.

"으앗! 이거 놀라운 칼솜씨야. 목 왼쪽에서부터 젖가슴 밑에까지 한 칼에 베었군."

"잔소리 말고 어서 거적으로 시체를 싸도록 해라. 너희들에게 단단히 말해두겠는데, 입 조심해야 한다. 쥬아미라는 놈은 주군의 은총을 등에 업고 누구한테나 독설을 퍼부었어. 그래서 결국 이렇게 된 것이다. 나도 한번 혼을 내주고 싶었을 정도였지."

신스케는 쥬아미가 죽은 체하고 있는 줄만 알았기 때문에 말을 할 수 없을 때 실컷 화풀이를 할 생각이었다.

"예, 단단히 말조심하겠습니다. 그런데 이건 주제넘은 말씀입니다마는 어째서 시체를 바꿔치기 하는 것입니까?"

"그런 것은 몰라도 된다."

"그러나저러나…… 아, 목이 떨어지려고 해요, 목이, 목이 반 이상 잘렸어요."

이 말에 신스케는 깜짝 놀라며 옆으로 왔다.

"뭣이……? 목이 떨어지려 하다니 그게 무슨 말이냐?"

토키치로가 안아일으킨 쥬아미의 얼굴을 가까이 가서 들여다보고는 소리쳤다.

"앗!"

은가루를 뿌려놓은 듯 은은한 달빛 아래 이를 악물고 죽어 있는 쥬아미. 더구나 풀에 닿아 있는 얼굴 반쪽에서는 검은 피가 흥건하게 흐르고 있었다.

신스케는 깜짝 놀라 이마에 손을 짚어보고, 나직하게 말했다.

"그냥 두어라, 옮길 필요 없다."

평소의 원한을 참지 못하고 마에다 마타자에몬은 정말 쥬아미를 죽이고 말았다. 주군에게 중요한 사명을 명령받은 이 마당에…… 이렇게 생각하고 신스케는 사실을 노부나가에게 보고하는 방법밖에는 없다고 마음먹었다.

"서둘러라! 운반해온 시체를 그대로 후죠몬을 통해 들여보내고 어서 문을 닫도록 해라."

적어도 주군의 명령을 어기고 동료를 죽인 토시이에. 그대로 도망치게 할 수는 없었다. 아직 성밖으로 나가지는 못했을 것이었다. 급히 사방의 문을 닫게 하고 토시이에를 체포해야 했다. 노부나가가 그를 어떻게 처벌할 것인가는 그로서는 알 바 아니었다.

토키치로와 또 하나의 아시가루는 명령에 따라 들것에 다시 죄인의 시체를 싣고 달리기 시작했다. 마에다 마타자에몬은 자기 앞으로 달려가는 세 사람을 멍하니 바라보고 있었다. 등에 업힌 오마츠는 아직 사정을 모르는지, 토시이에의 귀에 입을 대고 하늘을 가리켰다.

"아, 별이 떨어지고 있어요."

토시이에는 다시 한 번 천천히 오마츠를 추슬러올리고, 나직하게 불렀다.

"오마츠."

"예."

"혼자서 노히메 마님한테 돌아가도록 해."

"싫어요."

오마츠는 고개를 가로저었다.

"나는 노히메 마님의 시종이 아니에요. 마에다 마타자에몬 님의 아내예요."

"나는 뜻하지 않은 실수를 해서 성주님에게 목이 잘리게 됐어. 그대는 아무것도 모를 거야. 나는 실수로 쥬아미를 죽이고 말았어."

"예……?"

어린 신부 오마츠는 비로소 눈을 크게 뜨고 토시이에의 얼굴을 들여다보았다.

6

"쥬아미 님을 정말로 죽였나요……?"

오마츠가 얼굴을 들여다보자 토시이에는 고개를 끄덕했다.

"그렇기 때문에 그대는 혼자 돌아가야 해. 그대에게까지 벌을 내리시지는 않을 거야. 내 말 알겠나?"

"싫어요……"

오마츠는 등에서 계속 고개를 흔들었다.

"마타자에몬 님이 처형되신다면 저도 같이 죽겠어요."

토시이에는 쓴웃음을 지으면서 걷기 시작했다. 아직 어린 오마츠의 말 따위는 듣고 싶지 않았다. 안에 들어가 꾸짖기라도 해서 내려놓고 노부나가 앞에 자수해야지. 그 다음은 노부나가의 처분에 맡기고 도마 위에 오른 잉어가 될 생각이었다.

"오마츠."

"예."

"그대는 영리한 사람으로 태어났어. 고집을 버리고 넓은 마음으로 사람들에게 사랑받아야 해."

"예."

"오마츠는 착한 사람이지……?"

"마타자에몬 님, 저 소리는 무엇일까요?"

"나를 찾는 소리일 거야. 저기 저쪽 문을 향해 횃불이 움직이고 있어…… 알겠지? 문이 닫히면 밖에 나갈 수 없어. 도망쳐서 숨는다면 평생의 수치가 돼. 얌전하게 노히메 마님에게 가서 몸을 의탁하도록 해."

등에 업힌 오마츠는 그의 말을 듣고 있지 않았다. 어슴푸레한 가운데 점점이 불어나는 횃불에 눈길을 보내고 있다가, 갑자기 소리를 질렀다.

"앗, 괴한이……"

바로 가까이 있는 싸리나무 그루터기에서 사람의 그림자를 발견했다. 토시이에는 저도 모르게 한 걸음 물러나 주변을 살폈다.

"이 마에다 마타자에몬은 숨지도 도주하지도 않을 것이다. 너는 누구냐?"

그 검은 그림자가 급하게 말했다.

"쉬잇."

소리를 내지 말라는 신호인 듯했다.

"누구냐……"

다시 토시이에가 물었다.

"위로는 천문, 아래로는 지리……"

"신참내기 토키치로군. 우리 일에 간섭하지 마라."

"신참내기가 아니야. 신참내기로 보인다면 네 눈이 흐린 탓이다. 내가 주군과 흉금을 털어놓은 것은 지난해 구월부터야."

"토키치로, 그만해. 나는 네 말을 듣고 있을 틈이 없다."

"어리석은 소리! 나를 따라와. 나도 얘기 나누고 있을 틈이 없다."

"따라가면 어떻게 하겠다는 거야?"

"우리 대장을 위해 후죠몬으로 도망치는 거야."

"안 돼!"

"바보 같은 소리. 지금 자수하면 그 사나운 말이 당장에 목을 자를 거야."

"각오하고 있다."

"그러기에 바보라는 거야…… 대장의 소중한 부하 하나가 죽고 또 그대까지 죽인다면 우리 대장은 이중으로 손해야. 그 정도의 계산도 못하다니 머리가 형편없군. 도망쳐야 하는 거야. 그대를 죽이고 나면 대장은 반드시 나중에 후회해. 후회하게 만드는 것이 충성은 아니잖아? 일단 도망쳤다가 나중에 두 사람 몫을 하란 말이야."

토키치로가 단숨에 말하고 나자 등에 업힌 오마츠가 방울벌레소리 같은 목소리로 그 말이 옳다고 했다.

"그래요. 누군지 모르지만 옳은 말을 하고 있어요. 그 말이 옳아요. 자, 마에다 님, 어서 도망쳐요."

토시이에는 똑바로 서서 점점 성안에서 불어나는 횃불을 바라보고 있었다.

'죽이고 나면 대장은 나중에 반드시 후회할 것이다······'

이 말이 예리하게 가슴을 찔러왔다. 그토록 총애를 받고 있으면서도 도망친다는 것이 성실한 이 토시이에에게는 참을 수 없었다.

7

토시이에가 생각에 잠기는 것을 보고 토키치로가 가까이 다가와 그의 손을 잡았다.

"어리석은 생각은 하지 않는 것만도 못해요. 길은 하나뿐이오. 그렇지 않소, 부인?"

"예."

오마츠가 등에서 대답했다.

"주군에게 이중으로 손해를 끼치는 것은 불충不忠이에요. 자, 어서."

말하고 나서 이 어린 여자는 무엇을 생각했는지 토시이에의 어깨를 탁 쳤다.

"누구신지는 모르지만 부탁이 있어요."

"예예, 무엇이든 좋습니다. 나와 마타자에몬 님은 남이 없는 곳에서는 마음을 터놓은 친구가 되자고 맹세한 사이이니까요."

"우리가 도망친 뒤 실수로 죽였다고 하지 말고, 쥬아미 님이 저에게 연심을 품었기 때문에 화가 치밀어 죽였다……고 사실 그대로 말씀 드려주세요."

"예?"

보통이 아닌 토키치로도 그만 웃음이 터져나오려 했으나 겨우 입을 틀어막았다.

'이것으로 구원은 되겠군……'

토키치로는 생각했다. 이 밝고 티없는 부인이 옆에 있으면서 토시이에의 어두운 반성을 구원해줄 것이었다.

"알겠습니다. 그것이 사실입니까? 음, 그렇다면 더더구나 용서받을 수 없는 일. 자, 서두릅시다."

토키치로가 손을 홱 끌어당기고 걷기 시작했다. 토시이에도 움직이기 시작했다. 울고 있었다. 입을 한 일자로 꾹 다물고 하늘을 올려다보며 울고 있었다.

"대장은 곧 전운이 몰아칠 것이라 보고 나까지 곁에 두고 있어요. 이처럼 지금은 중요한 땝니다. 오다 쪽에서 가장 뛰어난 사람 가운데 하나인 이누치요 님이 개죽음당해서야 어디 될 말입니까?"

"그건, 사실이에요."

"부인은 이해가 빠르시군요. 마타자에몬 님은 살아만 계시면 반드시 쥬아미 님의 몫까지 할 것입니다. 그렇지 않습니까, 부인?"

"물론이에요. 히라타 산미 님도 우리 주인이 가장 강하다고 말씀하셨어요."

세 사람은 나무 그늘의 어둠을 택해 물이 마른 해자의 골짜기를 건넜다. 도중에 수색대 한 쌍을 만났으나 토키치로가 도리어 큰 소리로 호통을 치고 지나갔다.

"거기 지나가는 게 누구냐? 우리는 후지이 마타에몬의 부하, 후죠몬의 통로를 지키고 있다. 이름을 밝히고 지나가라."

쩌렁쩌렁 울리는 목소리로 검문을 하였다.

"신참이로군, 우리도 역시 그분의 부하다."

상대는 그대로 둘째 성의 군량 저장소 쪽으로 사라져갔다.

"자, 도착했어요. 마음을 넓게 가지고 세상을 바라보는 게 좋을 것입니다."

토키치로가 어떻게 머리를 써서 어떤 수단을 강구해놓았는지 안으로 잠겨 있는 후죠몬에는 아무도 감시하는 자가 없었다. 토키치로는 아무렇지도 않다는 듯 자물통을 열고 빗장을 뽑았다. 하늘에서는 계속 별이 흐르고, 내리막길인 성밖의 논에서는 개구리가 시끄럽게 울어댔다.

"토키치로."

토시이에는 성밖에 나가 등에 업은 오마츠를 다시 한 번 추스르며 처음으로 작은 소리로 말했다.

"이 마에다 마타자에몬 토시이에는 그대를 만난 지 얼마 되지도 않았는데 벌써 빚을 졌다. 살아 있는 한 평생 잊지 않으마."

"뭐 이 정도 갖고…… 좌우간 어이없는 재난이었어요. 그럼 잠시 이별을 해야겠군요. 몸조심하시고……"

이렇게 말한 토키치로는 정말 눈물을 흘리고 있었다.

 장마의 계절

1

이마가와 요시모토는 땀을 흘리기가 싫어 양쪽에서 코쇼들에게 부채질을 시키면서 쏘는 듯한 눈빛으로 마츠다이라 모토야스의 말을 듣고 있었다.

후계자가 될 타케치요도 태어났다. 형식적인 첫 출전은 작은 테라베 성 부근으로 국한시키려 하고 있었다. 그런 만큼 한 부대의 대장으로서 과연 얼마나 역량을 발휘할 것인가? 말하자면 이번 출전은 쿄토 진입 작전의 예행연습과도 같은 것이었다.

"가장 중요한 식량수송은 누구에게 맡길 생각이냐?"

요시모토는 모토야스의 작전계획을 듣고 나서 부드럽게 물었다.

"오와리의 노부나가가 시건방지게도 공세로 나왔어. 오타카 성이 포위되고 우도노 나가테루는 식량과 원병을 요청하고 있더군. 이것은 원병보다도 식량반입이 우선이라 할 수 있지. 식량만 있으면 쉽게 함락될 성이 아니야."

모토야스는 요시모토의 속뜻을 알 수 있었다.

"식량수송의 책임은 사카이 우타노스케에게 맡기려고 합니다."

"음, 우타노스케라면 노련하니 일단 안심할 수 있겠지. 우타노스케를 호위할 무사는?"

"토리이 히코에몬 모토타다鳥居彦右衛門元忠와 이시카와 요시치로 카즈마사石川與七郎數正, 그리고 히라이와 시치노스케 치카요시平岩七之助親吉."

"모두 젊어서 걱정되는 부분도 있군……"

요시모토는 모토야스가 젊은이답지 않은 조심성으로, 늙은 중신들을 되도록 일선에 내세우지 않으려는 것이 여간 마음에 걸리지 않았다.

"아직 오쿠보 신파치로 타다토시와 토리이 이가노카미 타다요시가 남아 있는데, 이런 중신들은 어디로 돌리려느냐?"

"유격대입니다."

"허어, 그럼 본진의 지휘는 누가 맡고?"

"제가 직접 지휘하겠습니다. 전위와 우익의 지휘는 이시카와 아키石川安芸의 아들 히코고로 이에나리彦五郎家成, 후위와 좌익의 지휘는 사카이 사에몬노죠 타다츠구酒井左衛門尉忠次에게 명하겠습니다."

"이시카와 이에나리는 몇 살이지?"

"스물여섯입니다"

"우에무라 신로쿠로는 어디에 배치하려느냐?"

"제 곁에 두겠습니다."

"너의 참모로 말이냐……?"

고개를 갸웃하고 생각하다가 말을 이었다.

"사카이 쇼겐酒井將監도 곁에 두는 것이 좋겠다. 가신들을 잘 통솔할 수 있을 테니까."

요시모토는 이렇게 말하고 다시 손가락을 꼽기 시작했다.

"오쿠보 일족, 혼다 히로타카, 사카키바라榊原 일족, 이시카와 키요카네石川淸兼…… 그리고 토리이 노인도 움직이게 해야 할 것 같다. 좋아, 네 생각과 내 생각이 거의 비슷하다. 곧 출발하도록 해라."

모토야스는 조용히 고개를 숙이고 앉았다. 요시모토는 오카자키 군이 전위에 나설 실력이 없으면 그들을 오다 군과 맞서게 하여 전멸시키려 할 것이 분명했다. 전멸이냐 승리냐? 모토야스의 동요는 이미 가라앉고 정면으로 운명과 맞설 결심이 서 있었다.

모토야스가 느릿한 걸음으로 현관을 나섰을 때였다. 호위하기 위해 기다리고 있던 혼다 나베노스케本多鍋之助(헤이하치로 타다카츠平八郎忠勝)가 달려와 허리를 굽혔다. 나베노스케는 열두 살이 되어 이미 늠름한 용사로 성장해 있었다.

"어찌 된 일이냐, 시치노스케는?"

여기 들어올 때는 히라이와 시치노스케가 호위하고 있었는데, 어느 틈에 나베노스케로 바뀌어 있었다.

"예, 고향의 제 어머니로부터 서신이 와서 교대를 했습니다."

"고향의 미망인이 무어라 말했기에?"

"너도 이제는 열두 살이나 되었으니 성주님께 부탁 드려 출전하라고 했습니다. 저에게 말고삐를 잡게 해주십시오."

모토야스는 아무 대답도 하지 않고 그대로 밖으로 나갔다.

어제까지만 해도 화창했던 날씨가 무거운 구름에 덮이고, 멀리 바라다보이는 후지산 꼭대기는 연한 먹빛으로 감싸여 있었다.

2

혼다 나베노스케는 묵묵히 걸어가는 모토야스의 뒷모습을 쫓아가 말을 걸었다.

"성주님! 허락해주시지요? 만일에 버려두고 가신다면 저는 어머니를 대할 면목이 없습니다."

"……"

"아마 성주님께서는 너무 이르다고 하실 것이다, 그때는 잠자코 슨푸를 도망쳐나오라고 씌어 있었습니다. 성주님이 가만 계셔도 저는 따라가겠습니다."

그래도 모토야스는 대답하지 않았다. 강한 기질의 혼다 미망인은 당연히 그런 글을 써보냈을 것이다. 그러나 생사를 알 수 없는 전쟁, 요시모토가 일일이 이름을 말한 가신들은 어쩔 수 없다고 해도 어린 사람들은 남겨두고 싶었다. 그들이 어떤 인물로 자랄지는 인간의 지혜로는 예측하기 어렵다.

현재 모토야스 자신도 카메히메와 타케치요 등 두 자식을 남기고 떠난다. 아니, 모토야스만이 아니다. 장수의 한 사람으로 동반하는 사카이 타다츠구도 키요야스와 케요인 사이에 태어난 딸인 그의 아내, 모토야스에게는 부모 양쪽으로 인연이 닿아 고모가 되고 또 이모가 되는 그의 아내를 인질로 슨푸에 남기고 간다. 이를테면 의리와 인질이라는 총구를 들이대고 사지死地로 몰아넣는 전쟁이라 할 수 있었다.

정문을 나와 해자에 드리워 흔들리는 푸른 나뭇잎들을 바라보면서 나베노스케는 다시 말을 꺼냈다.

"어머니 편지에는 전사하실 각오를 하고 계실지도 모르는 성주님이 다음 기회에 출전시키겠다고 하시거든, 무사에게 다음이 어디 있느냐고 여쭈라고 씌어 있었습니다. 성주님, 저를 꼭 데려가주십시오. 방해가 되지는 않겠습니다. 이 나베노스케도 할아버지의 손자이고 아버지의 아들입니다."

모토야스는 참다못해 큰 소리로 꾸짖었다.

"시끄럽다!"

"뭐가 시끄럽습니까!"

나베노스케도 어깨를 들먹이며 대꾸했다.

"충성스런 부하가 말하는데 시끄럽다고 하시는 대장은 못난 대장입니다."

"뭣이, 지금 말대꾸를 하는 게냐?"

"말대꾸가 아닙니다. 성주님은 이 나베노스케의 심정을 모르시겠습니까?"

"어이가 없군. 너는 마치 나를 꾸짖는 것 같구나."

"꾸중을 받기 싫으시면 저를 데려가주십시오. 이 나베노스케는 알고 있습니다."

"무엇을 알고 있다는 말이냐?"

"성주님은 슨푸로 돌아오시지 않습니다."

"뭐?"

모토야스는 깜짝 놀라 나베노스케를 바라보았다. 나베노스케의 눈에까지 그렇게 보였다면 요시모토가 경계하는 것도 무리가 아니었다.

'그렇구나. 이 어린것의 눈에까지 그렇게 비쳤구나.'

"너는……"

모토야스는 당황스러움을 감추고 한숨을 쉬었다.

"내 말고삐를 잡고 다른 사람에게 뒤지지 않을 만큼 달릴 수 있느냐?"

"달릴 수 없을 때는 적의 말을 빼앗아 타고 달리겠습니다."

"나베노스케, 너는 지나치게 자부심이 강한 어머니 밑에서 자라 약간 난폭한 데가 있다. 이 모토야스의 군율은 엄하다. 너는 그걸 지킬 수 있겠느냐?"

"후후후."

허락받은 줄 알고 나베노스케는 장난스럽게 고개를 갸웃거렸다.

"전투란 마치 살아 있는 짐승과 같은 것이어서 그때그때의 상황을 보고 움직이게 됩니다. 군율 따위는 아무것도 아닙니다. 하지만 성주님, 성주님께 만일의 경우가 생긴다면 이 나베노스케가 대신 죽겠습니다. 그렇게 하지 못하면 할아버지와 아버지에게 면목이 없습니다."
 나베노스케는 3대에 걸쳐 성주 곁에서 죽을 각오인지 태연한 표정으로 말했다.

3

 "나베노스케."
 "왜 그러십니까, 성주님?"
 "전쟁에는 죽음이 따르게 마련이다. 그 점을 좀더 잘 생각해보아라."
 "그 따위는 생각지 않습니다."
 나베노스케는 대수롭지 않다는 듯 고개를 흔들었다.
 "어머니가 말씀하셨습니다. 그런 것은 어머니 뱃속에 있을 때 생각한 것으로 하라고요. 성주님, 전쟁에는 오직 승리와 패배만이 있을 뿐입니다."
 모토야스는 어처구니없다는 듯 나베노스케를 돌아보고 다시 입을 무겁게 다물었다.
 생사의 문제는 어머니 뱃속에서 해결했다. 이렇게 생각하라고 미망인이 일러주었을 것이 분명하다. 그러나저러나 전쟁에는 승리와 패배가 있을 뿐이라는 말은 얼마나 엄연한 진리인가. 불가피한 전쟁이라면 끝까지 승리를 추구하는 자가 이기고 그렇지 못한 쪽이 패한다.
 '그렇다. 다른 일에 마음이 쓰여 미처 생각하지 못한 것이 있어서는 안 된다.'

"데려가주시는 것이죠, 성주님?"

나베노스케가 다시 조르는 바람에 모토야스는 가볍게 대답했다.

"응."

그대로 머릿속에서는 부대배치를 생각했다.

아마 이번 출전에서 노부나가는 직접 전면에 나서지는 않을 것이다. 킷포시의 모습으로 노부나가가 나타난다면 전투보다는 그리움이 앞설 것 같아 불안했다. 이런 인정에 끌리는 마음을 청산해버리고 하나의 무기로 화해야 한다. 선진은 보급대를 지키기 위해 전방 4, 5정 되는 곳에 배치하고, 후진은 후방 4, 5정 되는 곳에 배치한다. 좌우는 각각 반 정쯤 되는 위치에서 궁포병弓砲兵으로 하여금 측면을 방비하게 하고, 노신들로 구성된 유격대는 기회를 보아 언제든지 진형을 전개할 수 있도록 후방에 배치한다……고 생각하고 있으려니 역시 걱정되는 것은 총포였다.

아마도 총포는 노부나가가 가장 많을 것이다. 오카자키로부터 첩자가 보고한 바에 따르면, 노부나가는 전국 상인에게 나고야, 키요스, 아츠타 등을 자유롭게 출입하도록 하면서 농민의 공납말고도 상인의 자릿세 수입으로 계속 총포를 만들어내고 있다고 했다.

하시모토 잇파橋本―把라는 사격의 명인을 불러들여 우수한 아시가루들에게 집중적으로 훈련시키고 있었다. 백병전이 아닌 경우 이 신식 무기로 위협받으면 사람도 말도 모두 기가 질릴 수밖에 없었다.

'토리이 노인은 얼마나 총포를 준비해두었을까?'

미야마치에 있는 임시거처를 들어설 무렵에는 하늘에서 부슬부슬 빗방울이 떨어지기 시작했다. 출전을 앞두고 미리 슨푸에 와 있던 가신들은 물론 오카자키에 있는 장수들의 연락병이 삼삼오오 모여들었다. 작은 저택에 이들을 모두 수용할 수 없어 세나히메의 친정 세키구치 교부의 집까지 사람들로 꽉 들어찼다.

"성주님이 돌아오셨다."

언제든지 출정할 수 있도록 이미 갑옷으로 무장하고 있던 토리이 모토타다가 큰 소리로 말했다. 현관 앞에 모여 있던 사람들이 얼른 좌우로 길을 열었다.

"성주님! 출전은 언제입니까?"

사카이 우타노스케가 물었다.

"내일 새벽. 오늘 밤은 푹 쉬도록 하시오."

모토야스는 이렇게 대답하고 현관에 부복하고 있는 여자들에게로 눈길을 돌렸다. 한 사람은 슨푸에 살고 있는 고모. 또 한 사람은 나베노스케의 어머니 혼다 미망인.

4

"부인, 나베노스케는 부인이 서신을 보냈다고 했는데 어째서 직접 오셨소?"

혼다 미망인은 자못 감개무량한 듯 얼굴을 쳐들고 모토야스를 바라보았다. 여전히 어깨를 기운 무명옷을 입고 있었다. 젊은 나이에 남편 헤이하치로 타다타카平八郎忠高를 잃은 이 미망인에게는 모토야스가 주군인 동시에 영혼의 연인이고 마음의 등불인 것 같았다.

"얼마나 반가운지 모릅니다. 성주님의 뜻깊은 첫 출전에 저 하나만 어찌 오지 않을 수 있겠습니까. 편지는 인편에 부탁했습니다마는 뒤따라 저도 올라왔습니다."

모토야스는 이렇게 말하는 미망인의 햇볕에 그을린 얼굴이 건강한 아름다움을 지녔다고 생각했다.

"알겠소. 한데 그대는 이제 여자가 아닌 것 같소. 안에도 들어가지 않고 이렇듯 남자들 틈에 섞여 있으니……."

웃으면서 안으로 들어가는 모토야스의 뒤를 따라 미망인은 얼른 바깥 거실로 들어갔다.

"나베노스케, 첫 출전이 이루어진 모양이지?"

나베노스케는 싱긋 웃으며 모토야스의 손에서 칼을 받아 칼걸이에 걸었다.

"무슨 일로 오셨소?"

모토야스가 천천히 자리에 앉은 뒤 미망인도 기쁜 듯이 생긋 웃으며 자리에 앉았다.

"예, 나베노스케의 첫 출전을 앞두고 관례를 올려주셨으면 합니다."

일부러 큰 소리로 말하고, 약간 소리를 낮추어 말을 이었다.

"좌우를 물리쳐주십시오."

무언가 비밀스런 다른 용건을 부탁받고 온 모양이었다.

모토야스는 고개를 끄덕였다.

"긴히 할말이 있으니 모두들 잠깐."

손을 들어 다른 사람들을 물러가게 했다.

"오카자키의 사기는 어떻던가요?"

"예, 모두 사기가 충천해 있습니다. 저는 오는 도중에 산속의 무리(오쿠보 일족)들을 하나하나 설득시키고 왔습니다."

"용건은?"

"먼저 토리이 이가노카미의 전갈입니다."

"아, 토리이 노인의……?"

"총포는 충분히 준비되었으니 안심하시라고."

"그래요? 정말 고마운 일이오."

"다음은 오와리로부터……"

그리고는 주위를 둘러보았다.

"아라코의 마에다 토시하루의 아들이 노부나가 님이 총애하시는 아이치 쥬아미를 사사로운 원한으로 죽였다면서 도망쳐왔습니다."

"뭐, 마에다 이누치요가……"

"예."

미망인은 뭔가 의미를 강조하려는 듯 한쪽 볼을 긴장시켰다.

"노부나가 님은 슨푸의 고쇼 님이 상경하실 때 타케치요 님과 다시 뵙기를 기대하신다고 합니다."

모토야스의 눈이 복잡하게 빛났다.

"다시…… 다시 만나겠다는 말이지……"

"예, 그리고……"

"또 있소?"

"아구이의 히사마츠 사도노카미에게 의탁하고 계신 성주님의 어머님으로부터……"

"어머니가 뭐라 하시던가요?"

"상경을 위한 전투 때 대면하시겠다고."

"상경을 위한 전투 때라…… 그렇다면 이번에는 만나시지 않겠다는……"

모토야스가 무릎을 탁 쳤다. 미망인은 다시 생긋 하고 의미 있는 미소를 지으면서 고개를 끄덕였다.

5

혼다 미망인이 가져온 정보는 모두 모토야스에게 매우 중요한 깊이와 폭을 느끼게 했다.

마에다 이누치요의 유랑. 상경을 위한 전투 때 다시 만나자고 하는 노부나가. 이번 전투에서 목적했던 대로 오타카 성에 군량을 전하고 우도노 나가테루를 구한다 해도 그 승리에 만족하여 어머니를 만나려는 생각은 하지 마라——는 뜻인 것 같은 오다이의 전갈.

"그대는 나의 어머니가 한 말을 어떻게 해석하시오?"

혼다 미망인은 여전히 웃음을 띠고서 말했다.

"성주님이 스스로 해석하셔야 할 줄로 압니다."

"지금 만나는 것은 좋지 않다…… 그것까지는 알겠는데, 그 다음의 이야기는 두 가지 해석이 가능할 것 같소."

모토야스 역시 미소를 띠고 고개를 갸웃했다.

"망설이지 마십시오. 승리하신 뒤에 만나면 되지 않겠습니까?"

"승리한 뒤에……"

"예, 오로지 승리가 있을 뿐입니다."

"후후후."

미망인의 말에서 그녀의 매서운 성격을 느낀 모토야스는 웃었다.

"부인."

"예."

"앞으로 부르게 될 나베노스케의 이름이 떠올랐소."

"성주님이 지어주시겠습니까?"

"관례 때 입회하겠소. 이름은 혼다 헤이하치로 타다카츠."

"헤이하치로 타다카츠…… 타다란 글자는?"

"삼대에 걸쳐 충성으로 일관한 가문. 그 충성을 일컫는 타다忠와 지금 그대가 말한 오로지 승리가 있을 뿐이라는 카츠勝, 이 두 글자를 합치면 타다카츠가 되오."

미망인의 얼굴이 환하게 빛났다.

"혼다 헤이하치로 타다카츠!"

"왜, 마음에 들지 않소?"

"아니, 오로지 감사할 따름입니다."

미망인이 기뻐하며 고개를 숙였을 때, 모토야스는 이미 조금 전과 같이 감정을 드러내지 않는 엄숙한 표정으로 돌아와 처마에서 떨어지는 빗소리를 듣고 있었다.

본격적인 장마철은 아직 일렀다. 그러나 계절이 계절이니만큼 오와리 가까이 가서 논과 논 사이로 전진하기에는 걱정이 앞섰다. 그렇다고 오타카 성을 지키는 우도노 나가테루를 군량 부족으로 후퇴시킨다면 모처럼 다져놓은 이마가와 쪽 전선에 큰 구멍이 날 것이었다.

'상경을 위한 전투 때 다시……'

모토야스는 노부나가가 말했다는 그 한마디를 되새겨보았다.

"관례는 오늘 밤에 올리겠소."

그렇게 미망인에게 말하고 모토야스는 자리를 떴다.

쉽게 풀릴 것 같은데도 풀 수 없는 것은 노부나가의 그 의표를 찌르는 성격 때문이었다. 다시 만나자고 한 것이 뒤집혀, 이번에 오카자키까지 그가 나온다면 이미 요시모토가 무어라 하건 슨푸에는 돌아가지 말라는 암시인 것 같기도 하고, 그 반대로도 해석되었다. 승리하고 무사히 돌아감으로써 요시모토의 신뢰를 받아둬라, 그리고 그 다음 기회에는……

모토야스가 일어나는 것을 보고 나베노스케는 얼른 칼을 받쳐들고 뒤따랐다. 밖에서는 비가 내리기 시작했으므로 말과 무기 같은 것들을 임시창고에 옮기기 위해 부산스러웠다.

모토야스가 안채와의 경계에 이르렀을 때 나베노스케가 큰 소리로 말했다.

"성주님이 돌아오십니다!"

그 말에 아기를 유모에게 맡긴 세나히메가 종종걸음으로 거실에서 나왔다.

"어서 오세요."

쏟아질 듯한 교태를 부리며 나베노스케로부터 모토야스의 칼을 받아들었다.

6

세나히메는 타케치요의 출산을 사당에 고하기 전에 벌써부터 요염하게 화장하고 모토야스에게 접근했다. 소실이 생기는 것은 대체로 정실이 산욕기産褥期에 있을 때일 경우가 많다. 세나히메는 이를 경계하기 위해 의상을 야하게 차려입고 화장도 짙게 하고 있었다.

출산을 사당에 고하는 일은 이미 끝났다. 산욕기의 푸석푸석하던 얼굴도 이미 정상으로 돌아와 피부에는 매끄러운 한창 때의 윤기가 돌고 있었다.

"타케치요, 아버님이 돌아오셨다."

세나히메가 아기를 남편 앞으로 살며시 밀었다. 모토야스는 그 얼굴을 들여다보며 얼러주었다. 아직 깊은 사랑은 우러나오지 않은 상태에서, 이것이 내 생명에서 갈라져나온 것이라 생각하니 묘한 기분이었다.

"성주님……"

타케치요를 유모에게 데리고 나가게 한 세나히메는 혼자 두 사람 몫의 응석을 부리는 목소리로 말했다.

"내일 새벽에 출전하신다지요?"

모토야스는 그 말엔 대답하지 않고, 화제를 돌렸다.

"카메에게도 타케에게도 마마가 걸리지 않도록 주의하시오. 그대도 감기 조심하고."

"성주님…… 이 세나는 여간 걱정되지 않아요."

세나히메는 벌써 두 손을 모토야스의 무릎에 얹고 상체를 무너뜨리듯 맡기고 있었다.

"내가 전쟁에 패할 것 같다는 말이오?"

"아뇨."

세나히메는 고개를 저었다.

"뒤에 고쇼 님이 계세요. 전쟁에는 이길 거예요."

"그런데…… 마음에 걸리는 것은?"

"성주님의 습관. 저는 잘 알고 있어요."

"나의 습관……?"

"성주님은 말이죠……"

세나히메는 몸을 비틀고 모토야스의 턱에 손을 가져갔다.

"여자가 없이는 못 견디는 분이에요."

모토야스는 씁쓸한 얼굴로 양미간을 모았으나 손을 뿌리치지는 않았다.

"바보 같은 소리는 하는 게 아니오, 출전을 앞둔 사람한테."

"아니, 나에게는 중요한 일이에요. 이삼 일은 참을 수 있으나 오 일은 넘기지 못하는 성주님의 버릇. 성주님이 오래 전쟁터에 계시는 동안 혹시 다른 여자를 사랑하시게 되지는 않을까 싶어서……"

모토야스는 대답하고 싶지 않아 밖에서 나는 소리를 듣고 있었다. 왠지 모르게 부글부글 끓어오르는 분노와, 무언가를 깨닫고 걱정하는 여자의 가련함이 연기처럼 마음에 휘감겼다.

"성주님…… 약속해주세요. 돌아오실 때까지 여자에겐 눈길도 보내지 않겠다고……"

모토야스는 강한 어조로 고개를 옆으로 돌린 채 대답했다.

"알았어!"

세나히메가 말하는 그런 여유가 자기한테 있을 것인가.

사느냐 죽느냐, 버리느냐 버려지느냐 깊이 생각하고 있을 때, 무언가 섬뜩한 느낌이 일었다. 세나히메가 내뱉은 말 이면에는 그녀 자신의 고백이 숨겨져 있지 않나 하는 의구심이었다. 모토야스가 없으면 견딜 수 없는 여자. 그것은 또한 남자가 없이는 견딜 수 없는 여자라는 의미일 수도 있었다. 세나히메는 자기가 모토야스 이외의 남자에게 눈길이 갈 것을 두려워하여 약속을 요구하고 있는지도 몰랐다.
 "알겠어, 약속하지."
 모토야스는 감정을 누르고, 이번에는 부드러운 목소리로 말하면서 세나히메의 어깨를 두드려주었다.

7

 세나히메는 모토야스의 손 밑에서 잠시 황홀한 듯 남편의 턱을 쳐다보고 있었다. 이 세상에 전쟁이 있다는 것을 알려고 하지 않을 뿐 아니라, 알지도 못하는 표정이었다. 태평한 시대였더라면 아마도 남자 역시 이 세나히메와 같이 황홀에서 황홀로의 생활을 추구하려 했을지도 몰랐다. 그러나 이 거실 밖에서는 살아남기 위해 어떻게 싸울까 하는 절실한 바람이 휘몰아치고 있었다.
 "이번에야말로 난 기필코 적의 장수를 죽이겠다."
 "일부러 죽을 자리에 뛰어들진 말게. 이번 싸움은 군량을 무사히 오타카 성에 수송하는 게 목적이야."
 "나도 알고 있어. 하지만 무사히 들어가기 위해서는 싸워야지."
 "물론 싸워야지. 그렇지만 한 사람의 병력 손실도 없었으면 하는 것이 성주님 생각이셔."
 세나히메의 거실 정원에까지 말을 끌어온 모양이었다. 한 사람은 아베 마사카츠阿部正勝, 또 한 사람은 아마노 사부로효에天野三郎兵衛인 듯했다.

"성주님이 그런 생각을 하신다고 우리들까지 몸을 사린다면 손실이 더욱 많아질 거야."

"몸을 사리자는 게 아니야. 침착하게 잘 생각해서, 만용을 부리지 말라는 뜻이지."

"알겠어. 하지만 젊은 사람들은 안달이 나 있어. 혼다 나베노스케도 관례를 올리고 따라간다는데, 첫 출전에 적장의 목을 베겠다고 결심이 여간 아니야."

"그 녀석도 미망인을 닮아 고집이 어지간해야지. 그럼, 관례를 올리겠군?"

"벌써 이름까지 생겼다고 여간 기고만장한 게 아니야. 혼다 헤이하치로 타다카츠라더군. 누구보다도 충성스럽고, 또 오직 승리가 있을 뿐이라는……"

모토야스는 그와 같은 대화를 들으면서 세나히메의 머리카락 향기를 맡고 있었다. 엷게 연지를 바른 세나히메의 귀에는 그와 같은 바깥의 대화조차 들리지 않는 모양이었다. 오로지 자신의 행복만 붙들고 놓아주려 하지 않고 있었다. 이 세상에는 자기만의 행복이란 있을 수 없다는 것을 모르고 있는 여자의 가련함.

"세나히메……"

"예."

"내가 출전한 뒤 고쇼 님에게 가거든, 모토야스는 반석 같은 자신감을 가지고 출전했다고 말해줘."

"그 말은 벌써……"

"이 모토야스가 어떤 기량으로 싸우는지 잘 보아두시도록. 나는 남의 전법 같은 것은 답습하지 않아. 만전의 대비를 하고 적의 의표를 찔러 보이겠다고 전해."

"믿음직한 그 말씀, 안 계시는 동안의 적적함을 그 말씀으로 위로삼 겠어요. 주위에 충성스러운 부하들로 울타리를 치시고 행여 빗나가는 화살에라도 맞지 않도록 하세요."

모토야스는 어린아이를 달래듯이 고개를 끄덕였다.

"걱정하지 말아요. 자, 지금부터 전략회의를 열어야 하니 그대는 사카이 고모하고 얘기나 하고 있어요."

"성주님, 약속은 잊지 않으시겠죠?"

"알았어, 알았어."

모토야스가 일어나는데, 세나히메는 다시 한 번 남편의 턱 밑에 뺨을 바싹 밀어붙이고 헤어지기 아쉬운 듯 가만히 손을 놓았다.

8

비는 내렸다 그쳤다 하고 있었다. 나베노스케의 관례가 끝나고 형식적인 출전 축하회가 끝났을 때는 일곱 점(오전 4시)이었다. 타케치요도 유모에게 안긴 채 카치구리勝栗˚와 다시마를 차린 상 앞에서 토기에 따른 신주神酒를 이마에 대었다. 이 무렵부터 세키구치 교부의 집에 있던 인마人馬도 모토야스의 임시거처로 모여 미야마치는 말 울음소리로 법석거리기 시작했다.

선발대 대장은 이시카와 아키의 아들 히코고로 이에나리.

후발대 대장은 모토야스의 고모부 사카이 사에몬노죠 타다츠구.

오타카 성에 보낼 군량은 오카자키에서 토리이 이가노카미 타다요시 노인이 준비하고 있기 때문에 수송 책임자인 사카이 우타노스케 마사이에는 그때까지 총대장 모토야스의 측면을 경계하면서 진군하기로

했다.

도중에 오쿠보 신파치로 타다토시 노인이 일족의 무사들을 거느리고 가담하기로 되어 있었고, 오카자키에 도착하면 구신들이 모두 농기구를 버리고 참가할 것이었다. 총병력은 2,000명이 될 예정이었으나 그날 아침에 모인 것은 600명 남짓이었다.

세나히메의 아버지 세키구치 교부 치카나가는 갑옷을 입고 현관 앞 걸상에 앉아 있는 모토야스에게 흰 부채를 펴고 축하의 말을 했다.

"오오, 정말 늠름한 무사의 모습이오."

모토야스가 비로소 자리에서 일어나 손바닥을 펴고 날씨를 살폈다. 안개와 같은 가랑비만 내리고 있었다.

모토야스는 할아버지의 유품인 분홍빛 갑옷에 역시 유품인 지휘용 부채를 들고 있었다. 앞머리를 올린 혼다 헤이하치로 타다카츠는 의연한 모습으로 모토야스의 부채꼴 우마지루시馬印°를 들고 있었다.

모토야스는 조용한 표정으로 부채를 펴서 흔들었다. 이어 우타노스케가 신호를 보내고 노노야마 토베에野野山藤兵衛가 소리높이 소라고둥을 불었다. 나이토 코헤이지內藤小平次가 모토야스 앞에 말을 대령했다. 모토야스가 직접 고른 밤색 말로 겉으로는 아주 순했으나 그 대신 아무리 먼 거리라도 쉬지 않고 달리는 5척 1치의 살진 말이었다.

모토야스가 훌쩍 말에 올랐고, 선발대 대장 이시카와 히코고로도 얼른 말을 타고 맨 앞으로 달려나갔다.

고난에 고난을 거듭하며 18년의 인생에서 13년을 인질로 지낸 청년 모토야스의 운명을 건 출전이었다.

비가 그쳤다. 바람도 없고 무더운 공기만이 사방에 고여 있었다. 하늘은 이미 밝아오기 시작했다.

모토야스의 말이 문을 나섰다. 사카이 우타노스케가 말에 올라 모토야스 옆에 바싹 다가섰다.

"성주님!"

모토야스가 돌아보고 미소 띤 얼굴로 우타노스케에게 말했다.

"걱정할 것 없소, 나는 이미 이겼으니까."

대열이 임시처소를 나간 뒤, 얼마 후 혼다의 미망인이 산뜻한 여행자 차림으로 방실방실 웃으며 타다츠구의 배웅을 받아가며 대열 뒤를 따랐다.

초승달 소리

1

아구이 골짜기에는 안개가 층을 이루며 세 겹으로 끼어 있었다. 조금 전까지 내리던 비는 잠시 그쳤으나 소나무도 느티나무도 흠뻑 젖어 있었고, 아직 햇빛 구경은 할 수 있을 것 같지 않았다.

히사마츠 사도노카미 토시카츠久松佐渡守俊勝에게 재가한 오다이는 히사마츠 가문이 시주하는 사찰인 토운인洞雲院 언덕길을 올라가면서 손가락을 꼽고 있었다. 오다이가 타케치요라 부르던 모토야스를 오카자키에 남긴 채 마츠다이라 가문으로부터 이혼당한 지 햇수로 이미 16년이란 세월이 흘렀다. 열네 살에 시집와서 열일곱 살 때 벌써 이별의 슬픔을 맛보았다. 마츠다이라 가문에 머문 것은 고작 3년 남짓이었으나, 그녀에게는 전반前半의 생애로 느껴졌다.

"나도 곧 서른셋……"

여자 나이 서른셋은 액년厄年이라고들 했다. 무슨 일이 생기지 않았으면 하는 생각에 앞서 걱정되는 것은 역시 곁에 있지 않은 자식에 대한 일이었다. 이미 열여덟 살의 늠름한 무사로 성장했다는 말과 카메히메와 타케치요 두 아이의 아버지가 되었다는 소식을 들었을 때는 눈물겨운 감회에 젖기도 했다. 자기한테 손자가 되는 모토야스의 아이들, 할머니로서 과연 만날 날이 있을 것인가……?

기원하는 마음으로 집안을 돌보는 틈틈이 경문을 베끼고 기도를 드리는 오다이였다. 그럴 때 모토야스의 출전소식이 전해왔다.

'결국에는……'

처녀출전을 하는 모토야스와 이미 호랑이 장군의 풍모를 갖춘 노부나가, 아무리 보아도 모토야스에게 승산이 있을 것 같지 않았다.

오다이는 남편에게 부탁하기도 하고 카리야 성주인 오빠 미즈노 노부모토에게 밀사를 보내기도 하여 모토야스를 구하기 위해 애썼다. 모토야스의 배후에는 이마가와 요시모토의 삼엄한 감시가 따르고 있었다. 만일 노부나가가 사도노카미에게 오타카 성을 공격하라고 하면 남편과 자식은 전쟁을 하게 된다. 오다이는 이러한 사태를 막기 위해 다시 자기 피로 관음경觀音經을 필사하면서 마음을 썼다.

그 기원이 통한 것이라고 오다이는 생각했다.

노부나가로부터 남편의 출전명령은 없었다. 그리고 사흘 전인 5월 15일 이상한 대형으로 모토야스의 군대가 오카자키를 떠났다.

오다이는 다시 한 번 손가락을 꼽아보았다. 오늘이 벌써 18일. 오다이가 알지 못하는 곳에서 이미 승부는 결정되었을지도 모른다. 이기더라도 그 승리에 의기양양하여 어머니를 찾아 아구이에 발을 들여놓지 말라고 했다. 그러나 열에 일고여덟까지는 승산이 없는 싸움이었다.

언덕을 내려온 오다이는 성의 입구와는 반대쪽에 있는 타케노우치 큐로쿠竹之內久六의 집으로 갔다. 큐로쿠도 오다이 이상으로 이 전투의 결과에 마음을 쓰고 있었다. 혹시 무슨 소식이라도 전해지지 않았나 싶어 그리로 발걸음을 돌렸던 것이다. 사실 오늘 절을 찾았던 것은 큐로쿠를 방문하기 위한 구실에 지나지 않았다.

오다이는 큐로쿠의 집 앞에서 같이 왔던 시동을 먼저 돌려보냈다. 큐로쿠의 집은 문 안쪽에 대나무가 심어져 있고, 산에서 맑은 물을 끌어들여, 무인의 집이라기보다는 풍류를 즐기는 다인茶人의 거처처럼 변해가고 있었다.

"안에 누구 없나요?"

오다이는 주위에 흩어져 있는 말발굽자국을 보고 숨이 막힐 듯한 긴장감을 느끼면서 안내를 청했다.

2

오다이의 음성이 그대로 안으로 전해진 듯.

"내가 나가겠다."

큐로쿠의 목소리가 들리고 이어 안의 삼나무로 된 문이 열렸다.

"마님이 오실 줄 알고 진작부터 기다리고 있었습니다."

큐로쿠는 완전히 가신이 된 태도로 오다이를 맞았다.

"실은 쿠마 마을에서 나미타로 님, 그리고 또 귀한 손님 두 분이 와 계십니다."

"어머나, 쿠마의 젊은 도령이?"

큐로쿠의 뒤를 따라 방으로 들어가던 오다이는 깜짝 놀랐다. 타케노우치 나미타로는 예상하고 있었다. 하지만 나미타로와 나란히 마에다 마타자에몬 토시이에와 인형처럼 귀여운 처녀가 앉아 있었다.

"저, 혹시 그대는 마에다 이누치요……?"

나미타로 옆에 앉으며 오다이가 물었다.

"지금은 관례를 올리고 마타자에몬 토시이에라 부르고 있습니다."

예전의 이누치요가 꾸벅 머리를 숙였다.

"이 아가씨는 토시이에 님의 여동생인가요?"

"아닙니다."

토시이에는 얼른 고개를 저었다.

"아내입니다."

오다이는 눈이 휘둥그레졌으나 웃지는 않았다.

"아, 그런가요. 나는 히사마츠 사도노카미의 안사람이에요."

"저는 마에다 마타자에몬의 아내 마츠라고 합니다."

인형 같은 어린 여자는 아무 거리낌도 없이 오다이를 상대했다.

"지금 셋이서 이번 전투의 결과에 대해 검토하고 있던 중인데, 마츠다이라 지로사부로 모토야스는 과연 훌륭했습니다."

토시이에의 말에 오다이는 저도 모르게 몸을 앞으로 내밀었다. 걱정으로 두근거리는 가슴을 가라앉히면서, 다급하게 물었다.

"그럼, 전투는 이미 끝난 모양이지요?"

토시이에가 고개를 끄덕였다.

"이번만은 우리 주군도 깨끗이 당하셨습니다. 지로사부로 모토야스 님, 거의 병력 손실을 입지 않고 무사히 오타카 성에 군량 반입을 끝내셨어요."

"예? 모토야스가……"

안도하면서 나미타로를 바라보니 그는 조용히 부채질을 하고 있었다. 큐로쿠는 희미하게 미소를 띠고 고개를 끄덕였다.

"키요스 성주님이 패하시다니…… 마츠다이라 쪽은 대관절 어떤 전법으로 맞선 거죠?"

"저희 쪽은."

이번에는 큐로쿠가 설명했다.

"이마가와 쪽에서 오타카 성에 식량을 보급하려 하면 즉각 와시즈와 마루네 두 성채가 함께 출동하여 이를 저지하려 했지요. 그런데 마츠다이라 쪽은 느닷없이 테라베 성을 공격했다고 합니다."

"원 저런…… 테라베 성을……?"

"테라베 성에서는 와시즈와 마루네에 구원을 청했습니다. 그건 당연한 일이지요. 그래서 양쪽 모두 원군을 테라베에 보내 전투중인 성 밑에 도착하고 보니 집들이 불타고 있는데도 적의 모습은 전혀 보이지 않았답니다. 아차! 테라베를 공격하는 것은 위장이었던가, 그렇다면 유격대와 본진은 다른 곳 어딘가에 있겠지. 후퇴해 그 길로 오타카 성으로 돌아왔을 때 이미 모토야스는 본진처럼 꾸민 보급대를 이끌고 성에 들어간 후였다고 합니다. 이쪽의 백전노장 사쿠마 다이가쿠佐久間大學와 오다 겐바織田玄蕃는 이를 갈면서 분해하고 있다고 합니다."

"그야 분하기 짝이 없겠지요."

이렇게 말하면서도 오다이는 눈물이 쏟아질 것 같아 여간 거북하지 않았다.

3

오타카 성에 들어가는 체하고 테라베를 공격한다. 그래서 오다의 군사를 테라베에 집결토록 하고 그 틈을 노려 오타카 성에 들어가다니 이 얼마나 놀라운 작전인가. 열여덟 살의 모토야스가 진두에 서서 지휘하는 모습이 오다이의 눈에 보이는 듯했다. 아니, 그 환상 속의 모토야스가 실은 모토야스가 아니라 첫 남편 마츠다이라 히로타다의 모습……

"그랬군요. 사쿠마 님도 오다 겐바 님도……"

자기 아들에게 의표를 찔렸다는 말은 하지 못하고 생각에 잠기면서 한숨을 쉬었다.

"노부나가는……"

갑자기 나미타로가 입을 열었다.

"와시즈를 공격해서 마루네 군사를 와시즈로 끌어들여 오타카 성에 들어갈 것이라고 예상했던 것 같소. 아무튼 이번 전투는 제가 보기에도 상당히 재미있었소."

"재미있었다니?"

토시이에의 질문에 나미타로는 우뚝한 콧날에 주름을 잡고 미소를 떠올렸다.

"마츠다이라 지로사부로 모토야스란 사나이의 힘을 이마가와 요시모토와 오다 노부나가 양쪽 모두에게 확인시킨 거요. 말하자면 무장武將의 시험에 급제했다고나 할까. 그것을 인정한 자가 적과 아군이란 점이 재미있었다는 말이오."

나미타로는 어디까지나 냉정한 제삼자의 시각을 가지고 있었다.

"결국에는 마츠다이라 모토야스를 자기편으로 끌어들인 자가 천하의 패권을 잡는다…… 이렇게 힘을 과시했다는 점에서 이번 전투는 모토야스를 큰 위치에 올려놓았소. 정말 재미있소……"

"쿠마 도련님은……"

토시이에가 다그쳐 물었다. 그는 나미타로의 이같은 싸늘한 태도가 오다 가문을 위해 섭섭하기 이를 데 없었다.

"마츠다이라 군을 그대로 오카자키로 돌려보낼 생각이오? 도중에 노부시를 시켜 습격하지 않겠습니까?"

나미타로는 고개를 흔들었다.

"그런 일은 하지 않겠습니다."

"어째서?"

"재미있는 싹은 짓밟지 않는 것이 좋아요. 꽃도 피기 전에 독초라고 단정하는 것은 어리석은 일이오."

"으음."

토시이에는 고개를 갸웃했다. 이 사나이 또한 요시모토가 상경할 때는 이마가와와 오다의 일전은 피할 수 없다고 보는 모양이었다. 그 일전을 통해 서로 화합하기 어려운 두 가문의 운명이 결정되고, 새로운 무엇이 탄생한다. 그날을 위해 모토야스를 그대로 둘 생각인 것 같았다. 그렇다면 토시이에로서는 다시 캐물을 필요가 없었다. 현재 그로서는 노부나가가 모토야스에게 깊은 증오심을 갖지 않았다는 사실을 오다이에게 이해시키는 일이 중요했다.

토시이에는 얼른 오다이 쪽으로 돌아앉았다.

"저희 주군은……"

자기가 도망쳐다니는 몸이라는 것도 잊어버린 듯했다.

"활달한 성격이니 지금쯤은 키요스 성에서 축배를 들고 계실지도 모릅니다. 타케치요가 이겼다! 그는 내 동생이야! 이렇게 말씀하시면서 말입니다."

"설마 그럴 리야……"

"아니, 오카자키 쪽에 손실이 없었다는 것은 오다 쪽에도 손실이 없다는 것, 주군의 마음도 홀가분할 것입니다. 주군은 모토야스 님에게 특별한 친근감을 가지고 계십니다."

나미타로는 부채 그늘에서 가만히 오다이의 표정이 어떻게 움직이는지 지켜보고 있었다.

4

오다이의 심정은 복잡했다.

슨푸의 이마가와 요시모토는 아직 오다와 싸워 패배하는 경우는 생각해보지도 않았을 것이다. 그러나 오다 쪽으로서는 다음의 일전이야말로 지상에서 말살되느냐의 여부를 결정짓는 막다른 골목이라 할 수 있었다.

오다이는 그것을 알고 있었다.

그런 만큼 모든 수단이 다 강구되고 있을 것이 틀림없었다. 노부나가가 타케노우치 나미타로를 키요스에 초대했다는 것은 나미타로 휘하에 있는 노부시, 농민, 신도神道의 신자 등을 동원하여 요시모토의 쿄토 진공 때 후방의 교란을 부탁하기 위한 것일 테고, 마타자에몬 토시이에가 주군으로부터 도망쳐 유랑하는 것도 무언가 깊은 의미가 있을 것 같았다. 그렇게 생각되어 더더욱 그의 말에 함부로 맞장구를 칠 수 없었다. 노부나가의 확실한 의뢰가 있지도 않은데, 오다이가 모토야스와 연락이 있는 것처럼 보여서는 어떤 화근이 생길지 알 수 없었다.

"히사마츠 님의 부인께서는 미즈노 가문 출신이라고 들었습니다. 미즈노 가문이 시주하는 오카와緖川의 켄콘인乾坤院에 성묘를 겸해서서 우리 부부를 안내해주실 수 없겠습니까?"

"오카와의 켄콘인으로……?"

토시이에의 말에 오다이보다도 먼저 나미타로가 부채로 얼굴을 가리면서 말했다. 나미타로는 토시이에가 하려는 말을 너무나 잘 알고 있었기 때문이다.

"그렇습니다. 요리토모賴朝 공의 묘소가 있는 카키나미柿竝의 오미도 사大御堂寺에도 참배하고 토키무네時宗 공의 수련장으로 알려진 오하마大浜의 쇼묘 사稱名寺도 찾아가보았습니다. 유랑하는 길에 덕이 높으신 분들의 가르침을 받을까 해서 말입니다. 켄콘인의 주지 스님 또한 쿄토에까지 알려진 고승이라고 듣고 있습니다. 소개해주시면 한 이레 정도 참선을 할까 합니다."

오다이는 당장 대답할 수 없었다. 사려가 깊고 원숙해진 눈을 토시이에에게서 가만히 큐로쿠 쪽으로 돌렸다.

"어떨까, 성주님이 허락을 내리실까?"

"마님의 뜻대로 하라고 말씀하시겠지요."

오다이는 조용히 고개를 끄덕였다. 다시 생각에 잠기는 오다이에게 열한 살의 신부도 졸랐다.

"저도 그런 큰 절을 보고 싶습니다. 데려가주십시오, 부탁입니다."

'절에 가는 게 목적은 아닐 것이다.'

오타카 성에서 철수하는 모토야스와 나를 만나게 하려는 것이 분명했다. 오다이는 미소를 떠올렸다. 만나게 해서 어떻게 하려는지 오다이는 잘 알 수 있었다. 만나고 싶었다. 몰래 슨푸에 옷을 보내주고 먹을 것을 전달한 자기 자식을 한번 보고 싶었다. 그러나 지금은 섣불리 모자의 정 같은 것을 내세울 때가 아니었다. 모토야스는 노부나가의 적이고, 또 노부나가에게 이기고 돌아오고 있었다. 지금 당장은 반가울지 모르나 나중에 혐의를 뒤집어쓰게 되는 경우라도 생기면 히사마츠 일족을 궤멸시킬 구실이 될지도 몰랐다.

"어떻습니까, 안내해주시겠습니까?"

오다이는 가만히 고개를 끄덕였다. 이미 마음에 결심한 바가 있는 모양이었다. 따뜻한 미소로 볼을 물들였다.

"모처럼 생긴 신앙, 우리는 모두 같은 불자佛子이니 거절한다면 부처님께 면목이 없지요. 안내하겠어요."

가슴에 와닿는 분명한 목소리로 대답했다.

5

오다이의 관찰은 정확했다.

마에다 마타자에몬 토시이에는 오다이와 모토야스를 몰래 만나게 하여, 노부나가의 호의를 모토야스에게 보이려고 했다. 그것이 무엇보다도 쿄토 입성을 위한 전투 때 오와리에 이익이 된다고 믿었다. 그리고 아이치 쥬아미의 일도 있고 해서 두 사람의 몫을 차질 없이 수행하기 위해 성실하게 노력하고 있다는 증거를 보이려 했다.

오다이가 오카와에 가겠다고 승낙하자 타케노우치 나미타로가 벌떡 일어났다. 언제나 감정을 밖으로 드러내지 않는 사람이었기 때문에 그가 무엇을 생각하는지는 알 수 없었으나 적어도 일어나는 그 태도만은 당돌했다.

"그럼, 나는 이만 실례하겠소."

큐로쿠가 당황하여 현관까지 따라나왔다.

"쓸데없는 일을 하고 있어."

그는 턱으로 안쪽을 가리키며 말한 뒤 그대로 채찍을 들고 마구간으로 돌아갔다. 토시이에가 쓸데없는 일을 한다는 것일까, 아니면 오다이를 가리키는 것일까?

하늘에는 아직 비구름이 잔뜩 깔려 있고 후텁지근한 바람이 땅을 감싸고 있었다. 큐로쿠는 나미타로의 말이 성문 앞 소나무 그늘로 가려질 때까지 지켜보고 있었다.

나미타로는 도중에 안장 뒤에 있는 조그마한 빨간 깃발을 세웠다. 그것은 생각하기에 따라 마치 빨간 헝겊이 바람에 날려와 허리띠 뒤에 걸린 것처럼도 보였다. 나미타로는 큰길만을 달리지 않았다. 때때로 마을 안에까지 들어갔다가 막다른 길에 들어선 것처럼 얼른 되돌아나오기도 했다.

오케하자마桶狹間에서 흘러나온 물이 사카이가와境川로 흘러드는 코이시가하라小石ヶ原에 이르러 말에서 내려 성큼성큼 오카와로 건너가는 나루터의 움막으로 들어갔다.

"아니, 쿠마 도련님이시군요."

안에 있던 쉰 가까운 사공이 머리띠를 풀어내면서 허리를 굽혔다.

"전투."

나미타로가 말했다.

"적은?"

"오카자키의 철수부대를 노리는 거야. 누구냐고 묻거든 카리야의 미즈노 쪽 복병이라 대답하라. 추격할 필요는 없다."

"누구냐고 묻거든 카리야의 미즈노라고. 추격할 필요는 없다."

사공은 복창하고 즉시 배를 저어 상류 쪽으로 올라갔다.

이 부근의 뱃사람, 농부, 토호 중에는 나미타로의 부하라기보다 경우에 따라서는 노부시가 될 수 있는 양민들이 많았다. 전쟁의 형세에 따라 성주는 쉽게 바뀌었다. 이러한 양민의 불안을 깨달은 나미타로는 그들에게 조직과 지혜와 무기를 주었다. 기근이 들면 나니와難波나 사카이堺에 가서 물길을 따라 식량을 실어왔고, 정신적인 면에서는 난쵸南朝의 후예를 자처하며 신도神道의 신앙을 은밀히 전파해나갔다. 그런 의미에서 서미카와에서 동오와리에 걸친 이 지역 백성들은 성주의 백성이기에 앞서 나미타로의 가족이라 할 수 있었다.

모토야스를 무사히 슨푸로 돌려보내겠다고 한 나미타로가 어째서 갑자기 오카자키 군이 돌아오는 길에 매복해 습격할 생각을 한 것일까? 더구나 모토야스의 외숙부인 미즈노 노부모토의 이름을 사칭하면서까지. 나미타로는 말을 버드나무 기둥에 매고 움막 안으로 들어갔다.

6

나미타로는 무뚝뚝한 표정으로 움막 구석에서 야채를 절일 때 쓰는 것처럼 보이는 낡은 통을 꺼냈다. 그리고 뚜껑을 열어 안에서 갑옷을 꺼내 무표정한 얼굴로 입기 시작했다. 사카이와 하카타博多에 서양식으로 정련된 쇠가 수입되면서부터 만들어진 신식 갑옷이었는데, 소박하고 활동하기 편하도록 만들어져 있었다.

지금까지의 옷차림이 여자처럼 우아했기 때문에 갑옷을 입은 그는 완전히 사람이 달라져 보였다. 일개 잡병이 섞여 들어온 것으로밖에 보이지 않았다. 하치가네鉢金°까지도 서양 쇠로 만든 수수한 것이었다. 입었던 우아한 옷은 갑옷을 꺼낸 통 속에 숨겼다. 창 역시 움막 구석에 있는 짚과 그물 속에 감춰져 있었다. 칼도 조금 전에 차고 있던 가느다란 것이 아니라 등에 메는 큰 칼이었다.

그가 준비를 마치고 다시 움막 밖으로 나왔을 때 어디서 나타났는지 강가에는 이미 네댓 척의 나룻배와 어선이 모여 있었다. 나미타로는 그 한 사람 한 사람에게 매복할 장소를 지시하고 자신은 다시 말에 올랐다. 주위는 숨이 막힐 정도로 잔뜩 흐린 채로 이미 저물어가고 있었다. 나미타로는 뒤쪽에 무슨 신호인 듯한 붉은 깃발을 꽂고 상류를 향해 제방 위를 달려갔다. 그 자신이 젊은 도령식이라고 이름붙인 노부시의 수법인 듯했다. 그의 모습을 보고 논에서도 강에서도 일하는 사람들의 모습이 사라졌다. 서둘러 집에 돌아가 무장을 하려는 것이 분명했다.

이와 같은 준비가 착착 진행되는 동안, 오타카 성에서 철수한 마츠다이라 모토야스의 부대가 도착한 것은 다섯 점 반(오후 9시)이 지나서였다. 달은 아직 뜨지 않았고 지상에서는 캄캄한 가운데 개구리 울음소리가 요란했다. 밝은 것이 있다면 때때로 생각난 듯 날아다니는 반딧불뿐이었다.

맨 앞에서 오고 있는 것은 사카이 사에몬노조 타다츠구, 그 다음은 이시카와 히코고로 이에나리로서 갈 때와는 반대였다. 사카이 우타노스케는 모토야스와 말머리를 나란히 하고 중앙 본대 한가운데에 있었다. 적이 추격해오기 전에 군량을 운반해들이고 재빠르게 철수. 입성

때 이상으로 민첩한 질풍과도 같은 철수였다.

아마도 사쿠마 모리시게佐久間盛重와 오다 겐바는 오늘 밤 오타카 성에 들여보낸 오카자키 군을 어떻게 무찌를지 머리를 맞대고 작전회의를 열고 있을 것임이 틀림없었다. 그 틈을 타 오카자키로 철수함으로써 한 사람의 병사도 다치지 않게 하려는 것이 모토야스의 생각이었다. 감쪽같이 들어갔다가 홀연히 사라지는 그의 책략은 성공이었다. 어둠을 타고 나온 오카자키 군의 철수를 가로막을 어떤 것도 없었다.

"이 부근에 노부시나 강도 같은 것은 없소?"

모토야스는 때때로 조심스럽게 귀를 기울여 주위를 살피면서 우타노스케에게 말했다.

"염려 없습니다."

우타노스케가 대답했다.

"이 부근은 쿠마의 젊은 도령이란 자가 지배하고 있습니다. 그는 성주님께 호감을 가지고 있습니다. 습격하는 자가 있으면 죽이겠다고 미리 알려놓았다고 합니다."

이렇게 대답했을 때였다.

오른쪽 작은 언덕 부근에서 번쩍하고 한 줄기 빨간 봉화가 솟아올랐다. 예기치 않았던 일이어서 우타노스케도 모토야스도 깜짝 놀랐다.

"와아!"

그때 배후에서 함성을 지르면서 좌익을 습격하는 자들이 있었다.

7

추격하는 적이 없다고 안도하고 있던 때여서 마츠다이라 군 본대의 놀라움은 컸다. 선발대의 사카이 타다츠구는 벌써 코이시가하라 가장

자리에 이르러 강을 건너려 하고 있었으며, 후발대의 이시카와 이에나리는 조금 뒤떨어져 전방이 보이지 않는 골짜기에 있었다. 아니, 그보다 더 기분 나쁜 것은 짙은 어둠이었다. 적의 수효도, 누구의 복병인지도 전혀 알 수 없었다. 아마 오른쪽에서 올라간 봉화는 선발대와 후발대도 보았을 것이지만, 이미 본대가 습격당하고 있는 줄은 모를 것이었다. 모두가 깜짝 놀라 행진을 멈추고 방어태세로 들어가 있을 것이 분명했다.

"음, 복병이 있었구나."

좌익이 공격당했다고 판단한 순간 열두 살의 혼다 헤이하치로 타다카츠는 메뚜기처럼 모토야스 앞으로 뛰어나와 칼을 뽑았다. 순간 그 앞을 번개같이 왼쪽에서 오른쪽으로 가로지르는 적의 그림자가 있었다. 소리도 내지 않고 함성도 지르지 않았다. 등에 멘 칼의 길이와 날랜 말의 모습만이 헤이하치로의 눈에 남았다.

"와아."

"와아!"

적과 아군이 질러대는 함성. 한쪽은 의기충천하여 습격하는 함성이었으며, 다른 한쪽은 당황하여 지르는 함성이었다.

"대열의 허리를 사수하라, 한데 뭉쳐라!"

우에무라 신로쿠로의 외치는 소리에 섞여, 우타노스케의 소리가 들려왔다.

"누구냐, 정체를 밝혀라. 사카이 우타노스케 마사이에의 부대를 습격하는 자는 누구냐!"

우타노스케는 적이 모토야스의 본대라는 것을 깨닫지 못하게 하려고 어둠 속에서 큰 소리로 부르짖었다.

"성주님!"

헤이하치로는 모토야스의 말고삐를 잡은 손에 퉤 하고 침을 뱉고 칼을 고쳐 쥐었다.

"곁에 혼다 헤이하치로 타다카츠가 있습니다. 어떤 자들이 몰려오건 안심하십시오."

그 자신 있어 하는 모습이 우스워 모토야스는 저도 모르게 말 위에서 웃음을 터뜨리고 말았다.

왼쪽에서 오른쪽으로 가로질러 갔던 그림자가 이번에는 오른쪽에서 왼쪽으로 빠르게 지나갔다. 적들은 마츠다이라 군의 간담을 서늘케 하여 꼼짝 못하게 함으로써 코이시가하라에 묶어두려는 것임이 틀림없었다. 여기서 지체하다 밀물 때가 되어 강을 건너지 못하고, 배후에서 오다 군이 추격해온다면, 이겼던 싸움은 단번에 어려운 전투가 되어버릴 것이었다.

"노부시들이로구나."

모토야스가 중얼거렸을 때 오른쪽 20간쯤 되는 곳에서 우렁찬 소리가 들렸다.

"마츠다이라 지로사부로 모토야스의 본대에 고한다. 코이시가하라는 우리 미즈노 시모츠케노카미 노부모토의 막료가 지키는 곳, 한치의 땅도 용납할 수 없다. 감히 지나가겠다면 시체로 산을 이루게 하겠다!"

"뭣이, 외숙부의 막료라고……"

상대의 경고에 모토야스는 말 위에서 창을 거머쥔 채 고개를 갸웃하고 생각했다.

"외숙부가 일부러 우리를 맞아 기습하리라고는 생각할 수 없는데, 이상하다……"

단숨에 무찌르고 지나가는 것이 좋을까, 아니면 왼쪽으로 멀리 길을 우회하여 사상자를 최소한으로 줄이는 것이 상책일까?

이때 칠흑같이 어두운 지상이 밝아지기 시작했다. 달이 떠오르는 모양이었다. 하늘을 무섭게 가로지르는 비구름의 모습도 보였다.

8

사카이 우타노스케가 모토야스 곁으로 왔다.

"어떻게 하시겠습니까? 정면 돌파가 상책일 듯합니다마는."

"기다리시오."

모토야스가 제지했다.

다시 오른쪽 둑에서 적의 함성이 들렸다.

"와아."

구름의 움직임은 더욱 빨라져 조금만 기다리면 구름 틈새로 달이 얼굴을 내밀지도 몰랐다. 지리에 밝은 적에게는 어둠이 좋을 것이다. 그러나 마츠다이라 쪽에게는 밝아야 했다.

"우타노스케."

"예."

"도주합시다."

"아니, 도주라니?"

미친 듯이 소리를 지른 것은 말 앞에 버티고 서서 손에 침을 뱉고 있는 헤이하치로였다.

"타다카츠에게 도망이란 말은 없습니다."

모토야스는 우타노스케 쪽으로 말을 가까이 몰아갔다.

"하찮은 싸움으로 모처럼의 승리를 헛되게 만든다면 이가 하치만伊賀八幡에게 면목이 없소. 내가 보기에 상대는 노부시들이오. 외숙부에게 은혜를 입은 자들이 아무 저항도 하지 않고 우리를 그대로 통과시키면 오다 편에 미안하다고 생각해서 하는 행동이라 생각하오."

"그렇기는 합니다마는."

"보시오, 함성만 지를 뿐 공격하려고는 하지 않소. 왼쪽으로 크게 우회해서 도주합시다. 고전하는 것처럼 가장하고 말이오."

"……"

"아직 모르겠소? 상류에 도달하기만 하면 언제든지 강을 건널 수 있소. 그러나 하류에서 밀물이 올라오면 협공당하게 되오."

"알겠습니다!"

우타노스케는 큰 소리로 대답하고 멀어져갔다. 아마도 선발대와 후발대에 그 뜻을 전하기 위해서일 것이다.

"시치노스케는 어디 있느냐? 히코에몬은? 모토타다는?"

모토야스는 나직한 소리로 자기를 에워싼 사람들 중에서 젊은 무사들을 불렀다. 모토야스가 비로소 헤이하치로에게 말했다.

"나를 따라오너라."

"성주님, 도망치시는 겁니까?"

"다음 전투에 대비하기 위해서다. 다음에는 칼날이 무뎌지도록 싸워야 해."

"다음 전투 때까지 먼길을 가야겠군요. 알겠습니다."

헤이하치로는 등에 메었던 칼을 능숙하게 칼집에 꽂고 모토야스와 나란히 굴러가듯 달리기 시작했다.

"나를 따르라!"

우에무라 신로쿠로가 칼을 높이 쳐들었다. 주위는 이미 그 칼이 번득일 정도로 밝아졌고, 하늘을 쳐다보니 골짜기의 시냇물을 연상시킬 정도로 구름이 흩어져 있었다.

노부나가는 장마철이 되기 전에 모토야스가 공격해올 것이라 예상하고 있었다. 그러나 모토야스는 일부러 장마철까지 기다렸다가 군사를 일으켜 목적을 달성하고는 질풍처럼 철수했다. 뿐만 아니라 지금도 역시 당장 일전을 교환할 줄 알았는데 그렇게 하지 않았다. 도주하여 멋지게 적의 허를 찔러놓고, 병력의 손실을 최소한으로 줄인 그 작전은 누구의 전략에도 없는 놀라운 것이었다.

대열은 코이시가하라에서 상류를 향해 움직이기 시작했다. 후발대의 지휘자 이시카와 히코고로 이에나리와 연락이 닿은 모양인지 교묘하게 강변에 횡대로 전개하여 보이지 않는 적의 습격에 대비했다.

흐르는 구름 사이로 초승달이 고개를 내민 것은 그 후 얼마 지나지 않아서였다.

9

마에다 마타자에몬 토시이에는 때아닌 인마人馬 소리에 이불을 걷어차고 벌떡 일어났다.

벌써 마츠다이라 군이 철수해오리라고는 생각지 않았다. 그러면서도 철수한 뒤에는 오다이를 데리고 나와도 의미가 없어진다는 생각에 일부러 가마를 재촉했다. 히가시우라東浦까지 와서 그 지방 호족豪族 센다 소베에仙田惣兵衛가 아버지와 친교가 있다는 것을 핑계로 그 집에 머물러 있었다.

"켄콘인에는 내일 아침에."

오다이와 오마츠는 별실에 묵게 하고 자기는 혼자 그 옆방에서 쉬고 있었다.

'이상하다!'

그는 칼걸이에서 칼을 집어들고 가만히 덧문을 열어보았다. 초저녁부터 덮여 있던 비구름은 어느 틈에 걷히고 노송나무 생울타리 너머로 사카이가와가 은빛으로 빛나고 있었다. 토시이에는 나막신을 신고 가만히 정원으로 내려갔다. 하늘 복판에 걸린 초승달이 그의 모습을 뚜렷이 지상에 그려주고, 상류 쪽으로 올라오는 인마의 모습이 수묵화처럼 선명했다.

의심할 여지가 없었다. 모토야스는 우도노 나가테루와 같이 성을 지킴으로써 맞닥뜨리게 될 오다 군과의 무모한 싸움을 피하고, 군량을 전달하고는 즉시 철수한 것이 분명했다.

"놀라워!"

토시이에는 혼자 중얼거리고 집 안으로 들어왔다.

'얼마나 만나고 싶을까?'

이런 생각만 해도 오다이의 방에 찾아가는 것이 전혀 망설여지지 않았다.

"마님, 주무십니까?"

오다이는 이미 잠이 깨어 있었던 듯.

"무슨 일인가요?"

"보여드리고 싶은 것이 있습니다. 속히 나오십시오."

오다이는 이미 토시이에의 마음을 읽고 있었다. 잠자코 일어나 매무새를 가다듬고 토시이에의 뒤를 따랐다. 오다이 곁에서 자고 있는 오마츠는 천진스럽기만 한 얼굴로 꿈속을 헤매고 있었다.

토시이에는 오다이에게 나막신을 벗어주고 자기는 맨발이 되었다.

"제가 곁에 있으니 안심하시고 서둘러주십시오."

오다이는 고개를 끄덕이고 토시이에의 뒤를 따랐다. 한쪽은 강가에 서부터 쌓아올린 7척 남짓한 돌담, 그 밖의 삼면은 토담이었다. 북쪽으로 난 문을 나서자 갑자기 시야가 넓어졌다. 토시이에는 이마에 손을 얹고 강가를 지나는 검은 그림자를 유심히 살피면서 모토야스가 있을 본대가 어디쯤인지 눈으로 찾았다. 맨 앞에는 말을 탄 무사가 두 사람, 그보다 조금 떨어져 보병이 있고 다시 말을 탄 일고여덟 명의 무사가 무리를 이루고 있었다.

'저것이로군.'

바로 그때 선발대가 행진을 멈추었다.

타케노우치 나미타로의 노부시들이 더 이상 쫓아오지 않은 데 따라 그 근처에서 대열을 가다듬을 생각이었다. 토시이에는 물론 그 사정을 알지 못했다.

그는 본대를 찾아 10여 년 만에 모자를 상봉시키고, 오와리의 호의를 모토야스에게 알리면 목적을 달성한다. 아니, 그렇게 하는 것도 하나의 책략이라 생각했다. 그렇게 생각하면서도 토시이에는 뒤따라오는 불운한 어머니의 마음이 되어 저도 모르게 눈물이 날 것만 같았다.

그는 가까이 가기도 전에 화살을 맞으면 안 되겠다 싶어 둑에 자란 대여섯 그루의 개암나무 비슷한 나무 그늘에서부터 곧바로 행렬로 다가갔다.

10

바로 눈 아래 선발대 대열이 있었다. 말을 탔던 무사는 내려 말에게 물을 먹이고, 보병은 창을 짚고 서서 휴식을 취하며 본대가 오기를 기다리고 있었다.

말소리들이 손에 잡힐 듯이 들려왔다.

"정말 카리야의 미즈노가 야습해온 것일까?"

"그렇지 않다면 무엇이겠어. 우리는 그것을 뚫고 나왔잖아?"

"뚫고 나왔다는 것은 과장이야. 나는 적의 모습을 보기는 했지만……"

"잠자코 있어! 아무리 숙질叔姪 사이라 해도 미즈노 집안은 오와리 편이야. 한 번도 공격하지 않고 통과시켰다면 무사하지 못해."

"음, 그래서 우리는 뚫고 나올 수밖에 없었군."

"그래. 굉장한 고전이었지."

토시이에는 그 이야기의 의미를 이해하지 못했다. 다만 나무 그늘에서 본대가 도착하기만을 기다리고 있었다. '마츠다이라 모토야스에게 고한다.' 이렇게 말하고 생모가 여기 와 있다고 알릴 작정이었다. 모토야스 모자가 얼마나 기뻐할까. 그걸 상상만 해도 젊은 토시이에는 가슴이 뭉클해졌다.

그때 갑자기 오다이가 작은 소리로 말하며 토시이에의 옷소매를 잡아당겼다.

"마에다 님, 보여주겠다고 한 것은 저 행렬인가요?"

"예, 오타카 성에 군량을 수송한 마츠다이라 모토야스가 철수하는 대열입니다."

"마에다 님."

순간 오다이의 목소리가 날카롭게 번득이는 것 같았다.

"무엇 때문에 나에게 마츠다이라의 행렬 따위를 보여주십니까?"

뜻밖의 질문에 토시이에는 어이가 없어 오다이를 돌아보았다.

"나는 오다 가문 쪽인 히사마츠 사도노카미의 아내예요."

"알고 있습니다. 그러나 동시에 마츠다이라 모토야스의 어머님이기도 하지 않습니까?"

"마에다 님, 비참한 말씀을 하시는군요. 적과 아군으로 갈려서 사는 어미와 아들이 어디 손잡고 이야기할 수 있는 세상인가요?"

"말씀을 나누지 않으시겠다는 것입니까?"

"만날 수 없지요. 만나면 이 손으로 찔러야만 해요. 그것이 히사마츠 사도노카미의 아내에게 부과된 이 세상의 의무예요."

"아……아니…… 모토야스 님을 찔러야 하다니요?"

오다이는 달을 똑바로 쳐다보고 나서 조용히 고개를 끄덕였다.

"호의는 잊지 않겠어요. 하지만 히사마츠 사도노카미의 아내에게는 두 마음이 없어요. 그 점을 분명히 마음에 새겨두도록 하세요."

말을 마친 오다이는 입술을 깨물고 고개를 수그렸다. 어깨가 약간 떨리고 있었다. 울고 있었다. 토시이에는 잠시 동안 묵묵히 서 있었다. 자신의 젊음과 오다이의 단호한 각오가 후회와 존경심을 새롭게 했다.

'내가 너무 안이했어.'

사실 지금 기꺼이 모토야스를 만날 오다이라면 그녀 자신만이 아니라 남편인 히사마츠 사도노카미까지도 믿을 수 없는 우군友軍이 된다.

'그렇구나. 그것을 깨닫지 못했구나……'

토시이에가 길게 한숨을 쉬었을 때, 제방 밑 강가에 당사자인 모토야스가 달빛을 받으며 우에무라 신로쿠로와 말머리를 나란히 하고 나타났다.

"잘못했습니다! 용서해주십시오."

토시이에는 오다이의 귓전에 조용히 속삭이고 강가를 가리켰다.

11

오다이는 온몸을 떨었다. 마음속으로는 얼마나 토시이에에게 감사하고 있는지 몰랐다. 그러나 섣불리 그 말을 입밖에 낼 수는 없었다. 노부나가에게 뒷맛이 개운치 않은 오해를 남기면, 지금까지의 고생이 수포로 돌아갈 것이었다. 히사마츠 사도노카미의 아내는 주군에게 의리를 지키기 위해 만날 수 있었던 자기 아들도 만나지 않았다. 이런 말을 들어야 오다이에 대한 노부나가의 신뢰가 더 두터워질 것이었다.

눈 아래 말을 탄 모토야스의 모습이 나타났다.

"오오……"

얼마나 씩씩한 대장인가. 달빛을 받은 늠름한 얼굴은 첫 남편 히로타다보다 자신의 아버지 미즈노 타다마사를 더 닮았다. 모습이 닮았으면 성격 또한 닮았을 것이다. 미즈노 타다마사는 깊은 생각과 인내심에서는 비교될 사람이 없었다. 그것이 전쟁이 그치지 않는 이 난세에도 집에서 죽을 수 있었던 원인이었다.

'제발 이 아이도 전쟁터에서 죽는 사람이 되지 않도록……'

마츠다이라 가문에서는 할아버지도 아버지도 비명에 쓰러졌다. 그것이 3대나 계속되지 않도록 오다이는 기원했고, 피로 경전을 베끼는 것도 그것을 위해서였다고 할 수 있었다.

눈 아래 강가에서는 가까이에 어머니가 있다는 것을 알 리 없는 모토야스가 말을 세웠다. 어떤 사람이 모토야스를 태우고 있는 갈색 말 앞에 물통을 가져오고, 말은 그것을 맛있게 마셨다.

"우타노스케."

모토야스가 불렀다. 풀 위에서 대답이 있었다. 그는 말에서 내려 소변을 보고 있었던 모양이다.

"무서웠소."

"예?"

우타노스케는 젊은 대장의 말을 이해하지 못한 것 같았다.

"정말 무서웠소. 야습한 일당이 외숙부의 군대라는 말을 들었을 때는 온몸에 소름이 끼쳤소."

"예에……"

"외숙부만이 아니라 부근 노부시도 가담하고 있었소. 양쪽이 뜻을 합쳐 습격해왔던 것이오. 이 일은 잊지 않도록, 슨푸에 돌아가서는 반드시 고쇼 님에게 말씀 드려야겠소."

"예, 물론이죠."

우타노스케는 비로소 모토야스가 한 말의 뜻을 이해했는지 분명하게 대답했다.

"반드시 말씀 드려야 합니다."

"이 부근 노부시들은 이마가와 쪽에 심한 반감을 품고 있다고 말이오. 다시 나타날 때는 크게 조심해야 할 것이라고."

"예에……"

우타노스케의 대답이 다시 애매해졌다. 미즈노 시모츠케노카미가 오다 쪽에 충실했다고 고할 필요성까지는 알 수 있었으나, 이 부근 노부시가 이마가와 쪽에 반감을 품었다고 고하는 것이 오카자키에 얼마나 이익이 될지 얼른 납득할 수 없는 모양이었다.

"겨우 호랑이 굴을 벗어났소. 자, 그만 가도록 합시다."

이 말에 우에무라 신로쿠로가 신호했다.

선발대의 사카이 타다츠구가 행진하기 시작했다. 달은 점점 더 밝아져 뚜렷하게 주위에 명암을 그려나갔다.

모토야스는 어머니 바로 앞에서 달을 쳐다보며 중얼거렸다.

"마치 주문해서 만든 달 같구나."

오다이는 이를 악물고 그 모습을 쳐다보고 있었고, 토시이에는 얼어붙은 듯 나무 그늘에 꼼짝도 않고 서 있었다.

구름을 부르는 자

1

 에이로쿠永祿 2년(1559)은 오다 세력과 이마가와 세력이 같은 선상에 못 박힌 채로 저물어갔다.
 첫 출전이나 다름없는 싸움에서 무사히 오타카 성에 군량을 수송한 마츠다이라 모토야스를 이마가와 요시모토는 크게 칭찬했다.
 마츠다이라 가문의 노신 혼다 히로타카本多廣孝와 이시카와 아키가 이 기회를 놓치지 않고 모토야스의 오카자키 귀환을 간청했으나 완강하게 거부당했다. 모토야스에게 능력이 있다는 것을 인정하면 할수록 요시모토에게는 쿄토 진공의 대망을 달성할 때까지 슨푸에 붙잡아둘 필요가 있는 인물이었다. 무사히 쿄토 진입에 성공했을 때는 오다 노부나가가 멸망하든지 굴복하든지 결판이 날 것이었다.
 요시모토의 계산에 따르면, 모토야스의 오카자키 귀환은 그 후의 일이었다. 만일 노부나가가 굴복하고 자신의 쿄토 입성이 성공을 거둔 뒤라면, 충분히 노부나가를 누를 수 있도록 하여 돌려보내면 그만이었고, 노부나가가 계속 반항한다면 우선 방패막이로 사용하지 않으면 안 될 것이었다.

에이로쿠 3년 2월의 사태는 더욱 요시모토에게 유리하도록 전개되었다. 우에스기 카게토라와 타케다 하루노부의 카와나카지마川中島에서의 대치가 장기전으로 돌입했다. 결국 승부 없이 어느 쪽이나 화친을 제의하지 못하고 무찌를 수도 없는 교착상태에 빠져버렸다.

요시모토는 드디어 3월부터 중앙 진출을 위한 본격적인 준비에 착수했다. 겨울부터 계속 사들였던 식량을 자기 휘하에 있는 오와리와 미카와 접경의 성으로 옮기고, 여러 장수들에게 명했다.

"각자 동원할 수 있는 병력을 모아 보고하라."

요시모토가 중앙 진출에 성공하면 토카이東海에 있는 여러 장수들은 모두 영지를 가진 다이묘가 되어 부귀를 누릴 수 있다. 지금이야말로 공을 세울 때라고 각자 전력을 다해 병력을 모았다.

이럴 때 셋사이 선사가 살아 있었다면 얼마나 큰 힘이 되었을지 알 수 없었다. 그러나 요시모토는 그조차 아쉬워하지 않았다. 어떤 육친이라도 믿을 수 없는 세상이었기 때문에, 성을 비운 사이 오다와라의 호죠北條 일족으로부터 배후를 공격당하지 않도록 슨푸에 남기고 갈 아들 우지자네의 병력에 가장 많은 신경을 썼다.

쿄토 진공에는 약 2만 5,000명을 동원할 예정이었다.

선봉 마츠다이라 군 2,500.

제2진 아사히나 야스요시 2,500.

제3진 우도노 나가테루 2,000.

제4진 미우라 빈고 3,000.

제5진 카츠라야마 노부사다葛山信貞 5,000.

제6진 요시모토의 본대 5,000.

그밖에 수송대 약 5,000.

그리고 슨푸, 히쿠마노曳馬野(하마마츠浜松), 요시다, 오카자키 등 여러 성에는 각각 수비를 담당할 군사가 남았다.

당시 이 정도 대군을 동원할 수 있는 것은 일본에서는 분명 요시모토 외에는 달리 없었다. 오다 노부나가는 고작 5,000이었다. 우에스기 켄신은 8,000, 타케다 신겐은 1만 2,000, 호죠 우지야스는 1만 정도밖에는 동원하지 못할 것이었다.

5월에 접어들어 요시모토는 맨 먼저 마츠다이라 모토야스를 슨푸 성으로 불러들였다.

쿠마 마을의 타케노우치 나미타로가 예언한 대로 이미 여름철에 접어들고 있었다. 장마 전인데도 올해의 더위는 유난했다.

마흔두 살이 되어 더욱 살이 찐 요시모토는 부드러운 표정으로 모토야스를 거실로 맞아들였다.

2

"오, 왔느냐. 드디어 때가 왔어."

아직 저녁볕이 뜨거운데도 요시모토는 장지문을 모조리 닫게 하고, 귀족처럼 화장한 얼굴과 목에서 연신 땀을 흘리고 있었다. 올해는 여름이 빨라 벌써 모기가 들끓고 있었다. 그 모기의 침입을 몹시 싫어하여 해도 지기 전부터 장지문을 모두 닫게 한 요시모토였다.

"올해는 무척 덥구나. 자, 편히 앉거라."

자기는 양쪽에서 코쇼에게 부채질을 시키고 있었다.

"출전 준비는 이미 끝냈겠지?"

"예, 모두 끝났습니다."

"어떠냐, 츠루의 기분은? 아이들도 잘 있겠지?"

츠루란 세나히메의 애칭이었다. 모토야스는 약간 과장하여 자신있게 말했다.

"츠루도 카메도 모두 잘 있습니다. 이 모토야스는 안심하고 출전할 수 있습니다."

"참, 반가운 일이로군."

말하고 나서 무언가 생각난 듯 덧붙였다.

"그 이오 부젠에게 시집간 카메 말인데."

모토야스는 섬뜩했다. 키라 요시야스吉良義安의 딸 카메히메는 모토야스가 열한 살 때 처음 알게 된 여자였다.

"카메는 아이를 못 낳는 모양이야. 여자는 아이를 낳는 편이 좋아. 그런 점에서는 츠루를 택한 것이 잘한 일이야."

요시모토는 갑자기 화제를 바꾸어 천연덕스럽게 말했다.

"알겠느냐, 이번 전투에는 네가 제일진이야."

각오하고 있었던 만큼 모토야스는 잠자코 고개를 끄덕였다.

"굳이 말할 필요도 없겠지만, 마츠다이라 가문에는 이것이 천재일우의 좋은 기회야. 알고 있겠지?"

"예."

"오다는 너희 할아버지와 아버지, 이렇게 이대에 걸친 숙적이다."

요시모토는 갑자기 어조를 무겁게 하고 말을 이었다.

"너의 할아버지 키요야스는 모리야마守山 성까지 쳐들어갔으나 끝내 오다를 무찌르지 못했다. 또 아버지는 평생을 두고 오다와 싸웠지. 그런 숙적에게 다른 장수를 선봉에 내세우면 네 할아버지와 아버지에게 내 면목이 없어. 그래서 너에게 선봉을 명한 것이다."

모토야스는 가슴에 치밀어오르는 감정을 억제하고, 조용히 고개를 숙였다.

"감사하게 생각합니다……"

분하다기보다는 왠지 웃고 싶은 기분이었다.

"어떠냐, 오다 군은 고작 사오천 정도일 것이라 생각하는데, 너의 군대로도 충분하다고 생각지 않느냐?"

"마츠다이라 군만으로 오다 군을 무찌르라는 말씀입니까?"

"그래. 대대로 내려오는 숙적 아니냐. 아니, 가신들의 조상에게도 한없이 피를 흘리게 한 가증스런 적이야."

"황송하지만, 마츠다이라의 군세만 가지고는 대항할 수 없다고 생각합니다."

"그런 말을 하다니, 모토야스, 너는 오다 군을 두려워하는 것처럼 보이는구나."

"두려워하지는 않습니다마는 충분한 대비가 없이는 이기지 못합니다. 왜냐하면, 이 부근의 백성들을 비롯하여 노부시, 도적의 무리들이 모두 오다의 편을 들고 있기 때문입니다."

"으음. 너는 그 말이 하고 싶었던 것이로구나. 하지만 나의 대군이 나가면 그들은 반드시 유리한 쪽에 붙을 것이야. 가는 길마다 방榜을 붙여 어느 쪽에 가담하는 것이 유리한가…… 아니, 그런 것은 나에게 맡겨두면 돼. 너는 오로지 오다 군을 하나도 남기지 않고 섬멸할 각오로 싸우면 돼."

모토야스는 감정을 드러내지 않으려고 하면서 밝은 목소리로 대답했다.

"예."

3

대답은 했으나 모토야스는 자못 걱정스러운 듯 무릎의 부채를 만지작거렸다.

"아직도 마음에 걸리는 것이 있는 것 같구나."

요시모토가 못마땅하다는 듯이 묻자 모토야스는 긍정하는 것도 부정하는 것도 아닌 투로 애매하게 말했다.

"그 부근 양민들 중에는…… 상당히……"

"상당히 어떻다는 말이냐?"

"기개 있는 자들이 섞여 있습니다. 지난해에 제가 갔을 때만 해도 철수해 돌아오는 도중 매복해 있던 그들의 야습을 받아 하마터면 먹이가 될 뻔했습니다."

"또 그 노부시 이야기군."

"예, 방심해서는 안 됩니다. 고쇼 님도 충분히 대비를 하셔야 할 줄 압니다."

"알겠다, 알겠어."

요시모토는 웃었다. 깊은 뜻이 있어서가 아니라 자기 신변을 조심하여 방심하지 말라는 의미라고 새겨들었다.

"잘 알아들었다. 그러나 말이다, 모토야스. 그들도 삼만에 달하는 우리 대군과 나의 본진을 보면 그 위용에 눌려 다른 마음을 갖지 못할 것이다. 안심하고 너는 가신들이나 격려하도록 해라."

그리고는 뜻하지 않게 기분이 좋아 말했다.

"여봐라, 모토야스에게 술을 올려라."

모토야스는 잔을 비우는 척하고 일찍 요시모토의 거실에서 물러났다. 더울 때 요시모토는 남이 자기 자세가 무너지는 것을 보면 싫어했다. 그래서 오래 머물러 있으면 불쾌하게 여기곤 했다. 모토야스는 그것을 잘 알고 있기 때문에 일찍 물러나왔다.

거실을 나와 모토야스는 쓴웃음을 떠올렸다.

이번에 출전하면 다시는 슨푸에 돌아올 생각이 없었다. 요시모토를 따라 그 길로 상경할 수 있다고 해도, 또 오다 군과 싸우지 않으면 안 되게 된다고 해도.

그는 이 쌍방의 경우를 면밀히 계산해놓고 있었다.

단숨에 오다 군을 공격하라고 하면 카리야의 노부시들에게 습격당할 우려가 있기 때문에 전진할 수 없다고 할 작정이었다. 곧 후속부대가 뒤따라올 테니 그때 같이 전진하겠다고. 오카자키의 군대만으로 노부나가의 정예부대와 맞부딪쳐 혈전을 벌이는 어리석은 짓을 한다면 가신들이 너무 가엾고, 그래서 그는 마음으로 결심하고 있었다. 만약 그 때문에 요시모토의 분노를 산다면, 노부나가보다 약한 주위의 어느 곳을 공략하여 전혀 다른 방향에서 혈로血路를 찾을 생각이었다.

1년이란 세월이 모토야스를 그 정도로 대담하게 만들었다는 것을 요시모토는 전혀 깨닫지 못하고 있었다.

성문을 나왔을 때는 이미 해가 떨어져 있었다. 저녁볕을 받은 후지산은 빨간 정상을 하늘에 드러내고 모토야스의 씩씩한 마음을 북돋아주는 듯했다.

'오랫동안 신세를 졌어……'

모토야스는 후지산을 바라보며 마음속으로 중얼거렸다.

'슨푸는 나를 위한 좋은 수련장이었어. 후지산이 있고…… 셋사이 선사가 있었고…… 또 그리운 할머니의 무덤과 처자가……'

모토야스는 걸음을 멈추고 해자 둑에 앞자락을 벌리고 서서 유유히 오줌을 누기 시작했다. 문득 갓 인질이 되었을 무렵 신년 축하식장에서 오줌을 눈 일이 생각났다.

'아아, 그때도 새로운 출발, 이번에도 새로운 출발. 그때는 고추가 작았지만 지금은 크다. 잘 보아라, 후지산아.'

모토야스는 웃음이 터져나오는 대로 속이 후련하도록 큰 소리로 혼자 껄껄 웃었다.

4

키요스 성 부엌은 네 개의 들보에 여덟 간 넓이의 나무로 지은 것이었다. 그 중앙에 한 간 사방인 화로가 자리잡고 있었다. 그 화로 앞에 책상다리를 하고 앉아 큰 소리를 지른 것은 새로 부엌에서 일하게 된 키노시타 토키치로였다.

"이봐, 아직 시식할 음식이 덜 됐어?"

"예, 곧 됩니다."

요리를 담당한 하인이 말했다.

"빨리 해, 배가 고프다."

토키치로는 이렇게 말하고 나서 얼른 정정했다.

"사실은 내 배가 고픈 게 아니고 성주님이야."

1년이란 세월은 원숭이를 닮은 이 사나이의 신상에도 큰 변화를 가져다주었다.

그는 이미 후지이 마타에몬 휘하의 부하가 아니었다. 300석 녹봉을 받게 되고 오다 일족의 부엌을 담당하는 직책을 받았다.

처음에는 마구간 청소 당번이었다가 어느 틈에 노부나가의 신발을 챙기는 자리에 오르더니, 이어 말고삐를 잡았다. 그러다가 다시 삼림을 관리하는 직책에서 부엌의 책임자가 되는 등 돌계단을 오르듯이 출세했다.

원숭이를 닮은 이 사나이가 어째서 그토록 노부나가의 마음에 들었는지는 확실히 알 수 없었다. 그러나 그는 그 원인을 스스로 재미있는 이야기로 꾸며 여럿에게 들려주었다.

"인간이란 말이지, 코로 숨을 쉬는 동안에는 머리를 써야 해."

그가 화로 너머에서 말하기 시작하자, 음식을 담당한 자도 하녀들도 또 시작이로군—하는 표정으로 킬킬 웃었다.

"좀 모자라는 녀석은 입으로 후후 하고 숨을 쉬기 시작했을 때에야 겨우 머리를 쓰기 시작하지. 그건 너무 늦어! 물고기도 입을 뻐끔거리기 시작하면 이미 죽을 날이 가까웠을 때야. 그런데 좀더 얼빠진 녀석들은 머리란 죽은 뒤부터 쓰는 것인 줄 알고 있거든. 이봐, 머리는 살아 있을 때, 그것도 코로 숨을 쉴 때 써야만 하는 거야."

오츠네라 불리는 하녀가 전처럼 조롱하는 투로 입을 열었다.

"그럼, 그런 말을 하는 사람은 출세했다는 건가?"

"암, 물론이지. 나는 마구간 당번이었을 때 어떻게 하면 말과 이야기를 나눌 수 있는 사람이 될 수 있을지 고심했어. 말과 이야기할 수 없으면 훌륭한 말지기가 되지 못해. 고심에 고심을 거듭한 끝에 사흘 만에 말이 하는 이야기를 알아듣게 됐어."

"짚신을 들고 다닐 때는 짚신의 이야기도 기억했겠군요?"

"바보 같은 것. 짚신이 어떻게 말을 하겠어? 그때는 매일 아침 남보다 일찍 일어나 짚신을 등에 대고 따스해지게 만들었지. 배에 대면 배탈이 나니까."

"호호호, 그럼 산림을 지킬 때는 무얼 했나요?"

"그야 어려울 것 없지. 도벌을 하지 않았을 뿐이지. 인간이란 말이야, 윗사람의 눈을 속이고 주인의 물건을 훔치려고 하는 근성, 이것이 있으면 출세하지 못해. 모두 명심하도록."

성실한 체하고 이렇게 말하면서도 이 새로운 책임자는 노부나가와 똑같은 요리를 2인분 만들게 하고 화로 옆에 앉아 그 하나를 먹어치우곤 했다. 이 성에서 가장 맛있는 음식을 먹는 사람은 노부나가와 토키치로였다.

"자, 식사가 마련되었어요."

"응, 수고 많았다."

의젓하게 대답하고 토키치로는 젓가락을 들었다.

5

"음, 맛있군. 좋아."

소반에는 연노랑 색 공기가 놓여 있고 국은 닭고기가 들어 있는 된장국. 무생채에 회가 얹혀 있고 접시 건너편에 도미구이와 야채절임이 있었다.

평소에는 이처럼 국과 세 가지 반찬이 전부였지만, 오늘은 이것말고 다른 소반에 생전복과 껍질째 요리한 호도에 곁들여 구운 은어가 차려져 있었다. 츠시마津島의 어부들이 은어를 가져왔기 때문에 특별한 식단을 마련했다.

토키치로는 먼저 그 은어부터 부리나케 입에 집어넣었다.

따로 상이 차려졌을 때는 술이 곁들여졌다. 대개는 3홉이었는데 노부나가의 주량에는 한도가 없었다. 흥이 나면 스스로도 도가 지나쳤고, 누구에게나 막무가내로 술을 권할 때도 있었다.

계속 은어를 먹어치우는 토키치로를 보고 오구이 소큐小久井宗久라는 요리사가 꿀꺽 군침을 삼켰다.

"어때요, 간이 잘 되었나요?"

"나쁘지는 않군."

"나쁘지 않다고 한 것은 드시기 전의 일이었는데요."

"말이 많구나, 너는……"

토키치로는 다시 한 마리를 입안에 던져넣었다. 두 마리를 계속해서 먹고 있었다.

"원래 생선이라는 것은 신선도를 가지고 요리의 좋고 나쁨을 판단하는 것이다. 먹어보지 않고는 맛을 모르는 자라면 부엌에서 일할 자격이 없어."

소큐는 원망스럽다는 듯 혀를 차고 외면해버렸다.

부엌에는 상과 밥공기를 올려놓는 선반 외에도 쌀궤가 여럿 놓여 있고, 그 너머에는 나날이 소모하는 쌀이 스무 섬쯤 쌓여 있었다.

"이 날전복은 별로 맛이 없어. 하지만 된장국은 언제 먹어도 맛이 좋군. 이봐, 밥을 가져와."

큰 공기에 수북하게 담아온 밥을 토키치로는 마치 녹여 없애기라도 하듯 배에 집어넣었다. 그리고 두 공기째 가져왔을 때 밥통을 안고 있던 오츠네의 표정이 평소와는 다르다고 생각하는 순간 느닷없이 머리 위에서 벼락이 떨어졌다.

"이 원숭이 놈아!"

목소리가 크기로 유명한 노부나가의 호통이었다.

"옛!"

순간 이에 못지 않은 큰 소리의 대답이 터져나왔다.

"아니, 대장님 아니십니까?"

노부나가는 지긋지긋하다는 듯이 토키치로의 소반 위에 있는 먹다 남은 음식과 입가에 붙어 있는 밥풀을 노려보았다. 그러나 대답과 함께 자세를 바로 하고 앉아 있는 토키치로의 얼굴에는 전혀 겁을 먹은 기색이 없었다.

"일부러 여기까지 오시다니 웬일이십니까?"

"나를 따라와! 거실로 오너라."

"옛, 곧 가겠습니다. 여봐라, 이 상을 치워라."

토키치로는 침착하게 노부나가의 뒤를 따라갔다.

거실에 들어서기가 바쁘게 노부나가가 웃음을 터뜨렸다. 토키치로는 움찔했다. 노부나가가 화를 냈을 때는 무섭지 않았다. 그러나 웃기 시작하면 가슴이 조마조마해졌다.

"원숭이 이놈!"

"예."

"어째서 너를 불렀다고 생각하느냐? 대답해봐라."

"먹은 것이 뱃속에 가득 차서 그런지 도무지 머리가 돌지 않아서……"

"그렇다면 내가 말해주겠다. 너에게 상을 내리려고 불렀다. 하루에 세 번씩이나 내가 먹을 음식에 독이 들었는지 네가 먹어보곤 하니까 말이다."

노부나가는 노여움을 억제하고 비꼬았다.

6

"특히 오늘은 힘이 들었을 게다. 닭고기 국에 은어에다 도미와 생전복을 고루 맛보아야 했으니."

노부나가의 말에 토키치로는 황송하다는 듯이 절을 했다.

"칭찬해주시니 시식한 보람을 느낍니다. 원래 저는 검소한 음식에 익숙한 미천한 집안 출신이라 오늘 같은 진수성찬을 대하면 보기만 해도 현기증이 일어납니다. 그것을 참고 먹어봐야 하는 고통……"

"원숭이 이놈!"

"예."

"뻔뻔스럽게 능청을 떠는구나. 오늘부터는 밥 한 공기만 맛보도록 해라."

"분부대로 하겠습니다."

"그리고 된장이 너무 짜다."

"그건 조금 뜻밖의 말씀이군요. 된장은 대장님만이 아니라 성내에서 일하는 아랫사람까지 모두가 먹습니다. 원래 몸을 많이 움직이는 사람은 짠것을 좋아합니다. 싱거우면 몸이 허약해집니다."

"원숭이 녀석, 건방지구나. 소금은 생명의 근원이야. 전쟁이 벌어졌을 때 소금이 부족하면 어떻게 싸우겠느냐. 저장해둔 소금이 줄어들고 있어."

토키치로는 흘끗 노부나가를 쳐다보고 하찮은 일까지 간섭하는 사나이라는 표정을 지었다.

"분부대로 하겠습니다."

"원숭이……"

"예."

"너는 천문을 보았느냐?"

"원, 대장님도. 또 농담을……"

"어떠냐. 지금 이마가와 요시모토가 슨푸에서 출발하려 하고 있다. 며칠이면 오카자키에 도착하게 될지 말해보아라."

"말하지 않겠습니다. 말씀 드려도 소용이 없습니다."

"뭣이……"

노부나가는 주위를 돌아보고 목소리를 낮추었다.

"소용이 없다니?"

"상대는 오닌應仁의 난° 이후 유례가 없는 대군을 거느리고 길을 떠나는 줄로 압니다. 그 군대가 히쿠마노(하마마츠)에 언제 도착하건, 또 요시다와 오카자키에 며칠을 머무르건, 그런 것은 우리와 관계가 없는 일입니다. 그런데도 대장님은 우리의 얼마 안 되는 군대로 구름과 같이 많은 적을 공격하실 작정입니까?"

"건방진 놈!"

노부나가는 갑자기 다시 큰 소리로 외쳤다.

"질문은 내가 하고 있는 거야."

"아 이거, 그만 얘기가 빗나갔습니다. 이 토키치로라면 며칠에 오와리에 들어오겠느냐는 것은 생각해도 아무 소용없으니 생각하지 않겠습니다."

"또 그런 소리. 방자한 놈 같으니라구."

노부나가는 다시 목소리를 낮추었다.

"너는 마에다 마타자에몬이 사죄하러 왔다고 했지?"

"예, 주군이 총애하시는 아이치 쥬아미를 죽이고 도주한 것은 만번 죽어도 용서받지 못할 일. 그러나 너그럽게 보아 용서하시기를."

"안 된다. 알겠느냐, 또다시 그런 소리를 하러 온다면 이 노부나가가 당장 죽이겠다고 전하여라."

토키치로는 대답 대신 노부나가의 얼굴을 똑바로 쳐다보았다.

'도대체 이게 어찌 된 일까?'

정말 노하고 있는지, 아니면 이마가와 쪽과 싸울 때 공을 세우고 돌아오라고 하는 것일까? 노부나가가 그런 말을 할 때는 속단하는 것은 금물이었다.

"대장님이 말씀하신 대로 전하면, 고지식한 마타자에몬 님이라 사죄의 뜻으로 자결할 것 같습니다마는……"

토키치로가 은근히 마음을 떠보자 노부나가는 무뚝뚝하게 화제를 돌려버렸다.

"국이 식겠다. 왜 너는 시식을 끝냈으면서도 상을 가져오지 않느냐? 괘씸하구나."

7

"황송합니다. 곧 가져오도록 하겠습니다."

토키치로가 일어서려고 하자 노부나가는 비꼬는 웃음을 띤 채 불러 앉혔다.

"네가 갈 것 없어. 코쇼를 시키겠다. 네 상도 이리 가져오라고 해서 같이 먹도록 하자."

 노부나가는 손뼉을 쳐서 코쇼를 부르고 엷은 웃음을 떠올리면서 토키치로의 상도 함께 가져오라고 명했다.

 토키치로의 얼굴에 잠시 당황하는 기색이 감돌았다. 그의 상이라고 해서 따로 차리게 하는 일은 없었다. 독이 들었는지를 검사하는 시식을 통해 배를 채우고, 그것으로 나날의 끼니를 때우고 있었다. 지금 새삼스럽게 노부나가의 지시를 전한다면 주방에서 어떤 상을 차려올지 알 수 없었다.

 노부나가는 물론 그것을 알고 있었다. 노부나가의 것과 똑같은 상을 차려온다면 큰일이었다.

 "원숭이."

 "예."

 "내기를 할까?"

 "무엇이든 하겠습니다."

 "밥상 말인데."

 노부나가는 싱긋 웃었다.

 "너는 부하들에게 잘 일러두었겠지?"

 "말씀하실 것도 없습니다."

 "네 얼굴이 좀 창백하구나. 그 은어구이에 독이라도 들어 있었더냐?"

 "원, 대장님도!"

 토키치로는 정색을 하고 얼굴을 문질렀다.

 "독은 바로 대장님의 입에 있습니다."

 "어떤 내기를 할까, 원숭이?"

 "글쎄요, 만일 이 토키치로가 한 일에 잘못이 없다면 이마가와와의 전투 때 저에게도 한 부대를 지휘할 수 있게 해주십시오."

 토키치로는 조마조마하면서도 기회를 잡아 자기 뜻을 전하는 일을 잊지 않았다. 그러한 성격이 노부나가에게는 재미가 있기도 하고 귀찮기도 했다.

"그럼, 잘못이 있다면?"

"그때는 처분대로 하십시오."

노부나가는 허허 웃고 교묘하게 난처한 입장을 얼버무리는 토키치로를 바라보았다.

사도노카미나 시바타, 사쿠마 등 중신들이 갖추지 못한 천진스러움을 이 원숭이는 가지고 있었다. 남의 비위를 잘 맞추지만, 그렇다고 지나치게 경박하지도 않았다. 하고 싶은 말을 다 하면서도 상대의 마음을 사로잡았다. 잠시 그의 윗사람으로 있었던 후지이 마타에몬의 말에 따르면, 토키치로는 그 주제에 무척이나 여자를 밝힌다고 했다.

"그런 얼굴로 설마하고 생각했으나, 아시가루의 아낙이나 딸들이 몰래 그의 방에 먹을 것을 갖다 주곤 합니다. 난처한 일입니다."

고지식한 마타에몬은 이렇게 보고하고 나서 덧붙였다.

"야에에게도 토키치로를 주의하라고 엄하게 타일러놓기는 했습니다마는."

그러한 토키치로에게 노부나가는 지금 한 가지 일을 맡겨야 할지 어떨지 망설이고 있었다. 이러한 난세에는 살아남기 위한 몇 가지 조건이 필요했다.

첫째는 물론 능력과 수완이었다. 여기에는 이미 토키치로는 합격한 것이라 보아도 좋았다. 그러나 둘째는 후천적인 소질 이상의 것⋯⋯ 세상사람들이 '운'이라 부르는 것을 과연 그가 가지고 태어났을까 하는 점이었다.

노부나가는 지금 토키치로의 그 '운'을 시험해보려 하고 있었다. 밥상을 가져왔는지 근시近侍들이 옆방에서 일어서는 기척이 손에 잡힐 듯이 들려왔다.

8

먼저 노부나가의 상이 들어왔을 때 토키치로는 자세히 점검했다. 그리고 자기 상을 가지고 온 코쇼 쪽은 일부러 보지 않으려 했다.

상이 놓였다. 꾸중을 들을지 어떨지는 이미 토키치로 뒤에서 결정되어 있었다. 그러나 토키치로는 어디까지나 침착하게 뒤로 물러난 뒤 자기 밥상을 보았다.

노부나가도 예리한 눈으로 그것을 바라보고 있었다.

토키치로는 겨우 안도하고 얼른 노부나가 쪽으로 돌아서서 꿇어앉았다.

"황송합니다. 이 내기에서는 제가 졌습니다. 대장님 처분만 기다리겠습니다."

상 위에는 무생채와 소금에 절인 야채, 그리고 볶은 된장이 놓여 있을 뿐이었다.

노부나가의 얼굴에 씁쓸한 표정이 떠올랐다. 이겼다고 생각하면 도리어 넙죽 엎드려 사죄해 보이기도 한다. 약아빠진 놈이라 생각되지만, 사죄한 뒤 어떤 구실을 꾸며댈 것인지 알고 싶기도 했다.

"못된 놈, 이것으로 끝날 줄 아느냐?"

"황송합니다. 앞으로는 이런 실수가 없도록 단단히 주의를 주겠습니다."

"참고로 묻겠는데, 어떻게 주의시킬 것인지 말해보아라."

"예. 평소에 검소를 최우선으로 삼아야 한다고 입버릇처럼 말해왔기 때문에 이런 소찬이 나왔습니다. 이래서는 대장님 앞에서 저희들의 일상적인 식사가 얼마나 부실한지 빗대어 말하는 것밖에 되지 않습니다. 대장님의 분부가 계시면 저희들의 상도 똑같은 것으로 차리도록 단단히 타이르겠습니다."

노부나가는 혀를 차면서 이를 악물었으나 말은 하지 않았다.

'이 원숭이 놈이!'

아무 말도 하지 않은 것은, 이 녀석은 운도 강하지만 얄미울 정도로 머리도 잘 굴린다, 그 정도라면 이런 난세에도 살아남을 수 있다고 생각했기 때문이다.

"좋아, 어서 먹어라."

노부나가는 직접 도자기 술병을 기울여 잔이 넘치도록 술을 따라 마셨으나 토키치로에게는 마시라고 하지 않았다.

잠시 동안 주종은 묵묵히 배를 채워나갔다.

"원숭이."

"예, 이제 배가 부릅니다."

"밥을 말하는 게 아니야. 나는 이마가와가 이 성 정문에 도착할 때까지 잠이나 잘 생각이다."

"음, 농성하시겠다면 그것이 좋을 줄로 압니다."

"너도 말했듯이 이마가와 지부노타유가 히쿠마노(하마마츠)에 다다르건 요시다, 오카자키에 들어가건 우리로서는 적진에 공격해들어갈 수 없으니 잠이나 자야겠다. 그러나 오와리에 나타난다면 슬슬 잠에서 깨어나야겠지."

"옳은 말씀입니다."

"너는 적이 미즈노 시모츠케노카미의 영지에 들어올 무렵부터 자세히 동정을 살펴 보고하도록 하라."

"이 토키치로도 이번 전투에 참가하게 되는 것이로군요."

"이 멍청아, 농성이라는 것은 아녀자들까지도 모두 나서서 싸우는 것을 말하는 게야."

"고마우신 말씀입니다."

"알겠느냐, 그날 나는 자고 있겠다. 눈을 떠도 좋을 무렵이 되면 신호하도록 해라. 분명히 기억해야 한다."

 시중을 들던 코쇼들은 서로 얼굴을 마주보고 고개를 갸웃했으나, 토키치로는 볶은 된장을 부신 물을 마시면서 고개를 숙였다.

 "잘 알고 있습니다."

오케하자마의 조짐

1

토키치로는 노부나가가 무슨 생각을 하고 있는지 어렴풋이 알 수 있었다. 노부나가에게는 그야말로 중대한 갈림길이었다. 세상사람들의 눈으로 본다면 사느냐 죽느냐 하는 전투가 아니라, 죽느냐 항복하느냐의 싸움이었다.

노부나가는 그 전투에서 앞의 것을 택하려고 확실히 각오한 듯했다. 아마도 모든 면에서 갖가지 수단을 강구해본 결과 '승산이 없다'는 결론을 내렸을 것이 분명했다. 그러나 노부나가는 남의 가신으로 전락하여 몸을 굽힐 정도로 비굴한 성격을 가지고 태어나지 않았다는 것을 자기 자신도 확실히 깨닫고 있었다.

"일이 재미있게 되어가는군."

토키치로가 노부나가를 주군으로 택한 것은, 반드시 그의 정략이나 경영의 재능이 남달리 뛰어나다는 것을 인정했기 때문만은 아니었다. 시바타, 하야시, 사쿠마 등의 중신들이 한결같이 노부나가의 결점으로 지적하는 그의 성격 ─ 대장이 되지 않고는 못 사는 기질. 토키치로는 여기에 자신의 인생을 걸었다.

　노부나가가 토키치로의 '운'을 시험하려고 하는 것 이상으로 토키치로도 노부나가의 '운'에 깊은 흥미를 가지고 있었다. 노부나가가 이럴 때 '지금은 일단 이마가와에게 항복했다가……' 따위의 말을 꺼낸다면 그는 당장 노부나가를 버리고 다른 데로 갈 생각이었다. 그런 곳에는 키노시타 토키치로가 인생을 걸 '도박장'이 없었다. 노부나가는 토키치로가 생각했던 대로 항복하기보다는 '죽음'을 택했다. 노부나가의 성격상 가만히 농성만 하고 있을 리는 없었다. 그러나 공격해나갈 기회를 잡지 못하면 정말 성안에서 잠든 채 전사할 생각일지도 몰랐다. 그 정도로 노부나가는 남이 하는 그대로 따르기를 싫어했으며, 토키치로가 그를 높이 평가하는 것도 바로 그 점에 있었다.

　"정말 재밌게 됐어."

　토키치로는 노부나가 앞에서 물러나와 곧 부엌의 화로 옆으로 돌아와 요리사 오구이 소큐를 손짓해 불렀다.

　"이봐, 소큐. 장부를 가져와."

　"무슨 장부 말입니까?"

　"이제부터 된장을 사러 간다."

　"된장이라면 이미 충분히 사들였는데요."

　"그것으로는 부족해, 부족하단 말야."

　토키치로는 얼른 고개를 가로젓고, 진지하게 말했다.

　"농성이야, 우리 대장은 농성하기로 마음먹었어. 그러면 성밖에 있는 부하의 가족들도 모두 성으로 들어오게 돼. 쌀은 아마 괜찮을 테지. 하지만 된장이 부족해."

　"그렇다면 빨리 콩을 삶아서 속성으로……"

　"안 돼. 콩은 콩대로 따로 쓸 데가 있을 테니 농부들에게서 조금씩 된장을 구해와야 해. 장부를 만들어라."

소큐는 어이없다는 듯이 토키치로를 바라보다가 이윽고 미농지를 접어 장부 한 권을 만들었다.

"음, 됐어. 벼루를 가져와."

소큐가 하라는 대로 벼루와 먹을 가져오자, 평소에 글자 같은 것은 써보지 못한 토키치로였지만 신기하게도 붓을 들어 겉장을 썼다.

─된장 구입자 장부

공손히 떠받들더니, 따로 꺼낸 붓통과 함께 매어 허리에 찼다.

"나는 당분간 돌아오지 못할 테니 된장이 도착하거든 받아놓아라."

토키치로는 이렇게 말하고 급히 밖으로 나갔다.

2

인생 전체를 걸고 하는 도박처럼 신나는 것도 없다. 더구나 예상했던 대로 노부나가는 기대했던 주사위를 던지려 하고 있었다. 토키치로도 이제 모든 지혜를 다해 이 승부에 뛰어들지 않으면 안 된다. 그는 자기 생애를, 죽을 때까지 질주하려는 노부나가란 사나운 말에 걸었다.

성에서 나온 토키치로는 잠시 해자 옆에 서서 혼자 중얼거렸다.

"된장을 사올 사람으로 누구의 부하가 적당할까?"

짐짓 점잔이나 부리는 중신들로는 안 된다고 토키치로는 생각했다. 핫토리 코헤이타服部小平太나 이케다 신자부로池田新三郎, 아니면 모리 신스케가 어떨까.

"그래, 야나다가 좋겠어!"

토키치로는 무릎을 쳤다.

야나다 마사츠나梁田政綱는 셋째 성에 살고 있었다. 그는 다시 해자 안으로 되돌아와 마사츠나의 집을 찾았다.

"뭐, 원숭이가 찾아왔다구……?"

마사츠나는 토키치로 따위는 전혀 인정하지 않았다. 성주의 특이한 취미 — 정도로 생각하고, 그를 주방 책임자로 승진시킨 일에 대해서도 탐탁지 않게 여기고 있었다. 그러한 원숭이가 밤에 자기를 찾아왔다는 것이다. 그는 직접 현관으로 나갔다.

"무슨 급한 일이라도 생겼느냐?"

"그렇습니다."

토키치로는 안하무인인 듯한 표정으로 허리에 찬 장부를 끌렀다.

"그게 뭐냐?"

"겉에 씌어 있는 대로입니다."

"된장…… 구입자 명부란 또 뭐냐?"

"글자 그대로 된장을 사들일 사람의 명부입니다."

"된장 구입…… 그 된장 구입이 나와 무슨 관계가 있다는 게냐?"

"야나다 님답지 않은 말씀을 하시는군요. 된장과 관계없는 사람은 중국이나 천축天竺이라면 몰라도 이 일본에는 한 사람도 없습니다. 모두 찌개도 만들어 먹고 국도 끓이고……"

말하다 말고 토키치로는 싱긋 웃었다.

"아무튼 자세한 말씀은 안에 들어가서……"

마사츠나는 근엄한 얼굴로 고개를 갸웃했다. 무언가 까닭이 있을 것 같기도 했다.

"들어와."

먼저 바깥채의 거실로 들어갔다. 그 뒤를 토키치로가 어슬렁어슬렁 따라들어갔다.

"된장을 사들이게 똑똑한 사람 다섯 명 정도만 빌려주십시오."

앉기도 전에 이렇게 말했다. 마사츠나가 정색을 하고 바라보자 슬쩍 덧붙였다.

"우리 주군께서는 농성을 하실 모양입니다. 그러려면 된장이 필요합니다."

"뭐, 주군이 농성을 하신다고……? 누가 그러더냐?"

"아무도 말은 안 했지만 틀림없습니다."

토키치로는 태연한 얼굴로 말했다.

"나루미鳴海, 카사데라 부근에서부터 안죠, 카리야까지 가서 사들여야 할지도 모릅니다. 똑똑한 사람으로 네댓 명만 부탁 드립니다."

장부를 무릎에 펼치더니 토키치로는 붓통에서 붓을 꺼내었다.

"누구누구 빌려주실지 그 이름을 여기 적어넣어야겠는데……"

"……내 부하를 된장 구입하는 데 쓰겠다구!"

마사츠나는 비로소 눈앞에 있는 토키치로의 기묘하게 생긴 얼굴을 똑바로 바라보았다.

3

"무슨 소리를 하는지 나는 잘 알아들을 수 없다. 좀더 자세히 말해보아라."

야나다 마사츠나의 채근하는 말에 토키치로는 가볍게 코끝에서 손을 흔들었다.

"더 이상 말씀 드려도 마찬가집니다. 된장 사들이는 사람은 어디까지나 된장 사들이는 사람. 야나다 님에게 말씀 드리고 싶은 것은 이 된장 사들이는 사람들이 돌아오기 전에 전투가 시작될지도 모른다는 것뿐입니다."

"뭐, 돌아오기 전에 전투가 시작된다고……?"

"그렇습니다. 전투가 시작되고 오와리에 불이 붙을 때까지 열심히 된장을 사들인다고 생각하시면 됩니다."

"으음."

"전투가 시작된 뒤에야 돌아오게 되므로 여간 똑똑하지 않으면 돌아오지 못하고 목숨을 잃게 됩니다. 똑똑한 사람이라고 한 것은…… 이 점을 잘 고려하시라는 뜻입니다. 아시겠습니까?"

그의 버릇대로 토키치로는 마사츠나에게도 타이르는 듯한 어조로 말했다.

마사츠나는 다시 입을 다물고 토키치로를 바라보았다. 납득되는 것도 같고 그렇지 않은 것도 같은 종잡을 수 없는 마음이었다. 이 왜소한 사나이가 노부나가의 신임을 받아 누구보다도 노부나가의 생각을 잘 아는 입장에 있다는 점 때문에 아예 묵살할 수도 없었다.

"너무 어렵게 생각하실 것은 없습니다. 농민으로부터 된장을 사들일 수완이 있는 자, 전투가 벌어져도 무사히 야나다 님 앞으로 돌아올 수 있는 자……"

내용을 설명하다 말고 토키치로는 이마에 잔뜩 주름을 잡고 후후후 하고 웃었다.

"야나다 님은 여러 장수들 중에서도 특히 입이 무겁습니다. 그래서 부탁 드리는 것입니다."

마사츠나는 대답하는 대신 무릎걸음으로 다가앉았다.

"된장을 사들이는 것은 표면적인 일이고 사실은 척후란 말이냐?"

토키치로는 손을 내저었다.

"된장 사들이는 사람은 어디까지나 된장 사들이는 사람입니다."

"알겠다. 너에게 다섯 명을 빌려주겠다."

토키치로는 고개를 크게 끄덕였을 뿐 고맙다는 말은 하지 않았다.

"반드시 야나다 님에게 도움 될 날이 있을 것입니다. 제발 똑똑한 사람을 골라주십시오. 그럼, 그 사람들의 이름을 말씀해주시죠."

장부를 들치면서 어색한 동작으로 붓을 들었다.

"네고로 타로지根來太郎次."

"네고로 타로지…… 그 다음은?"

"하시바 마사카즈橋場正數."

"하시바 마사카즈."

"야스이 세이베에安井淸兵衛, 타바타 고시치로田端五七郎, 무카이 마고베에向井孫兵衛."

마사츠나는 차례로 이름을 대면서 토키치로의 장부를 들여다보고는 기가 막히다는 듯이 웃음을 참았다. 마치 중신이나 된 듯 거창하게 떠벌리면서 사람의 이름조차 제대로 쓰지 못하는 무식함.

'대관절 이 자는 어떤 놈일까?'

이렇게 생각했을 때, 그 의문에 대해 당사자인 토키치로 자신이 대답했다.

"앞으로는 세상이 변할 것입니다. 지금까지 있던 학문 따위는 통용되지 않습니다. 통용되지 않을 것을 몸에 익힌다면 허리가 무거워서 움직일 수 없죠. 그러므로 저는 나 자신이 바로 학문이라 굳게 믿고 행동하고 있습니다. 어쨌든, 그 다섯 명이나 어서 이리 불러주십시오."

마사츠나는 더 할말이 없었다. 이 부엌일이나 보고 있는 녀석은 어느 틈에 자신을 제 부하인 것처럼 생각하고 있는 듯했다. 그러면서도 화가 나지 않는 것이 이상했다.

4

토키치로가 야나다 마사츠나의 집을 나왔을 때는 그럭저럭 다섯 점 반(오후 9시)이 되어 있었다. 그는 몇 시가 되었건 전혀 신경을 쓰지 않았다. 데리고 나온 다섯 명의 건장한 사나이들을 향해 어린아이를 타이르듯 말했다.

"오늘부터 너희들은 당분간 나의 부하가 된다. 지시에 잘 따르도록. 알겠나?"

그리고는 하야시 사도林佐渡의 집으로 갔다. 그의 집 역시 셋째 성에 있었는데, 주인의 성격대로 자못 큼직한 문에 문지기까지 세워놓고 있었다.

문에 드리워진 늙은 소나무에서 부엉이가 울고 있었다. 토키치로는 부엉이 울음소리에 저도 모르게 웃음이 치솟았다. 하야시 사도가, 나야말로 오다 일족의 주춧돌──이라 믿고 점잔부리고 있는 모습이 어딘지 모르게 부엉이와 비슷하다는 생각 때문이었다.

"이리 오너라!"

토키치로는 소나무 밑에 문지기가 있다는 것을 알면서도 안에까지 들리도록 큰 소리로 불렀다.

문지기는 깜짝 놀라 어둠 속을 살피듯이 하면서 다가왔다.

"무슨 일입니까? 주군은 이미 주무시고 계십니다."

"부엌 책임자 키노시타 토키치로, 급히 전할 말이 있어서 찾아왔다. 안내해주기 바란다."

문지기보다도 대기실에서 쉬고 있던 자가 먼저 허둥지둥 현관으로 달려갔다. 그리고 얼른 다시 나와 문을 열고 들어오라고 했다.

"너희들도 따라오너라."

토키치로는 작은 어깨를 으쓱거리면서 다섯 사람을 데리고 현관으로 들어섰다.

이곳 현관에도 사도가 직접 나와 있었다. 여전히 점잖은 사람은 웃지 않아야 한다는 표정이었다.

"원숭이로구나. 밤중에 무슨 일로 왔느냐?"

토키치로는 꾸벅 절을 했다.

"키노시타 토키치로, 오늘부터 된장을 구입하기 위해 성을 비우게 되었습니다. 그래서 보고 드리려고 왔습니다."

"뭐, 된장을 사려고…… 누구의 지시냐?"

사도는 뒤에 늘어선 다섯 명을 흘끗 바라보았다. 토키치로는 목청을 돋우었다.

"이 키노시타 토키치로는 우리 대장의 가신입니다."

"또 그 멍청이가……"

말하다 말고 혀를 찼다.

"주군과 너는 아주 잘 어울리는 단짝이야. 밤중에 떠나야 할 정도로 된장이 부족하다는 말이냐?"

"그렇습니다. 촌각을 다투는 일입니다. 농성이 시작된 뒤에 구하려면 이미 늦습니다."

"뭐, 농성……? 누가 농성하겠다고 하더냐, 주군이냐?"

"그것까지는 말씀 드릴 수 없습니다. 아무튼 촌각을 다투는 일이라서 밤중이지만 보고 드리러 왔습니다. 그럼, 실례합니다."

하야시 사도는 홱 몸을 돌려 사라져가는 토키치로의 뒷모습을 잠시 심각한 표정으로 바라보고 있었다. 원숭이가 그런 일을 하는 것을 보면 주군 자신이 농성하겠다는 말을 했을 것이 분명하다—고 생각되는 순간 인생 50에 가까운 그의 귀에는 오다 가문이 붕괴되는 소리가 뚜렷이 들리는 것만 같았다.

'어째서 잠시 이마가와에게 굴복하여 재기를 도모하려 하지 않는 것일까……'

암담한 기분으로 서 있는 그의 귀에 의기양양하게 지껄이는 토키치로의 목소리가 들려왔다.

"수고가 많다. 문단속을 엄중히 해야 한다."

5

중요한 일에 직면하면 어떤 가문이든 주전파와 자중파自重派가 생기게 마련이다. 노부나가는 그러한 일에 전혀 주의를 기울이지 않았고, 중신들 중에는 그 점을 탐탁지 않게 여기는 사람도 적지 않았다.

노부나가로서는 죽음이냐 승리냐가 있을 뿐인 이번 경우에도, 자중파는 아직 방책이 있다고 생각했다. 잠시 요시모토에게 무릎을 꿇고 오다 가문의 존속을 도모하자는 것이었다. 토키치로는 하야시 사도도 그 중의 한 사람이라는 것을 알고 일부러 그를 찾아갔던 것 같다.

그는 문을 나서자 갑자기 배를 끌어안고 웃어대기 시작했다.

"농성이라는 말을 들었을 때 그 이마의 주름이 가관이야. 내가 원숭이라면 그는 멍청이 원숭이야. 하하하하!"

그 버릇없는 행동에 다섯 사람들은 서로 얼굴을 마주보고 고개를 갸웃했다. 이런 사람에게 된장을 사들이는 이상한 역할을 하도록 자기들을 보낸 주인의 마음을 도무지 알 수 없었다.

네고로 타로지가 참다못해 아시가루의 숙소와 가까운 마장 앞 벚나무 밑에서 입을 열었다.

"오늘 밤 이대로 된장을 사러 떠나야 합니까?"

"아니."

토키치로는 얼른 고개를 흔들었다.

"그런 차림으로는 안 돼. 오늘 밤엔 내 방에서 느긋하게 한잔 마시도록 하자."

"방금 하야시 님에게 시급하다고 보고한 것은 거짓말이었군요."

"거짓말이란 말은 쓰지 마라. 거짓말이라고 하면 내가 그분을 속인 것이 된다. 거짓말은 아니지만 급하면 돌아가라는 말도 있어."

그들은 다시 얼굴을 마주보며 뒤를 따랐다.

"네 이름이 네고로라고 했지? 내일은 우선 성과 가까운 곳에서부터 시작하자. 된장을 팔지 않겠느냐고……"

"팔지 않겠다고 하면 그대로 뛰어들어 빼앗아올까요?"

"당치도 않아. 우리 대장이 다스리는 오와리에는 도적이 하나도 없다는 말을 듣고 있어. 백성들이 문을 걸지 않고도 편히 잘 수 있는 곳은 일본 전체에서도 오와리뿐이라고 장에 오는 여러 지방 상인들은 말하고 있다. 그런 오와리에서 우리 대장이 도둑질을 시킬 것 같으냐?"

"숨겨놓고 팔 것이 없다고 하면?"

"아, 그렇습니까…… 하고 다음 집으로 가면 돼. 어쨌든 이건 비밀이지만, 이마가와 군이 쳐들어오면 우리는 농성하기로 결정이 났다, 그래서 서둘러 된장을 사러 다닌다고, 그것만은 말해도 좋다."

"그런 중요한 일을 누설하면……"

"음, 도리가 없지. 아주 은밀히 해야 한다."

그들은 그제야 자기들이 할 일이 무엇인지 깨달은 듯 서로 마주보며 고개를 끄덕였다. 된장을 사는 것이 목적이 아닌 것 같았다. 농성한다는 소문을 퍼뜨리는 것이 목적인 모양이었다.

"그 말을 들으니 마음이 편해지는군요. 그럼, 다음에는 또 어디로 갑니까?"

"나고야, 후루와타리, 아츠타를 돌고 나서 치타고리知多郡를 거쳐 서미카와로 가는 거야, 된장을 팔라고 하면서."

이렇게 말했을 때는 이미 토키치로의 숙소 앞에 도착해 있었다. 토키치로의 숙소는 한때 윗사람이었던 후지이 마타에몬의 집 건너편에 있었는데, 다른 두 젊은이와 같은 집을 쓰고 있었다.

"이봐, 술을 가져와. 손님이 왔어, 손님이!"

토키치로는 집 앞에서 큰 소리로 말하고 다섯 사람을 돌아보며 즐거운 듯이 웃었다.

6

현관 옆에 있는 다다미 여덟 장짜리 방을 이용해 토키치로는 거실과 객실 및 침실을 겸하고 있었다. 복도를 사이에 두고 젊은이의 방과 부엌이 이어져 있었다. 다다미 여덟 장짜리 방 한쪽에 다시 여섯 장짜리 방이 역시 복도 끝에 이어져 있었다. 말하자면 이곳은 처자를 거느린 사람의 '내실'이지만, 토키치로는 아직 독신이었다. 오늘 밤에는 임시로 부하가 된 다섯 사람 모두를 여기서 재울 모양이었다.

아직 관례를 올리기 전인 듯 앞머리를 내리고 있는 소년이 현관으로 나왔다.

"토라虎, 술은 있겠지."

토키치로의 말에 그 소년은 불쾌한 표정으로 퉁명스럽게 대답했다.

"술은 있지만 안주가 없어요."

"그럼, 앞집 후지이 씨 댁에 가서 야에 님에게 뭐라도 좀 얻어 와. 손님은 다섯 명이다."

"예, 알겠습니다."

대답한 것은 토라라고 불린 소년이 아니라, 성안의 생활에 익숙한 스물일고여덟으로 보이는 젊은이였다.

"자, 걱정할 것 없다. 여기서 모든 것을 의논하고 내일 아침에 출발하도록 하자."

토키치로는 허리에 찼던 칼을 벗어 아무렇게나 뒤로 던졌다.

"마사츠나 님에게 들었을 줄 알지만, 된장을 사러다니는 도중에 전쟁이 일어날 거다. 전쟁이 시작되거든 다섯 사람이 순차적으로 돌아오도록."

"순차적이라니요?"

"한꺼번에 돌아와서는 안 된다는 뜻이야. 돌아올 때는 적장인 이마가와 요시모토가 지금 현재 어디서 자고 어디를 지나 어디로 가는지를 정확하게 확인하여 마사츠나 님에게 보고하기 바란다."

"그럼, 최초의 보고는 언제부터?"

하시바 마사카즈가 물었다.

"치타고리를 벗어나 서미카와로 접어들려 할 때부터."

"다른 대장이 아니라, 본대를 말하는 것입니까?"

토키치로는 고개를 끄덕였다.

"다른 송사리 따위는 문제가 아니야. 반나절에 한 사람씩, 하루에 두 번 마사츠나 님에게 차례차례 보고하도록."

"알았어!"

무카이 마고베에가 큰 소리로 말했다. 그러나 곧 공손한 말로 고쳐 말했다.

"잘 알았습니다."

"내 말을 잘 들어. 그대들의 활약에 따라 마사츠나 님의 출세가 결정되는 거야. 경우에 따라서는 마사츠나 님도 성에서 나가 싸워야 될지도 모른다. 그때 우리 주군이 어디 계신지 모른다는 어리석은 짓을 해서 후세에까지 웃음거리가 되어서는 안 돼."

"알겠습니다."

"이것은 말할 필요도 없겠지만, 그대들이 열심히 농성을 위한 된장, 농성을 위한 된장이라며 떠들고 다니면, 그것으로 그대들의 목숨도 붙어 있을 수 있다는 사실을 잊지 말도록."

"아니, 어째서요?"

네고로 타로지가 물었다.

"알고 있을 테지만, 농성하기로 결정난 싸움이라면 상대도 키요스 성에 도착할 때까지는 칼을 뽑지 않을 것이고……"

이때 토라가 굵은 정강이를 드러내고 술을 가져왔다. 술은 야전용인 큰 냄비에 들어 있었고, 술잔 대신 밥공기가 칠이 벗겨진 쟁반에 놓여 있었다.

"자, 실컷 마시도록, 당분간 키요스와는 작별이다."

토키치로는 일어나서 자기 손으로 여럿에게 술을 따라주었다.

7

된장을 사들이기 위한 토키치로의 부하가 성에서 나와 나고야, 아츠타 등지를 향해 떠나고 이틀이 지난 5월 14일 오후였다.

본성 안채에서 흘러나오는 북소리가 들려오는 중신들의 대기실에서는 하야시 사도노카미 미치카츠林佐渡守通勝가 침통한 표정으로 시바타 곤로쿠를 달래고 있었다.

"너무 노여워하지 마시오, 카츠이에 님. 주군에게도 다 생각이 있을 거요."

하야시는 연하인 시바타 곤로쿠로 카츠이에柴田權六郎勝家를 달래기보다도 자기 자신이 그렇게 믿으려고 고심하는 모습이었다.

"나 역시 그렇게 생각하고는 싶지만."

카츠이에는 안타깝다는 듯이 무릎을 치면서, 분통을 터뜨렸다.

"오늘이 되도록 군사회의다운 회의 한 번 열리지 않았습니다. 처첩들을 한자리에 모아놓고 노래로 세월을 보내고 계시지 않습니까? 적의 본대는 이미 오와리에 진입하려 하고 있어요."

"나에게 그런 말을 한들 무슨 소용 있겠소? 우리가 하는 말을 듣기나 하는 주군이오?"

"가만히 앉아 망하기를 기다리고 있을 수는 없지 않습니까?"

하야시 사도는 그 말에는 대답하지 않고, 동생인 미마사카노카미 미츠하루美作守光春를 돌아보았다.

"선봉인 마츠다이라 모토야스 군대가 슨푸를 떠난 것은 이달 십일이 었지?"

"예, 본대는 그 이틀 후인 십이일에 슨푸를 떠나 토카이, 모토사카本坂의 두 길로 진격해온다고 주군께 분명히 보고 드렸습니다."

"그때 주군은 무어라고 말씀하시던가?"

"알겠다고 말씀하실 뿐 그 다음에는 잡담만 하셨습니다."

곤로쿠는 다시 감정이 격해졌다.

"우리는 주군의 뜻이 알고 싶습니다."

하야시 사도는 그 예봉을 피하듯이 말머리를 돌렸다.

"원숭이가 농성에 대비하기 위해 된장을 사들인다고 했는데, 어쩌면 그게 본심인지도 몰라요. 가문이 망하려 할 때는 다 그런 거요, 운명이지요."

"원숭이는 된장을 사들이기 시작했습니까?"

곤로쿠는 무서운 눈으로 사도를 노려본 채 그 역시 침묵했다. 아무도 자기가 주군의 뜻을 알아보고 오겠다는 말은 하지 않았다. 아니, 곤로쿠 자신도 그것을 물으러 갔다가 대번에 쫓겨나고 말았다.

"주군의 본심을 알고 싶습니다."

이 말에 노부나가는 붓을 들어 직접 노래를 지으면서 쌀쌀하게 대답했다.

"본심 같은 것은 별로 없소. 있을 턱이 없지. 이마가와의 영지는 그대로 있을 것 아니오? 스루가, 토토우미, 미카와, 그리고 오와리의 일부를 합쳐 일백만 석이나 되오."

"그건 알고 있습니다."

"알고 있다면 묻지 마시오. 나의 영지는 겨우 십육, 칠만 석. 일만 석의 병력을 약 이백오십 명으로 본다면 오천 명 미만, 육분의 일에도 못

미치는 병력이오."

"그래서 농성하시겠다는 것입니까, 아니면……"

그 때문에 일단 굴복할 생각이냐고 물으려 했다.

"바보 같은 소리 말고 물러가시오!"

벼락같이 꾸짖고는 다시 노래의 가사를 고치고 있었다.

8

시바타 곤로쿠는 결국 노부나가에게 한 마디도 못하고 쫓겨나왔다. 누가 다시 한 번 찾아가 타진해보겠다고 나서는 사람이 없어 여간 불만이 아니었다.

언제 군사회의가 열릴 것인가?

10일 아침 일찍부터 밤중까지 중신들은 노부나가가 회의를 소집할 때를 기다리며 이곳에 모여 있었다. 노부나가의 엉뚱한 성격을 잘 아는 그들이므로 집에 돌아가 자리에 누웠을 때도 언제나 갑옷을 옆에 놓고 말은 잘 먹여놓고 있었다.

그러나 노부나가로부터는 아무 연락도 없었다. 때때로 안채에서는 각 지방의 본오도리盆踊リ°와 남만인南蠻人들의 노랫소리가 흘러나오기도 하였고, 또 각 지방으로 다니는 장사치들로부터 들은 재미있는 풍속 이야기 따위를 하면서 즐거워하고 있었다.

그동안 이마가와 군사는 물밀듯이 토카이도를 달려오고 있었다. 선발대는 이미 미카와의 치리유池鯉鮒에 들이닥치고, 본대는 오카자키에 도착하려 하고 있었다. 가까이 옴에 따라 그 진용은 더욱 오다 쪽 중신들의 마음을 압도했다.

요시모토는 일단 오카자키 성에 들어가 거기서 다음 명령을 내릴 모양이었다. 그러나 오다 군 따위는 안중에도 없고, 도리어 오다 군을 섬멸한 다음에 미노의 잇시키一色, 오미의 사사키佐佐木, 아사이淺井 등의 호족을 물리치기 위해 머리를 짜내고 있다는 정보였다.

요시모토가 오카자키에서 출발하면 거기에는 1,400에서 1,500명의 부하들과 함께 이하라 모토카게庵原元景가 수비대장으로 남고, 오카와와 카리야 경계를 위해서는 호리코시 요시히사堀越義久에게 4,000의 병력을 주어 치리유에 주둔시키고, 2만 5,000의 대군은 그대로 오와리를 향해 진군을 계속한다. 아마도 주요 지점에 잔류시키는 인원을 합한다면 총병력은 4만이 넘을 것이라고 한다.

"사도 님, 귀하밖에는 적임자가 없습니다. 주군에게 요시모토가 오카자키에 들어왔으니 어떻게 할 것인지 확실하게 지시를 받고 오십시오. 가만히 앉아 기다리기만 할 때가 아닙니다."

시바타 곤로쿠에 이어 히라테 히로히데平手汎秀도 한마디 했다.

"옳은 말씀이오. 이것은 사도 님에게 부탁할 수밖에 없습니다."

하야시 사도가 무섭게 히로히데를 노려보았다.

"나는 사양하겠소. 말을 들어줄 주군이 아니오. 벼락 같은 호통에 모처럼의 결심도 흔들리고 맙니다."

"결심이라니?"

"다 같이 죽는다…… 단지 그것뿐이오."

어두운 표정으로 이렇게 말했다.

"나보다도 이코마 데와 님이 적임일 것 같소."

이코마 데와는 토쿠히메와 키묘마루의 생모인 오루이의 오빠였다. 듣기에 따라서는 이보다 더한 빈정거림도 없었다.

"그렇다면 내가……"

데와는 마지못해 승낙하고 자리에서 일어났다. 순간 일동은 데와의 뒷모습에 눈길을 던지고 침묵을 지켰다.

오늘도 날씨는 활짝 개어 따가운 햇살 속에서도 시원한 바람이 성곽 안으로 불어오고 있었다.

'이것으로 오다 가문도 끝장이 나는가……'

데와의 감회도 이러했다. 마지막으로 가문의 혈통을 남긴다기보다 결국 성이 함락되면 오루이가 낳은 두 아이도 무사하지 못할 터.

'피신할 곳도 없다…… 어차피 내 손으로 목숨을 끊어줄 수밖에……'

무거운 마음으로 걸어가는 데와의 귀에 다시 둥둥 울리는 북소리가 들려왔다.

용과 호랑이

1

 활짝 갠 하늘은 그대로인데 오늘 들어 날씨는 갑자기 심한 무더위로 바뀌었다. 나뭇잎을 흔드는 바람도 없고, 땅 속에서 올라오는 후텁지근한 공기는 무겁기만 했다.
 이미 이마무라今村에 접어들어 쿠츠카케沓掛 성이 눈앞에 있었다. 그러나 요시모토는 진군에 신중을 기했다. 한 마을을 지날 때마다 척후를 내보내어 백성들의 동향을 살피게 하고 이상이 없다고 판단될 때만 가마를 나가게 했다. 출정에 앞서 마츠다이라 모토야스가 이 부근 백성들이 얼마나 완강한지를 누누이 강조했기 때문이다.
 에이로쿠 3년(1560) 5월 18일(양력 6월 21일), 그 이튿날인 19일 새벽부터 오다 군 최전선에 총공격을 가하기로 이미 결정되어 있었다. 그런 만큼 신변의 경계도 엄중했고, 요시모토 자신의 무장에도 전혀 빈틈이 없었다.
 중국 촉蜀나라 비단으로 만든 요로이히타타레鎧直垂° 안에 갑옷을 입고, 칼은 그가 자랑하는 소조 사모지宗三左文字란 2자 6치 되는 대검, 와키자시脇差°는 유서 깊은 마츠쿠라쿄松倉鄕에서 만든 요시히로義弘(칼의 이름)였다. 30관에 가까운 거구로는 말을 탈 수 없으므로 금과 은으로 징을 박아넣은 가마에 올라 유유하게 책상다리를 하고 앉아 있었다. 남이 보기에는 주위를 압도할 만큼 화려했으나, 그 자신은 괴롭게도 끊임없이 땀을 닦고 있었다.

16일과 17일 이틀 동안은 오카자키 성에 머물면서 만일의 사태에 대비하여 모든 준비를 끝냈다. 오늘은 쿠츠카케 성에 머물면서 내일 새벽부터 시작되는 총공격의 결과를 보아 내일중으로 오타카 성으로 본대를 진격시킬 계획이었다.

선발대는 이미 어제부터 나루미 근처에 진입하여 여러 마을에 불을 지르고 있었다. 요시모토는 땀을 닦으면서 때때로 무릎 위에 펼쳐놓은 지도와 군사배치도에 눈길을 모으고는 했다.

동이 트기가 무섭게 먼저 마츠다이라 모토야스가 2,500명의 오카자키 군사를 이끌고 마루네 성채를 습격한다. 마루네의 적장은 백전노장인 사쿠마 다이가쿠 모리시게였다. 모토야스는 아직 젊다. 하지만 그를 보좌하는 노련한 오카자키의 중신들이 설마 패하지는 않을 터.

다음으로 와시즈 성채는 아사히나 야스요시가 2,000의 군사를 이끌고 공격한다. 그곳을 지키는 적장은 오다 겐바 노부히라織田玄蕃信平. 그 역시 노련한 장수. 그러므로 아사히나만이 아니라 미우라 빈고노카미三浦備後守의 병력 3,000을 보내 만일의 사태에 대비한다.

나루미 성은 오카베 모토노부岡部元信에게 새로운 병력 700명을 증원시켜 굳게 지키게 하고, 쿠츠카케 성은 아사이 마사토시淺井政敏에게 1,500의 병력을 주어 지키게 한다.

그리고 오타카 성의 우도노 나가테루에게는 전황을 보아가며 마츠다이라 모토야스와 아사히나 야스요시를 돕게 한다.

말하자면 삼단三段 방어, 이것으로 우선 접경지대에서의 승리는 완벽하다고 할 수 있었다. 그런 뒤 카츠라야마 노부사다葛山信貞가 즉시 5,000의 군사를 이끌고 키요스 성으로 전진한다.

항복해도 좋고 농성을 해도 좋으며 또는 노부나가가 진두에 서서 맞아 싸워도 좋다. 비록 카츠라야마의 5,000 군사가 패한다 해도 그 뒤에 있는 본대의 병력 5,000을 합하면 키요스를 공격하는 군사는 자그마치 1만. 아니, 그러는 동안에 마츠다이라, 아사히나, 미우라의 군사도 각각 승리를 거두고 그 여세를 몰아 물밀듯이 키요스를 향해 육박해들어 온다……

'농성을 한다 해도 고작 이틀이나 사흘밖에 버티지 못해.'

이렇게 생각하고 있는데, 근시인 니제키 우마노스케新關右馬允가 가마 옆으로 왔다.

"보고 드립니다."

"무슨 일이냐?"

요시모토는 배치도를 둘둘 말면서 조용히 물었다.

2

"이 지역 백성들이 축하의 뜻으로 사람을 보내왔습니다마는……"

우마노스케의 말에 요시모토의 눈이 순간 경계의 빛으로 변했다.

"뭐, 축하하기 위해 사람을…… 굳이 만날 필요 없다. 이름이나 물어보아라."

"예."

"잠깐, 우마노스케."

"예."

"그 백성들이란 자가 얼른 보기에는 어떻더냐? 수상쩍은, 불온한 모습은 아니더냐?"

"예, 한 사람은 승려, 또 한 사람은 신관, 그리고 나머지 한 사람은 농부입니다."

"세 사람만 왔느냐?"

"이 일대 세 마을의 대표라 하면서 쌀 열 섬, 술 두 통, 또 오징어와 다시마를 가지고 왔습니다. 순진한 사람들인 것처럼 보입니다."

"물건을 가져온 자들은?"

"어리석어 보이는 농부의 하인들입니다."

"좋아, 만나보겠다. 데리고 오너라."

가마가 멎었다. 요시모토는 칼을 끌어당겼으나 가마에서 내리지는 않았다.

"덥구나. 부채질 좀 하여라."

"예."

아시가루 두 사람에게 부채질을 시키고 있는데 승려를 선두로 세 사람이 가까이 왔다.

요시모토는 부드러운 목소리로 말했다.

"내가 지부노타유다. 번거롭게 해서 미안하구나. 하지만 걱정할 것 없다. 나의 부하들은 절대로 난폭한 짓을 하지 않는다."

세 사람은 일제히 머리를 조아렸다.

요시모토가 가마를 세운 곳에는 늙은 소나무가 그늘을 펴고 있었으나, 세 사람이 엎드린 곳은 뜨거운 뙤약볕이 그대로 내리쬐고 있는 말라붙은 흙 위였다.

"그대들은 누구의 지배 아래 있는가? 카리야인가, 치리유인가?"

"예, 지금은 카리야입니다마는 대장님께서 직접 출전하셨으니 내일은 알 수 없습니다."

예순이 가까운 승려가 말했다.

"걱정하지 않아도 좋다. 전쟁은 곧 끝날 테니."

크게 고개를 끄덕이고 나서 말을 이었다.

"그러나 오다 군도 결코 만만하진 않을 거야. 원군이라도 오면 그리 쉽게 끝나지 않을지도 모르지."

"바로 그 점입니다."

이번에는 농부가 입을 열었다.

"저희들도 이 부근이 격전지가 될 것을 걱정하고 있었습니다. 그런데 원군이 올 듯한 징후는 전혀 보이지 않습니다."

"허어, 어째서?"

"오다 군은 진작부터 키요스에서 농성을 할 모양입니다. 그것을 알게 된 것은 오다네 주방에서 일하는 사람들이 농성하는 데 필요한 된장을 내놓으라고 우리들한테 와서 허둥대며 설쳐댔습니다."

"뭣이, 된장을 구하러 다닌다고……?"

"예, 부엌에서 일하는 자들이었습니다."

요시모토는 고개를 끄덕이면서도 몇 번이나 갸웃거렸다. 그가 수집한 정보로는 노부나가는 조심성이 많고 경제 사정도 넉넉했다.

"알겠다. 그렇다면 전쟁의 피해는 아주 적을 것 같구나. 알았으니 내 부하에게 이름을 고하고 돌아가 각자 생업에 힘쓰도록 하라."

"감사합니다. 혹시 저희가 대장님께 도와드릴 일이라도 있으면 이 기회에……"

"괜찮다. 이 지부노타유는 그대들의 힘을 빌리지 않아도 가신들이 얼마든지 있다. 걱정하지 않아도 된다."

"황송합니다."

세 사람은 서로 얼굴을 마주보았다. 눈이 빨개져 있는 것은 요시모토의 말이 그들을 얼마나 감격케 만들었나 하는 증거였다.

3

　세 사람이 돌아간 뒤 요시모토는 근시에게 냉수를 가져오게 해 맛있게 마셨다.
　"약한 장수 밑에 있는 백성들은 정말 가엾어."
　쓴웃음을 지으면서 마지막 한 모금을 푸우 하고 칼을 향해 뿜었다.
　"하지만 방심하면 안 돼. 내가 알기로는 이 부근에는 불온한 자들이 틀림없이 숨어 있을 게다. 좋아, 가마를 들어라."
　행렬은 다시 쿠츠카케를 향해 움직이기 시작했다.
　마츠다이라 모토야스가 절대로 방심하면 안 된다고 몇 번이나 주의를 주었기 때문에 논과 논이 갈라지는 언덕에 이르렀을 때는 언제나 척후를 내보냈다. 이처럼 엄중하게 경계를 폈지만 푸른 논 한가운데서는 하얀 두루미가 한가롭게 먹이를 찾고 있을 뿐 수상한 기색은 눈에 띄지 않았다. 이윽고 멀리 전방에서 가물거리던 평원에 해가 지기 시작했다.
　아직 본격적인 더위가 시작될 계절은 아니었다. 그러나 이미 해가 졌는데도 기온은 조금도 떨어지지 않았다. 후텁지근하고 바람도 없는 가운데 여기저기서 반딧불이 날아다니고 있었다.
　본대가 사카이가와를 건너 쿠츠카케에 도착한 것은 주위가 개구리의 울음소리로 가득 찼을 때였다.
　쿠츠카케는 예로부터 내려오는 역참驛站으로 쿄토와 카마쿠라鎌倉를 연결하는 63개의 역참 중 하나였다. 이곳에서 나루미까지는 시오 리 남짓, 아츠타까지는 30리로서, 작은 성이기는 하나 호리코시 요시히사의 방비는 여간 엄중하지 않았다.
　본진은 사카이가와 부근에 있는 유후쿠 사裕福寺를 중심으로 성 안팎 일대에서 야영을 하며 밥을 짓고 있었다. 그런데 요시모토는 왠지 초조해했다. 내일 있을 총공격의 결과에 대한 걱정 때문이 아니었다.

전쟁터에 나가면 나날의 생활이 슨푸에 있을 때와는 비교도 안 될 정도로 불편하고, 또 이 부근에는 그가 아주 싫어하는 모기가 많아 여간 귀찮지 않았다.

"모기향을 피워라."

식사를 하는 동안에도 몇 번이나 이런 명령을 내리고, 식사를 끝내고 마지막 작전회의를 열었을 때도 계속 두 사람의 시동에게 모기를 쫓도록 했다.

"내일 드디어 총공격이 시작되는데 말을 타시겠습니까, 아니면 역시 가마를 타시겠습니까?"

호리코시 요시히사가 물었다.

"오다의 애송이 따위에게."

요시모토는 이렇게 대답했을 뿐 더 이상 말하지 않았다.

굳이 말을 탈 것까지도 없다. 아니 그보다는 너무 살이 쪘기 때문에 허벅지가 스쳐서 상처라도 나면 정말로 중요한 전투가 벌어졌을 때 진두 지휘를 할 수 없게 된다. 이것을 방지하기 위해 위험이 없다고 판단되면 계속 가마를 탈 생각이었다.

요시모토는 서원 한가운데에 이부자리를 깔게 하고 그곳에서 잤다. 이때에도 계속 두 명의 시동에게 모기를 쫓게 했는데, 시동이 피곤할 것을 생각하니 자기도 깊은 잠이 들 것 같지 않았다.

"밤이란 것은 도대체 내 성격에 맞지 않아. 낮에는 모기가 없는 것만으로도 여간 다행이 아니야……"

내일이면 드디어 노부나가의 영지에 발을 들여놓게 된다. 승리할 것이 확실한 전투이니만큼 '백성들의 대표'가 가져온 술 정도는 시동들에게 나누어주어도 되겠지만, 술 냄새가 나면 모기들이 더욱 극성을 부린다.

'이기고 나서 하지.'

이렇게 생각하고 술을 나누어주지 않았더니 그것이 더 신경을 날카롭게 했다.

모닥불만은 밤새 피워두도록 했으나 여덟 점(오전 2시경)이 지나자 주위가 조용해졌다. 요시모토는 여덟 점 반(오전 3시경)이 되어서야 겨우 잠이 들었다. 그리고 눈을 떴을 때는 이미 마츠다이라 모토야스의 군대가 마루네 성채에 맹공을 퍼붓기 시작했을 시각이었다.

4

요시모토는 일어나자 곧 무장을 서둘렀다. 살이 너무 쪘기 때문에 갑옷의 토시에서부터 정강이싸개에 이르기까지 모두 시동의 손을 빌리지 않으면 안 되었다. 갑옷을 입고 띠를 매는 데도 두 사람이 도와주어야만 했다. 다시 땀이 비오듯 흐르기 시작했다. 촉나라 비단으로 만든 요로이히타타레를 입었으므로 남이 보기에는 아주 장엄했으나 더위가 안으로 파고들어, 자주 입어 익숙해지지 않은 사람이라면 정신이 아찔했을 것이 분명하다.

무장한 뒤 중국 궤짝에 넣어온 표범 모피를 깔게 하고 유유히 앉았을 때 전선에서 첫번째 보고가 들어왔다.

새벽이 되기도 전에 마루네 성채를 공격한 마츠다이라 모토야스의 군대가 성문을 열고 공격에 나선 적장 사쿠마 모리시게의 용맹으로 고전중이라는 보고였다.

"그까짓 모리시게 따위를. 모토야스에게 일러라, 한 걸음도 물러서지 말라고!"

수면부족이던 요시모토의 눈에 무서운 눈빛이 되살아났다. 모토야스가 위급할 경우에는 오타카 성의 우도노 나가테루에게 즉시 구원하도록 명하고 자신도 바로 쿠츠카케를 나섰다.

때는 다섯 점(오전 8시)이 조금 지나 있었다. 다시 찾아온 '백성 대표'는 만나려 하지도 않고, 본대는 카마쿠라 가도를 서쪽으로 향해 밀물처럼 진군했다.

날씨는 여전히 더웠다. 장마철을 그냥 넘기고 곧바로 무더위가 찾아온 듯 찜통 같은 더위였다.

"하다못해 소나기라도 한 줄기 쏟아졌으면."

"이러다가는 올핸 장마가 없겠어."

"바람이 불지 않아 더욱 미치겠는걸. 여기에 비하면 슨푸의 기후는 얼마나 편해."

대장이 무장을 단단히 하고 있기 때문에 부하들도 모두 갑옷을 갖춰 입고 있었다.

오늘도 종종 척후를 내보내 부근의 안전을 확인하고 나서 전진하는 점은 어제와 다를 것이 없었다. 그런 면에서는 조금도 소홀함이 없는 철저하고 완벽한 진군이었다. 드디어 일행은 오치아이落合와 아리마츠有松 사이에 있는 오와키大脇, 속칭 덴가쿠田樂 분지라 불리는 곳에 이르렀다.

불에 구워진 산적들을 만났으니
꼬치에 꿰야 하지 않겠는가, 덴가쿠 분지

후세 사람이 노래로 표현한 덴가쿠 분지는 아리마츠를 지나 18정, 나루미 역참에서 동쪽으로 16정쯤 되는 곳에 있었다. 남쪽 오케하자마까지는 역시 17, 8정쯤 떨어져 있었다. 사방이 나직한 언덕으로 둘러싸인 분지에 접어들었을 때 다시 전선에서 보고가 들어왔다.

마츠다이라 모토야스의 군대가 적에게 맹공을 가해 마침내 사쿠마 모리시게를 비롯하여 적장 일곱 명의 목을 베고 마루네 성채를 완전히 점령했다는 보고였다.

"음, 기어코 해냈구나!"

요시모토는 길가에 가마를 세우고 비로소 미소를 떠올렸다.

"모토야스가 해냈어. 장한 일이야. 곧 돌아가서 모토야스에게 전하여라. 오늘의 전공은 발군拔群이었다고 말이다. 즉시 오타카 성으로 가 군사들을 휴식시키라고."

이렇게 말한 뒤 다시 말을 이었다.

"오타카 성에 있는 우도노 나가테루는 전력을 다해 키요스를 공격하라고 해라."

오늘 새벽부터 분전한 모토야스의 오카자키 군을 오타카 성에 들여놓고 새로 우도노의 군대로 하여금 즉시 키요스를 공격하게 한다. 이것은 한치의 빈틈도 없는 요시모토의 용병술이었다.

"가마를 들어라. 해가 지기 전에 우리 본대도 오타카 성에 들어가야만 한다."

요시모토가 이렇게 말했을 때 다시 전선에서 온 전령과 '백성 대표' 가 한꺼번에 안내를 받아 들어왔다.

때는 넉 점(오전 10시)이 조금 지나 점심때가 되려 하고 있었다……

5

보고는 마츠다이라 모토야스와 나란히 와시즈 성채를 공격한 아사히나 야스요시로부터 온 것이었다.

적장 오다 겐바 노부히라도 선전했으나, 아사히나의 군대도 마츠다이라 군에 뒤처지지 않으려고 맹렬한 공격을 퍼부어 성문을 불태우고 방책을 부순 다음 성채로 돌격했다. 적은 미처 방어하지 못하고 수많은 부상자와 시체를 남긴 채 겐바는 키요스 방면으로 패주하고, 성채는 아사히나의 손에 들어왔다는 보고였다.

"장하다. 그러나 모토야스는 적장의 목을 베었는데 야스요시는 놓치고 말았어. 돌아가거든 즉시 추격하라고 일러라."

전령이 돌아가자 요시모토는 지휘용 부채를 펴서 비지땀을 부채질하면서 큰 소리로 웃었다. 모든 일이 조금도 차질 없이 완전히 예상대로 되어가고 있었다.

"시작이 좋아. 이대로 가면 노부나가도 내일중으로 항복하게 될 거야. 자, 그럼 그 백성의 대표란 자들을 만나볼까?"

전투에 승리자가 되면 축하하려는 자들이 줄을 잇는다. 어느 고장에서나 무력한 백성들은 자신을 억제하고 새로운 지배자에게 아첨할 수밖에 없었다. 이번에는 10여 명이나 되었다. 고을의 대표가 두 사람의 승려와 한 사람의 신관을 앞세우고 털이 뽑힌 양처럼 부들부들 떨면서 나타났다.

"미즈노 시모츠케노카미의 백성들입니다."

부하가 소개하는 말에 요시모토는 크게 고개를 끄덕였다.

"안심해도 좋다. 폭동이 일어나지 않도록 대비할 것이니 너희들은 생업에나 힘쓰도록 하라."

"황송합니다."

50대의 승려가 땅에 이마를 조아리고, 오른쪽에 있던 신관이 쩌렁쩌렁 울리는 목소리로 말했다.

"슨푸의 성주님은 덕이 높으신 분이라고 소문이 자자하여 저희 백성들은 마음으로 흠모하고 있었습니다. 그래서 조금이나마 도움이 되고자 하여 찹쌀떡 쉰 짐과 주먹밥 이십여 섬을 가지고 왔습니다. 마침 점심때가 되기도 했으니 웃으면서 받아주십시오."

"아니, 수고스럽게 찹쌀떡과 주먹밥까지…… 정말 고마운 일이로군. 참, 그렇구나, 정오가 다 됐군. 고맙게 받도록 하겠다."

"감사합니다."

신관이 고개를 숙여 사례하는 옆에서 부하 한 사람이 목록을 들고 요시모토에게 덧붙여 말했다.

"그것만이 아니라 술안주도 많이 가지고 왔습니다. 기특한 일인 줄 압니다."

요시모토는 다시 크게 고개를 끄덕였다. 점심때가 가까운 것을 알고 취사의 번거로움을 덜어주려 하다니. 더구나 술안주까지 곁들여서. 재치있는 마을 대표 중 한 사람, 공손하게 말한 사나이는 쿠마의 젊은 도령 타케노우치 나미타로였다.

요시모토는 일행이 물러간 뒤 명했다.

"이 분지에서 점심을 먹도록 하라. 더위에 음식이 쉬 상할 것이니, 백성들이 가져온 것을 모두에게 분배하도록 하라."

그러면서 자기도 가마에서 천천히 일어났다.

"걸상을 가져오너라. 나도 그늘에서 잠시 쉬도록 하겠다."

전방의 행진은 이미 멈춰 있었다. 시동이 요시모토를 도와 나무그늘에 걸상을 갖다놓고 있는 동안, 본대의 5,000군사는 분지에서 낮은 곳으로 흐르는 시냇물처럼 여기저기 둘러앉아 점심 준비를 하고 있었다.

6

같은 날 이른 아침이었다.

키요스 성 넓은 회의실에는 사람들이 드문드문 모여 있었다. 북쪽 들보 밑에는 크게 나붙은 방문榜文이 정원에서 불어오는 바람에 약간씩 흔들리고 있었다. 그리고 안채에서는 오늘도 여전히 북소리가 들려오고 있었다.

방문에는 다음과 같이 씌어 있었다.

"더위가 심하므로 중무장은 필히 삼가도록."

이것이 사람들을 몹시 실망시키기도 하고 노하게도 해, 여러 장수들의 집합이 늦어지는 원인이 되었다. 물론 18일인 어제만 해도 와시즈와 마루네 성채에서는 원군을 보내라는 요청이 있었다. 그러나 지금으로는 누가 보기에도 농성 이외에는 다른 방법이 없었다.

"아무리 뱃심 좋은 주군이라 해도 오늘은 무슨 지시가 있겠지."

모두 약속이라도 한 듯 갑옷차림으로 성에 달려온 것은 어제의 일이었다. 점심때가 가까웠을 무렵 코쇼인 이와무로 시게요시岩室重休가 종이를 들고 안에서 나왔다.

"드디어 지시가 내린다."

모두들 누가 어느 성문을 지키게 될 것인가 하고 와르르 방문 앞으로 달려갔다. 그런데 적을 맞아 싸울 전략에 대한 지시는커녕 위와 같은 엉뚱한 내용이 씌어 있었다.

이와무로 시게요시는 작고한 성주가 총애했던 이와무로 부인의 동생이자 카토 즈쇼노스케加藤圖書助의 조카였다.

"이봐, 시게요시, 이게 무슨 방문이란 말이냐?"

맨 먼저 하야시 사도가 꾸짖었다.

"저는 모릅니다. 주군의 분부를 따랐을 뿐입니다."

"아무리 주군의 분부라지만, 이건…… 적은 이미 바로 눈앞에까지 육박해왔지 않느냐?"

"그래도 상관없다, 몹시 더우니 이것을 갖다붙이면 모두 편해질 것이라고 말씀하셨습니다."

"이런 것으로 편해질 것 같나?"

이렇게 말은 했으나 시게요시를 꾸짖는다고 해결될 일이 아니었다. 모두 얼굴을 마주보고 탄식했다. 갑옷을 벗고 바람을 쐬었으나 서늘하기보다는 도리어 오싹한 전율을 느낄 뿐이었다.

더구나 밤이 되었을 때 노부나가는 홑옷의 옷소매를 걷어올리고 목욕을 하고 난 다음의 시원한 모습으로 나타났다. 그리고는 태평스런 말을 했다.

"오늘은 각자 자기 집에 돌아가 자도록."

화가 나기보다는 얼이 빠졌다. 무슨 필요가 있어서 이렇게 모든 사람의 사기를 떨어뜨리는 것일까.

"혹시 농성…… 죽음을 생각하고, 오늘 밤만이라도 가족과 함께 보내며 마지막 작별을 고하라는 위로의 말이 아닐까?"

돌아가는 길에 현관에서 요시다 나이키가 말했다. 그 말에 하야시 사도는 별을 쳐다보며 토해내듯 대답했다.

"어쨌든 멸망이야. 그런 위안의 말은 이미 늦었어."

바로 어제 그런 일이 있었기 때문에 오늘 아침에는 이미 날이 밝았는데도 손으로 꼽을 정도로밖에 사람들이 모이지 않았다.

"또 북소리가 들려오는군."

"오늘은 유난히 평화롭군. 지금쯤 마루네 성채에서는 전쟁이 시작되었을 텐데."

그때 어정어정 방에 들어온 것은 키노시타 토키치로였다. 그는 이마에 머리띠를 바짝 두르고, 방문 따위는 보지도 않았다는 듯이 중무장을 하고 있었다.

"여러분, 마루네의 사쿠마 다이가쿠 님이 마츠다이라 모토야스 군의 총포에 목숨을 잃었다고 합니다."

토키치로는 담담한 표정으로 말하고는 다시 북소리가 나는 안채 쪽으로 향했다.

7

토키치로가 들어갔을 때 노부나가는 유유히 금빛 부채를 들고 춤을 추고 있었다.

　인간 50년
　하천下天°에 비하면
　덧없는 꿈과 같은 것

자신의 질타하는 소리는 전쟁터에서 적을 위축시킨다고 노부나가가 자랑하는 것. 그 목소리로 하는 노래가 아침 공기를 뚫고 안채에서 바깥채로, 바깥채에서 정원으로 낭랑하게 퍼져나갔다. 의기양양할 때는 그가 반드시 노래하고 춤추는 「아츠모리敦盛」°의 한 구절이었다.

토키치로는 히죽 웃고 한쪽 가장자리에 가서 앉았다.

노부나가의 복장은 평소 그대로 홑옷이었는데 그 옆에 노히메와 키묘마루, 토쿠히메가 심각한 얼굴로 앉아 있었다. 그 뒤에 오루이와 나나 부인, 그리고 미유키가 역시 토키치로에게 옆모습을 보이고 나란히 앉아 있었다. 둘째아들 챠센마루와 셋째아들인 산시치마루는 유모에게 안겨 반대쪽 창가에 앉아 있었다.

근시는 외팔이인 하세가와 하시스케長谷川橋介와 이와무로 시게요시 두 사람뿐. 토키치로에게 흘끗 시선을 보냈다가 곧 노부나가의 춤추는 모습을 바라보았다.

　인간 50년
　하천에 비하면
　덧없는 꿈과 같은 것

한번 태어나서
죽지 않는 자 그 어디 있을까

소실 중에서 가장 정에 약한 나나 부인은 눈물이 글썽한 채 울지 않으려고 필사적으로 애쓰고 있었다. 아이들은 모두 철이 없었고, 노히메는 이미 오늘이 올 것을 각오한 듯 조용히 몸과 마음을 가다듬고 있는 눈치였다.

노부나가는 노래를 마치고, 북을 두드리던 성밖 북잡이에게 부채를 던지듯이 건네며, 날카로운 소리로 물었다.

"원숭이! 나를 깨우러 왔느냐?"

"그렇습니다."

토키치로는 천천히 고개를 숙였다.

"마루네는 이미 함락되고 와시즈에서는 고전중이라고 합니다."

노부나가는 이 말에는 대답하지 않았다.

"지부노타유의 본진은?"

"오늘 아침에 쿠츠카케를 출발하여 오타카 성으로 향하고 있다고…… 이것은 야나다 마사츠나의 부하가 보고한 내용입니다."

노부나가는 싱긋 웃고 연거푸 세 번이나 고개를 끄덕였다. 그리고는 웃통을 홱 벗었다.

"갑옷을 가져와!"

고함지르듯이 말하면서 벌거벗은 배를 탁 쳤다.

세 소실이 깜짝 놀라 서로 마주보았으나, 노히메만은 과연 사이토 도산이 '형제자매 중에서 으뜸'이라 했던 만큼, 무릎을 세우고 당차게 말했다.

"준비해둔 갑옷을 어서 가져오너라."

"예."

두 사람의 근시가 허겁지겁 뛰어나갔다.
"밥!"
노부나가는 또 배를 탁 치고 선 채로 외쳤다.
"저, 뭐라고 말씀하셨습니까?"
막 아침 식사를 끝낸 참이었기 때문에 오루이가 의아하다는 듯이 물었을 때 말석에 있던 미유키가 얼른 일어나려 했다.
"잠깐……"
노히메가 그 미유키를 불러세웠다.
"중요한 출전이니만큼 술과 카치구리를 잊지 말도록."
시녀에게 하듯 엄하게 명했다.

8

갑옷을 가져오자 노부나가는 토키치로조차 놀랄 정도로 재빨리 그 것을 입었다.
슨푸의 용은 이미 오와리에 접근해 있었다. 키요스의 호랑이는 치솟는 투지를 억제하고 기회가 무르익기를 기다리고 있었던 것이다. 호랑이는 들에 있는 것, 구름 속의 용에게 싸움을 걸지 않고 그가 지상에 내려올 때를 기다렸다가 도약을 개시한다. 적과 아군을 막론하고 농성하는 것처럼 믿게 하면서.
갑옷을 다 입었을 때 노히메가 옆에서 입을 열었다.
"칼은 무엇과 무엇으로?"
"미츠타다光忠와 쿠니시게國重!"
주고받는 그 말은 불꽃이 튀는 듯했으나, 그 사이에는 한치의 빈틈도 없는 호흡의 일치가 느껴졌다.

"예, 미츠타다는 여기."

노히메가 묻고 노부나가가 대답하는 동안 오른쪽 팔이 없는 하세가와 하시스케가 와키자시인 미츠타다를 내밀고 있었다.

노부나가는 싱긋 웃고 그것을 받아들었다.

"쿠니시게는?"

"미리 그럴 것이라 짐작하고 쿠니시게도 여기 가져다놓았습니다."

"하하하……"

노부나가는 큰 소리로 웃었다.

"이겼어, 원숭이!"

"그렇습니다."

"하시스케까지도 내 마음을 정확히 읽었어. 이번 전쟁에는 확실히 이겼어!"

애도愛刀인 하세베 쿠니시게長谷部國重를 받아 옆에 놓았을 때 미유키가 산보三方°를 가져다 노부나가 앞에 놓았다.

노부나가는 갑옷 궤에는 앉으려고도 하지 않고 선 채로 있었다.

"자, 잔을."

노히메가 얼른 잔을 건네고 자기 손으로 술을 따랐다. 노부나가는 단숨에 들이켜고 이번에는 오루이가 건네는 밥공기를 받았다. 그리고 나서 네 아이를 둘러보며 말했다.

"싸움이란 이렇게 하는 것이야. 잘 봐둬라."

역시 꾸짖는 듯한 어조였기 때문에 고개를 끄덕인 것은 키묘마루뿐이었다. 다른 아이들은 겁을 먹고 유모 곁으로 바싹 다붙었다.

"하하하……"

노부나가는 순식간에 밥 두 공기를 비우고 젓가락을 놓는 것과 투구를 쓰는 것.

"소라고둥을 불어라."

명령을 내리는 것.

"원숭이, 따라와!"

칼을 움켜쥐고 안채에서 달려나가는 것은 모두 동시의 일이었다.

토키치로는 춤을 추듯이 노부나가의 앞장을 섰다.

"말은 질풍을 타실 것이다. 출전하신다. 모두 서둘러라."

고함을 지르면서도 토키치로는 그만 눈물이 쏟아질 것 같았다. 그 급한 성미로 열흘 가량이나 꾹 참아온 노부나가의 심정을 생각하니, 감동이 번개처럼 온몸을 꿰뚫었다.

'이렇게까지 할 수 있는 사람이라면 이 토키치로는 목숨을 걸어도 좋다……'

뒤에서 소라고둥 소리가 계속 들렸다.

"출전이다! 주군은 이미 말에 오르셨다."

회의실에 모여 있던 장수들이 당황하며 무장을 갖추고 있을 무렵 노부나가는 벌써 애마인 질풍을 달려 성문에 다다르고 있었다.

 질풍 소리

1

　노부나가가 나가버린 안채는 폭풍이 휩쓸고 지나간 자리처럼 정적에 휩싸였다.
　오루이도 나나도 그저 망연히 정원에 내리비치는 아침 햇살만 바라보고 있었다. 모든 것이 꿈만 같이 생각되는 듯.
　여기가 키요스 성 내전이라는 것도, 자기들이 노부나가의 소실이었다는 것도, 자식을 낳았다는 것도…… 그토록 서둘러 뛰어나가다니 과연 돌아올 수 있을 것인가? 삶이란? 싸움이란? 또 죽음이란?
　소실 중에서 가장 신분이 낮은 미유키가 가장 애처로웠다. 그녀는 몸에 밴 시녀 시절의 습관으로, 이때도 폭풍이 휩쓸고 간 뒤처리를 해야 한다고 여겨 먹다남은 노부나가의 상을 꼭 끌어안고 몸을 떨고 있었다.
　키묘마루는 생모인 오루이 대신 정실인 노히메의 무릎에 손을 얹고 불안한 듯 여러 사람을 둘러보고 있었고, 나머지 어린 두 아이는 유모에게 매달려 겁에 질려 있었다. 토쿠히메만은 어른스럽게 불안과 공포를 숨기고 있었으나 역시 철없는 아이라 생각하니 가슴이 메었다.

잠시 그와 같은 정적이 계속된 뒤 노히메는 눈을 들어 조용히 그들을 돌아보았다.

이미 그 자리에는 하세가와 하시스케도 이와무로 시게요시도 없었다. 그들 또한 서둘러서 무장을 하고 노부나가의 뒤를 따랐던 것이다.

"이코마 님."

노히메는 오루이를 보자 야릇한 감정이 가슴을 스치고 지나갔다. 이 여자가 자기는 낳지 못한 노부나가의 아이를 낳았다는 질투 외에, 아이는 낳았지만 제대로 키우지 못할 것이라는 애처로움과 우월감이 뒤섞인 감정이었다.

"각오는 되어 있겠지요?"

갑자기 말을 걸어오는 바람에 오루이보다 나나와 미유키가 깜짝 놀랐다.

"주군의 체통을 생각해서라도 어떤 경우든 의연한 태도를 보여야 해요. 모두 각오가 되어 있을 줄 믿어요."

"어떤 경우라니요?"

노히메의 시녀였던 미유키가 가장 솔직했다. 도움을 청하듯이 두 손을 짚었다.

"말씀해주십시오. 지시대로 하겠습니다."

"이번 전쟁에는 세 가지 경우가 있을 거예요."

"첫째는?"

이번에는 오루이가 물었다.

노히메는 얼음처럼 싸늘한 시선으로 다시 한 번 세 사람을 하나하나 둘러보았다.

"이대로 전사하실 경우, 다른 하나는 성에 돌아와 농성하시는 것, 나머지 하나는……"

여기까지 말하고 미소를 떠올렸다.

"승리를 거두고 개선하시는 겁니다."

세 사람은 서로 얼굴을 마주보고 고개를 끄덕였다. 아니, 세 사람만이 아니라 토쿠히메와 키묘마루도 입을 모으며 머리를 끄덕였다.

"승리하고 말인가요?"

"그래, 전쟁에 이기고……"

노히메는 키묘마루의 머리에 한 손을 얹어 쓰다듬으며 단호한 목소리로 다짐했다.

"전사하셨을 때와 농성하게 되었을 때 내전은 내가 지휘하겠어요. 모두 이의 없겠지요?"

그리고는 다시 키묘마루의 머리를 쓰다듬었다.

2

물론 세 사람에게 이의가 있을 리 없었다.

노히메는 모든 것을 계산한 듯 침착한 태도로 자르듯이 말했다.

"그렇다면 지금부터 지시를 내리겠어요."

세 사람 모두 다음 말을 기다리는 표정이 되어 무릎걸음으로 조금씩 다가앉았다.

"주군이 전사하셨을 때는……"

"전사하셨을 때는?"

"곧 이 성이 포위될 것이니 그때는 각자 긴 칼을 들고 나가 싸울 것."

나나는 크게 고개를 끄덕였으나 오루이는 눈이 휘둥그레졌다. 아이들을 걱정하고 있는 것이다. 노히메는 그것에는 아랑곳하지 않고 말을 이었다.

"주군은 용맹하기로 유명한 분이시니 내전이 추태를 보인다면 후세의 수치가 됩니다. 그러나 싸움을 한 뒤의 지시는 내리지 않겠어요. 무력하게 항복하지 않고 여자의 의지를 보인 뒤 전사해도 좋고, 몸을 피해도 좋고……"

"마님!"

오루이가 정색을 하고 몸을 앞으로 내밀었다.

"그 경우 아이들은?"

"아이들은……"

말하다 말고 노히메는 아이들의 눈길이 일제히 자기한테 쏠리는 것을 보고는 미소를 떠올렸다.

"내가 마지막을 지켜보겠어요."

"그렇다면 성에서 자결을?"

"글쎄, 그것은…… 적이 포위하는 상황을 보고 나서 미노로 피신하게 하는 방법도 있고, 또는 어떤 노신에게 맡기게 될지도 모르고……"

"마님은 그 뒤에 어떻게 하시겠습니까?"

미유키는 그것이 걱정되는 듯 예전의 시녀로 다시 돌아와 애원하는 표정이 되었다.

노히메는 미소띤 얼굴을 엄하게 바꾸었다.

"물론 주군의 뒤를 따르겠어요."

그리고는 단호하게 말했다.

"그럼, 각자 준비들 하세요."

세 사람은 굳은 표정으로 각자 자기 방으로 돌아갔다. 그 뒤를 이어 미리 노히메가 명해 두었던 노부나가의 동정을 알리는 첫 보고자가 허겁지겁 정원으로 뛰어들어왔다. 후지이 마타에몬의 지시로 아시가루 중에서 뽑은 여덟 명이 내전에 오늘의 전황을 알리는 전령의 역할을 지시받고 있었다.

맨 먼저 도착한 것은 타카다 한스케高田半助로, 그는 이전에 아츠타의 어부였다. 마타에몬의 딸 야에가 그를 안내해왔다. 야에는 이미 흰 무명으로 어깨띠를 만들어 매고 이마에는 남자들이 하는 하치가네를 쓰고 있었다. 손에는 긴 칼을 들고 붉은 손등이 아침 해를 받아 씩씩해 보였다.

노히메는 야에의 모습에 미소를 띠었다.

"주군은 어디로 가셨다고 하느냐?"

정원에 한쪽 무릎을 꿇고 숨을 몰아쉬는 한스케를 내려다보았다.

"성문을 나서자마자 아츠타로 가라고 명하시고는 곧장 말을 달리셨습니다."

"뒤따르는 장수는?"

"겨우 다섯 명. 이와무로, 하세가와, 사와키佐脇, 카토, 그리고 키노시타 토키치로 님이 말고삐를 잡고 번개같이 달려갔습니다."

노히메는 가슴이 찢어지는 듯했다. 뒤따르는 사람이 고작 다섯 명이라니…… 대관절 주군은 무엇을 생각하고 있는 것일까……?

"알겠다. 그대도 뒤따라가서 자세히 보고 알리도록."

"예."

한스케가 뛰어나갔다.

"마님."

뒤에 남은 야에가 불렀으나, 아침 해를 얼굴에 받으며 서 있는 노히메는 못 들었는지 조용히 허공만 쳐다보고 있었다.

3

노히메의 걱정은 노부나가의 신앙이라 해도 좋을 그 '성격'에 있었다. 노부나가는 난세를 바로잡을 것은 오직 하나 '힘' 뿐이라 확신하고 있었다.

"일족을 다스리는 것은 덕德입니다."

생전의 히라테 마사히데平手政秀가 이렇게 간언했을 때 노부나가는 마음속으로 말도 안 되는 소리라는 듯이 웃었다.

"난세란 예로부터 낡은 도덕이 가치를 잃었을 때 생기는 거야. 덕이란 대관절 뭐란 말인가. 덕이란…… 하하하."

노부나가는 '덕'이 무엇인지 상하가 모두 분명히 깨닫게 되면 난세가 끝난다고 조소했다. 그리고 모든 것을 '힘'으로 처리했다. 하나하나 남의 의표를 찔러 혈육간의 다툼도, 중신의 배반도 힘으로 굴복시켰다.

현재 노부나가의 영내에는 도둑마저 그림자를 감추고 있었다. 위로는 엄하고 아래로는 아주 관대한 것도 원인이지만, 도둑들까지 노부나가를 경외하고 있다는 점을 빼놓을 수 없었다. 그러한 노부나가가 오늘은 오다 일족의 운명을 걸고 키요스 성을 뛰쳐나갔는데 뒤따르는 사람은 고작 다섯 사람뿐이었다니……

평소의 불만이 폭발하여 이 중요한 일에 낙오한 자들이 반란이라도 일으키면 어떻게 할 것인가?

"마님."

다시 야에가 부르는 바람에 깜짝 놀랐다.

"한스케는 다섯 사람이라고 했으나, 그 뒤에 모두가 허둥대며 성주님을 쫓아갔습니다."

"오오…… 모두 뒤따라갔다고?"

"예, 시바타 님, 니와丹羽 님, 사쿠마 우에몬 님, 이코마 님, 요시다 나이키 님…… 그리고 그분들의 부하들도 갑옷을 입으면서 길에 흙먼지를 일으키며 달려갔습니다."

노히메는 고개를 끄덕였으나, 단지 달려갔다는 것만으로는 안심이 되지 않았다. 그들이 노부나가에게 불만을 품고 단합이라도 하면……

"그럼, 나도 얼른 준비를 해야겠구나. 너는 다음에 들어오는 보고에 귀를 기울이도록 해라."

야에를 보내고 나서 노히메는 긴 칼을 가져왔다. 어깨띠를 메고 머리를 감아올리면서, 문득 자기 아버지 사이토 도산의 최후를 떠올렸다. 아버지는 오빠에게 죽었다. 그 딸인 나도 또한 적보다 먼저 반군의 손에…… 이런 예감이 가슴을 스치자 노히메는 긴 칼을 비스듬히 겨누었다. 보이지 않는 것을 겨누었다.

"얏!"

세차게 후려쳤다. 투명하여 비칠 듯 하얀 팔에 예전에 단련했던 힘이 되살아났다. 적이건 반란군이건 닥치는 대로 죽이고, 죽이고 또 죽일 터였다.

노히메가 결연한 자기 모습에 미소를 되찾았을 때 두번째 전령이 달려왔다. 야타矢田의 야하치彌八라는, 멧돼지보다도 발이 빠르다고 자랑하는 젊은이였다.

"주군은 어찌 되셨느냐?"

마루에 달려나가 꾸짖듯이 묻자 상대는 숨을 헐떡이며 가슴을 쳤다.

"주군은…… 주군은 아츠타 신사의 토리이鳥居˚까지 대번에 달려가셔서……"

"거기서 말을 세우셨느냐?"

"예. 팥밥! 팥밥이라고 큰 소리로 외치시면서……"

"뭐, 팥밥……?"

그 의미는 알 수 없었으나 노히메는 안도하고 가슴을 쓸어내렸다.

노부나가는 아츠타 신사 앞에서 대열을 정비할 생각임이 틀림없다. 동시에 그것이 어떤 의미를 갖는지도 노히메는 곧 알 수 있었다.

"그렇구나, 신사 앞에서……"

큰 칼을 든 채 서 있는 노히메의 눈이 순식간에 붉어지기 시작했다.

4

노부나가가 신사 앞에서 대열을 정비한 데에는 적어도 세 가지 의미가 있었다.

첫째는 물론 적에게 아군의 행동을 미리 짐작하지 못하도록 하기 위해서. 둘째는 달려오는 가신들의 속도를 통해 아군의 사기를 측정하기 위해서. 셋째는 그곳이 적과 가장 가까운 지점에서 대열을 정비할 수 있는 위치이기 때문에.

말을 토리이 앞에 세우고, "팥밥! 팥밥!" 하고 외친 것은 정말 팥밥을 찾은 것이 아니라, 서기인 타케이 히고뉴도 세키안武井肥後入道夕菴을 부르는 소리였다(일본어로 팥밥은 세키안). 세키안에게는 미리 이날 바칠 기원문을 작성하도록 말해놓았다. 그 기원문을 카부라야鏑矢°와 함께 신전에 바친다는 노부나가답지 않게 옛일을 따르는 모습을 보였으나, 그렇게 함으로써 뒤쫓아오는 가신들을 기다릴 생각이었다.

"세키안! 세키안!"

외치는 소리에 신관인 카토 즈쇼노스케 요리모리加藤圖書助順盛는 미리 이러한 사태를 짐작하고 몰래 준비했던 팥밥을 내오고, 겨우 뒤따라온 세키안은 기원문을 받쳐들고 땀을 닦으면서 노부나가 앞에 섰다.

노부나가는 근엄한 표정으로 뒤따르는 사람의 인원수를 세었다. 아직은 겨우 200기騎 정도. 시각은 이미 다섯 점(오전 8시)이 되려 하고 있었다.

"선군의 유훈으로 미루어 반드시 출전하시리라 믿고 팥밥을 준비했습니다. 마음껏 드시기 바랍니다."

즈쇼노스케의 말에는 직접 대답하지 않았다.

"호의이니 모두 받도록 해라."

노부나가는 큰 소리로 말한 뒤, 타케이 히고뉴도를 돌아보았다.

"세키안, 어서 읽어라."

히고뉴도는 대머리의 땀을 닦고 기원문을 읽기 시작했다.

미나모토源(지금의 이마가와)의 요시모토가 스루가, 토토우미, 미카와 세 지방에서 폭정을 펴다 드디어 마음속에 불경한 생각을 품고 4만의 대군을 일으켜 쿄토로 진입하려는 음모를 꾸미고 있다. 그 음모를 분쇄하기 위해 궐기한 타이라平(지금의 오다)의 노부나가는 불과 3,000도 되지 않은 군대로 모기가 황소를 쏘는 것 같으나, 마음속에는 한 조각의 사심私心도 없다. 왕도王道의 쇠약을 우려하고 백성을 구하기 위한 의거義擧이므로 부디 굽어살피시고 도와주소서 — 하는 의미였다.

기원문을 읽는 히고뉴도의 목소리가 때로는 높아지고 때로는 떨렸다. 삼나무 그늘에 가린 아침 신사 앞에 우뚝 선 노부나가는 그 기원문의 내용 따위는 듣고 있지 않았다.

다 읽고 나서 히고뉴도는 공손하게 노부나가에게 바쳤다.

"좋아!"

노부나가는 기원문을 움켜쥐고 성큼성큼 계단을 올라가 신사 안으로 들어갔다. 왼쪽에는 활을 든 하세가와 하시스케가 따르고 오른쪽에는 노부나가의 투구를 받쳐든 이와무로 시게요시가 따랐다. 모두 감청색 실로 누빈 갑옷을 입고 얼굴은 복숭앗빛으로 상기되어 있었다.

노부나가는 즈쇼가 건넨 산보에 카부라야와 기원문을 올려놓고 나서 신주神酒의 질그릇 잔을 들었다.

무녀가 공손히 술을 따르자 꿀꺽 하고 소리내어 단숨에 들이켰다. 잠시 신전을 노려보고 나서 잔을 돌려주고는 그대로 내려왔다.

지금의 노부나가에게는 계속해서 토리이를 뚫고 들어오는 인원수가 문제였다.

"모두 잘 들어라!"

신전에서 내려와 모인 사람들에게 울부짖듯이 말했다.

"지금 신전에서 무기와 갑옷소리가 들렸다. 천지신명도 우리를 도울 것이다. 의심하는 자가 있다면 살려두지 않겠다!"

5

노부나가의 신전 기원은 뜻밖일 정도로 사기를 고무시켰다. 원래 이러한 것을 무시하는 사람으로 쿄토의 궁전과 이세의 대묘大廟, 그리고 아츠타의 신사를 제외하곤 그 어느 곳에도 참배를 하지 않는 노부나가였다. 이러한 그가 깊이 받들고 있는 아츠타의 신사에 기원문을 올리고 카부라야를 바쳤다.

기원을 끝내고 나와 보니 인원수는 500명 내외로 불어나 있었다.

노부나가는 그들을 훑어보고 나서 안에서 나온 카토 즈쇼를 손짓으로 불렀다.

"이번에는 우리의 신세를 잠시 진 마츠다이라 모토야스가…… 그 타케치요가 적이 되어 나타났다. 그러니 야사부로彌三郎에게……"

갑자기 얼굴에 날아와 앉은 파리를 탁 하고 때렸다.

야사부로는 즈쇼의 아들이었다.

"이 부근의 농부와 상인, 어부와 사공들을 되도록 많이 모아들이라고 일러라. 인원수가 너무 부족해. 그리고 낡은 헝겊을 모아 깃발을 만들도록."

즈쇼는 꾸벅 절을 하고 달려갔다. 역시 병력이 부족했다. 가짜 군사를 만들어 적의 눈을 속이지 않으면 접근하기 어려울지도 몰랐다. 이런 생각을 하니 즈쇼의 가슴도 쓰라리기 짝이 없었다.

"사만을 오백으로 대적하기는 힘들다……"

그제서야 겨우 중신들이 노부나가 앞에 모여들었다. 시바타 곤로쿠,

사쿠마 우에몬, 요시다 나이키, 니와 나가히데, 하야시 사도, 하야시 노부마사林信政, 히라테 히로히데, 삿사 마사츠구佐佐正次, 이코마 데와, 그리고 어느 틈에 나타나 노부나가의 신변을 경계하고 있는 야나다 마사츠나.

"주군!"

하야시 사도노카미가 먼저 입을 열었다.

"중신들이 거의 모였습니다. 지시를 내려주십시오."

노부나가는 날카로운 눈길로 흘끗 일동을 둘러보았을 뿐 아무 말도 하지 않았다.

"작전을 말씀해주십시오."

"작전……"

노부나가는 내뱉듯이 말했다.

"작전은 이 인원으로 사만의 적을 무찌르는 것이다."

"어떤 배치로?"

"모른다!"

"모른다 하시면 대열이 갖추어지지 않습니다."

"그런 자는 낙오하면 돼. 나를 작전으로 알아라."

이때 장사치인지 무사인지 모를 이상한 옷차림으로 뛰어들어온 자가 있었다. 그 사나이는 노부나가 뒤에 있는 야나다 마사츠나 앞에 쓰러지듯 무릎을 꿇었다.

"주인님! 하시바 마사카즈입니다. 적장 요시모토는 여전히 가마를 탄 채 쿠츠카케 성을 떠났습니다."

야나다 마사츠나는 고개를 크게 끄덕이고 나서 노부나가 쪽으로 돌아섰다.

"목표는 오타카 성일 테지."

"그렇습니다! 말씀 드린 대로."

야나다 마사츠나가 말하자 노부나가는 성큼성큼 사람들 앞에서 멀어져갔다.

"팥밥을 실컷 먹어라. 알겠느냐, 먹고 나서 나를 따르라. 원숭이! 말을 끌어와라, 말을!"

"여기 대령했습니다."

그 소리에 답하면서 토키치로가 토리이 옆에서 아주 태연한 모습으로 어슬렁어슬렁 나타났다.

이미 다섯 점(오전 8시)이 되어 이마에 두른 머리띠가 햇빛을 받아 따가웠다.

6

토키치로의 태연한 모습에 노부나가는 혀를 차고 말에 올랐다. 이미 30리를 달려왔을 애마 질풍의 목에는 땀 한 방울 맺혀 있지 않았다. 아니, 질풍만이 아니었다. 그 말을 끌고 온 토키치로는 당장에라도 쓰러질 것 같은 가느다란 다리에도 도리어 말을 위로했다.

"질풍아, 수고한다. 나한테 지면 안 돼."

"출발!"

노부나가가 외치면서 다시 달리기 시작했을 때의 인원수는 그럭저럭 800여 명.

"주군에게 뒤떨어지지 말아라!"

부하의 인원수가 갖추어진 장수부터 순서대로 뒤따랐다. 물론 아직도 갑옷을 입으면서 달려오는 자도 그치지 않았다. 이런 광경을 목격하고는 나고야에서 아츠타 지역 일대에 있는 상인과 농부들이 실망하는 것도 무리가 아니었다.

"대관절 앞으로 어떻게 될까?"

"어떻게 되다니, 저쪽은 오만 또는 팔만이라고 하는데 이쪽에서는 아직 갑옷도 입지 못했으니 생각할 여지도 없지."

"역시 패하게 될까?"

"어쩌자고 준비도 해놓지 않았을까?"

"아니, 아직 패하지는 않았어."

그중에는 노부나가를 흠모한 나머지 희망적인 관측을 하는 자도 없지 않았다.

"이것은 패하고 도주하는 것이 아니야. 이제부터 공격하는 거야…… 제대로 준비도 되지 않았는데 달려나가고 있어. 이 얼마나 용감한 일이야! 틀림없이 승리할 거야."

점점 병력이 불어났다. 그러나 전부 모인다 해도 뻔한 인원이었다. 가짜 군사도 준비되었다. 그들은 백병전이 시작되면 깃발을 말아들고 논밭으로 도주한다는 약속과 함께 카토 야사부로加藤彌三郎가 지휘하고, 병력이 끊긴 곳에 군데군데 끼여들고 있었다.

깃발은 거적으로 만든 것만 없을 뿐 농민 폭동과 다름없는 헌 누더기, 손수건, 속옷 따위로 만들어져 있었다.

노부나가는 그 맨 앞에서 달리고 있었다. 뒤따르는 자가 약간 떨어지면 토키치로는 노부나가의 지시도 기다리지 않고 옆의 풀섶으로 말을 끌고 들어가 빙빙 원을 그리게 했다. 대장의 기질을 알고 있는 만큼 말을 세울 수는 없었다. 말을 세우면 기세가 꺾일 것이라 생각하여 자신의 피로도 아랑곳하지 않는 토키치로의 헌신적인 행동이었다.

아츠타 해변에서 텐파쿠가와天白川까지 밀물이 차 있었기 때문에 직접 오타카 성으로는 갈 수 없었다. 노부나가는 본가도에서 옛길로 말머리를 돌려 쿠로스에가와黑末川 상류에서 강을 건너 후루나루미古鳴海로 향했다.

본가도에는 이미 카사데라에까지 적이 진출해 있었고, 카츠라야마 노부사다의 키요스 진격군 5,000의 병력이 이곳을 지날 것이 틀림없었다. 만일 그 일대와 조우전을 벌이게 되면 오와리 군대 전체가 꼼짝도 못하게 될 것이었다.

넉 점(오전 10시) 무렵이었다.

"원숭이! 말을 세워라."

후루나루미에서 탄게로 향하는 전방의 하늘에 숱한 불길과 연기가 치솟는 것이 보였다. 와시즈와 마루네가 불타고 있었다.

"음……"

노부나가가 말 위에서 벌떡 일어났을 때, 부상당한 패잔병들이 앞에서 삼삼오오 서로 부축하고 후퇴해오는 모습이 보이기 시작했다.

7

노부나가의 눈은 인광을 발하고 있었다. 그러나 이상할 정도로 마음은 평온했다.

마루네가 불타고 있다. 와시즈가 불타고 있다. 그러나 이것은 당연한 일이 당연히 일어난 것에 지나지 않았다. 노도와 같이 밀려오는 이마가와 군을 마루네나 와시즈에서 저지할 수는 없다. 노부나가가 노리는 것은 그 다음이었다.

일선에서 전해지는 승전보에 귀를 기울이면서 유유히 본진을 전진시켜오는 이마가와 요시모토와 어디서 맞닥뜨리게 될 것인가? 그때가 노부나가의 생애를 결정짓는 순간이었다. 성에도 처자들에게도, 또 정신적인 수호신이라고 믿고 있는 아츠타의 신사에도 결코 승리를 예상하고 승리를 기원하고 온 것이 아니었다. 굴복도 농성도 할 수 없는 자신의 성격에 따라, 성격이 명하는 대로 행동한 것에 지나지 않았다.

"말을 세워라."

소리지른 뒤 멈추었다.

"누구냐?"

노부나가는 패주해오는 병사 앞으로 다가섰다.

"오오…… 주군!"

잡병 두 사람의 부축을 받으며 퇴각해온 무사가 갑옷 가슴께를 누르며 얼굴을 들었다. 귀밑머리에서 흐르는 피가 얼굴과 목을 검게 물들이고, 흐트러진 머리카락이 앞니에 얽혀 말라붙어 있었다. 와시즈의 수비대장 오다 겐바였다.

"겐바로구나. 전황은?"

"주군! 끝내 방어에 실패하고 마루네 성채에서 사쿠마 다이가쿠가 전사했습니다."

"으음."

노부나가는 신음하듯 고개를 끄덕였다.

"대장은 다이가쿠뿐인가?"

"와시즈에서는 이오 오미가……"

겐바는 이렇게 말하고 칼을 지팡이삼아 억지로 일어나려 했다. 겐바 뒤로 끌려온 그의 말이 슬픈 소리로 울었다. 주인의 부상을 알아챘을 뿐 아니라, 말 자신도 목과 엉덩이에 네 대의 화살이 꽂혀 있었다.

"주군! 원……원……원통합니다!"

대답이 없는 노부나가를 찾으려는 듯 겐바는 눈을 부릅떴다. 그러나 이미 그 눈길은 노부나가를 볼 기력조차 없는 듯 차차 흐려지면서 후텁지근한 무더위를 싸안고 있는 하늘의 한 점을 향했다.

노부나가는 손을 들어 패잔병의 행렬을 멈추었다. 그리고는 느닷없이 안장 위에 한쪽 무릎을 짚고 벌떡 일어섰다.

겐바는 이때 힘이 다한 듯 비틀거리다가 좌우의 부축을 받으며 땅에 푹 쓰러졌다.

"모두 이것을 똑똑히 보아라!"

노부나가는 말 위에 일어서서 갑옷 옆구리에서 반짝 빛나는 사슬 같은 것을 꺼냈다.

"아아, 염주……"

"그렇다, 염주다. 은으로 된 큰 염주다."

노부나가와 염주, 그 관계가 너무나 뜻밖이었기 때문에 모든 사람들의 눈길이 그곳으로 집중되었다.

노부나가는 그것을 재빨리 목에 걸었다.

"잘 들어라, 이것이 오늘 나의 각오다. 말 위에 있는 것은 이미 죽은 노부나가다! 알겠느냐?"

"오오!"

"그대들의 생명을 나에게 맡겨라. 맡길 사람은 뒤로 물러서지 마라. 전쟁은 이제부터다! 목숨을 맡길 자들만 나를 따르라."

그 모습은 평소의 노부나가보다 몇 배나 더 커 보였다. 뜨겁게 내리쬐는 하늘을 찌르는, 처절하고도 강한 거인이었다.

"오오!"

일동은 자신도 모르게 칼을 뽑아 정신없이 휘둘렀다.

8

퇴각해오던 병사들은 다시 기력을 되찾아 노부나가의 뒤를 따르고, 뒤에서 쫓아오던 병사들도 합세하여 노부나가의 진격부대는 겨우 전열을 갖추었다.

이토다井戶田에서 야마자키山崎를 지나 후루나루미에 가까워졌을 때 탄게의 성채에서 퇴각한 삿사 마사츠구의 군사 약 300명도 합류했다. 그들에게는 즉시 나루미 수비를 명하여 본진의 배후와 우익을 대비하게 했다.

노부나가 자신은 숨돌릴 겨를도 없이 적장 오카베 모토노부의 군사 5,000을 본가도로 지나게 했다. 그리고는 그 앞의 젠쇼 사善照寺를 목표로 삼았다.

요시모토 이외에는 눈길도 돌리지 않는 맹렬한 진격이었다. 도중에 노여움을 사서 도주중인 마에다 마타자에몬 토시이에가 300명의 군사를 거느리고 노부나가의 후방에서 적에게 교란작전을 펴고 있다는 소식도 있었다. 그때도 노부나가는 짧게 말했을 뿐이었다.

"좋아!"

이미 군사들은 너나 할 것 없이 흙먼지와 땀을 흠뻑 뒤집어쓰고 있었다. 피로 또한 극심할 것이었다. 그러나 이들 오다의 군사들은 오늘 새벽까지도 무장을 풀고 있었기 때문에 그 체력은 이마가와 군과는 비교도 되지 않았다.

은쟁반에서 구워지고 있는 것 같은 하늘이 때때로 두 조각으로 갈라져 그 틈으로 파란빛을 눈부시게 내쏘면서 타는 듯한 무더위를 퍼붓고 있었다.

나루미에 보낸 삿사 마사츠구 이하 50여 기騎가 전사했다는 소식이 전해진 것은 젠쇼 사를 눈앞에 둔 타노하자마田/狹間에서였다. 노부나가는 이를 부득부득 갈고 일단 말을 나카시마로 돌렸다. 지금까지의 진로를 바꾸어 삿사의 복수전을 하면서 카마쿠라 가도로 나갈 생각인 것 같았다.

"주군! 그것은 무모한 일입니다."

하야시 사도노카미가 말을 몰아 노부나가 앞으로 와서 먼지와 땀으로 얼룩진 얼굴로 길을 막아섰다.

"본가도로 나갈 때까지는 단기單騎가 아니면 지나가지 못하는 길입니다. 서둘러서는 안 됩니다."

"으음."

노부나가는 안장 위에서 몸을 흔들었다.

"샷사의 복수전을 하지 말라는 것인가?"

"꼭 하시겠다면 저의 시체를 밟고 지나가십시오."

노부나가의 성급한 기질이 위험스럽다고 여겨온 사도는 지금이야말로 죽을 때라는 결심을 한 모양이었다.

노부나가는 다시 이를 부드득 갈았다. 그러나 뜻밖에도 조용한 어조로 말했다.

"그렇다면 여기서 잠시 전황을 살펴보도록 하지."

토키치로까지도 안도했다는 듯이 주위를 둘러보았다. 그 역시 여기까지 와서는 잠시 적장 요시모토의 동향을 살피는 것이 좋다고 생각하고 있었다.

다음이 없는 전투. 만났을 때가 그대로 요시모토와 노부나가의 운명을 결정하는 전투.

사도노카미가 뜻밖의 대답을 듣고 안도하며 자기 말 앞으로 걸어가고 있을 때였다.

"비켜라, 비켜. 아뢰옵니다, 주군!"

야나다 마사츠나가 좁은 길을 교묘히 누비면서 노부나가 앞으로 말을 몰고 왔다.

"보고 드립니다. 적장 이마가와 요시모토가 방금 덴가쿠하자마에 가마를 세우고 휴식에 들어갔다고 합니다."

미처 말에서 내리지도 못하고 급히 보고했다.

"뭣이, 요시모토가 덴가쿠하자마에……"

순간 노부나가의 눈이 무지개를 토하며 사방에 번뜩였다.

9

야나다 마사츠나는 말을 계속했다.

"가마를 세우고 마을 대표가 가져온 술잔을 손에 들고 승전을 축하하는 노래를 부르며 춤까지 추었다는 척후의 보고가 있었습니다."

"요시모토도 춤을 추었다는 말인가. 그렇다면 본대의 군사들은?"

"모두 분지에서 점심을 먹는 중이라고 합니다."

순간 노부나가는 눈을 감았다. 머리 위의 파란 하늘에서 무섭게 구름이 달리고 있었다.

"수고했다!"

노부나가는 눈을 감은 채 이렇게 말하고 나서 번쩍 눈을 뜨면서 주위를 노려보았다.

'이겼다!'

그것은 시퍼렇게 간 칼날 끝에 광채가 번뜩이는 듯한 직감이었다.

노부나가는 즉시 군사를 둘로 나누었다. 후방에서 뒤따르는 자와 가짜 병정 1,000명은 그대로 젠쇼 사의 성채로 들어가고, 자신은 엄선한 군사 1,000명을 이끌고 요시모토의 본진으로 향했다.

군사를 나눈 뒤 노부나가는 진두에 서서 다시 호령했다.

"명성을 높이고, 가문을 일으키는 것은 이 일전에 달려 있다! 다만 개인의 공을 앞세워 전체의 승리를 놓쳐서는 안 된다. 한 덩어리가 되어 적을 무찔러라. 요시모토 외에는 어떤 적장의 목도 베지 마라. 알겠느냐!"

"예!"

일동이 그 말에 대답했을 때는 이미 애마 질풍은 말머리를 곤추세우고 질주하고 있었다. 목표로 하는 곳은 덴가쿠 분지. 그러나 적의 눈에는 그 정예의 모습은 보이지 않고 뒤에 남은 병력이 가짜 병사와 더불어 젠쇼 사 성채로 들어가는 것만이 보였다.

"분명히 노부나가도 성에서 나왔다. 그러나 우리 기세에 눌려 공격해오지 못하고 다시 성채로 들어가고 있다."

이러한 적의 관찰이 노부나가의 기습을 감춰주는 구실을 했다.

노부나가는 숨쉴 틈도 없이 키리하라桐原 북쪽 언덕 기슭을 돌아 코사카小坂로 향했다. 거기서 타이시가네太子ヶ根를 넘어 이마가와 군의 오른쪽 배후를 쳐서 대번에 승부를 결정짓겠다는 것이었다. 오다 군의 사기는 충천했다. 땀도 고통도 이미 의식 속에 없고 불타는 전의戰意만이 1,000명 정예를 감쌌다.

타이시가네에 도착한 것은 정오. 그 무렵부터 다시 빠르게 흐르는 구름이 하늘을 덮기 시작하여 당장에라도 뇌우雷雨가 쏟아질 듯한 날씨로 변했다.

"기다려라."

노부나가는 서두르는 병사들을 제지하고 휴식을 명했다.

머리 위에서는 분지의 내부가 한눈에 보였으나 밑에서는 잡목에 가려 아무것도 보이지 않았다. 일거에 쳐들어가면 적은 큰 혼란에 빠질 것이었다.

노부나가는 부하들에게 휴식을 명했으나 자신은 말에서 내리지 않았다. 주위의 풀숲을 바라보면서 하늘과 분지를 계속 관찰했다.

이윽고 싸늘한 돌풍이 거칠게 산꼭대기로 불어오는가 싶더니 순식간에 폭포수와 같은 뇌우가 쏟아지기 시작했다. 분지에서는 비를 피하기 위해 소란이 벌어졌다. 노부나가는 투구에서 떨어지는 억수 같은 빗줄기를 뿌리치며 눈 아래에서 벌어지는 소란을 응시하고 있었다.

번개가 하늘을 찢고 천둥이 산과 분지를 뒤덮고 있었다.

10

주위는 다른 데보다 일찍 어두워졌다. 천둥소리가 멀어지는가 싶더니 다시 가까워지고 그때마다 호우와 질풍을 동반했다. 이와 같이 격심한 뇌우는 좀처럼 보기 드물었다. 장대 같은 비라는 문자 그대로 빗줄기는 인마를 마구 때리는 느낌이었다.

"서두르면 안 된다, 때를 기다려라."

지금은 그 노도 같은 노부나가의 호령도 빗소리에 지워져 겨우 주위에만 들릴 정도였다.

아래쪽 분지에서는 앞을 다투어 민가의 처마와 나무 아래로 비를 피하려는 군사가 벌집을 쑤셔놓은 듯 혼란을 빚고 있었다. 장막을 쳐놓은 요시모토의 본대만은 동요하지 않았으나, 한 번 돌풍이 불 때마다 휘장이 날아가는 것을 막기 위해 휘장자락을 붙드는 병졸들의 모습이 꼭두각시처럼 내려다보였다.

호우가 잠시 그 맹위를 수그린 것은 여덟 점(오후 2시) 무렵이었다.

노부나가는 다시 전군을 돌면서 명령을 내렸다.

"요시모토의 본진에 돌격할 때까지는 소리를 내지 마라. 알겠느냐. 요시모토 이외의 목은 베지 말고 짓밟아라."

드디어 노부나가의 지휘도인 하세베 쿠니시게가 비내리는 하늘을 향해 높이 들렸다.

이것을 신호로 목이 빠져라 기다리고 있던 1,000의 정예부대가 앞을 다투어 덴가쿠 분지에 있는 요시모토의 본진을 향해 돌진했다.

"와아."

소리지른 것은 오다 군이 아니었다. 허를 찔린 이마가와의 군대가 어떻게 된 일인지 영문을 모른 채 흙탕 속에서 당황하며 지르는 아우성이었다.

"어떻게 된 거야, 어찌 된 일이야?"

"반란이다. 모반이다!"

"어떤 놈이…… 그런 발칙한 짓을."

"아니, 반란이 아니다. 노부시야. 노부시가 습격한 거다!"

갖가지 고함소리가 난무했다.

"적이다! 적의 내습……"

그 가운데는 이렇게 외치는 자도 있었으나, 대부분 끝까지 들리지도 않은 채 흙탕물에 빨려들어갔다. 마을 대표의 선물과 이른 새벽의 승리, 그리고 뜻하지 않은 뇌우가 전에 없이 이마가와 군을 취하게 했다. 갑옷을 벗은 자, 무기를 멀리 둔 자도 있었다.

요시모토도 취해 있었다. 조심성 많은 이 대장이 그런 곳에 말을 세워둔다…… 그 일 자체만 해도 있을 수 없는 일이었다. 마을 대표가 가져온 술통이 그의 웅성을 괴멸시키는 쇠운의 술일 줄이야……

"뭐냐, 지금 그 소리는?"

요시모토가 말했다.

"축하주는 좋다. 그러나 추태를 부리고 칼부림을 하면 용서치 않을 것이다! 진정시켜라."

걸상에서 일어나려 했을 때였다. 젖은 장막을 걷어차듯이 하면서 말 탄 무사 하나가 다가왔다. 검은 갑옷에 큰 창을 거머쥐고 말에서 내리기가 무섭게 요시모토의 가슴을 향해 벼락같이 창끝을 들이댔다.

"핫토리 타다츠구服部忠次가 이마가와 요시모토에게 볼일이 있다!"

"고얀 놈!"

요시모토는 외치면서 두 자 여섯 치의 소조 사모지를 빼기가 무섭게 창끝을 후려쳤다. 핫토리 코헤이타 타다츠구의 창은 창끝이 약간 아래로 내려졌을 뿐 요시모토의 뚱뚱한 허벅지를 찔렀다.

"이놈."

요시모토는 허벅지의 부상에도 불구하고 다시 칼을 비스듬히 휘둘렀다.

11

요시모토의 칼이 옆으로 빗나갔다.

"앗!"

핫토리 코헤이타 타다츠구는 외치며 흙탕물 속에 엉덩방아를 찧었다. 한쪽 무릎은 절단되고, 잘린 창의 자루를 움켜쥔 채.

요시모토는 이때까지도 그것이 오다의 군사인 줄 몰랐다. 술에 취한 자의 난동이 아니라 진중의 반란으로 생각한 듯했다.

"무엄한 놈! 핫토리라고 했지. 누구의 부하냐? 괘씸한 놈!"

핫토리 코헤이타의 머리를 쳐들어 얼굴을 들여다보고는 단칼에 목을 치려고 다가갔다.

그때였다.

"코헤이타, 내가 돕겠다."

느닷없이 요시모토의 거구를 덮친 자가 있었다.

"무례한 놈, 가까이 오지 마라."

요시모토는 몸을 흔들며 소리쳤다. 소리치면서 취했다고 생각했다. 허벅지에서 흐르는 피가 엄청난 것도 그 탓이라면, 대지가 흔들리는 감각도 그 때문이었다. 다시 머리 위에서 번개가 십＋자를 그리고는 사라졌다.

"네놈은 누구의 부하냐?"

"모리 신스케! 오다의 가신이다."

"뭣이, 오다…… 그럼, 여기 잠입해 있었구나."

모리 신스케 히데타카毛利新助秀高는 그 말에는 대답하지 않고 요시모토의 허리를 안은 오른팔을 힘껏 죄었다.

요시모토의 거구가 비틀거렸다. 갑옷 옆구리의 이음새에서 아랫배로 뜨거운 쇠가 박히는 듯한 통증이 등줄기를 타고올라왔다. 단도에 찔린 것이 분명했다.

"으음."

아픔을 참고 다시 한 번 신스케의 몸을 옆으로 뿌리쳤다. 그러나 신스케는 떨어지는 대신 점점 더 두 팔로 허리를 죄어나갔다. 뿌리침을 당한 신스케는 가볍게 공중으로 떠올랐으나, 뿌리친 요시모토는 자기 몸과 신스케의 무게로 미끄러지고 말았다. 허리의 힘이 빠졌다. 털썩 땅에 쓰러졌다. 민첩한 신스케는 그 틈을 이용하여 얼른 팔을 풀고 요시모토의 가슴 위에 올라탔다.

"이놈, 무엄하게도……"

요시모토는 밀쳐내려고 몸부림쳤다. 그러나 아직 뇌우는 그치지 않았다. 정면으로 쏟아지는 빗방울 때문에 요시모토는 자기 몸 위에 올라타고 있는 무사의 얼굴이 잘 보이지 않았다. 자기를 죽음으로 몰아넣는 함정이 마련되어 있는 줄은 생각지도 못하고 밀쳐내기 위해 버둥거리며 소리질렀다.

"누구 없느냐, 괴한을 빨리……"

"에잇, 꼴 사납다!"

가슴에 올라탄 무사는 쏟아지는 빗줄기 속에서 입술을 일그러뜨리고 고함쳤다.

"이마가와의 대장쯤 되는 사람이라면 순순히 목을 내놓으시지."

"이놈, 칼을 빼었구나."

요시모토는 그때 비로소 상대가 이미 와키자시를 빼어들었다는 것을 깨달았다.

'여기서 죽다니…… 이럴 수가……'

상대가 찌르려 하는 와키자시 밑에서 갑옷의 무게가 거북스러워 분노가 치밀었다. 그리고 입 근처에 있던 상대의 주먹을 검게 물들인 고귀한 이빨로 힘껏 깨물었다. 혀 위에 무언가가 남았다. 손가락인가? 살인가? 생각했을 때 이번에는 목덜미에 싸늘한, 그러면서도 짓무르는 듯한 뜨거움을 느꼈다.

이리하여 스루가, 토토우미, 미카와의 태수는 노부시를 모방한 노부나가의 새로운 전법에 모리 신스케의 손가락 하나를 물어뜯은 채 덴카쿠하자마의 이슬로 사라졌다.

재회再會

1

무서운 돌풍을 동반한 뇌우가 쏟아지기도 전에 아구이 성에서는 뜻하지 않은 손님을 맞아 큰 혼란이 일어났다. 처음에 그 손님은 기마 무사 10여 기의 호위를 받으며 성문 앞에 와서, 자기 이름도 대지 않고 타케노우치 큐로쿠를 만나게 해달라고 청했다.

노부나가는 히사마츠에게 출병하라는 명령은 내리지 않았다. 그러나 바로 눈앞에 있는 오타카 성에 의해 키요스와의 연락은 철저하게 차단되어 있었다. 그러므로 언제 적이 쳐들어올지 몰라 큐로쿠도 무장을 하고 성의 수비에 임하고 있었다.

"만나보시면 알게 될 것이라고 합니다. 혹시 키요스에서 온 밀사가 아닐까요?"

연락하러 온 부하의 말에 고개를 갸웃거리며 나가 보니, 그 내방자는 말에서 내려 오른쪽에 솟아 있는 토운인의 노송을 조용히 올려다보고 있었다.

"나는 타케노우치 큐로쿠라고 합니다마는, 어디서 오셨습니까?"

큐로쿠가 다가가서 말을 걸었을 때 그 젊은 무사는 온화한 표정으로 큐로쿠에게 시선을 옮겼다.

"혹시…… 전에 어디서?"

둥근 얼굴, 혈색이 좋은 입술, 큼직한 귓불…… 이렇게 살펴보다가 큐로쿠는 놀라며 저도 모르게 소리를 질렀다.

"앗!"

내방자는 그제야 비로소 조용히 웃었다.

"마츠다이라 쿠란도노스케松平藏人佐……가 아닌 지나가던 나그네. 나 한 사람이라도 좋으니 성안에서 잠시 휴식하고 싶습니다."

큐로쿠는 당황하며 세 번이나 고개를 끄덕였다.

"알겠습니다, 마츠다이라가 아닌 나그네 어른. 마님께서 얼마나 기뻐하실지…… 곧 말씀 드리겠습니다. 잠시만……"

슨푸로 간 후로는 만날 기회가 없었다. 그러나 아츠타에 있을 때는 자주 과자나 옷을 전하러 갔었다. 그 어릴 적 모습이 지금도 넓은 이마와 둥근 얼굴에 남아 있었다.

"마님, 귀하신 분이……"

큐로쿠는 오다이 부인의 거실 앞 정원에서 차마 목이 메어 말을 잇지 못했다.

"귀하신 분이…… 어떻다는 것인가요?"

오다이는 지난봄에 낳은 막내아들 쵸후쿠마루長福丸에게 물리고 있던 젖을 떼고 큐로쿠의 당황하는 표정에 어리둥절했다.

"혹시 오타카 성에서……"

"쉿!"

큐로쿠는 눈짓으로 그 말을 막았다.

"마츠다이라 쿠란도노스케가 아닌 지나가던 한 나그네……라고 합니다."

오다이는 고개를 끄덕이고 매무새를 고쳤다.

오타카 성에 머무르고 있는 마츠다이라 쿠란도노스케 모토야스는 적의 대장. 그러므로 당당하게 이름을 대고 찾아올 수는 없었다.

"그럼, 나는 그 나그네에 대해 성주님께 말씀 드리고 올 테니 소홀함이 없도록 서원에 모시도록 하세요."

오다이는 꿈을 꾸는 듯한 심정이었다. 어젯밤부터 오늘 새벽에 걸쳐 마루네 성채에서 사쿠마 다이가쿠 모리시게를 무찌른 모토야스의 그 놀라운 전술은 이미 아구이까지 널리 알려져 있었다. 우도노 나가테루를 대신하여 오타카 성에 들어가 다음 전투에 대비하고 있다는…… 그 모토야스가 바쁜 중에도 일부러 틈을 내어 직접 이 작은 아구이 성을 찾아왔다.

'이 어미는 이겼어!'

이런 생각이 온몸을 뜨겁게 만들어, 무기고 앞에 장막을 치고 있는 남편에게 어떻게 걸어갔는지조차 알 수 없었다.

2

히사마츠 사도노카미 토시카츠는 마츠다이라 모토야스가 찾아왔다는 말을 듣고, 호인다운 얼굴에 경악의 빛을 띠고 눈을 크게 떴다.

"그게 사실이오?"

오다이는 그 경악이 혹시 모토야스에 대한 경계심이 아닌가 싶어 작은 목소리로 물었다.

"만나시겠습니까?"

"물론이오, 만나고말고!"

당연한 일이 아니냐는 듯 토시카츠는 지휘용 부채로 가슴을 두드리면서 말했다.

"마츠다이라와 히사마츠 두 가문의 인연은 각별하니까 말이오. 그런데 참, 지금 당장에는 가지 않겠소. 그대와는 그동안에 쌓였던 이야기가 많을 테니. 나는 나중에 술자리를 마련하리다. 그리고 사부로타로三郞太郞, 겐자부로源三郞, 쵸후쿠도 한배에서 태어난 동생들이니 대면시키도록 해요, 알겠소?"

오다이는 갑자기 눈시울이 뜨거워졌다. 토시카츠는 특별나게 무공으로 이름을 떨친 사람은 아니지만, 그의 가슴에는 따뜻한 인간의 피가 흐르고 있다는 것이 느껴졌다.

"알겠소? 그대에게 귀한 손님이라면 이 토시카츠에게도, 또 아이들에게도 귀한 손님이오."

"알겠습니다. 그럼, 안채의 서원에서."

"그래요, 아무것도 없기는 하나 정성을 다해 대접하도록 하오."

"예…… 알겠습니다."

그런 뒤 오다이는 자기 방으로 가서 세 아이를 불렀다.

맏아들인 사부로타로는 이미 관례를 올릴 나이에 가까운 열두 살, 겐자부로는 일곱 살, 그리고 쵸후쿠마루는 한 살이었다. 각각 옷을 차려입게 했다.

"데려오라고 알리거든 셋을 같이 보내요."

쵸후쿠마루의 유모에게 말하고 혼자 안채의 서원으로 향했다. 오다이가 온 뒤 새로 지은 이 서원의 정원에는 소나무가 있고, 바위 너머 산기슭에 자그마한 대나무 숲이 있었다. 오다이는 일부러 멀리 마루를 돌아 자기 아들에게 어머니가 가까이 온다는 것을 깨닫게 하려는 듯 천천히 걸었다.

방안에는 마츠다이라 모토야스가 상좌에 앉아 느긋하게 기다리고 있었다. 호위하고 온 근시들은 한 사람도 눈에 띄지 않고, 서원 안에는 모토야스와 큐로쿠 두 사람만이 서로 교대로 부채질을 하면서 마주앉아 있었다.

"정말 어려운 걸음을 하셨군요. 히사마츠 사도노카미의 아내 오다이입니다."

오다이는 두근거리는 감정을 억제하고 입구에 앉았다. 모토야스는 아직까지 오카자키 성에는 들어가지 못했다. 그러나 마츠다이라와 히사마츠는 그만큼 가문의 차이가 있었다.

모토야스의 눈길과 고개를 든 오다이의 눈길이 빨려들듯 마주쳤다. 오다이의 눈은 순식간에 빨갛게 되고, 모토야스의 눈은 깊은 미소를 담고 있었다.

모토야스가 문득 일어났다. 그리고 큐로쿠 앞을 지나 곧장 어머니 앞으로 와서 그 손을 잡았다.

"여기서는 다 말할 수가 없습니다."

작은 소리로 말하고 자기 방석과 나란히 오다이를 앉혔다.

"사정이 그랬던 만큼……"

모토야스는 똑바로 어머니를 바라보며 말했다.

"번거로움을 끼친 일이 한두 번이 아닙니다. 그러나 이 모토야스는 하루도 잊은 적이 없습니다."

그의 눈에 비로소 이슬이 맺혔다.

3

오다이는 웃으려고 했다.

세 살 때 헤어진 나의 아들, 여섯 살 때부터 오늘날까지 인질로 살아온 아들. 그러한 아들과 재회할 수 있었으면 하는 바람이 오다이의 생활에는 언제나 어두움으로 남아 있었다. 그 아들이 지금 내 손을 잡고 미소짓고 있다. 얼굴 생김새도 눈빛도 할아버지 미즈노 타다마사를 그대로 쏙 빼닮고, 자기 손을 잡은 그 손과 손톱 모양까지도 똑같았다.

"과분합니다."

남자의 것이라 하기에는 너무나 부드럽고 따스한 손을 오다이는 가슴에 새기고 가만히 놓았다.

"마침 경황이 없는 때여서 아무것도 대접할 것이 없어요. 하지만 편히 쉬었다 가도록 하세요."

"감사합니다. 때때로 혼다 미망인이 이곳 이야기를 하면서 여장부시라고 하더군요."

모토야스는 부채 그늘에서 가만히 눈을 누르고 다시 웃는 얼굴로 돌아왔다.

여장부라는 말이 그만 어머니에 대한 상상을 딱딱한 것으로 만들어 버렸다. 그러나 눈앞에 있는 어머니는 목소리도 피부도, 어깨도 마음도 너그럽고 온화한 느낌이었다. 아마도 노하는 일이 없을 부드러움— 그것을 가지고 있을 어머니임이 틀림없었다. 안기기에는 자신의 몸이 너무 크고, 안아주기에는 아직 젊은 어머니.

"오카자키를 떠나실 때 저는 겨우 세 살이었다지요?"

"그래요. 토실토실 살이 오른 몸으로 성문까지 마중을 나왔어요. 아마 기억하지 못할 거예요."

모토야스는 솔직하게 고개를 끄덕였다.

"기억이 없습니다. 왕고모님이나 할머니에게 이야기를 들을 때마다 눈물은 흘렸지만."

"정말이지…… 아직도 어제의 일인 것만 같아요. 그런데 어느 틈에 이렇게 훌륭하게 장성하셨으니."

이때 시녀가 차와 과자를 가지고 왔다.

모토노부는 자기가 어머니를 위해 아무것도 준비해오지 못한 것이 미안했다.

"그 후 아이들은?"

오다이로서는 제일 먼저 묻고 싶은 것이 손자에 대한 것이었다. 그러나 모토야스는 그 질문에 얼굴이 흐려졌다.

"잘 자라고 있습니다마는, 장소가 슨푸라서……"

말끝을 흐리고 슬쩍 화제를 돌렸다.

"저에게도 아우가 생겼다지요?"

"예, 만났으면 하고 모두 옷을 갈아입고 있어요."

"만나고 싶습니다! 만날 수 있겠습니까?"

오다이의 눈짓에 큐로쿠가 일어나 밖으로 나가고 실내에는 모자 두 사람만이 남았다.

"타케치요 님……"

"타케치요가 아니라 모토야스입니다."

"아니, 나에게는 타케치요 님이에요…… 그대가 태어났을 때 여러 가지 상서로운 징조가 있었어요. 틀림없이 이 나라에서 제일가는 무장이 될 테니…… 너무 공을 서두르지 마세요."

모토야스는 깜짝 놀라 어머니를 새삼스럽게 바라보았다. 이것이 바로 어머니의 진면목일 것이다. 조금 전의 부드러운 어머니가 아니었다. 혼다의 미망인을 연상시키는 뜻 높은 여장부, 강한 여성으로 바뀌어 있었다.

모토야스도 엄한 눈빛으로 고개를 끄덕였다.

그 무렵부터 덴가쿠하자마를 엄습했던 소나기가 이 아구이 골짜기에도 돌멩이 같은 비를 뿌리기 시작했다.

4

모토야스는 빗소리와 함께 오다이가 재가한 뒤에 낳은 아이들의 발소리를 들었다.

오카자키에 이복동생이 두 사람 있기는 했으나, 한 사람은 출가하고 또 한 사람은 병약하여 모토야스는 여간 외롭지 않았다. 아니, 외롭다는 점에서는 형제가 있고 없고보다도 오히려 슨푸에 두고 온 처자 때문에 더욱 그러했다. 아마도 이번 출전은 모토야스를 슨푸로 돌아가게 하지 않을 것이다. 이기면 오카자키의 가신들이, 패하면 운명이.

그러한 외로움이 모토야스로 하여금 일부러 어머니를 찾아오게 했다. 아버지가 다른 동생들에게 은근히 정이 가는 것도 그때문인 듯했다. 발소리가 옆방에 와서 멎었을 때, 모토야스는 저도 모르게 입을 열었다.

"오오!"

어머니 피를 받아서 그런지 맨 앞에 서 있는 큰 아이는 모토야스의 소년시절 그대로였다. 아니, 그 다음 아이도 많이 닮았다. 그리고 셋째 아이는 강보에 싸여 유모의 품에 안겨 있었다.

"자, 어서 들어와 손님께 인사 드려라."

다시 본래의 부드러움으로 돌아온 오다이의 말을 듣고 아이들은 나이순으로 모토야스 앞에 앉았다.

"사부로타로라고 합니다. 기억해주시기 바랍니다."

"겐자부로입니다. 잘……"

"쵸후쿠라고 합니다."

유모가 강보에 싼 아기와 같이 고개를 숙이자, 오다이가 옆에서 덧붙였다.

"사부로타로부터 앞으로 나오너라."

모토야스는 선물을 가져오지 못한 것을 또다시 후회하면서 큰 아이부터 앞에 놓여 있던 과자를 집어주었다.

"겐자부로라고 했지, 영리해 보이는구나. 몇 살이지?"

"일곱 살입니다."

"착하구나."

겐자부로가 과자를 들고 물러나자 모토야스는 유모 앞으로 두 손을 내밀었다.

"쵸후쿠, 어디 내가 한번 안아보자."

유모는 흘끗 오다이를 쳐다보았다. 오다이가 끄덕이는 것을 보고 모토야스의 손에 아기를 건넸다. 흰 비단 옷자락을 남빛으로 엷게 물들인 아기 옷을 입은 쵸후쿠마루는 턱 밑에 두 주먹을 모으고 있었다. 눈길을 천천히 손님으로부터 천장으로 옮겨갔다.

모토야스는 흠칫했다. 어쩌면 슨푸에 두고 온 타케치요와 이렇게도 닮았을까.

'핏줄은 속이지 못해.'

이러한 감개와 함께, 또다시 타케치요와 재회할 수 있을 것인가 하는 생각이 머리를 스치고 지나갔다. 어머니도 16년 만에 아들을 만났다. 자기 부자에게도 역시 그와 똑같은 숙명이 따라다니지 않을까 하는 생각이 들었다.

"오, 착한 아이로군!"

모토야스는 이렇게 말했을 뿐, 타케치요를 닮았다는 말은 차마 하지 못했다.

"어느 아이가 가장 이 모토야스의 어릴 때 모습과 닮았을까요?"

오다이에게 미소를 보내면서 쵸후쿠마루를 유모의 손에 다시 돌려주었다.

"쵸후쿠가 제일 닮은 것 같아요."

"음, 쵸후쿠가."

가만히 한숨을 쉬었을 때였다.

"비가 무섭게 쏟아지는군. 대나무 밭에 불어오는 바람 소리 같아."

술자리를 준비시킨 히사마츠 사도노카미 토시카츠가 굵은 목을 잔뜩 웅크리고 갑옷 차림인 채 들어왔다.

5

히사마츠 사도노카미는 처음부터 모토야스를 자기보다 한 수 위에 놓고 있었다. 마츠다이라 가문의 웃어른이라기보다, 첫 출전 이래 보인 모토야스의 실력을 호인답게 소문 그대로 받아들이고 있었다. 할아버지인 키요야스와 어느 쪽이 더 기량이 뛰어날까 하고 사람들은 벌써부터 비교하고 있다고 했다.

"인연이 있는 아이들이니 잘 부탁합니다."

세 아이에 대한 말을 하자 모토야스도 고개를 크게 끄덕였다.

"언젠가는 뜻을 모아 일해야 할 시기가 오겠지요. 그때는 세 사람 모두 마츠다이라의 성을 사용해도 좋습니다. 나에게는 혈육이 별로 없으니까요."

소나기는 좀처럼 멎지 않았다. 이런 호우豪雨라면 요시모토도 좀처럼 본진을 전진시키지 못할 것이었다. 그렇다고 요시모토가 도착할 때 성을 비워둘 수는 없는 일이었다.

"여간해서는 비가 멎을 것 같지 않군. 비가 발을 묶어놓는 결과가 되겠는걸."

겨우 비가 좀 그치기를 기다렸다가 모토야스가 아구이 성을 떠난 것은 여덟 점(오후 2시)이 가까웠을 때였다.

오다이는 사도노카미와 함께 성문까지 배웅했다.

"나중에 또……"

만날 수 있을지 없을지 말로는 약속할 수 없는 난세의 이별이었다. 모토야스는 가도로 나와 몇 번이나 말 위에서 뒤돌아보고 손을 흔들면서 사라져갔다.

여덟 점 반(오후 3시)에 비가 그쳤다. 그러나 구름은 여전히 머리 위에서 떠나지 않고 그대로 밤이 되어 어두워질 것 같았다.

오다이는 자기 방으로 돌아와 두 아이에게 이것저것 모토야스에 대한 이야기를 들려주었다. 모토야스의 어릴 때가 쵸후쿠마루와 똑같았다고 말하자 사부로타로와 겐자부로는 일부러 다가와서 쵸후쿠마루를 쓰다듬어주었다.

이때였다. 얼굴빛이 새파랗게 변한 남편이 뛰어들어왔다. 일곱 점(오후 4시)이 가까웠을 무렵이었다.

"놀라지 마시오!"

사도노카미는 이렇게 말하고 곁에 아이들이 있다는 것도 잊어버린 채 빠르게 말했다.

"슨푸의 성주가 노부나가 님에게 살해당했소."

"예?"

오다이는 순간 그 말이 이해되지 않아 되물었다.

"슨푸의 성주가…… 그게 사실입니까?"

"나도 믿을 수가 없었소. 하지만 이미 의심할 여지가 없어요. 키요스 성주가 맨 먼저 요시모토의 목을 창에 꽂고 말에 앉아 함성을 지르며 키요스 성으로 돌아왔다고…… 보고하는 사람이 분명히 두 눈으로 보았다는 거예요. 놀라운 일이오."

"믿을 수 없어요. 대관절 어디서?"

"덴가쿠 분지에서부터 오케하자마 일대는 피바다가 되었다고 해요.

오천의 군사가 전멸당한 거요."

"그러면…… 그러면 오타카 성은?"

"그것이 문제요. 일단 목을 베어 키요스 성으로 철수하기는 했으나, 키요스 성주의 기질로 미루어볼 때 오늘 밤은 몰라도 내일이면 반드시 승리한 여세를 몰아……"

물밀듯이 공격해올 것이라는 말을 하려다가 저도 모르게 입을 다문 것은, 그 성을 지키는 모토야스가 조금 전에 다녀간 오다이의 아들이란 것을 상기했기 때문이다.

오다이는 눈을 감았다. 오다 가문을 위해 기뻐해야 할 그 승리가 또다시 자기 아들을 사지로 몰아넣고 있었다. 오다 쪽이 병력을 모두 동원하여 쳐들어온다면 귀신이라 해도 그 작은 성으로는 이기지 못할 것이었다.

"성주님!"

눈을 감은 채 말하는 오다이의 목소리는 처절할 대로 처절했다.

6

"성주님, 십육 년 만에 아들을 만났기 때문에 제가 이성을 잃었다고 꾸짖지 마십시오."

"그게 무슨 말이오. 우리가 모르고 있는 동안에 이미 승부는 결정난 것. 나 역시 어떻게 해야 할지 꿈만 같은 심정이오."

"성주님! 제게 한 가지 생각이 있는데 받아들여주시겠습니까?"

"오, 받아들이고 않고의 여부가 있겠소. 생각나는 것이 있거든 어서 말해봐요. 당신의 아들에 관한 일 아니오? 우리 히사마츠 가문을 위해서도 도움이 될 것이오."

"그러시면 큐로쿠를 바로 키요스 성에 보내주십시오."

"큐로쿠를…… 무슨 말을 하려고?"

"오타카 성의 마츠다이라 모토야스를 이 어미가 설득해서라도, 키요스 성주님을 절대로 거역하지 않게 하겠다고……"

"오오!"

토시카츠는 무릎을 탁 쳤다.

"그렇게 할 테니 공격하지 말라는 부탁을 하자는 것이로군."

"예, 그동안에 성을 버리고 철수하도록 하는 것입니다. 그렇게 하지 않고는 다른 방법이 없을 것 같습니다."

토시카츠는 고개를 끄덕이고 곧 밖으로 달려나갔다.

오다이는 다시 눈을 감고 흐트러진 숨을 가다듬었다. 운명! 그것이 이처럼 큰 파도가 되어 가슴에 밀려온 적은 일찍이 없었다.

스루가, 토토우미, 미카와 세 지방에 군림하며 영원히 번영을 누릴 줄 알았던 이마가와 요시모토가 이미 흙으로 더럽혀진 하나의 시체로 변하게 될 줄이야…… 스스로 자기를 슨푸의 고쇼라 부르게 하고 야카타屋形°라 불리기를 싫어했던 요시모토…… 그 영화도 하루아침의 꿈이었다.

여자에게 난세처럼 저주스럽고 슬픈 것도 없다. 그런데 이 난세는 스루가, 토토우미, 미카와의 안정을 뿌리째 흔들어놓고, 전보다 더 거친 노도 속으로 끌어들였다.

'대관절 앞으로 누가 어떤 세력으로 뻗어나갈 것인가……?'

물론 오다이로서는 전혀 예측할 수 없었다. 그러나 가능하다면 자기 주변에 대해서만은 착오 없는 조치를 강구하여 피를 흘리게 하고 싶지 않았다.

"어머니, 무슨 일이 일어났습니까?"

부모의 심상치 않은 모습에 겐자부로가 물었으나 오다이는 대답하지 않았다.

"누가 가서 히라노 큐조平野久藏를 불러오너라."

이제 남편의 지시만을 기다리고 있을 수는 없었다. 자신의 역량을 모두 기울여 이 노도로부터 나의 집안, 나의 아들, 나의 혈육을 지키지 않으면 안 되었다.

쵸후쿠마루의 유모가 히라노 큐조를 불러왔다. 이미 요시모토가 전사했다는 소식은 이 작은 성 구석구석까지 퍼져 모두 안색이 변해 있었다. 히라노 큐조는 타케노우치 큐로쿠와 함께 아츠타에 있으면서 모토야스의 사자使者 역할을 훌륭하게 수행한 중신 가운데 한 사람이었다.

"마님, 큰일이 벌어졌군요."

큐조가 입구에서 두 손을 짚고 말했다.

"그대는 급히 카리야에 다녀와야겠어요."

오다이가 말했다.

"시모츠케 님에게 오타카 성을 공격해서는 안 된다, 외삼촌과 조카가 서로 싸울 것이 아니라 급히 모토야스더러 오타카 성에서 철수하게 하라고…… 알겠소? 오카자키로 물러나게 하는 것이 최선의 방법이에요. 이 오다이의 부탁이에요! 제발 무의미한 피를 흘리지 말라고 시모츠케 님에게 전해주세요."

이미 평소의 부드러운 오다이의 태도가 아니었다. 여장부다운 위엄이 온몸에 흐르는, 대답할 틈을 주지 않는 준엄함을 지닌 자세였다.

7

모토야스가 무사히 오타카 성에 돌아올 때까지 오카자키의 가신들은 뼈를 깎는 심정으로 초조하게 기다리고 있었다.

애당초 중신들은 요시모토가 우도노 나가테루를 대신하여 모토야스에게 오타카 성의 수비를 명하고 인마人馬를 휴식시키라고 한 것부터 수상하다고 생각하고 있었다. 오다 영내의 깊숙한 곳에 있는 이 외로운 성은, 전쟁의 양상에 따라서는 언제 죽음의 땅으로 변할지 알 수 없었다. 그것을 알면서도 휴식을 취하라는 명을 내렸다.

"만일 오다 주력부대가 오타카 성을 공격한다면 망명해도 좋다."

요시모토는 이렇게 덧붙이기도 했다.

"이것은 우리를 멸망시키려는 속셈이므로 방심해서는 안 됩니다."

오다의 주력부대와 싸우다 망명한다면 오카자키 사람들은 전혀 의지할 곳이 없어진다. 그것은 이마가와 쪽이 불리해졌을 경우, 그리고 그 훗날까지도 계산에 넣은 요시모토의 간계라고 생각되었다. 그럴 때 모토야스가 성을 벗어나 생모 오다이를 찾아보겠다고 했다.

우에무라 신로쿠로는 얼굴을 붉히며 간했다.

"당치도 않은 말씀입니다. 안 계시는 동안에 공격을 당하면 어떻게 하겠습니까?"

모토야스는 이를 웃음으로 무시했다.

"적이건 아군이건 뜻하지 않은 때야말로 대면할 수 있는 좋은 기회이니 염려할 것 없다. 이마가와의 본대가 무사히 있는 한 오타카 성에 주력부대를 투입할 노부나가가 아니야. 이 모토야스에게는 좀더 깊은 생각이 있어."

그 좀더 깊은 생각이란 무엇이었을까? 혹시 만약의 경우에는 망명할 곳을…… 그런 생각에서 히사마츠 사도노카미나 미즈노 시모츠케水野下野 등 혈육과 연락을 취해두려는 것인지도 몰랐다. 이렇게 생각하고 모토야스를 배웅했던 것인데, 도중에 호우는 쏟아지고 기다리는 사람은 돌아오지 않아 모두들 걱정했다. 저녁 무렵이 되어 모토야스가 돌아온 뒤에야 중신들은 비로소 안도하며 가슴을 쓸어내렸다.

이제는 요시모토의 도착을 기다릴 뿐이었다.

"성문의 경계를 엄히 하고 성안에는 모닥불을 피워라. 그리고 이 기회에 식사를 하도록."

모토야스가 내전으로 들어가자 사카이 우타노스케와 오쿠보 신파치로大久保新八郎가 직접 성안의 방비상태를 점검하고 나서 밤참을 먹도록 했다.

이러한 오타카 성에 요시모토가 전사했다는 소문이 전해졌다. 그것을 처음 안 것은 성밖에 진을 치고 있던 아마노 사부로효에 야스카게天野三郎兵衛康景였다. 야스카게는 이 말이 믿어지지 않았지만 이시카와 키요카네에게 알렸다. 이시카와 키요카네는 즉시 소문의 출처를 알아보라는 명을 내리고 아직 모토야스에게는 보고하지 않았다.

겨우 서로 얼굴을 알아볼 수 있을 정도로 날이 어둑해졌을 때 성의 정문으로 들이닥친 무사가 있었다.

"누구냐!"

정문을 수비하던 오쿠보 노인이 소리치자 무사는 말에서 내려 땀을 닦으면서, 숨을 내쉬었다.

"미즈노 시모츠케노카미 노부모토水野下野守信元의 가신 아사이 로쿠노스케 미치타다淺井六之助道忠가 모토야스 님에게 급히 전할 말이 있어 사자로 왔소. 들어가겠소."

"닥쳐라! 미즈노 시모츠케노카미는 우리의 적, 적의 부하를 어떻게 그냥 들여보낸단 말이냐!"

"내 말을 들으시오. 우리 주군들은 서로 적으로 갈라져 있으나 모토야스 님과는 숙질 사이, 나는 극비의 사명을 띠고 온 사람이오. 만일 의심이 간다면 귀하가 나를 따라왔다가 수상하거든 그 칼로 베어도 좋소."

거침없이 하는 말에 오쿠보 타다토시는 고개를 끄덕이며 웃었다.

"기백이 있군. 안내할 테니 기다리시오."

8

오쿠보 타다토시의 안내로 미즈노 시모츠케노카미의 가신 아사이 로쿠노스케 미치타다가 모토야스 앞으로 왔다.

모토야스는 어제까지 우도노 나가테루가 앉아 있던 넓은 방의 정면에 앉아 있었다. 갑옷은 벗고 요로이히타타레 차림으로 책상다리를 하고 앉아 방금 물에 만 밥을 먹고 났을 때였다.

양쪽에는 토리이 히코에몬 모토타다, 이시카와 요시치로 카즈마사, 아베 젠쿠로 마사카츠阿部善九郎正勝, 그리고 혼다 헤이하치로 타다카츠가 각각 무장한 채로 있다가 발소리를 듣고 일제히 큰 소리로 말했다.

"누구냐!"

실내는 이미 어둑어둑해져서, 커다란 촛불 하나만을 켜놓은 큰 방은 얼굴을 가까이 가져가야만 상대를 식별할 수 있을 정도였다.

혼다 헤이하치로가 맨 먼저 칼을 들고 일어났을 때.

"나베노스케, 나일세."

오쿠보 노인이 대답하고 성큼성큼 모토야스 앞으로 나갔다.

"영감이군. 그런데 저 사람은?"

"예, 미즈노 시모츠케노카미의 사자, 아사이 로쿠노스케 미치타다입니다."

아사이 로쿠노스케는 이렇게 대답하고 두 간 정도 떨어진 위치에 당당한 모습으로 앉아 모토야스를 똑바로 쳐다보았다. 눈에서는 물기에 반사되듯 촛불이 흔들렸다.

"주군의 밀사로 왔으니 주위를 물리쳐주십시오."

"안 돼!"

오쿠보 노인이 옆에 선 채로 꾸짖었다.

"여기 있는 분들은 우리 대장 마츠다이라 모토야스와 일심동체, 걱정하지 말고 용건을 말하라."

아사이 로쿠노스케는 빙긋이 웃었다.

"부럽기 짝이 없군요. 그럼, 말씀 드리지요."

"그래, 들어봅시다."

역시 오쿠보 노인의 말이었다.

"오늘 미시未時(오후 2시) 조금 지나 이마가와 지부노타유 요시모토가 오다 카즈사노스케 노부나가織田上總介信長에 의해 덴가쿠하자마에서 목이 잘렸소. 본대 오천은 그 자리에서 궤멸되고 다른 부대는 진로를 잃고 지리멸렬……"

로쿠노스케는 일단 말을 중단하고 모토야스의 반응을 살피려 했다.

모토야스의 얼굴에 잠시 동요하는 빛이 흘렀다. 그러나 묻는 목소리는 뜻밖일 정도로 조용했다.

"할 이야기는 그것뿐인가?"

로쿠노스케는 다시 한 번 머리를 끄덕이듯 숨을 쉬었다.

"숙질간의 정의로 알려드리는 것입니다. 이 고성孤城에 있으면 위험하다, 오늘 밤 안으로 군사를 이끌고 철수하는 것이 좋겠다…… 이것은 우리 주군만의 의견이 아닙니다."

"또 누구의 의견이란 말인가?"

"다름 아닌…… 아구이에 계시는 마님의 의견이기도 합니다."

순간 모토야스의 얼굴에서 감정의 파도가 꿈틀거렸다. 그러나 이것도 잠시였다.

"나베노스케……"

모토야스는 조용히 혼다 헤이하치로를 돌아보았다.

"미즈노 시모츠케노카미는 우리의 적, 교묘한 말로 우리를 현혹시키려는 괴한으로부터 즉시 칼을 압수하라."

"예."

"압수한 뒤 그대로 이시카와 키요카네에게 인계하고, 도주하지 못하게 엄히 감시하라고 일러라."

"알겠습니다. 칼을 이리 내놓아라."

헤이하치로가 벌떡 일어나며 일갈하자 아사이 로쿠노스케는 다시 빙긋이 웃고 순순히 칼을 내놓았다.

"일어서."

"그럼, 나중에 또."

로쿠노스케는 침착한 태도로 모토야스에게 절했다.

"철수할 때의 길 안내는 제가 하겠습니다. 이만 실례합니다!"

9

아사이 로쿠노스케가 혼다 헤이하치로에게 끌려나간 뒤 한동안 그 자리에는 기묘한 침묵이 흘렀다.

오케하자마에서 점심을 먹고 오늘 밤에는 이 성에 들어올 예정이던 이마가와 요시모토가 이미 이 세상에는 없다고 한다. 모토야스는 로쿠노스케를 발칙한 자라고 말하면서도 그가 한 말은 의심하지 않았다. 아니, 모토야스뿐만이 아니었다. 갑자기 하하하 하고 소리내어 웃는 오쿠보 노인도 이 밀사의 말을 믿고 있는 모양이었다.

"벌을 받은 게야! 아하하하. 우리의 전공을 칭찬하고서도 일부러 사지死地에 몰아넣은 슨푸의 너구리 같은 녀석. 그런 자가 벌을 안 받는다면 이 세상엔 하늘의 뜻이 없지."

"영감."

"예."

"우리가 보낸 척후는 아직 돌아오지 않았소?"

요시모토의 도착이 늦기 때문에, 당연히 예정된 진로에 몇몇 사람이 밀행하고 있을 터였다.

"아직은 돌아오지 않았습니다만 곧 돌아올 것입니다."

"속히 사실 여부를 확인하도록 하시오. 그리고 중신들에게 곧 이리 모이라고 전하시오."

"예……"

알겠습니다는 말을 입 속으로 하면서 노인은 이미 모토야스에게서 돌아서고 있었다.

"사실이라면 예삿일이 아닙니다."

이렇게 말한 것은 이시카와 요시치로였다.

"쉿."

그 말을 막은 것은 토리이 히코에몬. 깨닫고 보니 모토야스는 입을 한 일자로 꾹 다물고 눈을 감고 있었다. 10년 하고도 3년의 인질생활에서 드디어 인간 모토야스가 들판으로 풀려날 때를 맞이했다. 그것도 적의 한가운데에 놓인 외로운 성에서……

'어머니를 만나고 오기 잘 했다!'

더욱 절실한 마음이 되었다. 오다 노부나가의 심중을 헤아릴 길은 없고, 미즈노 시모츠케노카미 노부모토는 그렇다 치더라도, 후퇴할 때 노부시와 불량배들이 다투어 습격해올 것은 뻔한 일이었다.

오카자키 성은 스루가의 수비대가 차지하고 있고, 슨푸까지는 후퇴할 수 없다. 이 고성의 군량도 며칠이면 바닥이 날 것이고, 농성하기로 한다면 이번에야말로 카리야 성 군사와 아구이 성 군사들도 공격해와 피로써 피를 씻는 전쟁으로 변할 것이 분명했다. 자신의 처지는 전후좌우 어디에도 활로活路가 없는 완전한 사지死地였다.

"힘이 있거든 살아남아 보아라."

그 사지의 한가운데서 운명이 모토야스를 시험하려 하고 있었다. 모토야스는 문득 미소를 떠올렸다. 슨푸에서 그가 돌아오기를 기다리고 있는 세나히메와 어린아이들의 얼굴이 떠올랐던 것이다.

'세나…… 결국 돌아갈 수 없게 됐어……'

모토야스는 벌떡 일어나 묵묵히 마루로 걸어갔다.

예기치 못한 일은 아니었다. 요시모토의 죽음이라는 사실이 하나의 균형을 깨뜨리기까지 마츠다이라 쿠란도노스케 모토야스의 운명은 슨푸의 인질로 고정되어 있었다. 따라서 그 자신은 그의 죽음을 기다리고 있었는지도 모른다.

"그러나저러나……"

모토야스는 별 생각 없이 하늘을 쳐다보며 중얼거렸다. 구름이 서서히 걷히고 그 사이로 별이 가득히 빛나고 있는데, 그 가운데 하나가 남쪽 바다로 떨어졌다.

10

이 넓은 천지에 내 몸 하나 의탁할 곳이 없다―이런 생각이 모토야스의 가슴을 짓눌렀다. 그렇다고 그것은 결코 절망은 아니었다. 너무나 절박한 궁지여서 도리어 우스워지기까지 했다.

모토야스는 반짝이는 별을 쳐다보며 지금의 상황에서 버려야 할 것이 무엇인지 헤아리고 있었다.

첫째로 이 작은 성을 한시 바삐 버리지 않으면 안 된다. 처자는 이미 버리고 왔다. 잠시도 잊지 않고 그리워하던 어머니와는 만남이 곧 이별이 되었다. 오카자키 성에 대한 집착도 버려야 하고, 어디선가 자기를 지탱해준 '행운'이라는 막연한 환상도 이제는 분명히 버려야만 한다.

아니, 그것 말고도 아직 버려야 할 것이 남아 있었다.

'그게 무엇일까?'

생각하다가 문득 지난날의 셋사이 선사 얼굴을 떠올렸다.

"훗훗—"

모토야스는 웃었다.

마지막으로 버려야 할 것, 그것은 자기 존재의 부정이었다. 자신을 부정했을 때 비로소 무한한 정적인 '무無'가 남는다. 셋사이 선사가 모토야스에게 남기려고 한 그 '무'와 오랜만에 재회했다.

"그렇다, 모토야스는 죽어야만 했다……"

모토야스는 다시 한 번 입 속으로 중얼거렸다.

"큰 죽음이 가장 중요한 것……"

"성주님."

방으로 뛰어들어온 이시카와 키요카네가 소리지르듯이 말했다.

"소문은 사실이었습니다."

키요카네의 아내는 오다이와 마찬가지로 미즈노 타다마사의 딸. 이번에도 사무라이다이쇼侍大將로 활약하고 있는 그의 아들 히코고로 이에나리는 모토야스와 같은 타다마사의 외손자였다.

"히코고로에게 밀사가 왔습니다. 의심할 여지가 없습니다. 노부나가가 말 위에 요시모토의 머리를 높이 내걸고 의기양양하게 키요스 성으로 돌아가는 모습을 직접 보았다고 합니다."

모토야스는 이 말에는 대답하지 않고 천천히 마루에서 돌아왔다.

이와 때를 같이하여 중신들이 속속 모여드는 기척이 들렸다. 촛불이 늘어났다. 모두 뜻밖의 흥분으로 표정이 굳어 있었으며, 흔들리는 불빛 속에서 도깨비탈을 늘어놓은 듯이 엄숙했다. 사카이 사에몬노죠 타다츠구를 마지막으로 모두 양쪽으로 늘어서기까지 모토야스는 한 마디도 하지 않았다.

"다들 모였소?"

"예."

"이미 들었을 테지만, 소문을 그대로 믿어서는 안 되오. 소문에 겁을 먹고 도망친다면 후대에까지 두고두고 수치로 남을 것이오. 지금부터 즉시 키요스를 공격할 것인지 아니면 성을 지키다 전사할 것인지."

좌중은 조용하기만 한 채 누구 하나 입을 여는 사람이 없었다.

키요스에 대한 야습. 승리감에 도취한 오늘 밤의 키요스에는 뜻밖의 허점이 있을지도 모른다. 그러나 끝까지 학대를 거듭한 요시모토에게 이처럼 의리를 세울 필요가 있을까 하는 망설임 때문에 아무도 입을 열지 못했다. 그 점을 정확히 간파한 모토야스였다.

"아니면……"

모토야스는 미소를 떠올렸다.

"각자 오카자키의 자기 집으로 돌아갔다가 천천히 앞으로의 동향을 지켜볼 것인가."

이것이 바로 자신을 버리고 가신들을 위해 결심한 모토야스의 마음이었다.

"그것이 좋을 듯합니다."

이번에는 동시에 양쪽에서 찬성하는 소리가 터져나왔다.

여자의 입장

1

비도 내리지 않고 그대로 무더위에 접어들려는 슨푸 성의 요시모토 저택에서는, 성을 지키고 있던 우지자네가 고통스러운 표정으로 한 팔을 사방침에 기댄 채 거칠게 부채질을 하고 있었다. 그 앞에 여러 장군들의 아내들이 이마에 흐르는 땀을 닦을 생각도 하지 않고 나란히 앉아 있었다.

들어오는 보고마다 모두 참담한 패전의 소식뿐이었다.

야마다 신에몬山田新右衛門도 전사했고, 세나히메와 미모를 다투던 카메히메의 남편 이오 부젠의 전사도 보고되었다. 요시모토의 숙부인 칸바라 우지마사蒲原氏政 역시 전사하고 조카인 쿠노 우지타다久能氏忠도 죽었다. 한때는 여자들에게 선망의 대상이었던 스루가의 대장 미우라 사마노스케三浦左馬助도 전사했으며, 요시다 무사시노카미吉田武藏守, 아사이 코시로淺井小四郞, 오카베 카이岡部甲斐, 아사히나 히데노리朝比奈秀詮의 전사보고도 속속 들어왔다.

세나는 그 이름 가운데 언제 남편인 모토야스의 이름이 나올지 몰라보고가 들어올 때마다 숨을 죽였다.

단 하나 우지자네를 안도케 한 것은 오카베 고로베에 모토노부岡部五郞兵衛元信만은 항복하지 않고 나루미 성을 굳게 지키면서 결국 아버지의 목을 도로 찾았다는 보고였다.

오늘까지 보고된 바에 따르면 이름있는 장수의 전사자는 556명, 잡병은 약 2,500여 명이나 되었다. 그러나 이것으로 보고가 끝난 것은 아니었다. 계속 소식이 들어오고 있었다. 서기가 새로운 보고에 따라 전사자의 이름을 적을 때마다 미망인이 된 여자들은 고개를 푹 숙이고 땀과 눈물을 씹어삼켰다.

'어째서 이런 자리에 여자들을 모아놓는 것일까……?'

세나는 남편의 전사를 통고받은 여자들은 각자 집으로 돌아가 분향하게 하는 것이 인정을 아는 사람이라 생각했으나, 우지자네는 그것을 허락하지 않았다. 이번 상경전에서 너무나 많은 무장들이 전사하고 있어 불안했던 것이다.

"안부를 알려줄 테니 모이도록 하라."

이렇게 말하여 모아놓은 여자들을 그대로 성안에 인질로 잡아두었다. 그렇게 하지 않으면 폭동의 우려가 있었다.

오시午時(오전 12시)가 지났다.

"목욕을 하고 오겠다."

우지자네는 한마디 내뱉고 자리에서 일어났다. 그리고 옆에 있는 세나를 그제야 본 것처럼 말을 걸었다.

"츠루…… 가엾게 됐어."

"가엾게 되다니요?"

"모토야스를 전사하게 만들어서. 하지만 집안의 명예는 세워줄 테니 걱정하지 않아도 좋아."

"예?"

세나는 자기 귀를 의심했다.
"그이도 전사했나요?"
"음, 그래."
우지자네는 가라앉은 목소리로 대답하고 그대로 복도 쪽으로 걸어갔다.
세나는 달려들 듯 서기의 탁자 앞으로 갔다.
"마츠다이라 쿠란도 모토야스도 전사했다고 기입되었나요?"
서기는 장부를 훑어보았다.
"아직은 없습니다."
세나는 그만 웃음을 터뜨릴 뻔했다. 전사자가 너무 많아 우지자네가 착각을 일으킨 모양이었다. 겨우 안도하고 자리로 돌아왔을 때였다.
"츠루 님."
이미 남편의 전사를 통고받은 이오 부젠의 아내 키라 부인, 예전의 카메히메가 눈을 빨갛게 물들인 채 다가왔다.

2

세나는 마음에 싸늘한 바람을 느끼면서 냉정해지려고 했다. 이미 남편의 죽음을 확인한 여자와, 아직도 생존에 일말의 희망을 걸고 있는 세나 사이에는 말로 할 수 없는 울타리가 쳐져 있었다.
"부러워요, 모토야스 님은……"
키라 부인은 어깨를 축 늘어뜨리고 세나 옆에 앉았다.
"무운이 강하신 분이라 반드시 무사하실 거예요."
"아니, 그렇지 않아요!"
세나는 상대의 말에 반발을 느꼈다.

"이처럼 큰 변란이 일어났으니 그이도 틀림없이 어디서 전사하셨을 거예요. 남은 아이들을 생각하니 아무것도 할 수 없군요. 저에 비하면 자식이 없는 카메 님이 부러울 뿐이에요."

키라 부인은 흘끗 세나를 바라보고 눈을 내리깔았다. 자식이 없어서 부럽다니, 지금 자기가 느끼고 있는 분노나 외로움과는 너무도 동떨어진 말이었다. 그러나 드러내놓고 세나에게 반박할 그녀는 아니었다. 키라 부인은 짐짓 세나의 말을 수긍하는 듯한 태도로 말했다.

"나는 츠루 님에게 참회할 것이 있어요."

그리고 들릴까 말까 한 작은 목소리로 덧붙였다.

"모토야스 님이 무사하시다면 못 들은 걸로 하고 잊어주세요."

"참회라니…… 무슨?"

"나는 모토야스 님을 미워했어요."

"우리 그이를, 어째서?"

"모토야스 님은 내가 이 세상에서 알게 된 첫 남자였어요."

키라 부인은 눈길을 떨어뜨린 채 수치심도 감정도 없는 사람처럼 중얼거렸다.

세나는 무어라 대꾸할 말이 없었다.

모토야스가 타케치요로 불리던 열한두 살 때 키라 부인을 좋아했다는 것은 세나도 알고 있었다. 그런데 이제 와서 왜 그 말을 꺼내는 것일까. 자기 혼자만의 모토야스라고 믿고 있는 세나히메 앞에서……

"나도 그 무렵의 타케치요 님을 좋아했어요."

키라 부인은 기어드는 듯한 목소리로 말을 이었다.

"그 마음을 억지로 참은 것은 언젠가는 츠루 님의 남편이 되실 분이라고 생각했기 때문이었어요. 어느 날 저녁 때 나를 미야마치 숲으로 불러내어……"

세나는 당황하여 손을 내저었다. 남편의 생사를 걱정하는 절박한 때

이기는 했으나, 이 참회는 세나에게 묘한 아픔을 가져다주었다. 그 아픔은 눈앞에 있는 키라 부인이 아이를 낳은 세나보다 훨씬 더 싱싱한 피부와 젊음을 가지고 있는 탓이기도 했다. 그 피부에 닿았을 모토야스를 생각하는 것은 그대로 두 사람의 잠자리로 이어졌다.

"그만 하세요. 나는 무엇 때문에 우리 그이를 미워하는지 그 이유만을 듣겠어요."

"용서하세요. 모토야스 님에게 몸을 허락한 뒤부터 나는 더욱 사모하는 마음이 깊어져 미칠 것만 같았어요."

"그래서 우리 그이를 밉다고 했나요?"

"예, 남편이 죽을 때까지 나에게 부정한 마음을 갖게 만든…… 그것이 증오스러워요."

이렇게 말하고 키라 부인은 눈길을 더욱 멀리 보내며 아름다운 입술을 꼭 깨물었다.

3

세나는 어처구니없다는 듯 키라 부인을 지켜보았다. 가슴이 확 달아올라 머리채를 휘두르고 싶은 초조감에 사로잡혔다. 밉다고 하면서도 따지고 보면 그것은 뻔뻔스러운 사랑의 고백이 아닌가.

"카메 님, 내가 그이를 대신해서 사죄하겠어요. 용서해주세요."

키라 부인은 세나의 말에 귀를 기울이고 있는 것 같지도 않았다.

"나는 죄업罪業이 많은 여자였어요……"

나직하게 말을 이었다.

"마음에 다른 남자의 환상을 품은 채 남편을 섬기는…… 죄업의 깊이를 깨달았기 때문에 모든 것을 고백하는 거예요. 츠루 님, 나에게 분별력을 갖게 해주세요."

"분별력이라니?"

"다른 분도 아니니 마음을 털어놓겠어요. 나는 모토야스 님이 무사히 슨푸로 돌아오실 것이 두려워요."

"아니, 그것은 또 왜 그렇죠?"

"이제 나에게는 남편이 없어요. 만일 츠루 님을 미워하게 되면 어떻게 될까요? 츠루 님! 나는 죽었으면 해요. 하다못해 남편에게 생전의 부정이라도 사죄하고 죽고 싶어요."

세나는 현기증이 일었다.

'그렇다. 이 여자에게는 이제 남편이 없다……'

모토야스에게도 아마 처음이었을 여자. 그 여자가 끝내 아름다운 젊음을 간직한 채 미망인이 되어 모토야스에게 매달리려 한다. 아니, 그렇게 함으로써 죄를 거듭하게 될 것이 두려워 죽고 싶다는 말을 하고 있다.

'그래요, 죽는 편이 좋겠어요.'

세나는 이렇게 말하고 싶은 증오심을 억제하고 오직 키라 부인을 내려다보고만 있었다.

"이대로 자결하는 것만으로는 전사한 남편이 용서하리라 생각되지 않아요. 세나히메 님! 부탁이에요. 도련님을 만나 고쇼 님의 복수전을 언제 하시려는지 여쭈어주세요."

세나는 상대의 말이 뜻밖의 방향으로 흘러 깜짝 놀랐다.

"복수전이 시작되면 어떻게 할 생각인가요?"

"남은 가신들을 이끌고 남자가 되어 싸우다 전사하겠어요. 이 점에 대해서도 도련님의 허락을 받아주세요."

세나는 자신의 분노가 썰물처럼 빠져나가는 것을 깨달았다.

'그렇다, 그게 좋겠다. 그렇게 해야만 부정이 씻길 것이다.'

세나는 키라 부인에 비해 단순한 편이었다. 아마도 그녀의 고백은 세나의 입장을 잘 알고, 우지자네에게 복수전을 벌일 의사가 있는지 없는지 타진하려는 계산에서 나왔을 것이 분명했다. 우지자네를 만나 그러한 뜻을 직접 물어볼 수 있는 사람이 지금으로서는 세나밖에 없었다.

"생각해보니 좋은 생각인 것 같기도 하군요. 염려하지 마세요. 기회를 보아 내가…… 아니, 지금 당장 찾아가서 물어보겠어요."

세나는 이렇게 대답하고, 지금쯤은 안채로 돌아가 잠을 자고 있을 우지자네의 모습을 상상하면서 얼른 일어나 복도를 건너갔다.

세나가 들어갔을 때 우지자네는 웃통을 벗고 땀을 닦게 하면서, 거실의 작은 탁자에 향을 피워놓고 꾸중을 들은 아이처럼 시무룩한 표정으로 피어오르는 연기를 바라보고 있었다.

4

우지자네는 세나가 들어온 것도 깨닫지 못한 모양이었다. 눈물이 글썽하여 피어오르는 향연에 눈길을 고정시킨 채 허탈한 사람처럼 온몸이 축 늘어져 있었다.

"저어……"

세나는 이때야 비로소 요시모토의 죽음이 현실로 가슴에 와닿는 느낌이었다. 그녀는 조용히 우지자네 옆에 앉아 작은 소리로 말했다.

"여간 원통하지 않으실 거예요."

순간 자기 눈에서도 걷잡을 수 없이 눈물이 흘러내렸다. 우지자네는 꼼짝도 하지 않았다. 열어젖힌 창문과 마루를 통해 매미소리가 요란해 처절한 분위기를 더욱 부추겼다.

"안색이 안 좋으시군요. 어디 몸이라도……"

"츠루."

"예."

"나는 어떻게 해야 할까?"

우지자네는 비로소 세나에게 눈길을 돌렸다.

"나는 아버지가 미워졌어!"

거의 울부짖듯 말했다.

"어째서 스루가, 토토우미, 미카와만으로 만족하지 못했을까. 나는 애당초 이번 상경에는 반대였어. 분수를 아는 것이 불행을 미연에 방지하는 길인데."

세나는 뜻밖의 말을 듣는 것 같았다. 요시모토의 상경에 반대한다는, 그런 낌새는 전혀 없었다. 오히려 우지자네는 아버지와 같이 쿄토에 올라가 고쇼의 정원에서 공차기를 했으면 하는 희망을 불태우고 있다는 말을 들었다.

"우리 편인 체하면서도 사실은 오다와라도 코후甲府도 모두 우리 영지를 노리고 있어. 그런 분위기에서 아버지는 중요한 가신들을 모두 끌고 나가 죽게 만들었어. 나는 아버지를 원망해. 나는 아버지의 야심 때문에 희생자가 되고 말았어……"

우지자네의 말은 사실이었다. 우지자네뿐만 아니라, 일족이 모두 요시모토의 야심 앞에 희생된 것인지도 몰랐다. 그러나 이 사실을 우지자네의 입을 통해 듣게 되다니, 그렇다면 남은 가족들은 어떻게 해야 한다는 말인가.

"그 심정은 이해합니다. 그러나 고쇼 님을 원망하시는 것만으로는 사태가 해결되지 않습니다. 복수전은 언제 하시렵니까?"

불만이 섞여 있는 세나의 어조에 우지자네는 흘끗 그녀를 바라보고는 다시 신경질적으로 무릎을 흔들었다.

"그대도 역시 그 말을 하려고 나를 찾아왔나?"

"저만이 아닙니다. 남편을 잃은 미망인들의 마음도 모두 저와 같습니다."

"으음."

"조금 전에 이오 부젠의 미망인도 도련님의 허락을 받아 남자가 되어 싸우다 죽겠다고……"

"알았어!"

우지자네는 불쾌한 낯으로 무릎을 탁 치며 말을 중단시켰다.

"난 처음엔 아버지의 희생물…… 다음에는 가신의 희생물이 되어 수라장에서 목숨을 떨구면 그만이야. 알겠으니 잠시 나 혼자 있게 해줘. 여러 사람 앞에서는 울 자유도 없는 나를 불쌍하다고 생각지 않나?"

"도련님!"

세나의 목소리가 날카로워졌다. 우지자네 자신의 입장에서 보면 그렇다 하더라도 이 혼란 속에서 그런 한심스런 말을 하다니 용납할 수 없었다.

"다시 말씀 드립니다. 복수전에는 고쇼 님이 돌아가신 이상 도련님이 총대장이십니다."

5

우지자네는 원망스럽게 세나를 노려보며 입을 다물고 있었다.

"설마 이대로 끝내실 생각은 아니겠지요?"

"츠루! 말이 너무 지나치군."

"그렇다면 결심한 바를 밝혀주세요."

"츠루, 나에게 원한을 품고 있군. 언젠가의 일을 아직도 가슴속에 품고 있어."

우지자네의 눈이 뱀의 그것처럼 빛나고, 일그러진 웃음이 입 가장자리의 근육을 실룩거리게 했다.

세나는 와락 분노가 치밀었다. 언젠가의 일 — 모토야스와의 혼례 전에 그녀의 몸을 마음대로 희롱했던 그때의 일을 가리키는 것이 분명했다. 여자에게 희롱당했던 과거를 비웃는 것처럼 분한 일은 다시없다. 그러나 요시모토가 죽고 난 뒤의 우지자네는 세나의 분노 같은 것은 받아들일 리가 없는 절대적인 권력자.

창백해진 얼굴을 붉히고 그녀 역시 웃는 것으로 한껏 반항했다.

"그 일이라면 염려하지 마세요. 이 츠루는 벌써 잊었어요."

"틀림없는 사실인가?"

"물론 틀림없는 사실이에요."

우지자네는 다시 무기력한 표정으로 돌아와 고개를 끄덕였다.

"그대가 내 편이라면 내가 우는 것도 용납해줄 거야. 나는 결국 가련한 인형에 지나지 않아."

"이 커다란 성에서 아무 부자유도 없이 사시면서 그런 말씀을 하시다니."

"그래, 아버지가 생존했을 때는 아버지의 꼭두각시, 앞으로도 내 마음대로 살 수 있는 날은 없을 거야. 우선 아버지를 따라 전사한 사람들에게 마음에도 없는 감사장을 써야 할 것이고, 그 다음에는 중신들의 결의에 따라 내가 좋아하는 공차기 따위와는 거리가 먼 사나운 말에 실려 전쟁터로 나가야만 해. 츠루, 그대는 나의 불운을 알 수 있겠지. 모든 것이 전생으로부터의 인연이니 그대만은 전처럼 종종 나를 찾아와 같이 울고 함께 위로받기를 바라겠어."

세나는 어이가 없어 저도 모르게 조금 물러났다.

'이 무슨 가당치 않은 말인가?'

우지자네의 말은 한편으로 생각할 때 너무 솔직했다. 우지자네가 원하는 생활은 전쟁도 아니고 야심도 아니었다. 풍아한 놀이와 여자, 그리고 술—슨푸의 총대장에게 지금 그것이 허용될 리 없었다. 마음속의 생각과 불안은 별개의 것. 더구나 세나가 분노를 억제하고 내던진 비꼬는 말까지 우지자네는 전혀 다르게 받아들이고 있었다. 세나는 그와의 정사 따위는 깨끗이 잊었다고 했는데, 우지자네는 원한을 잊고 그리워하는 것으로 받아들였다. 그리고 아직 남편의 생사조차 확인하지 못했는데 다시 자기한테 오라는 말을 하다니.

세나는 우지자네에게 실망했다. 그의 입을 통해 복수전에 대한 결의를 들을 수 있으리라 생각했던 것이 어리석었다.

'그렇다. 이런 것은 모두 중신들이 결정할 일이다……'

세나는 마음속으로 새삼스럽게 모토야스와 우지자네를 비교하면서 우지자네의 거실을 뒤로했다. 우지자네는 영혼이 없는 하나의 인형.

'그에 비해 우리 그이는……'

이렇게 생각하자 다시 모토야스에 대한 그리움이 온몸의 땀에 섞여 관능을 자극했다.

6

세나가 넓은 방으로 돌아왔을 때 또 새로운 보고가 들어와 있었다. 그중에도 모토야스의 소식은 없고, 새로 남편의 전사소식을 들은 사와다 나가토澤田長門와 유이 마사노부由比正信의 아내가 손을 맞잡고 울고 있었다.

세나가 조용히 키라 부인의 곁으로 다가가자 그녀는 기다렸다는 듯이 사람들과 떨어지며 물었다.

"도련님이 허락하시던가요?"

이곳은 여자들의 화장과 땀냄새가 뒤범벅이 되어 있었고, 바람이 없는 데다 사람들의 체온 때문에 우지자네의 방과는 비교도 안 될 정도로 더웠다. 세나는 일부러 눈길을 다른 데로 돌리고 묵묵히 앉아 있었다.

"도련님은 곧 복수전을 시작하시겠지요, 츠루 님?"

키라 부인은 그것이 알고 싶을 뿐이었다. 그걸 알아낼 수단으로 세나의 질투심을 자극했다. 하지만 그 이면에는 세나만이 아직 미망인이 되지 않은 데 대한 부러움도 있었다.

"도련님은 전쟁을 싫어하세요."

"그렇다면 고쇼 님의 원수를 갚지 않겠다는 건가요?"

키라 부인은 대들 듯이 말을 이었다.

"여기 있는 수많은 미망인들의 원한을 풀어주시겠다고 하지 않으셨다는 말인가요?"

세나는 그 대답을 반쯤 피하듯이 말을 이어나갔다.

"오다와라 성주님도 코후 성주님도 표면상으로는 그렇지 않지만 진정한 우리 편이 아니다, 오와리에 출전했다가 그 틈을 노려 공격해오면 ─ 하고 그 점을 우려하시는 게 아닐까요?"

키라 부인은 입술을 꼭 깨물었다. 갑자기 가슴이 터질 것 같으면서 눈물이 마구 쏟아졌다.

모토야스에 대한 사모의 정 운운한 것은 지어낸 말일 뿐, 남편 이오부젠의 얼굴이 아른거렸다. 그 다정했던 지난날들. 이미 남자를 알고 나서 시집온 자기인데도 아무것도 모르고 계속 사랑해준 남편. 그 남편이 이를 악물고 피와 흙으로 뒤범벅이 된 채 죽음의 자리에 놓인 모습이 선하게 눈에 떠올랐다.

"그런 말씀을 하셨군요."

키라 부인은 한마디 중얼거리고는 눈물을 닦았다. 세나는 그 얼굴에서 눈길을 떼지 않았다. 그녀의 말을 그대로 믿고 있었기 때문이다.

"이렇게 된 이상."

키라 부인은 말했다.

"제가 곧 히쿠마노 성으로 돌아갈 수 있도록 주선해주세요. 성에 들어가 있고 싶어요. 모토야스 님을 대하게 되는 것이 슬퍼요."

그녀는 자기가 아이를 낳지 못한 것이 이때처럼 남편에게 미안한 적도 없었다. 만일에 자식이 없다는 이유로 가신들이 성에서 쫓겨나는 일이라도 생기면 그야말로 남편에게 고개를 들 수 없을 것이었다.

'당장 돌아가 양자라도 맞아들이자……'

키라 부인의 생각이었다.

세나는 조용히 고개를 끄덕였다. 아직까지도 전사 통지가 없는 것을 보면 모토야스는 어딘가에 살아 있을 것이 분명했다. 그 기쁨이 자기보다 싱싱하고 젊은 키라 부인 때문에 어지럽혀진다는 것은 참을 수 없는 일이었다.

"도련님을 움직일 수 있는 분은 츠루 님밖에 없어요. 제발 부탁입니다."

"알겠어요. 나와 같이 여기서 나가요. 도련님의 방에서 그대로 성밖으로 빠져나가세요. 남의 눈에 띄지 말고."

세나는 자신의 두번째 방문이, 그 역시 고독으로 몸부림치는 우지자네의 오해를 더욱 부채질할 것이라는 사실도 잊은 채 가만히 그녀의 귓전에 속삭였다.

7

우지자네는 세나의 청을 받아들였다.

키라 부인은 우지자네의 시녀가 외출하는 것처럼 꾸미고 성을 빠져나갔다.

"그대는 나하고 좀더 이야기를 나누다가 돌아가시오."

이 말에 세나는 섬뜩했다. 그 말의 이면에 무슨 뜻이 담겼는지 잘 알고 있었다. 결국 우지자네는 오다와라 부인이 채워주지 못하는 심신 양면의 불만을 세나를 통해 해결하려 하는 것이 분명했다. 세나로서도 몇 번인가 몸을 허락한 과거가 있다. 상대가 자기를 조롱하는 것이 아니라 애원하는 듯한 마음의 허약함을 드러내자 세나도 어딘가 흔들리는 데가 있었다.

세나는 동요를 억제하고, 반쯤 우지자네를 시험하는 심정으로 고개를 갸웃했다.

"아이들이 걱정되어 잠시 집을 돌아보고 오겠어요."

"그래? 그럼, 다녀와."

우지자네도 분명히 과거를 떠올리는 표정으로 허락했다.

세나는 일부러 다른 여자들의 눈치를 보지 않았다. 어디까지나 우지자네의 사촌여동생답게 따가운 저녁 햇빛 속에서 가마를 타고 집에 돌아왔다.

'확실히 모토야스는 살아 있다……'

안도감이 더욱 공상을 밝게 하여, 문득 그 반대일 경우를 생각하기도 했다.

'모토야스가 전사했다면 앞으로 어떻게 될 것인가?'

아이들은 떳떳하게 마츠다이라 가문을 이어받을 것이고, 나는 우지자네의 품안에서 지금보다 훨씬 큰 권세를 누리게 될 것이 아닌가——?

이런 엉뚱한 공상이 그다지 부정하게 느껴지지 않는 것도 우지자네와의 과거가 있기 때문인지도 몰랐다.

모토야스가 돌아온다. 오랜만의 잠자리에서 이런 공상을 이야기해 준다. 그러면 모토야스는 과연 어떤 얼굴을 할 것인가.

'남자란 너무 편안하게 놔두는 것보다 안타깝게 만들어주는 편이 좋을지 몰라.'

가마가 자기 집 현관 앞에 놓였을 때 제일 먼저 마중 나온 것은 사카이 사에몬노죠 타다츠구의 아내 우스이碓氷였다.

"늦어져 걱정하고 있었어요."

모토야스에게는 고모가 되는 우스이는 생모 케요인을 닮아 얼굴이 갸름한 미모의 여자였다. 세나는 이 남편의 혈육에게 정이 가지 않았다. 이유는 있다. 왠지 모르게 자기를 감시하는 듯한 눈에 친근감을 가질 수 없었다.

"성주님 소식은?"

"무사할 거예요. 아직 전사했다는 소식 없어요."

"다행한 일이군요. 축하합니다."

세나는 그 말에 무섭게 안색을 바꾸면서 우스이 쪽으로 돌아섰다.

"말을 삼가세요. 고쇼 님은 나의 외삼촌이에요."

따끔하게 쏘아붙이고는 세나는 뒤도 돌아보지 않고 아이들의 방으로 향했다.

방에서는 카메히메가 종이접기를 하고 있었고, 타케치요가 그것을 들여다보는 듯한 자세로 앉아 있었다. 모두가 외로운 모습이어서, 그것이 세나에게 모성母性을 되찾아주었다.

"애들아, 두 사람 모두 내 말을 잘 들어라."

"예."

카메히메가 대답하고 종이접기를 멈추었다.

"아버님은 무사하신 것 같아······"

말하다 말고 얼른 숨을 들이마신 것은, 고개를 갸웃하고 어머니를 쳐다보는 카메히메의 얼굴이 순간적으로 너무나 우지자네와 닮아 보였기 때문이었다.

8

카메히메가 우지자네를 닮았다 해도 따지고 보면 이상할 것이 없었다. 우지자네도 자기도 다 같이 이마가와의 핏줄을 이어받았다. 그러나 지금 세나가 생각하는 것은 다른 데 있었다.

'카메는 우지자네의 아이가 아니었을까?'

자식의 아버지를 아는 것은 어머니밖에 없다는 말이 있다. 카메히메는 이상하게도 어머니조차 아버지를 확실하게 모르는 자식이었다. 우지자네에게 농락당한 것은 혼인하기 전날, 그 이튿날부터는 모토야스의 아내였다. 카메히메가 만일 우지자네의 자식이라면 세나는 어머니로서의 입장이 흔들린다.

둘 중에서 한 아이의 아버지는 우지자네.

그리고 또 한 아이의 아버지는 모토야스.

세나는 대관절 누구의 자식을 낳기 위한 여자였던 것일까?

"카메……"

"예."

"너, 잠시 얼굴을 옆으로 돌려보아라."

"이렇게요, 어머니?"

"응, 그리고 이번에는 이쪽으로."

"이렇게 말인가요?"

세나는 몸을 부르르 떨었다. 조금 전에 자기는 아버지의 인형이었다고 하며 고개를 떨구었을 때의 우지자네와 똑같은 모습이었다. 이것이 남은 생애 동안 자신을 끊임없이 괴롭히고 안타깝게 만들 것 같은 예감이 들었다.

언젠가는 모토야스도 이 사실을 깨닫게 되지는 않을까. 아니, 깨닫더라도 입밖에 내어 말할 모토야스는 아니었다. 세나는 갑자기 불안해졌다. 모토야스가 살아 있더라도 자기한테는 돌아오지 않을지도 모른다는 생각이 문득 머리를 스치고 지나갔다.
 '정조란 남자들을 위한 것만이 아니었는지도 모른다……'
 젊은 날의 잘못이 그 여자의 생애를 잿빛으로 물들이는 현실을 세나히메는 비로소 깨달았다.
 이미 해는 떨어지고, 갑자기 집 안에는 새로운 분위기가 감돌았다. 어쩌면 친정아버지 치카나가親永가 찾아왔는지도 모른다. 가만히 귀를 기울이면서 일어나는 세나의 귀에 타다츠구의 아내 우스이의 야무진 목소리가 들려왔다.
 "수고했어요. 그런데 그분은 어떻게 되셨나요?"
 "예, 도중에 많은 고생을 겪으셨지만 어쨌든 무사히 다이쥬 사에 도착하셨습니다."
 "참으로 다행이에요. 그런데, 스님은?"
 "오카자키의 다이쥬 사에서 잡무를 보고 있습니다."
 그 말을 듣고 세나는 얼른 밖으로 나갔다.
 "그이로부터 온 중요한 사자인데 어째서 나한테 알리지 않았어요?"
 큰 방 입구에 떡 버티고 서서 싸늘한 눈으로 우스이를 노려보았다.
 "남편 타다츠구가 보낸 사사로운 전갈이에요."
 우스이는 조용히 말하고 나서 깊이 한숨을 쉬었다.
 "알겠어요. 그러면 슨푸에 있는 처자식은 당분간 그대로 인질이 되어야겠군요."
 세나는 눈을 부릅떴으나, 우스이의 혼잣말이 무엇을 의미하는지는 생각하려 하지 않았다.

 새벽

1

　오카자키 성밖 카모다고鴨田鄕에 있는 다이쥬 사 안팎에는 마츠다이라 군사가 속속 집결하고 있었다.
　이미 절의 문은 열려 있고, 다보탑의 둥근 지붕 위에 금빛 태양이 불타고 있었다. 그 밑에서 모토야스는 무장을 한 채 조상의 묘소에 성묘했다. 이것이 두번째 다이쥬 사 방문이었다.
　오카자키 성에는 슨푸에서 파견된 수비책임자 타나카 지로에몬田中次郞右衛門 외에도 미우라 요시야스三浦義保와 이오 부젠이 남기고 간 가신들이 지키고 있었기 때문에, 이번에 모토야스는 자기 성을 눈앞에 두고서도 들어갈 수 없었다.
　에이로쿠 3년(1560) 5월 23일, 요시모토가 덴가쿠 분지에서 이슬로 사라진 지 나흘째 되는 날이었다.
　모토야스가 성묘하는 동안 주지 토요登譽 대사는 오늘도 삼나무 고목에서 열심히 날갯짓 연습을 하는 새끼부엉이를 쳐다보고 있었다. 부엉이는 낮에는 아무것도 볼 수가 없다. 그런데도 날개가 돋아나면 벌써부터 맹금猛禽답게 날갯짓을 하기 시작한다. 그 둥근 얼굴에 어딘지 모토야스를 연상시키는 유사점이 있어 저도 모르게 미소짓게 했다.

대사 옆에 서서 모토야스의 신변 경호를 담당하고 있는 것은 이 절에서 제일가는 호승豪僧 소토祖洞였다.

"생각건대 인생은 꿈만 같군요."

성묘를 마치고 모토야스는 대사를 돌아보았다.

"꿈의 연장은 지금부터입니다."

대사는 내뱉듯이 말했다.

"아직 성주님의 노고는 노고에도 속하지 못합니다."

"과연 그럴까요."

"슨푸의 고쇼는 전사했는데도 성주님은 이처럼 무사히 우리 절로 철수하셨소. 조상께서 적선積善하신 은덕일 것입니다."

모토야스는 순순히 고개를 끄덕였다.

19일 한밤중, 희미한 그믐달의 달빛을 밟고 몰래 오타카 성을 빠져나왔다. 20일 아침이 되면 싫더라도 노부나가를 공격해야 한다. 떠나려면 오늘 밤, 그런 결단으로 자기를 대신할 사람을 남기고 출발했다.

본진에 모토야스의 깃발을 내걸고 있는 것은 실은 토리이 히코에몬 모토타다였다. 모토야스 자신은 그보다 한발 앞서 미즈노의 밀사 아사이 로쿠노스케 미치타다를 안내자로 삼아 길을 떠났다. 주종을 합해 모두 18기騎.

아사이 미치타다의 세심한 주의로 무사히 다이쥬 사에 도착한 뒤 모토야스는 청했다.

"아버지 묘소 앞에서 죽으러 왔으니 문을 여시오."

물론 죽을 생각으로 온 것은 아니었다. 토요 대사는 그 속뜻을 알아차리고 얼른 절 안으로 맞아들여 일부러 여러 승려들 앞에서 모토야스를 훈계했다.

"부친의 묘소 앞에서 자결하다니 이 무슨 좁은 생각이오. 그런 행동을 하려 하다니 조상의 영 앞에 부끄럽지도 않소?"

그것은 모토야스에게 들려주기보다 20명 가까이 되는 이 절 승려들에게 모토야스를 숨겨주라는 명령이고, 그 결의를 굳히려는 말이었다.

모토야스는 주지의 마음을 잘 알고 있었다. 잘 알기 때문에 정중하게 고개를 숙이고 있을 때, 노부나가의 부하인지 노부시인지 알 수 없는 한 떼의 무리가 모토야스 일행을 추격하여 절 앞에까지 육박해왔다.

"마츠다이라 쿠란도가 이 절에 숨어 있을 것이다. 문을 열어라. 열지 않으면 문을 부수고 절을 불태울 것이다."

문을 두드리며 고함지르는 소리를 들은 모토야스는 젊은 피가 거꾸로 솟았다. 여기는 조상의 묘소, 한 발짝도 들여놓지 않을 테다. 이때의 분노가 이번 사태 중에서도 모토야스에게는 가장 큰 위기였다.

2

그것은 지금까지 억제에 억제를 거듭하던 젊은 피의 용솟음이었다. 언제나 가신들을 생각한 나머지 처자를 버리고 무공을 서두르지 않으면서 노련한 늙은이처럼 치밀하게 계산해오던 태도에 대한 반동이기도 했다.

"건방진 놈들!"

모토야스는 분노가 머리끝까지 치솟아 이성을 잃고 큰 칼을 휘두르며 문을 향해 말을 달렸다.

"내 뒤를 따르라. 절에 들여놓지 마라."

바람을 일으키며 달려가는데 누군가가 안에서 빗장을 단단히 잠갔다. 그리고 모토야스가 휘두르는 칼 밑에서 그를 꾸짖는 자가 있었다.

"열면 안 되오. 여기서 잠시 적의 동태를 살펴야 하오."

모토야스는 말고삐를 당기며 소리질렀다.

"비켜라! 비키지 않으면 그냥 두지 않겠다!"

"열어서는 안 됩니다. 아직 밖의 인원수도 모르오. 조급해서는 안 됩니다."

"대관절 너는 어떤 자냐!"

"이 절에서 일을 보는 소토라는 중이오. 굳이 나가겠다면 이 소토를 죽이고 가시오."

"건방진 놈!"

모토야스는 칼을 내리쳤다. 차마 소토를 죽이지는 못하고 빗장을 두 동강으로 만들 작정이었으나, 철근이 들어 있는 빗장은 모토야스의 칼을 퉁겨내고 말았다.

"빨리 열지 못해! 열지 않으면 부수고 말겠다."

밖에서 다시 탕 하고 몸으로 부딪쳐왔다. 문이 삐익 소리를 내는 것과 때를 같이해 소토가 굵직한 소리로 응수했다.

"무모한 짓을 하려는 자들이로군. 이 안에는 다이쥬 사의 그 유명한 칠십 인의 힘을 가진 소토가 버티고 있다. 부수고 싶거든 어디 부숴보아라."

"소토, 비켜라. 비키지 않으면 정말 죽여 없애겠다."

"벨 테면 베라고 했지 않느냐? 바보 같은 대장이군."

"뭣이 어째!"

모토야스는 다시 한칼 내리쳤다. 이번에는 소토가 약간 몸을 날려 그것을 피했으나 여전히 빗장은 잘라지지 않았다.

"그건 잘라지지 않습니다. 잠시만 더 기다리시오."

다시 문에 귀를 대고 바깥의 모습을 살폈다.

"이때다."

소토는 재빨리 빗장을 열었다. 스스로 70명의 힘을 가졌다고 한 만큼, 눈이 어둠에 익숙해지자 전설로 전해지는 무사시보 벤케이武藏坊弁慶° 모습 그대로였다. 소토가 머리띠를 질끈 동여매고 승복 소매를 잔뜩 걷어붙인 채 빗장을 크게 옆으로 밀어냈다. 순간 쳐들어오려던 최초의 두 명이 묘한 소리를 지르고 개구리처럼 땅바닥에 납작하게 뻗었다.

"억!"

"자, 덤벼라!"

소토는 벼락 같은 소리를 지르면서 아수라처럼 치고 나갔다.

"칠십 인의 힘을 가진 금강동자金剛童子가 여기 있다. 네놈들은 도대체 몇 놈이냐! 나는 한 번에 네 놈은 때려눕힌다."

모토야스는 그때의 일을 생각하면 지금도 겨드랑이에서 식은땀이 흘렀다. 만일 그때 소토의 말을 듣지 않고 모토야스 자신이 맨 먼저 달려나갔더라면 틀림없이 적의 손에 목이 잘렸을 것이었다. 10년 하고 또 3년. 인내에 인내를 거듭해왔는데 분노 때문에 하루아침에 허망하게 이슬로 돌아갈 뻔했다.

그 소토가 지금 무쇠 징을 박은 6척 가까운 떡갈나무 몽둥이를 땅에 짚고 오만하게 주위를 노려보고 있었다.

3

"소토, 수고가 많소."

묘소에서 나오며 모토야스가 말을 걸었다.

"허허허……"

소토는 웃었다.

"그때 성주님의 칼에 맞았더라면 나도 지금쯤은 지옥에 살고 있을 겁니다. 생각하면 인생이란 참으로 이상한 것이지요."

"허어, 어째서 그대가 지옥에 간다는 말이오."

"아직 제가 휘두른 몽둥이를 맞고 살아남은 사람이 없으니까요."

"살생을 한 적이 있다는 말이오?"

"그러기에 지옥에 가는 것이죠. 하지만 이번만은 달라요, 내 힘으로 성주님을 구했으니까."

"과연 그렇소."

모토야스와 토요 대사는 얼굴을 마주보고 웃고 나서 모토야스의 거처로 마련한 위쪽 방으로 들어갔다.

소토는 여전히 근시 역할을 하며, 모토야스에게 등을 돌린 채 입구 부근을 경계하고 있었다.

동승童僧이 차를 가져오자 대사는 그것을 맛있게 마시고는 말했다.

"이 절을 건립하신 선조 치카타다 공의 마음을 언제나 거울로 삼으십시오."

그리고는 생각난 듯이 말을 이었다.

"조금 전에 소토가 말했듯이, 죽이기만 하는 무력은 그대로 지옥으로 통하는 문입니다. 살리기 위한 활인검活人劍, 이것만이 부처님께서 허락하신 무력입니다."

모토야스는 고개를 끄덕이고 벽에 걸어놓은 깃발을 바라보았다. 그 깃발에는 '염리예토 흔구정토厭離穢土 欣求淨土' ─ 더러운 세상을 멀리하고 흔쾌히 정토를 찾는다 ─ 라고 크게 씌어 있었다.

이것은 조금 전 이 절의 승려들과 모토야스가 거느리고 온 17기가 하나로 뭉쳐 싸우면서 내걸었던 깃발, 이 절을 세운 치카타다 역시 이 글귀를 진두에 걸고 싸웠다고 한다.

"염리예토, 흔구정토……"

모토야스는 입 속으로 중얼거리고, 과연 자기 앞날에도 정토가 있을까 하는 생각을 했다.

　소토의 뜻하지 않은 활약에 힘입어 목숨은 아직 건재하다. 그러나 돌아갈 성도 없거니와 머무를 집도 없었다. 역시 정토는 십만억토十萬億土 너머에 있어 모토야스로서는 손이 닿지 않는 먼 곳에 있는 듯이 생각되었다.

　토요 대사는 모토야스의 이런 불안을 깨닫고 어떻게 해서든지 그에게 용기를 북돋아주려고 했다.

　"시나노信濃의 폭도 일만 여 기가 미카와에 쳐들어온 것은 오닌應仁 원년(1467)의 일이라고 기록되어 있습니다. 그때 치카타다 공은 불과 오백 기를 거느리고 이다노井田野 마을로 출동하셨지요. 염두에 두고 계셨던 것은 오로지 부처님…… 자비심을 가지고 분전하여 드디어 폭도를 궤멸시키셨어요. 지금도 남아 있는 머리무덤(센닌츠카千人塚)이 그 승리의 자취인데, 그 후 치카타다 공이 이 절의 건립을 생각하셨던 것입니다. 수많은 폭도의 원혼을 달래기 위해서 말입니다. 그러한 적선積善의 절이기 때문에 이번에도 성주님의 힘이 되었던 것입니다. 이 절이 있는 한 조상과 부처님의 수호가 있을 것이니 반드시 마음을 넓게 가지시기 바랍니다."

　모토야스는 고개를 끄덕이기는 했으나 그대로 믿지는 않았다. 조상의 적선이 무의미하다고는 생각지 않았다. 그러나 오카자키에 돌아오기는 했지만 갈 곳이 없는 비참한 현실이었다.

　'이 절에도 오래 머무를 수 없다……'

　이런저런 이야기를 나누면서도 이처럼 마음에 남는 감정을 억제하지 못하고 있을 때, 사이코 사西光寺 부근에 포진하고 있던 선발대 대장 사카이 사에몬노죠 타다츠구가 허둥지둥 면담을 요청해왔다.

　"성주님, 이상한 일이 있습니다. 슨푸의 수비 책임자 타나카 지로에몬이 성에서 나와 싸울 태세인 것 같습니다."

"뭐, 슨푸의 수비대가……?"

모토야스의 목소리는 저도 모르는 사이에 흥분되었고, 손에 들었던 지휘용 부채의 움직임이 멎었다.

4

슨푸의 수비대가 성에서 나와 싸운다?

'도대체 누구하고?'

설마 여기서 새삼스럽게 오와리를 공격하는 무모한 짓은 할 리가 없고, 또 그런 용기가 타나카 지로에몬에게 있을 리 없었다. 자기말고는 다른 상대가 없다—이런 생각이 들었을 때 모토야스는 벌떡 자리를 차고 일어섰다.

"방심해선 안 된다. 즉시 전투준비를 하라."

사카이 타다츠구도 그것을 걱정하고 있었던 듯.

"우지자네의 밀명이 있었을 것입니다. 마님과 도련님을 인질로 삼아…… 가증스러운 짓입니다."

각각 집에 돌아가 군량을 마련하고 있는 사람도 있어 이곳에 모여 있는 병력은 아직 얼마 되지 않았다. 이럴 때 구실을 만들어 쳐들어와 모토야스를 죽이고 영원히 오카자키를 손에 넣을 생각인지도 몰랐다.

모토야스는 함께 일어서려는 근시들을 만류하고 타다츠구와 같이 밖으로 나와 이가바시伊賀橋 근처까지 단숨에 말을 달렸다.

"타다츠구, 그대는 곧 병력을 집결시키도록 하라. 그러나 지시가 있을 때까지 공격해서는 안 된다."

"선제공격이 유리하다는 말도 있지 않습니까?"

"그렇지 않아."

모토야스는 머리를 가로저었다.

"내게 생각하는 바가 있어. 서두르면 안 된다."

이렇게 말하고 혼자 이가가와伊賀川의 둑을 향해 말을 몰았다.

비록 우지자네의 밀명이 있다고 해도 상대와 교섭할 여지가 남아 있는 한 이곳을 피로 물들이고 싶지는 않았다. 뒤에는 출전에 앞서 기원을 드린 이가 하치만伊賀八幡 성지가 있고, 강 건너에는 그리운 탄생지의 성곽이 푸른 기운 속에 모습을 드러내고 있었다.

모토야스는 벚나무 고목 그늘에 바싹 말을 붙여세우고 이마에 손을 얹어 강 건너 성문 쪽을 살펴보았다. 과연 나무 사이로 성 안팎에서 사람들이 움직이고 있었다. 짐수레, 깃발, 잡병, 기마…… 하지만 그 어느 것도 용기백배하여 전쟁터에 나가려는 사람들치고는 동작이 민첩하지 못했다. 심한 무더위와 총대장 요시모토를 잃은 영향 때문에 완전히 사기가 떨어져서 그런 것일까.

'그렇다면 전쟁을 벌인다 해도 결코……'

순간 모토야스는 그 진지의 이상한 분위기를 깨달았다.

우선 선봉 일대는 그렇다 하더라도, 그 뒤에 바로 수송대가 뒤따르고 있었다. 그것도 성안의 군량 창고를 텅 비우지 않았나 싶을 정도로 엄청난 규모였다. 성과 매우 가까운 거리에 있는 모토야스를 치기 위해 그렇게 많은 군량이 필요할 리는 없었다. 어쩌면 오와리 인근의 어느 성엔가 아직 자기편이 남아 있어서 그들을 구원하기 위한 출병인지도 모른다.

'그렇다면 출발 시각이 이상하지 않은가……'

모토야스는 손을 이마에 얹은 채 고개를 갸웃하고 선발대가 출발하는 모습을 지켜보았다. 강을 끼고 다이쥬 사 쪽을 향해 올 것인가, 아니면 왼쪽으로 꺾어 야하기가와矢矧川 쪽으로 향하는 것일까?

"아니, 저런?"

모토야스가 저도 모르게 소리내어 중얼거린 것은, 그 선발대가 예상을 뒤엎고 오와리도 다이쥬 사도 아닌 오른쪽 본가도로 꺾어들었기 때문이다.

"아하하하……"

무엇을 깨달았는지 모토야스는 갑자기 말 위에서 큰 소리로 웃었다.

5

"와하하하."

모토야스의 웃음소리는 잠시 동안 그치지 않았다. 오카자키의 수비대는 모토야스를 공격하려는 것도 오와리로 쳐들어가려는 것도 아니었다. 따라서 이상스러운 전투대형도 납득할 수 있었다. 그들은 요시모토의 죽음으로 사기가 떨어져 오카자키를 버리고 슨푸로 후퇴하는 것임이 틀림없었다.

모토야스는 웃으면서 눈앞에 있는 벚나무 잎을 뜯어 근처에 가득 뿌렸다.

'이것이 인간의 약한 면이로구나……'

그림자를 보고도 겁을 먹는다는 말이 있다. 다이쥬 사까지 무사히 철수했는데도 다시 수비대와 일전을 벌여야 하지 않나 하고 모토야스 자신이 두려워하고 있었는데, 성내의 타나카 지로에몬 역시 철수하는 기회를 노려 모토야스가 맹공을 펴지 않을까 겁을 먹고 있었음이 틀림없었다. 그래서 일부러 새벽에 출발하지 않고, 모토야스의 부하가 무장을 풀고 있을 때를 노렸을 것이다. 이것이 모토야스에게는 눈물이 날 정도로 우스웠다.

모토야스는 수송대의 선두가 오른쪽으로 꼬부라지는 것을 보고 웃음을 그쳤다. 그리고 말고삐를 돌려 왔던 길을 따라 다이쥬 사로 돌아 왔다.

다이쥬 사에서는 지시가 내리면 당장 출동할 수 있도록 근시를 비롯하여 사카이 우타노스케, 사카이 타다츠구, 우에무라 신로쿠로, 이시카와 키요카네, 오쿠보 타다토시 등의 노장老將까지 반라의 몸에 갑옷을 입고 창을 갈고 있었다.

"성주님! 어떻게 되었습니까?"

타다츠구가 눈빛을 빛내면서 물었다.

"이번에는 내가 맨 먼저 쳐들어가야지."

열네 살의 혼다 타다카츠가 모토야스의 발 바로 앞에서 창을 바싹 잡아당겼다. 모토야스는 다시 웃음을 터뜨릴 뻔했다. 이와 함께 오랜만에 장난기가 고개를 들었다.

"나베, 시끄럽다!"

모토야스는 일부러 불쾌한 표정을 짓고 말에서 내렸다.

"나는 잠시 쉴 테니 감시를 게을리 하지 마라."

이렇게 내뱉고 절 안으로 들어갔다.

"성주님, 어떻게 된 일입니까?"

"이 기회에 선제공격을 해서 우리 성을 되찾는 것이 마땅하지 않습니까?"

그중에서도 벌써 무장을 끝낸 토리이 모토타다와 히라이와 시치노스케가 다그치듯 물었다.

"그럴 수는 없어."

모토야스는 천천히 계단에 걸터앉았다.

"그렇지 않소, 소토? 조금 전에도 대사께서 말씀하셨소. 의롭지 못한 싸움을 해선 안 됩니다. 이마가와 요시모토에게는 지금까지 나를 키워준 은혜도 있으니까."

소토는 눈이 휘둥그레져서 모토야스를 돌아보았다.

"그 은혜 때문에 가만히 앉아서 당하시겠다는 말입니까?"

"오, 그것이 우지자네의 명령이라면 도리가 없겠지."

"그런 당치도 않은!"

토리이 모토타다가 주먹을 불끈 쥐고 무릎을 쳤을 때였다.

"성주님! 성주님! 이상한 일이 생겼습니다."

사카이 타다츠구가 고개를 설레설레 흔들면서 들어왔다.

"무슨 일이냐? 당황하지 마라."

"타나카 지로에몬이 아무래도 슨푸로 철수하는 것 같습니다."

"그럴 리가 없을 텐데."

모토야스가 진지한 표정으로 말했다.

"그렇게 되면 오카자키 성은 빈집이 되지 않겠느냐?"

6

"확실합니다!"

타다츠구 역시 의아하다는 표정으로 고개를 갸웃했다.

"성주님이 여기 계시다는 것을 알면서도 연락도 없이 철수하다니…… 수상하기는 하나 이미 선발대는 오히라 가도에 이르렀습니다."

"오히라 가도라면 성에서 십 리, 이상한 일도 다 있군."

"정말 그렇습니다. 후진도 뒤를 경계하면서 성을 나와 지금 성안은 정적에 싸여 있습니다."

"으음."

일부러 고개를 크게 갸웃거리면서 모토야스는 또다시 웃음을 참았다. 아니, 우습다기보다는 울든지 웃든지 하지 않으면 견딜 수 없는 미묘한 감동이라 해도 좋았다. 10여 년 동안 계속된 잿빛 인생 가운데 희망의 빛이라고는 거의 없었다. 그 대신 절망은 얼마든지 있었다. 그 절망에 익숙해져 자기에게는 행운 따위가 없을 줄 알았는데 역시 그렇지도 않은 모양이었다. 가만히 마음을 진정시킨 뒤 정신을 가다듬고 생각하니, 하늘도 비운에 지쳐 드디어 행운을 가져다주는 모양이었다.

다이쥬 사로 철수할 때가 모토야스에게는 비운의 절정이었다. 겨우 그것을 이겨낼 수 있었던 것은, 토요 대사와 절에 있는 승려들의 도움 때문이었다. 그 절의 도움은 조상의 덕행이 기초가 되었다.

'그렇구나, 조상님은 역시 살아 계셨구나.'

그 감동을 꾹 눌렀다.

"타나카 지로에몬이 성을 버렸단 말이로군. 할 수 없는 일이지. 버린 성이라면 슌푸의 지시가 없어도 주워 가져야겠지."

이렇게 말하면서 일동을 둘러보자 모토야스의 마음을 모르는 아마노 야스카게가 혈기를 앞세우고 말했다.

"추격해서 무찌를까요?"

"바보 같은 녀석."

모토야스는 가볍게 꾸짖었다.

"우리는 어디까지나 이마가와에 대한 의義를 지켜야 한다. 내버린 성이기에 주워야 한다는 뜻을 모르겠느냐?"

"음, 과연 좋은 생각이오."

토요 대사가 비로소 그것을 깨달은 듯 부채로 자기 무릎을 탁 쳤을 때였다.

"그러면······."

모토야스는 자리에서 일어났다.

"비어 있는 성 하나를 주우러 가자. 모두 준비하도록."

그리고 처음으로 미소를 띠고 큰 소리로 웃었다.

"성을 주우러 간다?"

"정말 성을 버리고 도주했을까?"

"기다리면 해 뜰 날이 있다는 말도 있어. 자, 서두르세."

10년 동안 고생한 오카자키의 가신들에게도 꿈만 같은 일이었다. 총대장 요시모토의 전사로, 오카자키 사람들이 그토록 바라던 귀성의 날이 돌아올 줄이야. 모토야스를 선두로 하여 일동은 야릇한 감개를 느끼며 아직 완전히 떨어지지 않은 석양 속을 행진했다. 성문 앞에 이르렀을 때는 살짝 자기 볼을 꼬집어보는 사람도 있었다.

모토야스는 성의 정문 앞에서 말을 내려 고삐를 혼다 헤이하치로에게 건넸다.

도리의 길이 8간 4척, 들보의 길이가 2간 4척인 이 성문을 차마 그대로 지나갈 수가 없었다. 생모 오다이의 가마를 맞이했던 문. 자기를 인질로 떠나보낸 문. 그 문을 가만히 밑에서 올려다보니 하치만 성의 노송나무에 와닿는 바람소리가 아득한 영혼의 소리가 되어 주위의 대지를 뒤흔들고 있는 듯한 느낌이었다.

7

두 군데에 있는 활 쏘는 성벽도, 네 군데에 있는 총포를 쏘는 성벽도 황폐해 있었다. 슨푸에서 파견된 자가 관리하다 보니 본성이 아니어서 자연히 관리가 소홀했을 터. 평지보다 4간 5척 높은 돌담에는 여름의 잡초가 마구 뿌리를 내리고, 본성 앞 2층으로 된 문의 지붕에는 참새의 둥지인 듯한 새집이 있었다.

모토야스는 잠시 그것들을 바라보다가 빠른 걸음으로 문 안으로 들어섰다. 더 이상 머뭇거렸다가는 다른 사람들에게 눈물을 보일 것 같았기 때문이다.

 과연 성안은 조용하기만 하여 어디에서도 군사의 모습은 찾아볼 수 없었다. 하치만 성의 창고도, 둘째 성의 창고도 성에서 물러갈 때의 서두르던 상태를 그대로 주위에 남기고 있었다.

 하치만 성(본성), 둘째 성, 지불당持佛堂의 성, 셋째 성 등을 차례로 둘러보고 있으려니 이 성을 세운 할아버지 키요야스의 모습이 떠올랐다. 할아버지 키요야스는 스물다섯에 전사했으면서도 이런 성을 남기고 갔다.

 성내에 있는 무사의 집은 158채.

 무사의 공동주택은 12동.

 아시가루의 집은 451채.

 아시가루의 공동주택은 34동.

 스물여섯 군데에 우물을 파고, 둘레가 시오 리 조금 못되는 성의 규모는 인생을 반만 살고 죽음을 맞이한 사람의 것으로는 결코 작은 규모가 아니었다.

 "앞으로 육 년인가……"

 모토야스는 문득 할아버지와 자신의 나이 차이를 비교해보면서 그대로 하치만 성으로 들어갔다. 하치만 성은 전사한 키라 부인의 남편 이오 부젠이 출전하기 전까지 살던 곳이다. 과연 이곳만은 관리가 잘 되어 있었고, 넓은 방의 다다미도 망가져 있지 않았다.

 "성주님이 입성하셨다……"

 이 소식을 듣고 성 내외에 거주가 허락된 사람들의 가족이 자기 남편이나 자식을 맞이하는 것 이상으로 기뻐하며 모여들었다. 그러나 성안에 들어온 남자들은 좀처럼 이 사실이 믿어지지 않은 듯 아무도 무장해제를 하려 하지 않았다.

 오쿠보 노인의 지시로 각각의 문에 파수병이 배치되고 정원에는 모닥불이 피워졌다.

 노부시의 습격을 받은 타나카의 군사가 언제 되돌아올지 모르고, 빈 성인 줄 알고 도적이 습격해올지도 모르는 일이었다. 모닥불은 마츠다이라 쿠란도노스케 모토야스의 존재를 과시하기 위해 새로 세운 깃발이었다.

 넓은 방에 노신과 중신들이 모여 조촐한 축하연을 열었을 때는 이미 다섯 점 반(오후 9시)이었다.

 셋째 성에 출입하면서 공납을 받아들이는 일을 맡고 있던 토리이 타다요시 노인의 배려로 촛대의 불도 밝혀졌고 주효도 형식적으로나마 갖추어졌다.

 노인 자신은 이번에 유격대 대장으로 싸우다 돌아왔기 때문에 갑옷을 입은 채였는데, 일동이 자리에 앉자 맨 먼저 잔을 들고 모토야스 앞으로 나왔다.

 "첫 잔은 제가 드리겠습니다."

 모토야스는 노인이 바치는 잔을 맛있게 비웠다.

 "맛이 좋군요!"

 노인에게 잔을 건네자 이때부터 넓은 방은 흐느낌으로 가득 찼다. 토리이 노인이 이번에는 자기와 가장 나이가 비슷한 오쿠보 신파치로 타다토시 앞으로 갔다.

 "이렇게 살아남은 것이 여간 반갑지 않구려."

 토리이 노인의 말.

 "말해서 무엇합니까."

 오쿠보 노인도 환하게 웃었다.

 "눈물을 마시는 게 아니라 술을 마시는 거요, 나는……"

 오쿠보 노인은 한 모금 마시고는 와악 하고 이리가 부르짖는 듯한 목소리로 울음을 터뜨렸다.

8

오쿠보 신파치로의 우는 버릇은 널리 알려진 것이었으나, 그렇더라도 이번의 울음소리는 너무나 컸다.

"산속의 이리가 우는군."

이시카와 아키가 말했다.

"운 것이 아니라 울부짖은 것일세."

노인은 이렇게 대꾸하고 다시 한 번 울부짖고는 그제야 생각난 듯이 잔을 비웠다.

"이것은 산속의 이리가 경사스러울 때 부르는 노래이기도 해요. 그대들도 안주를 드시오."

다음에는 아베 오쿠라. 이 노인은 공손하게 잔을 받고 모토야스에게 목례를 했으나, 입이 와들와들 떨려 끝내 한 마디도 하지 못했다.

이사카와 아키가 가장 정확히 모토야스에게 치하했다.

"성주님! 오랫동안 참고 견디신 보람이 있습니다. 지금도 세키구치 마님과 도련님이 슨푸에 계시니 앞으로도 결코 경솔하셔서는 안 됩니다. 그럼, 잔을 비우겠습니다."

그 옆에 앉아 있는 것은 우에무라 신로쿠로. 그는 혼다 미망인의 아버지, 할아버지와 아버지의 원수를 그 자리에서 죽인, 마츠다이라 가문에서는 빼놓을 수 없는 용맹과 의리의 사나이였다. 그는 잔이 돌아오자 자리에서 일어났다.

"안주를 곁들이겠습니다."

이렇게 말하면서 서툰 몸짓으로 갑옷을 입은 채「츠루카메鶴龜」의 한 구절을 부르며 춤을 추었다. 모두 싸움에는 능했으나 노래와 춤은 아는 바가 없어 그저 가만히 바라보고 있을 뿐이었다.

"이 우에무라 신로쿠로가 모처럼 안주를 제공하는데 박수도 칠 줄 모르는 사람들이로군."

시무룩해져 자리에 앉자 그때서야 손뼉을 친 것은 말석에 앉아 있던 나가사카 치야리쿠로長坂血鑓九郎였다.

"재미있어. 무슨 내용인지는 몰라도 좌우간 재미있군."

이번에는 사카이 우타노스케한테로 잔이 돌아갔다. 우타노스케는 잔을 손에 들었으나 와락 쏟아지는 눈물 때문에 순간적으로 아무것도 보이지 않았다.

모토야스의 생모인 오다이가 시집올 때부터 모토야스의 출생, 오다이의 이혼, 선군인 히로타다의 죽음 등 그에게는 떠오르는 생각이 너무나 많았다. 그리고 지금 열아홉 살이 되어 훌륭한 무장의 모습을 갖춘 모토야스가 이 성의 넓은 방에 거짓말처럼 듬직하게 앉아 있다. 아주 중후하고 거대한 암석을 보는 듯한 느낌이어서, 히로타다의 신경질적인 모습은 전혀 찾아볼 수 없었다.

"저는……"

잔을 받자 우타노스케는 그것을 든 채 토시를 낀 팔로 눈물을 닦으면서 말했다.

"성주님께 축하의 말씀은 드리지 않겠습니다. 선대님, 선선대님, 축하 드립니다…… 또 아구이에 계시는 생모님, 슨푸에 잠드신 케요인 님, 보십시오. 모토야스 님이 이렇게 우리 성에 돌아와 계십니다…… 축하 드립니다."

모토야스는 참다못해 고개를 돌렸다. 우타노스케가 잊을 수 없는 사람들을 꼽아나가는 바람에, 그 역시 이 성이 자기 성이라는 것을 새삼스럽게 실감했다.

'그렇다! 이제부터는 내가 하지 않으면 안 된다. 나를 기둥으로 여기고 목숨을 바쳐가며 도와준 가신들을 위해서.'

모토야스는 눈물을 흘리는 대신 싱글벙글 웃으면서 커다랗게 고개를 끄덕였다.

 '오늘은 나의 두번째 생일. 모두 두고 보시오, 앞으로 이 모토야스가 어떻게 활동할 것인가를. 한번 죽었다가 크나큰 무無 위에 우뚝 선 이 모토야스를.'

예리한 칼, 무딘 칼

1

노부나가는 아까부터 사방의 문을 활짝 열어놓게 하고 웃통을 벗어부친 채 한 쌍의 칼을 유심히 살펴보고 있었다. 예법도 형식도 노부나가에게는 없었다. 마치 어린아이가 갓 사온 장난감에 열중하듯이 두 손에 들고 겨누어보기도 하고 한 손으로 흔들어보기도 하면서 그 칼에 넋을 잃고 있었다.

노히메는 그러는 노부나가 뒤에서 조용히 부채로 바람을 보내고 있었다.

"노히메."

"예."

"이 칼은 이마가와 요시모토가 핫토리 코헤이타를 병신으로 만든 칼이야."

노히메는 일부러 놀랐다는 듯이 고개를 끄덕였으나, 그 이야기라면 벌써 두 번이나 노부나가로부터 들어 알고 있었다.

미요시 소조三好宗三가 비장했던 사모지左文字. 이 2자 6치의 명검은 카이의 타케다 씨에게 선물한 것인데, 그 후부터 소조 사모지라 불리게 되었다. 요시모토는 이 칼을 타케다 신겐武田信玄의 누나를 아내로 맞이했을 때 선물로 받아 애지중지하다가 이번 전투에도 차고 나왔던 것이다.

 그렇게까지 노부나가의 마음에 들었을까. 한 번 설명한 것을 잊어버릴 리가 없는 노부나가인데도 오늘이 벌써 세번째였다.

 "소조 사모지는 말이지, 타케다 쪽에서 요시모토에게 선물한 것이었는데……"

 "그 말씀이라면 벌써 들어서 알고 있어요."

 똑같은 설명이 나올 것 같아 노히메는 웃으면서 말을 막았다.

 "으음."

 노부나가는 하던 말의 허리가 잘리자 노히메를 돌아보았다.

 "그대는 나에게 불만을 가지고 있군."

 "어머, 이상한 말씀을 하시는군요. 왜 그렇다고 생각하시죠?"

 노부나가의 부아를 돋우지 않는 방법을 너무도 잘 알고 있는 노히메는 일부러 정색하고 나무라는 표정을 지었다. 아이를 낳지 않은 탓도 있었으나, 세 사람의 소실에게 총애를 빼앗기지 않고 확실하게 노부나가의 마음을 붙들 수 있는 긴장은 노히메에게 기품과 재치와 요염함을 한껏 더해주고 있었다.

 "그대 얼굴에 씌어 있군. 이런 칼이나 가지고 장난하지 말고 텐가쿠하자마의 여세를 몰아 서 아버지의 원수를 갚아달라고 말이야."

 "호호호…… 성주님의 추측이 여간 아니시군요."

 "나는 당분간 전쟁은 하지 않겠어. 승리의 여세를 몰아 싸운다는 인상을 주면서 움직이는 것은 내 성미에 맞지 않아."

 "알겠어요. 움직이고 싶으실 때는 언제나 더운물에 만 진지를 준비하겠어요."

"이 칼은 말이지, 노히메."

"또 칼 이야기인가요?"

"응, 칼 이야기야. 이 칼은 말이지, 그대로는 쓸 수 없는 무딘 칼이야."

"천하에 이름난 소조 사모지가 오늘은 무딘 칼이 되었나요?"

"응. 이대로는 무딘 칼이기 때문에 이마가와 요시모토는 자기 목을 베려고 온 사람 하나도 죽이지 못했어. 명검이라면 반드시 그 주인을 지켜주는 법. 그런데 이 칼은 지켜주는 대신 주인을 죽게 만들었지."

그 의미를 몰라 노히메가 저도 모르게 반문했다.

"예……?"

노부나가는 어린아이처럼 칼을 쳐들어 보이면서 크게 웃었다.

"하하하…… 역시 이야기를 듣고 싶은 거군. 칼 이야기에 흥미를 느끼나봐. 하하하하."

노히메는 그 말에 끌려들어 그만 무릎걸음으로 다가앉았다.

2

"듣고 싶다면 말해주겠어. 칼이란 원래 자기 역량에 맞도록 만들어야 해. 유사시에는 말고삐를 잡고 적을 무찔러야 할 대장이 한 손으로 휘두를 수도 없는 칼을 자랑스럽게 지니고 다니는 것은 잘못이야."

노부나가는 소조 사모지를 세이간靑眼°으로 겨눈 채 말을 계속했다.

"춘추春秋의 필법으로 말한다면, 이 칼을 차고 출전한 이마가와 요시모토는 처음부터 나에게 목이 잘릴 운명이었어."

"이 칼은 성주님에게도 몹시 불길한 물건처럼 보이는군요."

"그 말이 맞아. 자기 역량에 맞지 않는 것은 명검이 아니라 도리어 활동하는 데 방해가 되지. 무딘 칼, 예리한 칼의 차이는 잘 벼리고 못 벼리는 차이뿐만 아니라, 그 칼을 지니는 사람에 따라 결정되는 것이기도 해. 알겠나, 내 말을?"

노히메는 진지한 표정으로 그 말이 하고 싶었구나 하고, 고개를 끄덕였다. 어딘가 떼를 쓰는 아이를 달래는 듯한 여운이 남았다.

"좋아, 내 그대에게 이 무딘 칼을 명검으로 만들어 보이겠어. 하시스케를 불러."

"예, 곧 부르겠어요."

노히메가 돌아보자 시녀가 얼른 그 뜻을 알아차리고 시동인 하세와 하시스케를 불러왔다.

하시스케는 오른팔이 없기 때문에 왼팔만을 짚었다.

"부르셨습니까?"

"하시스케."

"예."

"이 칼을 말이다, 잘 기억해라. 두 자 한 치 닷 푼이 되도록 고치도록 해라."

"두 자 한 치 닷 푼이 되도록…… 그러니까 네 치 닷 푼이나?"

"이 멍청아, 무딘 칼을 명검으로 바꾸려는 거야. 이 노부나가는 네 치 닷 푼을 아끼다가 칼을 주체할 수 없게 되기는 싫다."

"예. 두 자 한 치 닷 푼. 틀림없이 명하신 대로 하겠습니다."

"칼집 겉쪽에 부정을 막는 글자를 새겨넣도록 해라. 알겠느냐, 에이로쿠 삼년 오월 십구일."

"오월 십구일."

"그래. 요시모토를 죽였을 때 그가 가졌던 칼이라고."

"틀림없이 새겨넣겠습니다."

"또 칼집 뒤쪽에는 오다 오와리노카미 노부나가織田尾張守信長라고, 알겠느냐? 그렇게 하면 이것은 나의 명검이 된다."

노히메는 뒤에서 고개를 끄덕이며 미소지었다. 똑같은 말을 세 번이나 반복한다. 혹시 승리에 도취되어 정신이 해이해지지나 않았나 하고 걱정했던 것이 우스웠다. 대장장이의 솜씨와 기술을 인정하지 않는 노부나가는 아니었다. 그러나 일단 자기 칼로 만들려고 생각하면 결코 그런 것에 구애받지 않았다. 무기는 어디까지나 이용하기 위한 것이지 이용당하기 위한 것이 아니다.

하시스케가 공손히 소조 사모지를 받들고 나갔다.

"노히메, 칼에 이용당하지 않은 사람은 이번 전투에 오직 두 사람밖에 없었어."

노부나가는 그 자리에 배를 깔고 드러누웠다.

"누구누구인지 알 수 있겠소?"

노히메는 웃으면서 즉석에서 대답했다.

"마츠다이라 모토야스 님과 오카베 모토노부 님이겠지요."

한 사람은 전혀 흐트러짐이 없이 질서정연하게 오카자키 성으로 철수하고, 또 한 사람은 나루미에서 카리야 성까지 쳐들어가 마침내 요시모토의 목을 노부나가로부터 받아 가지고 철수했다. 이 두 사람만이 훌륭했다고 생각한 노히메가 그대로 말했다.

"하하하, 그렇지 않아."

노부나가는 엎드린 채 재미있다는 듯이 고개를 저었다.

3

"그대도 아직 예리한 칼과 무딘 칼을 구별하지 못하는군. 이번 전투에서 한쪽의 예리한 칼은 바로 나였어."

노부나가가 큰 입을 벌리고 자기를 가리키는 순간.

"그렇다면 또 한 사람은?"

노히메는 그만 저도 모르게 이야기에 빨려들어가 진지하게 질문하고 있었다.

노부나가의 매력 —— 그것은 언제나 농담하는 것 같으면서도 그 뒤에는 상식을 초월한 예리한 관찰력이 번뜩이고 있다는 점이었다. 그런 탓에 점점 더 그에게 빠져들어, 지금은 진심으로 존경도 하고 사랑하기도 하는 노히메였다.

"이제야 진지해진 모양이군. 그렇다면 말해주지. 오카베 모토노부는 허둥지둥 달아나는 적장 중에서 유일하게 의義를 관철시켰어. 그것이 기특해서 이마가와 요시모토의 목을 주었던 것인데, 그가 그런 기개를 보여주지 않았다면 내가 난처해질 뻔했지."

"아니, 어째서지요?"

"그 총대장의 목을 어디다 묻을 것인가 하는 장소 때문에 난처해질 뻔했거든. 정중하게 묻어주면 겁을 먹고 그랬는 줄 알 것이고, 무자비하게 취급하면 무정한 무사라는 말을 들었을 것이고."

"말씀을 듣고 보니 그렇군요."

"그래서 나는 모토노부의 실력을 과장해서 칭찬하고 슨푸로 목을 가지고 돌아가게 했던 것이지. 도중에 그 모습을 보는 자가 어떻게 생각했을 것 같나? 모토노부의 충의에 눈물짓는 자와 노부나가의 강인함을 두려워하는 자 중 어느 쪽이 더 많았을 것 같아?"

"어머나!"

노히메는 일부러 눈썹을 치켜올리고 노부나가를 나무랐다.

"그런 말씀을 함부로 하지 마세요. 노부나가는 검은 마음을 가진 무서운 대장이라고 모두 떨겠어요."

"하하…… 그래서 말이지, 오카베의 칼이 반은 요시모토 때문에 부러졌지만 나머지 반은 나 때문에 부러졌어. 그러므로 무딘 칼은 아니지만, 그렇다고 예리한 칼도 아니야. 그 까닭을 알려주기 위해서 말한 것이니 용서하시오.”

“그렇다면 또 한 사람의 예리한 칼은 누구일까요? 저는 도무지 알 수 없어요.”

“그야 뻔한 일이지, 타케치요.”

“역시 마츠다이라 모토야스 님이군요.”

“타케치요의 칼은 가증스러울 정도로 날카로웠어. 어디서 그런 마음의 눈이 열렸는지 모르겠다니까. 내가 어렸을 때 둘이서 함께 천하를 진압하자고 했더니 거침없이 '예'라고 대답했어. 그런데 이번에 타케치요가 구사한 전략은 그때의 그 거침없는 대답과 조금도 어긋남이 없었어. 나는……”

노부나가는 여기서 눈을 가늘게 뜨고 천장을 쳐다보았다.

“첫째 아이를 녀석의 자식에게 주어야만 할 것 같아.”

“토쿠히메를……?”

“음, 슨푸에 남기고 온 타케치요 이세에게.”

“도무지 알 수가 없군요. 모토야스 님이 오카자키로 철수한 것이 그렇게 큰 의미를 가지고 있는 줄은.”

“하하하……”

노부나가는 유쾌하다는 듯이 다시 웃었다.

“내가 모토야스와 싸우고 있으면 그대 아버지의 원수는 영원히 갚지 못해. 나는 적을 무찌르지 않으면 안 돼. 미노가 더 쿄토와 가깝다……고 모토야스 녀석은 분명히 내 마음을 읽고 있어.”

목소리를 낮추어 말했다.

“노히메!”

노부나가는 눈을 크게 뜨고 일어나 앉았다.

“동맹을 맺지 않으면 멸족을 시키겠다고 모토야스에게 통고할 사자로는 누구를 보내는 것이 가장 적당할까?"

노히메는 채찍으로 얻어맞은 듯 깜짝 놀라 남편을 바라보았다. 노부나가는 승리에 도취해 있기는커녕 벌써 다음에 할 일까지 생각하고 있었다.

4

노히메는 기뻤다. 아버지 사이토 도산이 죽은 뒤 노부나가는 점점 더 노히메를 친근하게 생각해 지금은 무슨 일이라도 털어놓고 말하게 되었다.

"마츠다이라와 싸우지 않고 손을 잡겠다는 말씀인가요?"

"그렇지 않고는 그대 아버지의 원수를 갚지 못해."

"모토야스 님이 슨푸의 우지자네가 두려워 응하지 않을 때는 어떻게 하시겠어요? 우선 그 문제를 해결하고 나서 사자를 선택해야 할 것 같군요."

"바보 같으니라구!"

노부나가는 비웃었으나 소리는 지르지 않았다.

"군사軍師 같은 말을 하는군. 만일 내가 사자를 보냈다고 슨푸를 두려워할 정도의 모토야스라면 그 역시 무딘 칼이므로 상대할 가치조차 없어. 그때는 사자의 말대로 쫓아버리면 그만이야."

"마츠다이라의 군대를 그렇게 쉽사리 무찌를 수 있겠어요?"

"또 바보 같은 소리를 하는군. 내가 말하는 것은 슨푸를 두려워할 정도로 무딘 칼일 경우를 말한 거요. 나는 예리한 칼이거든."

노히메는 남편의 마음을 읽고 그 일에 대해서는 걱정하지 않았다.

"이쯤해서 쥬아미를 죽이고 쫓겨난 마에다 마타자에몬을 다시 기용

하면 어떨까요? 덴가쿠하자마 전투 때도 일부러 부하들을 이끌고 와서 분전했는데."

노부나가는 즉석에서 고개를 저었다.

"너무 고지식해. 생각해보구려, 마타자에몬과 모토야스가 흉허물없이 대하던 때의 일을. 마타자에몬은 상대에게 바로 홀릴 사람이야."

"그러면 파격적으로 새끼원숭이에게 일을 맡겨보시면."

"새끼원숭이…… 토키치로 말이지. 으음."

노부나가는 몸을 구부려 다다미의 보풀을 뜯으며 빙긋이 웃었다.

"토키치로라면 최소한 상대에게 말려들지는 않을 테지. 녀석은 상대에게 반한 척하면서 상대를 반하게 만들거든……"

말하다 말고 무릎을 탁 치면서 소리를 질렀다.

"시게요시! 원숭이를 불러라."

"예."

이와무로 시게요시는 부르는 소리를 듣고 달려오던 발걸음을 그대로 돌려 주방을 향해 뛰어갔다.

이윽고 토키치로가 나타났다. 그는 이미 군사軍師라도 된 듯이 노부나가가 무어라 한 마디 하면 어김없이 두서너 마디의 의견을 말했다. 말하도록 내버려두었다가 호통을 치고 나서 다시 한 번 그것을 생각해보았다. 이것이 노부나가의 버릇이었고, 체면이나 예의에 구애받는 다른 장군들이 미치지 못하는 점이었다.

"원숭이, 그 카타기누肩衣°는 어디서 났느냐?"

토키치로는 어디서 구했는지 광대나 입을 것 같은 빨갛게 물들인 카타기누를 걸치고 있었다.

"예, 장터 고물상에서 샀습니다. 앞으로 당분간은 싸움이 없을 것 같아 이왕이면 옷도 남의 눈에 좀 띄는 것을 입으려고……"

"시끄럽다, 그만 입을 다물어라."

노부나가는 귀찮다는 듯이 손을 흔들었다.

"원숭아, 네가 나라면 마츠다이라 모토야스를 어떻게 하겠는지 말해 보아라."

토키치로는 진지한 표정으로 돌아와 꾸벅 절을 했다.

"제가 주군의 입장이라면, 모토야스가 과연 금화인지 구멍 뚫린 동전인지 그것을 먼저 시험해보겠습니다."

"뭐, 시험해보겠다고?"

노부나가는 빙긋이 웃고 지그시 손톱을 깨물었다.

5

"그럼, 어떻게 시험하겠다는 거냐? 말해보아라."

노부나가의 재촉을 받고 토키치로는 더욱 황송한 얼굴로 펄럭펄럭 부채질을 했다.

"제가 주군이라면…… 우선 타키가와 카즈마스瀧川一益를 부르겠습니다."

"뭐, 카즈마스를? 아직 신참인데?"

"모토야스를 시험하는 동시에 카즈마스도 시험하자는 것입니다. 일이란 항상 일석이조가 아니어서는 안 됩니다."

"설명은 필요치 않다. 다음—"

노히메도 역시 눈을 빛내며 토키치로를 바라보고 있었다.

"카즈마스를 불러서, 금년 내내 마츠다이라 모토야스의 동정을 살피라고 명령합니다."

"금년 내내…… 별로 좋은 의견이 아닌 것 같은데."

"그런 뒤 모토야스에게 기대할 것이 있으면 화친을 맺으러 오라, 기대할 게 없다면 항복하라고 사자를 보낸다…… 그런 선에서 처리하면 좋을 것 같습니다."

타키가와 카즈마스는 오미 롯카쿠六角의 떠돌이무사였는데 지난번 전투에 이미 혁혁한 공을 세워 그 인물의 비범함을 선보인 사나이였다.

"단지 그것뿐이냐?"

노부나가는 아무것도 아니란 듯이 비웃었다.

"만일 모토야스에게 장래가 있다고 보고 화친을 제의했다가 거절당하면 어떻게 하겠느냐?"

"그때는 모토야스를 구멍 뚫린 동전으로 여기면 됩니다. 구멍 뚫린 동전을 공격하는 것쯤은 이 토키치로도 할 수 있습니다."

"핫핫하, 진부해! 원숭이 네 생각은 이미 구식이야. 좋아, 그만 물러가거라."

토키치로는 그제서야 히죽 웃었다.

"대장님도 여간 약은 분이 아니시군요. 진부한 생각을 받아들일 작정이면서도 그런 말씀을 하시다니. 예, 저는 그만 물러가겠습니다. 그럼."

붉은 옷차림으로 힘차게 발소리를 내면서 사라져갔다.

"노히메."

"예."

"재미있는 녀석이야. 카즈마스가 좋다고 했어. 스스로는 아직 모토야스를 가볍게 본다…… 그걸 잘 알고 있는 거야. 카즈마스를 이리 부를까?"

노히메는 대답하지 않았다. 카즈마스라면 이곳으로 부르지 않고 밖에서 명하는 것이 좋겠다는 생각에서였다. 그러나 노부나가는 홍 하고 웃었다.

"신참자에게는 내전을 보여주지 말라는 뜻일 테지. 여자의 생각이란 쉽게 속이 들여다보이거든. 시게요시!"

"예."

이와무로 시게요시가 굴러오듯이 달려왔다.

"타키가와 카즈마스는 출사出仕했느냐? 나오지 않았거든 내가 불같이 화를 내더라면서 이리 데려오너라."

"예."

시게요시가 허둥대며 사라지자 노부나가는 배를 깔고 누워 정원의 푸른 나무에 눈길을 보냈다.

갑자기 가까이 있는 소나무 가지에서 쓰르라미가 울기 시작했다. 아직 해가 높은데도 그 소리는 간장을 녹일 것 같은 애수를 담고 있었다.

"노히메."

"예."

"무릎을 좀 빌려줘. 귀가 가렵군."

노히메는 웃으면서 귀이개를 가지고 와 무릎을 베어주었다. 밖에 나가 명령하는 것이 좋겠다는 내색을 했더니, 오히려 귀지를 파게 하면서 만나려 한다. 그 어린아이와도 같은 기질이 노히메에게는 우스웠다.

6

노부나가는 느긋한 마음으로 잠시 노히메에게 귀지를 파게 하고 있었다. 때때로 무릎의 탄력을 즐기듯이 머리에 힘을 주어보기도 하고 밑에서 그녀의 턱을 손으로 찔러보기도 하다가 그대로 손가락으로 코를 후비기도 했다.

'이 사람이 정말 몇 만의 군대를 이끌던 이마가와 요시모토를 단번에 궤멸시킨 대장일까……'

노부나가는 어느 틈에 졸고 있었다.

타키가와 카즈마스가 오늘 출사하지 않았다는 것을 알고 있었을까. 카즈마스는 좀처럼 나타나지 않고, 쓰르라미는 친구들을 불러 여기저기서 짧은 생명을 노래하고 있었다.

노히메는 가만히 손을 놓고 미소를 떠올렸다. 장난꾸러기. 이런 느낌으로 보고 있으려니 노부나가의 잠든 얼굴은 이상할 정도로 맑았다. 코를 고는 대신 죽지 않았나 싶을 만큼 숨소리가 조용한 노부나가였다.

이윽고 복도에서 발소리가 들렸다. 잠든 줄 알았던 노부나가가 느닷없이 소리를 질렀다.

"카즈마스!"

"예."

카즈마스는 깜짝 놀라 안으로 들어오다가 노히메의 무릎을 베고 누워 있는 노부나가를 보고는 당황하는 빛으로 입구에 앉았다.

"약간의 전공을 세웠다고 해서 출사도 하지 않다니 고얀 놈이로구나. 꾸중을 받아 마땅하다."

"예."

"됐다, 돌아가거라."

"황송합니다."

무릎을 베고 누운 노부나가가 엉덩이 쪽을 향해 공손히 절을 하고 물러가려 했다.

"기다려!"

노부나가가 불러세웠다.

카즈마스는 다시 입구에 앉아 난처한 듯이 눈을 끔벅거렸다.

"너는 내 이름이 수치스럽지 않도록 사자의 임무를 다할 수 있겠느냐?"

서른네 살, 한창 일할 나이인 카즈마스는 조심스럽게 볼꼴사나운 노부나가의 등을 바라보면서 대답했다.

"할 수 있는 일도 있지만 그렇지 못한 일도 있습니다."
"교활한 녀석."
노부나가는 비로소 카즈마스를 돌아보았다.
"내가 할 수 없는 일을 명하는 대장으로 보이느냐?"
"죄송합니다."
"죄송해하는 얼굴이 아니야. 하찮은 일을 명령받지 않을까 하는 교활한 얼굴이야."
"드릴 말씀이 없습니다."
"그럴 것이다. 그럼, 명하겠다! 가슴속 깊이 새겨두도록 하여라."
"예."
"마츠다이라 모토야스 말이다."
"오카자키 성으로 돌아온 모토야스 말씀입니까?"
"그가 무엇을 하고 있는지 올 한 해 동안 살펴보도록 하여라."
"명심하겠습니다."
"그리고 우리편이 될 만한 자이거든 화친을, 별로 쓸모가 없어 보이면 항복을 권하고 돌아오너라."
"내년 봄이란 말씀이지요. 그것도 마음에 깊이 새기겠습니다."
"화친이건 항복이건 모두 너에게 맡기겠지만, 어찌 되었든 키요스에 한번 인사차 데려오너라. 오지 않으면 없애버리겠다."
카즈마스는 흘끗 노부나가를 쳐다보았다.
"물론입니다. 만일 오지 않을 경우에는 모토야스와 같이 죽는 한이 있더라도 오와리의 땅은 밟지 않겠습니다."
"좋아. 내 말은 끝났으니 물러가거라."
카즈마스가 물러가자 노부나가는 노히메의 얼굴을 올려다보고 킥킥 웃었다.

7

"노히메."

"예."

"카즈마스는 이것으로 됐는데, 한 가지 불미스런 일이 있군."

"예? 무슨 말씀이신지, 어서 말씀해보세요."

"저 휘장 뒤를 봐. 시녀가 하나 숨어 있어."

"아니!"

노히메는 깜짝 놀라 돌아보았다. 순간 휘장 뒤에서 후닥닥 달려가는 하얀 발이 보였다.

"섰거라!"

노히메가 일어나기에 앞서 노부나가는 이미 머리를 들고 있었다.

"용서해주십시오. 악의가 있었던 것은 아닙니다. 두 분께서 너무도 다정하셔서 그만……"

노히메는 이렇게 말하는 시녀를 붙잡아 노부나가 앞으로 끌고 왔다.

시녀는 노부나가가 있을 때만은 물러가 있으라는 엄한 주의를 받은 카에데楓였다. 나이는 스물, 노히메를 섬기기 시작한 지 이미 2년 남짓 되었다.

"카에데! 어째서 휘장 뒤에서 엿듣고 있었느냐? 할말이 있거든 해보아라."

"용서해주십시오, 마님."

"용서하고 말고는 네 말을 듣고 나서 결정하겠다. 또 대답하든, 안 하든 그것도 네 자유……"

"잠깐, 노히메."

노부나가가 말을 중단시켰다.

"그대의 시녀이니 처분은 그대에게 맡기겠지만, 내가 카에데를 대신

하여 그 이유를 말하겠어. 이것 봐, 카에데……"

카에데는 깜짝 놀라 어깨를 떨며 고개를 들었다. 당연히 울고 있을 줄 알았던 그 눈이 대담하게 빛나며 찌를 듯이 노부나가를 쏘아보았다.

"너 대신 내가 말해도 되겠느냐, 카에데."

"마음대로 하십시오."

노부나가는 밝게 웃었다.

"그렇다면 말하겠다. 너는 이나바야마稻葉山의 요시타츠가 보낸 첩자가 아니더냐?"

"아니, 오빠가 보낸 첩자?"

"모르고 있던 것은 그대뿐…… 하지만 오히려 다행이었지. 아무것도 몰랐기 때문에 계속 돌봐주고 친절하게 대해주었으니까."

카에데는 계속 찌를 듯한 날카로운 눈길로 노부나가를 노려본 채 잠자코 있었다.

"카에데는 요시타츠의 성에 있는 표구사의 딸이야. 원래 착한 성질이었기 때문에 자연히 고민을 하게 되었지. 마님께 죄송하다…… 이런 생각을 하며 때때로 눈물을 흘리더군. 그렇지, 카에데?"

카에데는 갑자기 고개를 푹 숙였다. 이 예리한 칼은 코털을 뽑거나 손톱을 깨물고 있으면서도 여자의 미묘한 심리까지 꿰뚫어보고 있었단 말인가.

"카에데는 그대로 이 성에 머물러 있고 싶었지만, 얼마 전에 요시타츠로부터 엄한 명령이 내렸던 거야. 오케하자마의 여세를 몰아 단숨에 미노를 공격하려는 기색이 보인다. 그러니 노부나가의 본심을 정확히 파악하여 보고하라…… 그렇지 않은가, 카에데?"

카에데는 어느 틈에 몸을 떨며 울고 있었고, 노히메는 심각한 표정으로 노부나가와 카에데를 번갈아 바라보고 있었다.

"카에데…… 너는 내가 지금 당장은 미카와를 공격하지 않으리란 것을 알고, 그렇다면 다음에는 미노일 것이라 겁을 먹고 있어. 그러나 두려워할 것은 없다. 요시타츠를 공격할 시기는 아직 오지 않았다고 생각하고 있으니까."

어느덧 해는 서쪽으로 기울어, 넓은 마루에 드리워진 싸리나무의 그림자가 가볍게 흔들리고 있었다.

8

카에데는 고개를 숙인 채 어깨를 들먹이며 울고 있었다.
"내 말은 이게 전부다. 그 다음에 마님이 어떻게 처리할지는 내가 알 바 아니야."

노부나가는 점점 햇살이 가늘어지는 정원으로 눈길을 보내면서 발바닥을 탁탁 치기 시작했다.

노히메는 잠시 숨을 죽이고 대책을 생각했다. 부모와 일족을 모두 죽인 오빠 요시타츠. 그 오빠는 언제부터인지 아버지를 자기 친아버지로 생각하지 않았다. 자기는 아버지에게 멸망한 토키土岐 씨의 후예로, 아버지는 요시타츠를 임신했을 때 생모를 빼앗아간 원수. 이런 선동자의 말을 굳게 믿고 있었다.

그런 만큼 노히메를 아내로 삼은 노부나가의 보복을 가장 두려워하여 첩자를 들여보냈을 것이 분명하다.

'이대로 용서해줘도 별일 없을까……'
아니면 탄로난 것을 알고 자포자기한 끝에 반항해올 것인가.

노부나가는 이 일에 별로 신경을 쓰지 않는 눈치였다. 그러나 만일의 경우 돌이키지 못할 사태가 벌어질 수도 있다.

"카에데."

얼마 후 노히메는 카에데보다도 노부나가에게 들으라는 듯한 어조로 불렀다.

"주군의 말씀을 잘 생각해보는 것이 좋을 거야."

카에데는 잠시 울음을 그쳤다가 다시 심하게 몸을 떨었다.

"알겠지. 주군께서는 당분간 미노를 공격할 뜻이 없으신 것 같아. 뜻이 있었다면 너도 짐작했을 거야. 주군께는 오늘 네가 한 짓, 용서하시라고 말씀 드리겠다. 이나바야마로부터 지시받은 게 있으면 그대로 써서 보고하도록 해라."

카에데는 깜짝 놀라 울음을 그쳤다. 노히메의 말에 무슨 다른 뜻이 있지 않을까 하고 조심스럽게 탐색하고 있는 모양이었다.

"이 말은 요시타츠이건 주군이건 흥하고 망하는 것이 네 공로의 유무와는 관계가 없다는 뜻이야. 주군께서는 새삼스럽게 너를 책망하지는 않으실 거다. 나도 너를 꾸짖지 않겠어. 네가 이대로 내 밑에서 일하겠다면 허락할 것이고 그만두겠다면 보내주겠어. 어느 쪽이든 잘 생각해서 대답하기 바란다."

카에데는 얼굴을 덮었던 손을 가만히 떼었다. 그리고 찬찬히 노히메를 바라보고 또 노부나가를 쳐다보았다.

노부나가는 그런 것은 이미 잊었다는 듯이 시시각각으로 색깔이 변해가는 저녁 하늘을 쳐다보며 눈을 가늘게 떴다.

카에데는 생각났다는 듯 다시 와락 울음을 터뜨렸다.

"마님…… 용서해주십시오."

"용서해준다고 하지 않았느냐."

"아니, 정말로 용서해주세요. 용서를…… 이제야 제가 깨달았습니다…… 앞으로는 정말 성심성의껏 모시겠어요. 제발…… 제발…… 곁에 있게 허락해주세요."

쥐어짜내듯 말하고는 다시 다다미에 엎드려 울었다.

노부나가는 조용히 일어났다.
"잠시 말이나 타고 오지. 예리한 칼도 너무 낡은 세계에 놔두면 녹이 슬게 마련이거든."
노히메는 얼른 복도로 나가 그를 배웅했다. 노부나가는 그러는 노히메를 돌아보고 짐짓 조롱하는 듯한 눈길을 던지고 나서 성큼성큼 밖으로 나갔다.

—5권에서 계속

《 미노 · 오와리의 성 배치도 》

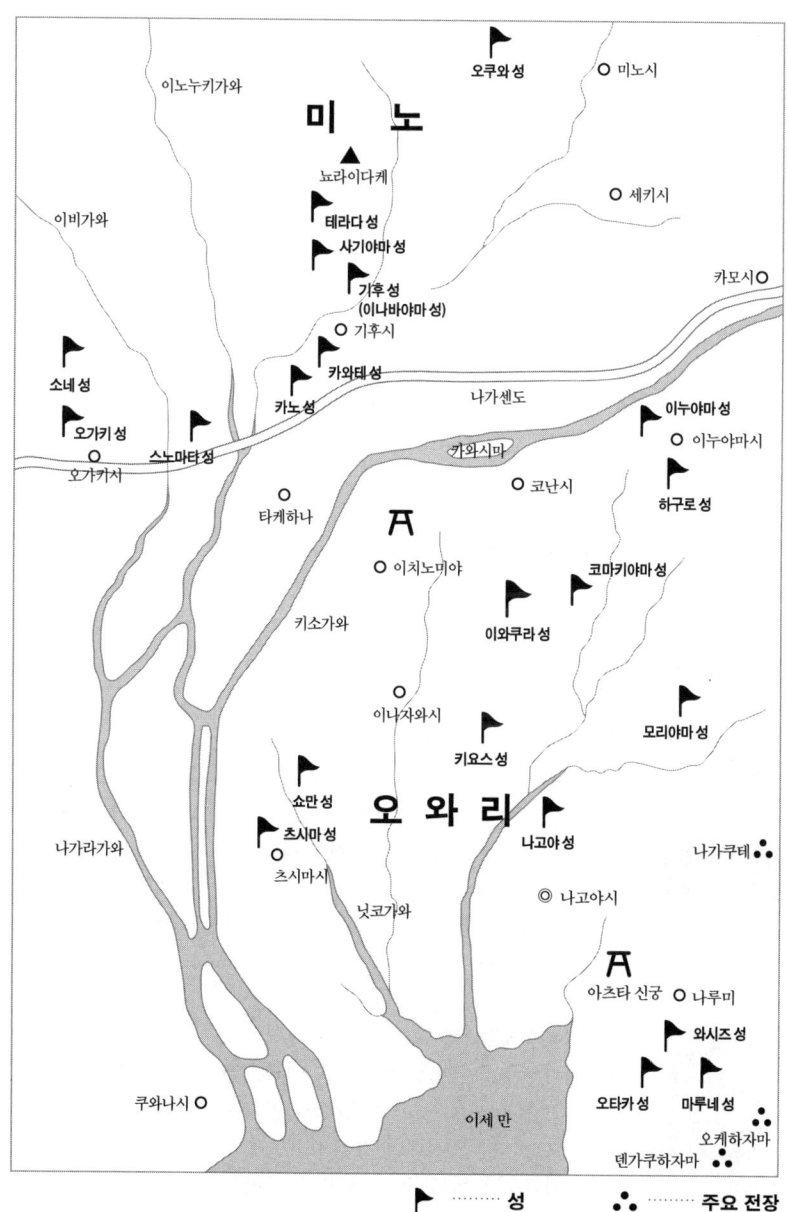

《 주요 등장 인물 》

노히메濃姬 | 추정 1535~? |
사이토 도산의 딸로 1548년에 오다 노부나가의 정실이 된다. 도산은 시집가는 딸에게 "노부나가가 소문대로 멍청이라면 이 칼로 잠잘 때 목을 베어라"라고 하며 단도를 건넸다. 그러자 노히메는 "이 칼은 언젠가 아버님께 돌려질지도 모릅니다"라고 대답했다고 한다. 그 말을 들은 도산은 "역시 내 딸이다"라고 기뻐했다. 아무리 전시라고는 하지만 겨우 열 살 남짓한 소녀의 입에서 이런 대답이 나왔다는 건 놀랄 만한 일이다. 이 일화의 진위야 어떻든, 노히메가 상당히 똑똑했다는 것만은 분명하다.

니시고리西郡 부인 | ?~1606 |
이에야스의 측실로 현재 알려져 있는 측실 중에서는 최초의 첩이다. 산슈 니시고리의 성주 우도노 나가타다鵜殿長忠의 딸로 이마가와 요시모토의 여동생이 조모. 니시고리노카타西郡の方라고도 불리는데, 이름은 명확하지 않다. 이에야스가 스물네 살 때 차녀 스케히메督姬를 출산한다.

니와 나가히데丹羽長秀 | 1535~1585 |
시바타 카츠이에와 나란히 노부나가의 중신으로 중용된 인물로, 열다섯 살부터 노부나가를 모시며, 오와리와 미노 전투에서 활약한다. 노부나가의 양녀를 아내로 맞이한다.

도요토미 히데요시豊臣秀吉 | 1536~1598 |
오다 노부히데의 아시가루인 키노시타 야에몬의 장남으로 아명은 히요시마루. 이후 토키치로, 하시바 치쿠젠노카미 등으로 불렸다. 처음에는 오다 노부나가의 하인으로 출발하여 겐키 원년(1570)에 부장의 지위에 올라 자신의 성을 하시바라 칭한다. 노부나가의 아사쿠라·아사이와의 전투에서 활약하였고, 텐쇼 원년(1573)에는 오미의 아사이 씨 멸망 후 그 옛 영지를 받는다.

도쿠가와 이에야스德川家康 | 1542~1616 |
오카자키의 성주인 마츠다이라 히로타다의 장남으로 아명은 타케치요. 어머니는 미즈노 타다마사의 딸인 오다이. 후에 모토노부, 모토야스로 개명한다. 유년 시절을 오다 가와 이마가와 가의 인질로 보내며, 오다 노부나가를 처음 알게 되고, 이마가와 요시모토의 조카딸(츠키야마)과

결혼한다. 마츠다이라 히로타다의 사망으로 마츠다이라 가를 상속받은 이에야스는 에이로쿠 3년(1560)에 오케하자마 전투에서 요시모토가 전사한 후 오카자키로 돌아와 오다 가와 동맹을 맺는다.

마에다 토시이에前田利家 | 1538~1599 |

소년 시절부터 노부나가를 모시지만, 노부나가의 혈육을 죽여, 한때 떠돌이 무사의 신세가 된다. 그러나 친구의 군대를 빌려 참전하여, 무공을 인정받고 다시 중용된다. 노부나가를 따라 각지를 돌아다니며 전투에 참가하였고, 아네가와 전투 등에서 무공을 세워 창槍의 명수로 알려지게 된다.

마츠나가 히사히데松永久秀 | 1510~1577 |

처음에는 미요시 나가요시를 섬겼지만, 후에 노부나가에게 항복하고, 야마토 지방의 지방관이 된다. 그러나 결국 노부나가에게 반기를 들어, 노부나가의 공격을 받고 자살한다.

마츠다이라 히로타다松平廣忠 | 1526~1549 |

마츠다이라 키요야스의 아들. 도쿠가와 이에야스의 아버지. 1547년 오다 노부히데의 공격을 받았을 때 이마가와 요시모토에게 원군을 청하며 적자 타케치요(이에야스)를 인질로 슨푸에 보내지만 모략에 걸려 노부히데에게 타케치요를 빼앗긴다. 후에 요시모토의 지원을 받아 일단 미카와를 평정하지만, 근신인 이와마츠 하치야에게 살해된다.

사이토 도산齋藤道三 | 1494~1556 |

마츠나미 모토무네의 아들로 쿄토 니시노오카에서 태어났다. 노부히데의 아들 노부나가에게 딸(노히메)을 시집보내고, 코지 2년(1556) 장남인 요시타츠와 후계를 둘러싸고 전쟁을 하다가 나가라가와 전투에서 패한 뒤 사망한다.

사카이 타다츠구酒井忠次 | 1527~1596 |

이에야스가 슨푸에 인질로 가 있는 동안 함께 생활한 가신단의 필두. 미카와 잇코 종도의 반란 진압과 동미카와 총괄 등에 힘을 쏟는 한편, 이에야스보다 열다섯 살 연상이었기 때문에 젊은 이에야스를 보좌하는 입장에 있었다.

사쿠마 모리마사佐久間盛 | 1554~1583 |

시즈가타케에서 휴식을 취하자고 진언, 시바타 카츠이에가 패배하는 원인을 제공한다. 시즈가타케 전투 후 히데요시가 수하로 삼으려 하지만, "살아 있으면 반드시 히데요시의 목을 노릴 것"이라고 말하며 히데요시의 제의를 거부하고 참수된다.

삿사 나리마사佐佐成政 | ?~1588 |
노부나가의 수하로 각지를 돌아다니며 전투를 한다. 텐쇼 3년(1575), 에치젠 잇코 종도의 반란 정벌에 공을 세우고, 후에 호쿠리쿠 평정에서도 큰 활약을 한다. 혼노 사의 변 후 오다 노부오, 도쿠가와 이에야스와 결속하여 히데요시에게 대항한다. 그러나 텐쇼 13년에 히데요시의 공격을 받고 항복한다.

세나히메瀬名姫 | 1542~1579 |
츠키야마 부인의 이름이며, 츠루히메라고도 불렸다. 이마가와 요시모토의 조카딸로 모친이 요시모토의 여동생이다. 외삼촌 요시모토에게 인질로 잡혀 있던 타케치요와 코지 3년(1557)에 결혼하여, 2년 후 에이로쿠 2년(1559) 3월에 노부야스를, 이듬해 3월에는 카메히메를 출산한다. 오케하자마 전투에서 이마가와 요시모토가 전사하자, 이에야스는 오카자키 성에 돌아가 이마가와의 적인 오다 노부나가와 동맹을 맺는데, 이로써 이에야스와의 관계가 소원해지기 시작한다.

시바타 카츠이에柴田勝家 | 1522~1583 |
오다 가의 가신으로, 노부나가의 아버지인 노부히데가 죽자 노부나가의 동생 노부유키를 섬기며 노부나가 군과 전쟁을 벌인다. 후에 노부유키의 2차 모반을 노부나가에게 밀고하여 용서를 받고 가신으로 돌아온다.

아마노 야스카게天野康景 | 1537~1613 |
이에야스가 여섯 살 때 이마가와 요시모토의 인질로 가던 중, 토다 야스미츠에게 잡혀 오와리의 오다 노부히데에게 보내졌을 때 같이 따라갔던 시동 중 한 명이다. 이에야스를 따라 각종 전투에서 공을 세웠으나 융통성이 없는 완고한 성격 때문에 예순다섯 살이 되어서야 코코쿠지 성이 그에게 주어졌을 정도로 출세는 늦었다.

아사쿠라 요시카게朝倉義景 | 1533~1573 |
아시카가 요시아키를 에치젠 이치죠다니로 맞이하여 무로마치 바쿠후의 회복을 노리지만, 요시아키는 오다 노부나가에게 간다. 노부나가의 쿄토 입성 후 쿄토에서 떠날 것을 강요받지만 거부하고 노부나가와 대립한다.

아시카가 요시아키足利義昭 | 1537~1597 |
아시카가 요시하루의 차남으로 태어났다. 당시의 관습에 따라 절에 들어가 은거 생활을 하다가 형인 무로마치 바쿠후 제13대 쇼군 아시카가 요시테루가 살해되자 세상으로 나오게 된다. 아케치 미츠히데의 중개로 오다 노부나가를 만난다.

오다 노부나가織田信長 | 1534~1582 |
오다 노부히데의 장남으로 아명은 킷포시. 어려서 상식 밖의 행동과 기발한 옷차림으로 천하의 멍청이라는 소리를 듣는다. 노부히데의 사망과 함께 가문의 승계를 놓고 우여곡절을 겪지만, 결국 18세의 나이에 오다 가를 상속받는다. 어렸을 때 오와리에서 인질 생활을 하던 이에야스와 알게 되어 친분을 쌓지만, 이마가와 요시모토와 벌인 오케하자마 전투에서는 이에야스와 적의 관계로 만난다.

오다 노부히데織田信秀 | 1508~1551 |
오와리의 실권자로 오다 노부나가의 아버지. 1541년 미카와노카미에 임명되었고, 1544년에 미노의 사이토, 1548년에는 스루가의 이마가와와 전투를 벌이며 세상에 이름을 떨쳤다.

오다이於大 | 1528~1602 |
미즈노 타다마사의 딸. 텐분 10년(1541)에 마츠다이라 히로타다와 결혼, 이듬해 타케치요(훗날의 도쿠가와 이에야스)를 낳는다. 미즈노 타다마사가 사망하고 그 뒤를 이은 이복 오빠 미즈노 노부모토가 오다 노부히데와 손을 잡자 마츠다이라 히로타다는 오다이와 헤어지고, 오다이는 미즈노의 가신인 히사마츠 토시카츠와 재혼한다.

오쿠보 타다타카大久保忠敎 | 1560~1639 |
통칭 히코자에몬. 미카와의 가신으로, 타다타카도 열여섯 살부터 이에야스를 섬겼다. 형 타다요를 따라 출전하여 종종 명성을 떨치지만, 좀처럼 상을 받지 못했다. 고참 가신으로서 쇼군에게 종종 직언을 했기 때문에 '천하의 존의尊意 파수꾼'이라고 불렸다.

이마가와 요시모토今川義元 | 1519~1560 |
이마가와 우지치카의 삼남. 신겐, 우지야스와 동맹을 맺고 미카와, 스루가, 토토우미 세 지방을 지배하며 토카이東海 지방에 큰 세력을 형성한다. 에이로쿠 3년(1560), 요시모토는 25,000의 대군을 이끌고 쿄토에 입성하던 중에 오케하자마에서 휴식을 취하다 오다 노부나가의 기습을 받고 사망한다.

타이겐 셋사이太原雪齋 | 1496~1555 |

텐분 15년(1546) 미카와로 침공하는 이마가와 씨의 군사 지휘권을 행사하고, 텐분 18년(1549)에는 미카와 안죠 성을 수비하던 오다 노부히로를 포로로 잡아 전년에 빼앗겼던 마츠다이라 타케치요(도쿠가와 이에야스)와 인질 교환을 한다. 타키치요의 스승이기도 한 셋사이는 타케치요에게 유언을 남기고 세상을 떠난다.

타케다 신겐武田信玄 | 1521~1573 |

텐분 11년(1542)부터 시나노 침공을 개시하여, 무라카미 요시키요 등의 무장들을 격파하고 시나노 지방을 제압한다. 센고쿠 최강의 무장으로서 공포의 대상이 되지만, 에치고의 우에스기 켄신과는 숙적 관계로, 시나노 카와나카지마에서 벌인 다섯 차례의 전투는 유명하다. 타케다 하루노부로도 불렸다.

타케다 카츠요리武田勝頼 | 1546~1582 |

신겐의 넷째아들로 신겐의 사후 상속을 받아 영토 유지에 힘썼지만, 텐쇼 3년(1575)에 미카와 나가시노에서 총포대를 조직한 오다·도쿠가와 연합군에 대패한다. 이후 타케다 가는 기울어진다.

타키가와 카즈마스瀧川一益 | 1525~1586 |

무공으로 하급 무사에서 출세한 오다의 가신. 호방한 무장으로 알려져 있다. 전투 모습도 용맹하여, 선봉과 후미 가릴 것 없이 어느 곳을 맡겨도 안심이 된다는 격찬을 받는다.

토리이 모토타다鳥居元忠 | 1539~1600 |

열세 살 때, 슨푸에서 인질 생활을 하던 타케치요를 찾아가 시중을 든다. 그때 때까치의 사육 방법이 나쁘다고 타케치요에게 툇마루에서 걷어차인 일화가 유명하다. 그것을 보고 노신들은 타케치요를 인질이긴 해도 역시 군주라고 칭찬했다고 한다.

하치스카 마사카츠蜂須賀正勝 | 1526~1586 |

통칭 코로쿠, 히코에몬이라고도 한다. 오다 노부나가의 오케하자마 승리의 그늘에는 하치스카 코로쿠와 그 일당의 활약이 있었다고 한다. 또 도요토미 히데요시의 수하에 들어간 이후에는 책략에 재능을 발휘하여 히데요시의 사업을 도와준다.

호소카와 후지타카 細川藤孝 | 1534~1610 |
통칭 유사이. 이름 후지타카는 쇼군인 아시카가 요시후지(후의 요시테루)에서 한 자를 딴 것. 아케치 미츠히데의 중개에 의해 노부나가의 비호를 받고, 요시아키를 옹립한 노부나가의 쿄토 입성에 참여한다. 그 후, 아시카가 바쿠후 재건에 힘을 쏟았다. 노부나가와 요시아키가 대립하기 시작하자, 노부나가 측에 붙어 쿄토의 정세를 기후에 있는 노부나가에게 보고한다.

혼다 마사노부 本多正信 | 1538~1616 |
유년 시절부터 이에야스를 섬기지만, 미카와 잇코 종도의 반란에서는 반란군 측에 가담하여 이에야스에게 반항한다. 화의 성립 후에는 카가로 내려가 있다가, 다시 이에야스의 신하로 복귀한다. 마사노부는 무인으로서의 능력은 떨어지지만 실무에는 뛰어나, 이에야스의 두터운 신임을 받고, 자신의 행정 능력과 지략을 유감없이 발휘하기 시작한다.

혼다 시게츠구 本多重次 | 1529~1596 |
혼다 사쿠자에몬 시게츠구는 일곱 살 때 키요야스(이에야스의 조부)를 섬긴 것에 이어, 히로타다, 이에야스 삼대에 걸쳐 등용된 가신이다. 이에야스의 자식을 임신했다는 이유로 츠키야마의 분노를 산 첩(오만)을 구출하여 무사히 출산시키기도 한다.

혼다 타다카츠 本多忠勝 | 1548~1610 |
도쿠가와 가의 가신으로, "이에야스에게는 과분한 것이 두 개 있다. 중국의 갑옷과 혼다 헤이하치로(통칭)다"라는 말을 들을 정도로 극찬을 받았다. 노부나가조차 "꽃과 열매를 겸비한 용사"라고 칭찬했을 정도다. 또 그는 미카와의 명물 사슴뿔 투구를 썼는데, 적군들은 이것을 보기만 해도 혼비백산했다고 한다.

《 센고쿠 용어 사전 》

고나라後奈良 천황 | 센고쿠 시대의 천황, 재위 1526~1557.

고쇼御所 | 대신이나 쇼군 등의 처소, 또는 그들의 높임말.

고케닌ご家人 | 쇼군과 주종 관계인 무사.

노부시野武士 | 산야에 숨어살면서 패잔병 등의 무기를 빼앗아 무장한 무사나 토민의 무리.

다이묘大名 | 넓은 영지와 많은 부하를 둔 무사의 우두머리.

목계牧溪 | 중국 남송南宋 말기의 화가이자 승려.

무사시보 벤케이武藏坊弁慶 | 거구의 승려로 무술에 뛰어났으나 고죠 다리에서 어린 우시와카와 겨루다 진 이후 평생토록 그를 섬기며 충성을 다함.

본오도리盆踊り | 음력 7월 15일 밤에 남녀가 모여서 추는 윤무. 본래는 정령을 위로하기 위한 행사였음.

사무라이다이쇼侍大將 | 사무라이의 신분으로 일군一軍을 지휘하는 사람. 무로마치 말기에는 사무라이 일조一組를 통솔한 사람.

산보三方 | 신불이나 귀인 앞에 음식 등을 받쳐 내놓는 굽 달린 소반.

세이간靑眼 | 칼끝이 상대방의 눈을 향하게 하는 검법의 자세.

소하츠總髮 | 머리를 뒤로 빗어 넘기거나 뒤에서 묶은 남자 머리 모양의 하나.

쇼군將軍 | 무력과 정권을 장악한 바쿠후의 실권자. 정식 명칭은 세이이타이쇼군.

쇼토쿠聖德 태자 | 574~622. 593년 여제女帝 스이코 천황推古天皇의 즉위와 함께 황태자가 되어 여제를 보좌하며 섭정한다. 중앙집권제와 관제의 기초를 닦았으며, 대륙 문화의 도입에 앞장섰다.

아시가루足輕 | 평시에는 막일에 종사하고, 전시에는 병졸이 되는 최하급 무사.

아츠모리敦盛 | 무사가 인생의 무상을 깨닫고 불문에 들어간다는 설화에서 유래한 노가쿠의 하나.

야카타屋形 | 지체 높은 사람에 대한 높임말.

오닌應仁의 난 | 1467년부터 1477년까지 쿄토를 중심으로 일어난 대란. 지방으로 파급되어 센고쿠 시대로 접어드는 계기가 되었다.

와카和歌 | 일본 고유의 정형시. 5·7·5·7·7의 5구 31음으로 된 시.

와키자시脇差 | 일본도의 일종으로 큰 칼에 곁들여 허리에 차는 작은 칼.

요로이히타타레鎧直垂 | 비단으로 화려하게 만들어 갑옷 안에 입는 옷.

우마지루시馬印 | 전쟁터에서 대장의 말 옆에 세워 그 위치를 알리던 표지.

조리토리草履取り | 무인의 집에서 주인의 짚신을 들고 따라다니던 미천한 하인.

진바오리陣羽織 | 옛날, 진중에서 갑옷 위에 걸쳐 입던 소매가 없는 겉옷.

챠센(가미)茶筅(髮) | 남자 머리 모양의 한 가지. 머리카락을 뒤로 모아서 묶고, 끈으로 감아 올려 짧은 막대처럼 되게 한 다음, 그 끝을 흐트러뜨린 것.

츠루카메鶴龜 | 탈을 쓰고 추는 가무극의 하나.

카미시모上下 | 무사의 예복으로 소매 없는 카타기누와 같은 색의 바지로 이루어짐.

카부라야鏑矢 | 적을 위협하거나 주의를 주기 위해 쏘는 소리나는 화살.

카치구리勝栗 | 말린 밤을 절구에 찧어 겉껍질과 속껍질을 없앤 것. 출진이나 승리의 축하 또는 설 등의 경사로운 날의 요리에 씀.

카타기누肩衣 | 어깨에서 등으로 걸쳐지는 무사의 소매 없는 예복.

캬라伽羅 | 침향의 수심樹心에서 뽑은 최고급 향료.

코소데小袖 | 옛날 넓은 소매의 겉옷에 받쳐 입던 속옷. 현재 일본옷의 원형.

코쇼小姓 | 주군을 측근에서 모시며 잡무를 맡아보는 무사.

토리이鳥居 | 신사 입구에 세운 기둥 문.

토카이도東海道 | 에도에서 쿄토에 이르는, 주로 바다에 면한 15개 지방.

하천下天 | 불교 용어로, 하늘 중에서도 가장 하층에 있는 사왕천四王天.

하치가네鉢金 | 투구의 덮개. 또는 그 모양의 것.

하카마袴 | 일본옷의 겉에 입는 아래옷. 허리에서 발목까지 덮으며 넉넉하게 주름이 잡혀 있고, 바지처럼 가랑이진 것이 보통이나 스커트 모양의 것도 있음.

헤이幣 | 신에게 빌 때 바치는 명주, 삼베, 무명, 종이 등으로 만든 예물.

후죠몬不淨門 | 성, 저택 등에서 오물, 시체, 죄인 등 불결한 것을 내보내는 문.

《 기본 전투 대형 》

여기에 소개하는 것은 센고쿠 시대의 기본적인 몇 가지 진형陣形이다. 그러나 이것들은 어디까지나 도식화한 것이고, 전투에 임해서는 병사의 수도 그때마다 일정하지 않고, 또 지세나 날씨에 의해 받는 제약도 매우 컸다. 하나의 진형이 그 배치를 고정한 채 전장을 이동하는 것이 아니라 실제로는 적의 움직임, 지형, 병력 등 다양한 요인에 대응하여 진형을 얼마나 유연하게 또는 강인하게 변화시킬 수 있는가가 중요했다. 여기 소개되는 진형들은 기본형이며, 반드시 그림과 같은 형태를 그대로 이용하는 것은 아니다.

기호	의미
♟	대장
♦	소라고둥·북·종
▲	기
●	총포
△	활
□	창

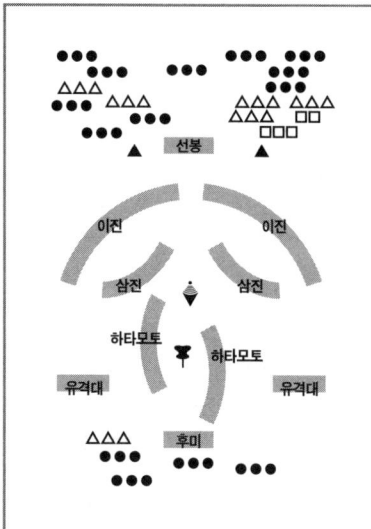

● ―학익진鶴翼陣

병력이 적보다 많은 경우에 사용되는 진형이다. 학이 날개를 펼친 것 같은 형태를 취해 그 부분으로 적을 에워싸면서 공격한다. 강력한 진형처럼 보이지만, 측면에서 공격을 받으면 쉽게 무너지는 단점이 있다.

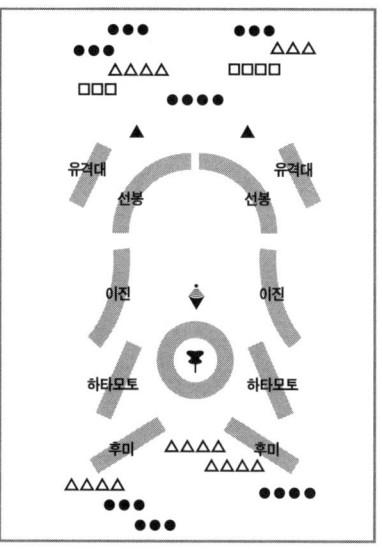

● ―어린진魚鱗陣

적은 수의 병력으로 많은 적을 물리칠 때의 진형이다. 물고기의 비늘과 같이 군사들을 배치한 형태에서 이런 명칭이 붙었다. 전체적으로 삼각형을 만들게 되므로 정점의 위치(한가운데 튀어나온 부분)는 적과 가장 근접하게 된다.

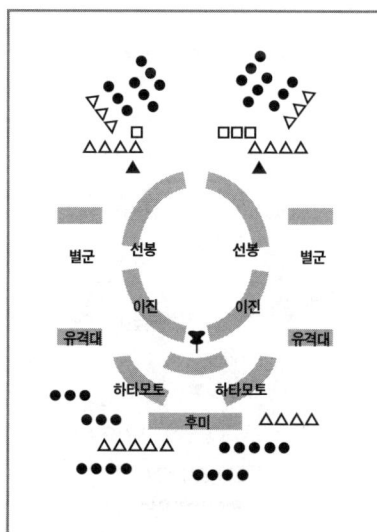

● ―방원진方圓陣

중군을 원형으로, 그 바깥 아래위에 병졸을 배치하여 적이 어느 곳에서 공격을 해와도 빈틈을 주지 않고, 적에게 맞춰 진형을 변화시킬 수 있다. 기습이나 야습을 대비하는 데 뛰어난 진형이다.

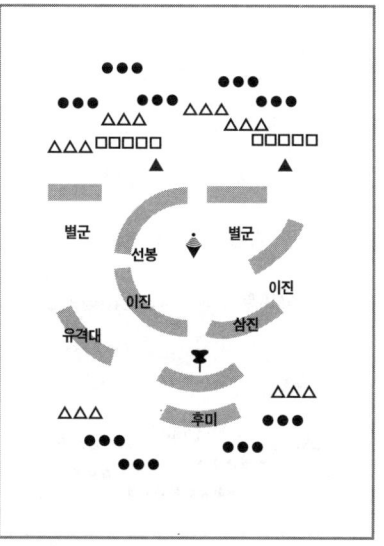

● ―언월진偃月陣

초생달 모양의 진형으로, "배수진"이라고도 불린다. "배수의 진을 치다"라는 말은 여기서 나온 것 같다. 그 명칭대로 더 이상 뒤로 물러날 수 없는 곳에서 전투를 할 때의 진형이다.

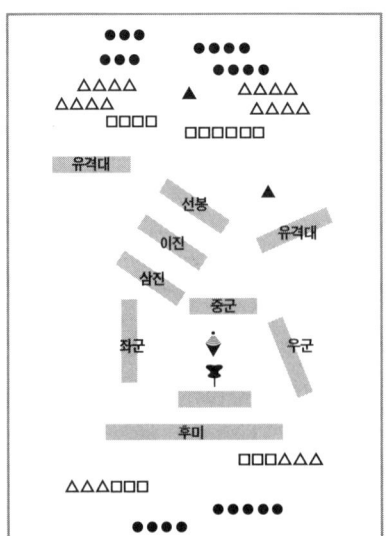

● 장사진長蛇陣

뱀과 같이 일렬로 늘어선 진형으로, 움직이는 방법도 역시 뱀을 연상시킨다. 예를 들면 중앙(배 부분)에 공격을 받으면 선두(머리)와 후미(꼬리)로 반격하고, 선두가 공격을 받으면 후미에서 지원하는 식의 유연한 움직임이 가능하다.

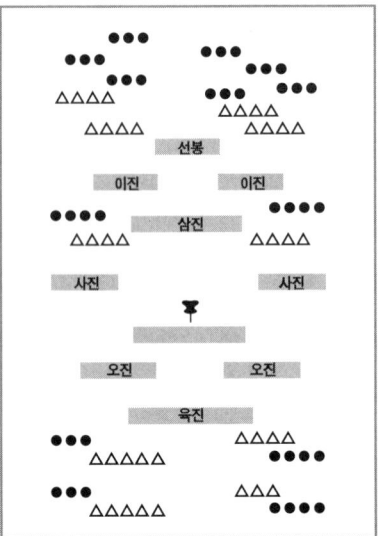

● 안진雁陣

적의 움직임(어린진, 학익진 등)에 맞춰 다른 진형으로 신속하게 바꿀 수 있다는 것이 특징이다. 기러기가 무리를 지어 하늘을 날아가고 있는 모습과 비슷하여 이렇게 불린다.

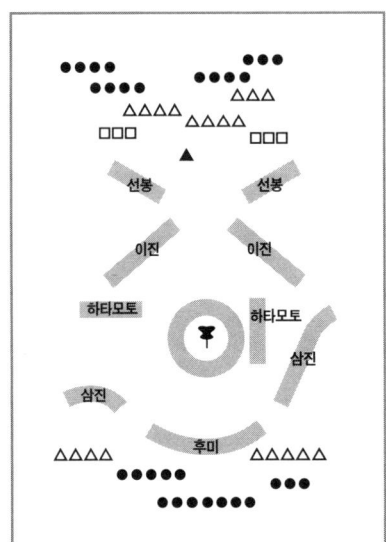

● 와룡진臥龍陣

높은 곳에서 낮은 곳에 있는 적을 공격할 때 유리한 진형으로, 중군을 중심으로 하여 선봉, 이진, 삼진, 후미가 적에게 대응하여 자유롭게 변화할 수 있는 진형이다.

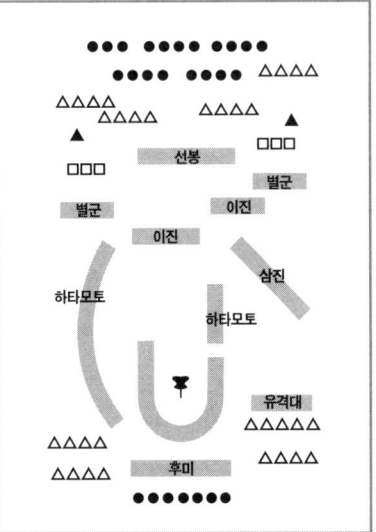

● 대망진大妄陣

적군과 충돌하려고 할 때 적의 우익이 약하다는 판단이 서면 즉시 중군의 일부로 그곳을 공격하여 적을 격파하는 실마리로 삼는다. 그러므로 중군의 일부는 측면으로 진출시킬 수 있는 대형으로 해둔다. 적의 좌익을 공격하려면 좌우 반대의 진형을 이용하면 된다.

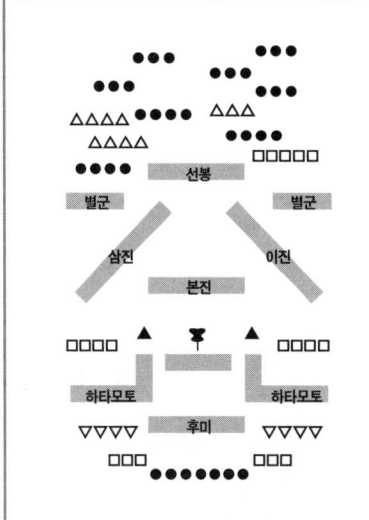

● ―호란진虎亂陣

적에게 앞뒤에서 협공을 당할 위험을 느꼈을 때 선발대가 전면의 적을 맞이하는 것과 같은 장비로 후미의 후군을 배후의 적과 대치시키는 진형이다.

● ―난검진亂劍陣

호란진과 마찬가지로 앞뒤로 적에게 협공당할 때 후군이 뒤로 돌아서서 배후에서 공격해오는 적과 맞서 싸우는 진형이다. 호란진과의 구별은 명확하지 않지만, 병사의 수와 관계가 있는 것 같다.

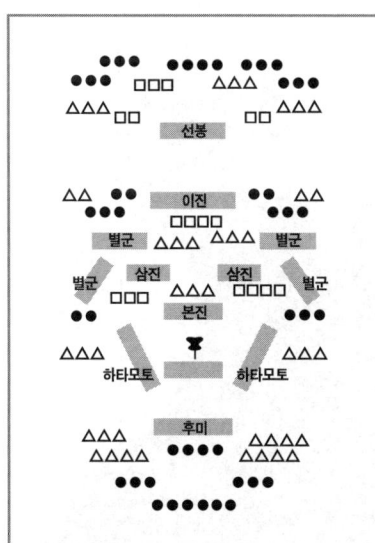

● ―운룡진雲龍陣

지역적인 이점이 있는 장소에 열세인 적이 진을 치고 있을 때 취하는 진형으로 선봉, 중군, 후군이 각각 빈틈없는 원형의 진을 만든다. 그리고 지체없이 공격을 가하여 적이 태세를 정비하지 못하게 하면서 격파한다. 학익진에 대응할 때 이용한다.

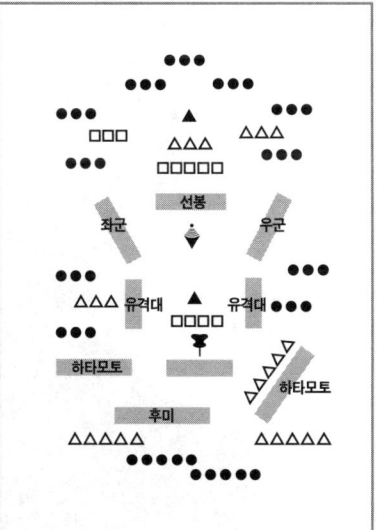

● ―비조진飛鳥陣

운룡진과 비슷한데, 운룡진과는 반대로 아군이 열세, 적이 대세인 경우에 이용한다. 선발대에 이어서 중군, 후군이 돌격을 강행하여 적의 중앙부를 돌파한다. 적이 학익진인 경우에는 포위될 우려가 있으므로 측면에도 군사를 배치한다.

부록
갑옷의 구조

《 갑옷의 구조 》

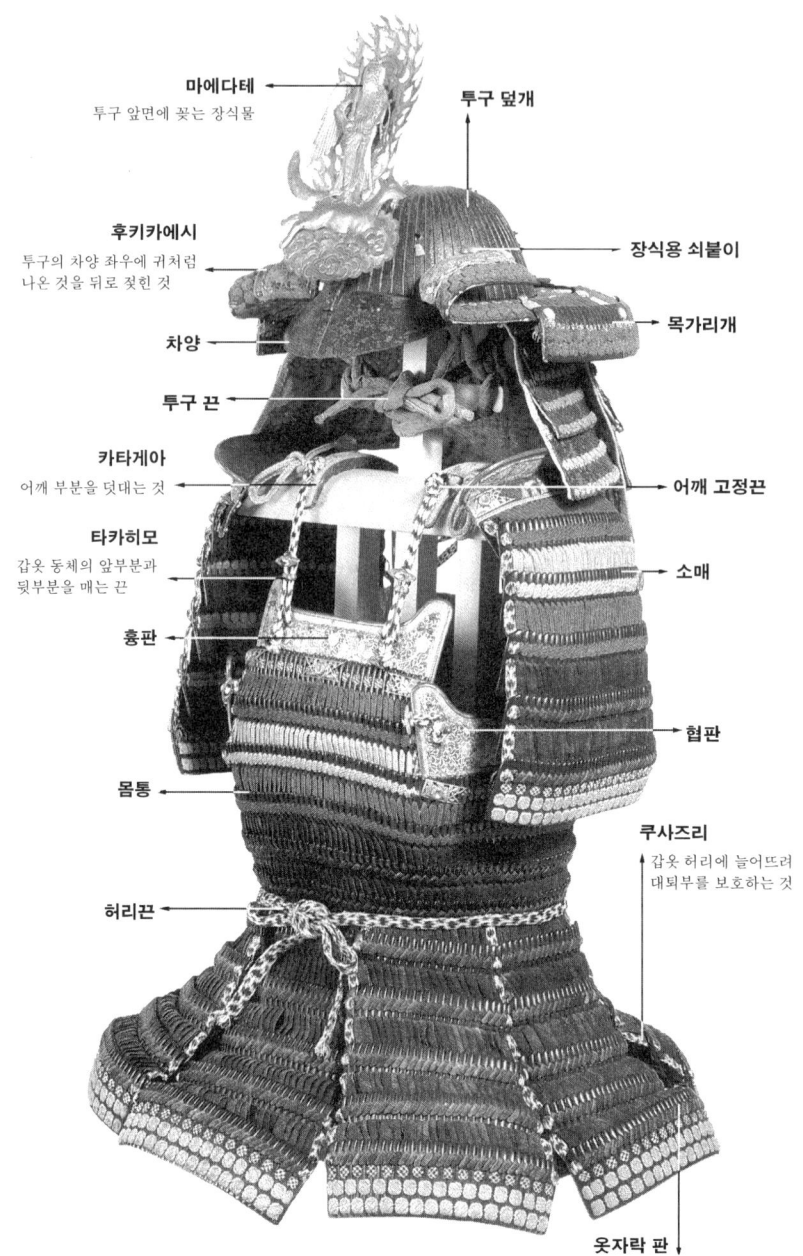

- **마에다테**: 투구 앞면에 꽂는 장식물
- **후키카에시**: 투구의 차양 좌우에 귀처럼 나온 것을 뒤로 젖힌 것
- **차양**
- **투구 끈**
- **카타게아**: 어깨 부분을 덧대는 것
- **타카히모**: 갑옷 동체의 앞부분과 뒷부분을 매는 끈
- **흉판**
- **몸통**
- **허리끈**
- **투구 덮개**
- **장식용 쇠붙이**
- **목가리개**
- **어깨 고정끈**
- **소매**
- **협판**
- **쿠사즈리**: 갑옷 허리에 늘어뜨려 대퇴부를 보호하는 것
- **옷자락 판**

부록 갑옷의 구조

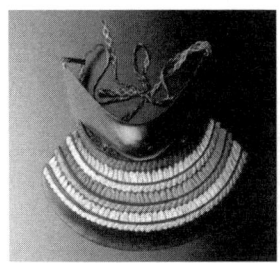

호면
투구에 딸려 얼굴을 보호하는 것

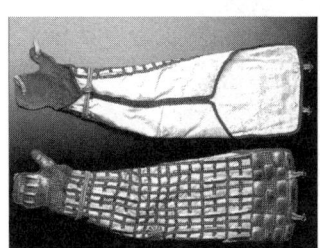

갑옷 토시

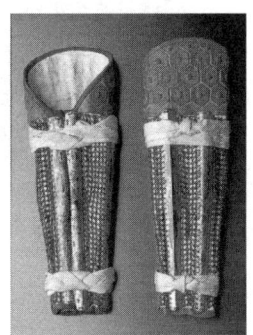

경갑 | 정강이 보호대

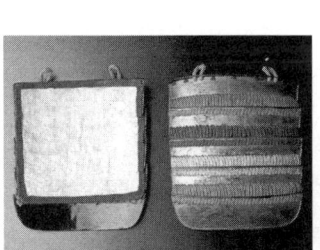

소매

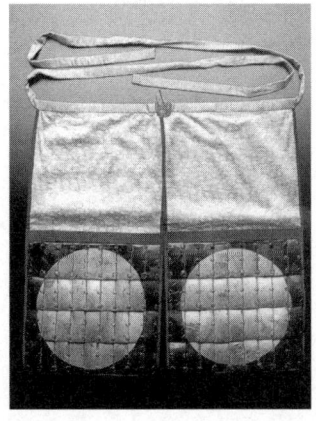

하이다테
쿠사즈리와 경갑 사이를 보호하는 것

《 주요 인물의 갑옷 》

◈ ─ 도쿠가와 이에야스

◈ ─ 모리 모토나리

◈ ─ 다테 마사무네

◈ ─ 이이 나오마사

《 주요 인물의 투구 》

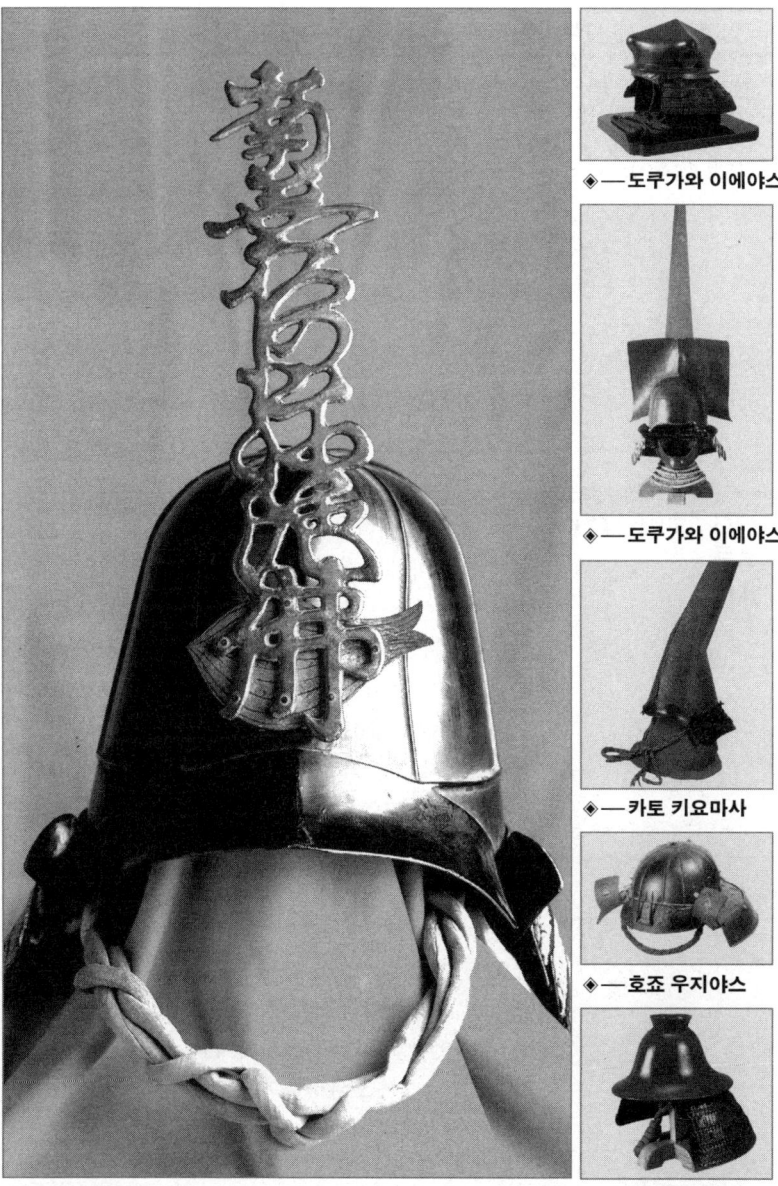

◆ — 도쿠가와 이에야스

◆ — 도쿠가와 이에야스

◆ — 카토 키요마사

◆ — 호죠 우지야스

◆ — 쿠로다 죠스이

◆ — 모리 란마루

《 도쿠가와 이에야스 관련 연보(1556~1561) 》

◈ ──서력의 나이는 도쿠가와 이에야스의 나이

일본 연호		서력	주요 사건
코지 弘治	2	1556 15세	4월 20일, 미노의 사이토 도산이 아들인 요시타츠에게 살해됨. 마츠다이라 모토노부, 미카와 오카자키로 돌아와 아버지의 법요식을 하고 영지를 둘러본다.
	3	1557 16세	정월 15일, 마츠다이라 모토노부가 슨푸에서 이마가와 요시모토의 조카딸 츠루히메와 결혼. 츠루히메는 츠키야마라 불림. 4월, 마츠다이라 모토노부는 이름을 모토야스라 개명. 11월 2일, 오다 노부나가는 동생인 노부유키를 살해한다.
에이로쿠 永祿	원년	1558 17세	2월 5일, 마츠다이라 모토야스는 이마가와 요시모토의 명에 의해 미카와 테라베 성의 스즈키 시게타츠를 공격한다(이에야스의 첫 출전). 3월, 미카와 오카자키의 노신인 혼다 히로타카, 이시카와 키요카네 등이 스루가의 이마가와 요시모토에게 마츠다이라 모토야스의 오카자키 귀성을 청원하지만 받아들여지지 않는다. 9월, 키노시타 토키치로(도요토미 히데요시)가 오다 노부나가의 수하로 들어간다.
	2	1559 18세	2월, 노부나가는 상경하여 쇼군인 아시카가 요시테루를 알현한다. 3월 6일, 마츠다이라 모토야스의 적자 타케치요(노부야스)가 태어남. 어머니는 츠키야마. 3월, 노부나가는 오와리를 거의 평정한다.

일본 연호		서력	주요 사건
에이로쿠 永祿	3	1560 19세	5월 12일, 이마가와 요시모토는 대군을 이끌고 슨푸를 출발한다. 5월 18일, 이마가와 요시모토는 오와리 덴가쿠하자마에 출전한다. 같은 날 마츠다이라 모토야스는 요시모토의 명으로 오와리 오타카 성에 군량을 넣는다. 5월 19일, 오와리의 오다 노부나가가 이마가와 요시모토를 덴가쿠하자마에서 기습하여 죽임(오케하자마 전투). 5월 23일, 마츠다이라 모토야스가 그의 본성인 미카와 오카자키로 돌아온다. 마츠다이라 모토야스, 생모인 오다이를 만나러 오와리 아구이의 히사마츠 토시카츠를 찾아감. 마츠다이라 모토야스의 장녀 카메히메가 태어남. 어머니는 츠키야마.
	4	1561 20세	마츠다이라 모토야스, 오와리의 오다 노부나가와 화친. 키노시타 토키치로(히데요시)는 네네와 결혼. 9월 10일, 에치고의 우에스기 켄신과 카이의 타케다 신겐이 시나노 카와나카지마에서 전투를 벌인다(카와나카지마 전투).

옮긴이 이길진 李吉鎭

1934년 황해도 출생. 1958년 서울대학교 사회학과를 졸업하였다.
일본 문학 작품 및 일본 문화에 관련된 많은 책들을 유려한 우리말로 옮겼다.
주요 역서로는 가와바타 야스나리의 『설국』, 이마이 마사아키의 『카이젠』,
오에 겐자부로의 『사육』, 기쿠치 히데유키의 『요마록』,
야마오카 소하치의 『오다 노부나가』, 『사카모토 료마』 등이 있다.

| 부록의 자료 제공 및 감수는 고려대학교 일어일문학과 최관 교수님께서 해주셨습니다.

도쿠가와 이에야스 제4권

1판 1쇄 발행 2000년 12월 10일
2판 4쇄 발행 2023년 5월 1일

지은이 야마오카 소하치
옮긴이 이길진
펴낸이 임양묵
펴낸곳 솔출판사

주소 서울시 마포구 와우산로29가길 80(서교동)
전화 02-332-1526
팩스 02-332-1529
이메일 solbook@solbook.co.kr
홈페이지 www.solbook.co.kr
출판 등록 1990년 9월 15일 제10-420호

한국어판 ⓒ 솔출판사, 2000
부록 ⓒ 솔출판사, 2000

이 책의 '부록'은 독자들이 일본의 전국시대를 폭넓게 조망할 수 있도록
전공 학자와 편집부가 참여, 오랜 시간과 많은 비용을 들여 작성한 것입니다.
저작권자인 솔출판사의 서면 동의 없이 무단 전재와 무단 복제를 금합니다.

ISBN   979-11-86634-29-5   04830
ISBN   979-11-86634-22-6   (세트)

• 잘못된 책은 구입한 곳에서 바꿔드립니다.
• 책값은 뒤표지에 표시되어 있습니다.

나가시노長篠 전투(1575) 병풍도 뒷부분.
오다·도쿠가와 연합군이 타케다 군을 공격하는 모습.